ROM
PPIA
VIA NOV
ENCIS
US MAXIMUS
I
AVENTIN

Belial – Götterkrieg

Aus den Izara-Chroniken

Izara bei Planet!:

Izara
Bd. 1: Das ewige Feuer

Izara
Bd. 2: Stille Wasser

Izara
Bd. 3: Sturmluft

Izara
Bd. 4: Verbrannte Erde

Band 2 „Belial – Seelenfrieden" erscheint im Sommer 2022.

Mehr über unsere Bücher, Autor*innen und Illustrator*innen auf:
www.planet-verlag.de

JULIA DIPPEL

BELIAL

GÖTTERKRIEG

PLANET!

Für alle, die weder Tod noch Teufel fürchten.

Vorwort der Autorin

Trotz großen Latinums, umfassender Recherchen und intensiver Bemühungen um Authentizität ist es nicht ausgeschlossen, dass mir kleinere Fehler in meiner Darstellung des Alten Roms unterlaufen sind. Experten mögen mir eventuelle Ungenauigkeiten nachsehen. Im Gegensatz dazu ist die eigentliche Handlung meiner Geschichte eine ganz bewusste Mischung aus überlieferten und konstruierten Ereignissen um historische und fiktive Persönlichkeiten. Folglich ist dringend davon abzuraten, BELIAL – GÖTTERKRIEG als wissenschaftliche Quelle heranzuziehen. Darüber hinaus eignet es sich auch nicht zum Verzehr, sollte nicht gebügelt oder in der Mikrowelle getrocknet werden.

Wenn der Tod an die Tür klopft

Staub tanzte in den Sonnenstrahlen, die durch das kleine Fenster fielen. Ein Bett, ein Tisch, ein Stuhl ... sonst nichts. Mir wurde die Kehle eng. Man hatte Daphnes Habseligkeiten bereits weggebracht und trotzdem schwebte die Erinnerung an die junge Priesterin noch immer in diesen vier Wänden.

»Glückwunsch!« Lorentin klopfte mir unbeschwert auf die Schulter. »Schaff deine Sachen bis zum Mittag hier rauf, dann können wir die Kammer im Keller endlich wieder als Lager nutzen.«

Ich ballte die Hände zu Fäusten. Feingefühl hatte der junge Hexer noch nie besessen, aber jetzt tat er gerade so, als wäre Daphnes Tod ein Glücksfall für alle Beteiligten. Sah er nicht, wie sehr mir das zu schaffen machte?

Nein, seufzte ich innerlich. Er sah es natürlich nicht. Lorentin war nicht der Erste, der an meiner Verschlossenheit scheiterte, und würde auch nicht der Letzte sein. Ich legte keinen besonderen Wert darauf, meine Gefühle mit aller Welt zu teilen – zumal dort draußen unzählige Dämonen nur danach gierten, sie mir zu stehlen.

»Ihr wusstet, was geschehen würde, und habt sie trotzdem zu diesem Monster geschickt ...«

Meine Worte klangen zu nüchtern, als dass man den Vorwurf dahinter hätte erkennen können.

Lorentin zuckte mit den Schultern.

»Die Götter bekommen immer, was sie wollen.«

»Die Götter?«, schnaubte ich. »Wieso nennen wir sie nicht bei ihrem richtigen Namen? Sie sind Primus – Dämonen, die sich an unseren Emotionen vergreifen und unsere Seelen verzehren. Was gibt ihnen das Recht dazu? Ihre Macht? Ihre Unsterblichkeit?«

Alarmiert sah Lorentin zur offenen Tür. »Du solltest vorsichtiger sein«, warnte er mich. »Immerhin nennst du den Tempel einer dieser *Dämoninnen* dein Zuhause.«

Er schien Dankbarkeit von mir zu erwarten, aber damit konnte ich nicht dienen. Ja, die Hohepriesterin hatte mich nach dem Tod meiner Mutter von der Straße aufgelesen. Sie hatte mir Essen, Kleidung und einen Platz zum Schlafen gegeben. Doch das machte diesen Ort noch lange nicht zu meinem Zuhause. Mir war nämlich sehr wohl bewusst, dass Nächstenliebe bei all dem eine untergeordnete Rolle gespielt hatte. Die Hohepriesterin brauchte mich. Deswegen gab sie mir auch Daphnes Zimmer, obwohl ein solcher Raum eigentlich nur einer Priesterin zustand und keiner einfachen Dienerin.

»Ich fürchte mich nicht davor, die Wahrheit zu sagen«, stellte ich klar. »Was soll denn passieren? Wird deine *Göttin* hier auftauchen und mich bestrafen? Soll sie ruhig! Ich habe eine Menge Fragen an sie. Zum Beispiel, warum es sie einen Dreck schert, dass inzwischen schon sieben ihrer Priesterinnen einen grausamen Tod sterben mussten.«

Mein schärfer werdender Tonfall traf wohl genau ins Schwarze. Der hübsche Hexer nestelte am Gürtel seiner Tunika herum und senkte die Stimme. »Auch die Götter haben ihre Last zu tragen«, antwortete er ausweichend, bevor er schließlich seufzte und mich mit seinen zimtbraunen Augen fixierte. »Es gibt Dinge, die wir ändern können, und Dinge, die wir akzeptieren müssen. Das wusste auch Daphne.« Unvermittelt schob er mich zum Bett und drängte mich dazu, mich zu setzen. »Konzentriere dich auf das, was du ändern kannst«, fuhr Lorentin fort und kippte mich hintenüber, bis mein Kopf auf dem Kissen landete. Sein ausgestreckter Zeigefinger deutete zur Decke. »So hat es Daphne auch gemacht.«

Nur am Rande bekam ich mit, wie er das Zimmer verließ und die Tür ins Schloss zog, denn etwas anderes forderte meine Aufmerksamkeit: Jemand hatte mit Kreide einen Spruch an die Decke geschrieben. Die Buchstaben waren schon verblasst, aber mit einiger Mühe konnte ich sie dennoch lesen.

NE OBLITA SIS,
QUOMODO PRO QUAMDIU.

Trotz der sommerlichen Temperaturen lief mir ein kalter Schauer über den Rücken. Es war, als würde mir Daphne eine Nachricht aus der Unterwelt schicken. Ein paar ehrfürchtige Augenblicke verstrichen, bevor ich kapierte, dass diese Botschaft nicht mir galt. Niemand hätte voraussehen können, dass ausgerechnet ich in diesem Zimmer untergebracht werden würde. Daphne musste die Worte für sich geschrieben haben – an einen Ort, an dem sie sie jeden Tag beim Aufwachen und Einschlafen lesen konnte.

Vergiss nicht, dass das ›Wie‹
wichtiger ist als das ›Wie lang‹.

Ich lächelte. Offenbar hatte meine Freundin einen ganz eigenen Weg gefunden, mit ihrer Sterblichkeit umzugehen.

Meine Freundin ...

Im Grunde genommen hatte ich Daphne nicht gut genug gekannt, um sie so zu nennen. Trotzdem war sie für mich das gewesen, was einer Freundin am nächsten kam. Sie hatte sich von meiner Unnahbarkeit nicht abschrecken lassen und mich immer nett behandelt, obwohl ich nicht – wie alle anderen hier im Tempel – über Hexenkräfte verfügte.

Ich stemmte mich aus den Kissen hoch und versuchte, mit der unablässigen Wut klarzukommen, die von innen an meinen Mauern kratzte. Eigentlich schützte ich durch diese mentale Abwehr meine Gefühle vor anderen, doch manchmal – wie jetzt – schützte ich auch mich vor meinen Gefühlen. Ohne sie kam ich mir nackt vor, ohne sie wäre ich längst an der himmelschreienden Ungerechtigkeit verzweifelt.

Warum hatte Daphne sterben müssen? Wieso hatte sie diese Einladung angenommen und war nicht einfach geflohen? Aus Loyalität? Pflichtgefühl? Überzeugung? Egal, wie oft und wie lange ich darüber nachdachte, ich konnte es nicht verstehen. Meine Gedanken kreisten, befeuerten meinen Zorn und kehrten wieder zu ihrem Ausgangspunkt zurück: Dämonen, Primus, Götter, wie auch immer sie sich nannten – sie waren schuld an allem, was in meinem Leben schieflief.

Ich gehörte ganz sicher nicht zu den militanten Primus-Gegnern. Jede Daseinsform hatte ihre Berechtigung. Es ging mir nur tierisch auf die Nerven, dass diese Unsterblichen glaubten, alles beherrschen zu dürfen.

Plötzlich riss mich ein hohes Sirren aus meiner Grübelei. Eine Wolke grüner Funken schoss zum Fenster herein und attackierte mich. Knisternd zerplatzte die Magie auf meiner Haut. Es tat nicht mehr weh als ein paar Insektenstiche, trotzdem sprang ich fluchend auf. Ich hatte die Zeit vergessen und sollte längst im Tempel sein. Panisch raste ich aus dem Zimmer, stolperte die Treppe hinunter und lief hinaus in die Gärten. Hinter dem Heiligtum zauberte die untergehende Sonne ein wunderschönes Farbenspiel auf den Himmel. Wie so oft wünschte ich mir, innehalten und das Abendrot genießen zu können, doch ich hatte eine Aufgabe zu erfüllen. Eine Aufgabe, die ich – trotz allem, was geschehen war – sehr ernst nahm. Zum einen wollte ich mir auf gar keinen Fall Unzuverlässigkeit nachsagen lassen. Das konnte ich mit meinem Stolz nicht vereinbaren. Zum anderen besaß ich genug Pragmatismus, um meinen Platz im Tempel nicht unnötig gefährden zu wollen. Roms Straßen waren nämlich kein sehr gnädiger Ort für alleinstehende junge Mädchen. Es kam ohnehin einem Wunder gleich, dass ich es damals irgendwie geschafft hatte zu überleben, ohne mich für Essen prostituieren zu müssen.

Ein schiefes Grinsen schlich sich auf meine Lippen. Das Schicksal hatte wirklich Humor bewiesen, mich ausgerechnet hierher zu führen. Der Venus-Tempel mochte kein Freudenhaus im eigentlichen Sinne sein, aber streng genommen blieb das Gewerbe dasselbe: Gegen eine angemessene Opfergabe konnte man gemeinsam mit den Priestern und Priesterinnen der Liebesgöttin huldigen.

An der kleinen Seitentür des Tempels angekommen, schob ich hastig den Riegel zur Seite und tauchte in eine altbekannte Flut von Sinneseindrücken ein: Dunkelheit, Öllampen, Ruß, Weihrauch und die zarte Melodie einer Lyra. Als sich meine Augen an das schummrige Licht gewöhnt hatten, unterdrückte ich einen Fluch. Die Tore waren bereits geöffnet und die Besucher eingelassen worden. Normalerweise hatte ich zu diesem Zeitpunkt nichts mehr hier unten zu suchen. So unauffällig ich konnte, flitzte ich an der Wand entlang zur anderen Seite der Haupthalle. Schon nach wenigen Schritten fühlte ich mich benebelt und leicht euphorisch. Mist! Das war die Magie der Hohepriesterin. Die weißhaarige Lucusta sorgte mit ihren allabendlichen Bannsprüchen für eine angenehme Stimmung unter den Besuchern. Bedienstete und Priesterinnen waren davon ausgenommen, da sie selbst allesamt Hexen waren – alle außer mir. Nun blieb mir nichts anderes übrig, als mich behutsam durch das Labyrinth aus Säulen und Vorhängen zu manövrieren, ohne über irgendwelche Paare zu stolpern, die sich bereits gefunden hatten oder noch finden würden. Mein Ziel war eine vergoldete Delfinskulptur. Dahinter führte eine Leiter in das mächtige Kuppeldach. Hastig erklomm ich sie und stellte mit Erleichterung fest, dass sich meine Sinne mit jeder Sprosse ein wenig mehr klärten. Lucustas Zauber wirkte hier oben nicht. Vorsichtig balancierte ich eine schmale Galerie entlang, umrundete einige Statuen und erreichte schließlich meinen Arbeitsplatz: eine unscheinbare Nische neben Amors rechtem Marmor-Zeh. Sie bot eine perfekte Sicht auf die große Halle und alle Besucher, die sich ein wenig Liebe erkaufen wollten.

Heute waren es eine Handvoll Prätorianer, einige Händler, Handwerker und mindestens fünf Gesichter, die ich noch nie zuvor gesehen hatte. Nichts Ungewöhnliches, wenn man bedachte, dass der Tempel an einer viel genutzten Straße am Stadtrand stand. Trotzdem kontrollierte ich jeden einzelnen Besucher nach dämonischen Auffälligkeiten. Das war es nämlich, weswegen Lucusta mich brauchte. Als eine der mächtigsten Hexen Roms mochte sie es mit Dämonen aufnehmen können. Sie vermochte es sogar, sie aus dem Tempel oder ihren Hüllen zu verbannen, doch ihr Geist war nicht gefeit gegen die Manipulationen und Illusionen, mit denen Primus die Menschheit schon seit Jahrtausenden täuschten. Aber ich war es. Ich sah die Dinge, wie sie waren und nicht, wie die Dämonen sie erscheinen ließen. Meine Fähigkeiten machten mich zu einer seltenen Anomalie und zum perfekten Wachhund für Lucusta.

Mir sollte es recht sein, denn zu etwas anderem konnte ich mein zweifelhaftes Talent ohnehin nicht gebrauchen. Menschen glaubten mir nicht, wenn ich sie vor den falschen Göttern warnte, die sie anbeteten. Und ebendiese falschen Götter konnten ziemlich ekelhaft werden, wenn man ihnen die Tour vermasselte. Eine Lektion, die ich fast nicht überlebt hätte – denn zur Verteidigung eignete sich meine Gabe nicht.

Ich boxte mir das Kissen zurecht, das ich vor ein paar Wochen hinaufgeschmuggelt hatte, und zog die Beine im Schneidersitz zusammen. Es gefiel mir, den Tempel durch meine Anwesenheit ein wenig sicherer zu machen, auch wenn mir dieser Kult ein Rätsel blieb. An Lucustas Stelle und mit ihrer Macht hätte ich mich gegen die Dämonen aufgelehnt. Ich würde sie weder Götter nennen noch Tempel zu ihren Ehren bauen. Und schon gar nicht würde ich einem von ihnen meine Seele versprechen. Was hatten die Priesterinnen von dieser Selbstaufopferung? Was hatte Daphne davon gehabt? Wenn das ›Wie‹ wichtiger war als das ›Wie lang‹, warum gingen diese Hexen den Weg des geringsten Widerstands und kuschten vor den Dämonen? Warum schickte Lucusta ihre Mädchen immer wieder schutzlos zu Gelagen außerhalb des Tempels? Ganz besonders in den Kaiserpalast, wo sie doch wusste, wer dort residierte. Die Bürger mochten Kaiser Nero fürchten, aber jene, die die Wahrheit kannten, fürchteten den Dämon an dessen Seite: Ianus.

Oh, wie hatte ich diesen Namen zu hassen gelernt – einen Namen, der immer dann fiel, wenn der Tod seine Klauen wetzte. Dieser Dämon hatte sich in Rom eingenistet wie ein Parasit. Er besaß so viele Gesichter, dass sein Einfluss von der dreckigsten Taverne bis in den Senat reichte, und kaum ein Römer wusste, wie er aussah. Man verehrte ihn als Gott des Anfangs und des Endes, aber sie hatten keine Ahnung, was für ein mordlüsternes Monster sie da anbeteten.

Plötzlich tat sich etwas in der großen Halle unter mir. Gedämpftes Gemurmel. Empörung. Ein Mann betrat die Stufen zum Zentrum des Heiligtums. Niemand außer der Hohepriesterin hatte dort Zutritt. Zielstrebig, aber ohne jede Eile, hielt er auf Lucusta zu. Meine Instinkte schlugen Alarm. Mit einer solchen Selbstverständlichkeit bewegten sich nur wenige Sterbliche – Primus dagegen taten es alle. Ich packte den kleinen Meißel, der hier als Notfallplan deponiert war. Sollte dieser Kerl tatsächlich ein Dämon sein und auch nur das geringste Anzeichen böswilliger Absichten zeigen, würde ich das Siegel an der Wand hinter mir vervollständigen und ihn verbannen – ganz so wie Lucusta es mir gezeigt hatte.

Der schwarze Umhang des Mannes umspielte seine sicheren Schritte. Er trug weder Harnisch noch Waffen. Sein Bart war sauber gestutzt und die kastanienbraunen Haare im Nacken zusammengebunden. Das entsprach nicht der römischen Mode, schien den Mann jedoch nicht weiter zu kümmern. Lucusta trat ihm entgegen. Ich konnte nicht hören, was die beiden sprachen, aber die Hohepriesterin wirkte alles andere als erfreut. Meine Sinne waren bis aufs Äußerste gespannt. Irgendetwas sagte mir, dass dieser Fremde Ärger bedeutete. Vielleicht war er nur ein Hexer, auf den Lucustas Magie nicht wirkte – vielleicht aber auch mehr. Sein Auftreten besaß jedenfalls etwas Schicksalhaftes. Und seine goldbraunen Augen ... sahen mich plötzlich direkt an.

Ich erstarrte. Das war unmöglich. Niemand wusste, dass ich hier oben saß. Die Hohepriesterin selbst hatte einen Tarnzauber über diesen Platz gelegt.

Die Lippen des Mannes bewegten sich. Lucusta antwortete mit einem Kopfschütteln und rief zwei Priesterinnen heran. Die Mädchen bemühten sich, das Interesse des Fremden zu wecken, doch er ignorierte sie und hob den Arm in meine Richtung. Mein Herz begann zu rasen. Ich packte den Meißel fester und wartete auf Lucustas Befehl. Oder darauf, dass dieser seltsame Kerl sich als Dämon entpuppte. Irgendetwas ...

Die Hohepriesterin wurde zornig. Grünes Feuer sammelte sich um ihre Hände. Spätestens jetzt hätte jeder normale Mensch die Flucht ergriffen – nur nicht der goldäugige Fremde. Er reagierte weder schockiert noch wich er zurück. Zwei Atemzüge. Drei Atemzüge. Dann sagte er etwas. Ein Wort. Nur ein einziges Wort, aber Lucusta erbleichte so schlagartig, als würde sie dem Tod höchstpersönlich gegenüberstehen. Ihr Hexenfeuer erstarb.

WAS geschah hier gerade?

Langsam drehte sie sich zu mir um. Ihre erfahrenen Gesichtszüge schienen plötzlich die einer zerbrechlichen Greisin zu sein. Sie hob eine Hand und winkte mich zu sich.

Nein! Nein, nein, nein. Lucusta hatte es mir versprochen! Sie hatte mir versprochen, dass sie mich niemals gegen meinen Willen zu so etwas zwingen würde. Dieser Mann musste ein Dämon sein, der sie manipulierte. Aber wieso erkannte ich es dann nicht? Waren meine Fähigkeiten kaputt?

Es gab nur eine Möglichkeit, das herauszufinden. Ich

drehte mich zu dem Siegel an der Wand um und setzte den Meißel an.

»Das würde ich an deiner Stelle nicht tun.«

Ich erschrak so heftig, dass ich beinahe aus meiner Nische in die Tiefe gefallen wäre. Neben mir stand jemand auf der Galerie. Ein Mann mit dunklen Locken und grünen Augen. Seine Gestalt war durchscheinend, seine Umrisse verschwommen. Eindeutig ein Dämon, der eine Illusion über sich gelegt hatte. Meine Gedanken überschlugen sich. An Flucht war nicht zu denken, da er mir den Weg zur Leiter versperrte. Ganz abgesehen davon hätte er mich in kürzester Zeit eingeholt. Das Siegel! Nur ein kleines Symbol fehlte noch. Ich hob meine Hand, doch bevor das Metall des Meißels die Wand berührte, wurde ich gepackt. Ich spürte eine Macht nach meinem Verstand greifen, die nach Regen, Sonne und einer wilden See roch. Sie befahl mir zu schlafen. Vergeblich. Mein Geist war immun gegen derartige Angriffe. Ich nutzte das Überraschungsmoment und schlug, kratzte und trat, um mich von seinem Griff zu befreien. Mir war klar, dass ich keine Chance hatte, aber ich musste auch nur so lange durchhalten, bis Lucusta mir zu Hilfe kam. Ich hörte den Dämon fluchen. Ein Arm schlang sich um meinen Hals und schnürte mir die Luft ab. Durchhalten! Ich rechnete jeden Moment damit, dass mich grünes Feuer befreite. Schwärze kroch in mein Sichtfeld. Alles verschwamm. Das Letzte, was ich sah, war Lucusta, die tatenlos beobachtete, wie ich das Bewusstsein verlor.

Ich konnte nicht lange ohnmächtig gewesen sein. Das wusste ich, auch ohne meine Augen zu öffnen. Noch immer hingen Weihrauch und Musik in der Luft – nur etwas dezenter. Kombiniert mit den weichen Kissen, die ich unter meinem Gesicht spürte, bedeutete das wohl, dass ich mich in einer der vielen Liebeskammern an den Längsseiten des großen Saals befand. Wilde Panik flammte in mir auf. Ich drängte sie mit eiserner Hand zurück und verstärkte die Mauern um meinen Geist. Ich durfte auf gar keinen Fall riskieren, dass meine Abwehr zu bröckeln begann.

»Du bist wirklich gut darin, deine Gefühle abzuschirmen«, sagte eine unbekannte Männerstimme.

Na toll, der Dämon hatte offensichtlich mitbekommen, dass ich wach war. Ich blinzelte und gab mich benommen. Je mehr man mich und meinen Zustand unterschätzte, desto größere Chancen hatte ich zu entkommen. Durch meine Wimpern hindurch entdeckte ich eine dunkle Gestalt, die auf einem Stuhl saß. Zurückgelehnt. Entspannt. Lauernd. Es war der goldäugige Dämon. Aus der Ferne hatte ich sein Naturell noch hinterfragt, doch jetzt war jeder Zweifel wie weggefegt. Seine gesamte Erscheinung umgab eine kaum wahrnehmbare vibrierende Aura, die ich so nie zuvor erlebt hatte. Dieses Wesen war alt und mächtig – und hatte schon mit seinem bloßen Auftauchen mein Leben auf den Kopf gestellt. Nicht auszumalen, was geschehen würde, wenn ich nicht schnellstens hier rauskam. Nicht nur aus diesem Zimmer, sondern aus dem Tempel. Lucusta hatte mich verraten. Ich konnte ihr nicht länger vertrauen.

»Ich möchte lediglich mit dir reden«, fuhr der Dämon fort.

Bestimmt! Genau wie Ianus lediglich mit Daphne hatte reden wollen. Ich sah mich unauffällig um. Fünf Schritte bis zur Tür. Kein guter Fluchtweg, zumal er direkt an dem Dämon vorbeiführte. Dann blieb nur das Fenster hinter mir. Mit etwas Glück konnte ich ihn in den Gärten abhängen. Also gut. Im Schneckentempo richtete ich mich auf. Zur Ablenkung fasste ich mir an den Kopf und täuschte einen Schwindelanfall vor. Ein kleines Stöhnen. Und dann, als meine Füße den Boden berührten, sprang ich auf und ... blieb wie angewurzelt stehen.

Der Dämon mit den dunklen Locken lehnte am Fensterbrett und grinste mich wissend an. Am liebsten hätte ich laut geflucht über meine Dummheit. Sie waren zu zweit. Wie hatte ich das vergessen können?!

»Setz dich!«, befahl der gelockte Primus fast freundlich. Er wirkte jünger als sein bärtiger Kamerad, wobei das bei Dämonen, die ihre Hülle frei wählen konnten, nichts zu bedeuten hatte. »Wie Thanatos schon sagte, wir wollen lediglich reden.«

Thanatos?!

Oh, verdammt.

Der Gott-des-Todes-Thanatos?! Mit offenem Mund drehte ich mich zu dem goldäugigen Dämon um. Ich saß wirklich in der Klemme. Nicht nur ein bisschen, sondern richtig!

Ganz offensichtlich sah man mir mein Entsetzen an, denn Thanatos lächelte selbstgefällig. Sofort rief ich meine Mimik zur Ordnung. Genau deshalb hatte ich mir meine stets so stoische Miene angeeignet. Meine Gedanken und meine Gefühle waren das Einzige, was wirklich mir gehörte, worüber ich Macht hatte. Und das sollte auch so bleiben.

»Was hast du Lucusta angetan?«, presste ich hervor. Nun, da ich wusste, wer nach mir verlangt hatte, machte ich mir Sorgen. Der Gott des Todes war nicht dafür bekannt, besonders nachsichtig zu sein.

»Deiner Hohepriesterin geht es gut«, lautete die knappe Antwort, bevor er mich mit einer gönnerhaften Geste einlud, wieder auf dem Bett Platz zu nehmen.

Ich blieb stehen und funkelte ihn mit aller Verachtung an, die ich aufbringen konnte. »Glaubt Lucusta das auch selbst oder habt ihr ihr diesen Gedanken eingepflanzt?«

Der Blick, der mich nun traf, erschütterte mich bis ins Mark. Er war Jahrhunderte alt, vielleicht sogar Jahrtausende, und die Warnung darin gab mir kompromisslos zu verstehen, dass Thanatos seinen Titel nicht bloß aus Eitelkeit trug.

»Ich habe der Hohepriesterin mein Wort gegeben, dass wir dir kein Leid zufügen werden«, teilte er mir unterkühlt mit. »Und jetzt *setz dich*!«

Für ein paar Augenblicke spielte ich mit dem Gedanken, seine Anweisung zu ignorieren. Ich hatte so mein Problem mit Befehlen. Andererseits ... was blieb mir für eine Wahl? Ich schluckte meinen Trotz runter und ließ mich auf der Bettkante nieder. »Du willst reden? Dann rede!«

Meine Gehorsamkeit schien den unheimlichen Gott des Todes zumindest so weit zufriedenzustellen, dass er meinen beißenden Tonfall überhörte. Er lehnte sich zurück und musterte mich aus seinen goldenen Augen.

»Du weißt, wer ich bin?«

»Dein Ruf eilt dir voraus«, erwiderte ich mit einem Schulterzucken. Tatsächlich kannte jeder in Rom den Namen Thanatos – obwohl die Schauergeschichten über ihn eigentlich aus Griechenland stammten. Angeblich fürchteten sich sogar die Götter selbst vor seinem Zorn. »Das Problem ist nur, dass die Realität hinter den Mythen oft enttäuschend ist. Vermutlich bist du wohl nur ein weiterer Dämon mit Götterkomplex, der sich im Licht seiner Morde sonnt.«

Noch während ich sprach, fragte ich mich, ob meine Direktheit so klug war. Falls er Lucusta wirklich meine Unversehrtheit garantiert hatte, war er an sein Wort gebunden. Falls nicht ... nun ja, dann würde ich zumindest erhobenen Hauptes und mit der Wahrheit auf den Lippen sterben.

Ein leises Lachen ertönte hinter mir. Der gelockte Dämon am Fenster schien sich bestens über mich zu amüsieren. Auch auf Thanatos' Gesicht machte sich ein unheilvolles Grinsen breit.

»Wir sind Brachion«, fuhr er unbeirrt fort. »Weißt du, was das bedeutet?«

Ich schüttelte den Kopf. Zu gerne hätte ich ihm eine schlagfertige Antwort um die Ohren gehauen, aber das seltsame Verhalten der beiden beunruhigte mich zutiefst. Normalerweise waren Dämonen zwar gefährlich, doch in ihrem Hochmut auch berechenbar. Normalerweise ...

»Brachion jagen jene Primus, die gegen unsere Gesetze verstoßen«, klärte Thanatos mich auf. »Und wenn der Hohe Rat ein Todesurteil verhängt, vollstrecken wir es.«

Ich runzelte die Stirn. Das würde seinen Ruf erklären, aber ... »Man kann Dämonen nicht töten.«

»Wir schon.« In seinen goldenen Augen blitzte etwas auf, das all meine Instinkte in Alarmbereitschaft versetzte. Ich glaubte ihm. Und das machte mir mehr Angst, als jede Lüge es gekonnt hätte.

»Du fragst dich sicher, was das alles mit dir zu tun hat.«

»Ist mir in den Sinn gekommen«, murmelte ich.

Der Gott des Todes kniff die Augen zusammen. »Hast du schon einmal von einem Primus mit dem Namen Ianus gehört?«

Abscheu flutete mich. Meine Hände hätten sich am liebsten in die Polster verkrallt, während mir eine ganze Reihe Schimpfworte auf der Zunge lagen – aber ich unterdrückte den Impuls und blieb stattdessen regungslos sitzen. Offensichtlich zu regungslos für einen geübten Beobachter …

Thanatos nickte bedächtig. »Ich sehe, du kennst ihn.« Ohne weiter auf mich einzugehen, legte er die Fingerspitzen aneinander und schlug einen sachlichen Ton an. »Ianus sammelt gerne Seelen. Er bevorzugt jene, die bereits anderen Primus versprochen sind. Du kannst dir sicher vorstellen, dass das viele von uns sehr verärgert.«

»Dass dabei unschuldige Menschen getötet werden, ist wohl eher zweitrangig?«, platzte es aus mir heraus.

»Nein, das ist es nicht, denn auch das verstößt gegen unsere Gesetze«, korrigierte mich Thanatos. »Aber Ianus besitzt ein gewisses Talent dafür, keine Beweise für seine Verbrechen zu hinterlassen.«

»Sind sieben tote Priesterinnen nicht Beweis genug?«

»Man hat weder ihre Leichen noch ihre Seelen gefunden«, mischte sich nun der Dämon am Fenster ein. »Um einen mächtigen und angesehenen Primus wie Ianus zu Fall zu bringen, brauchen wir mehr als eine bloße Anschuldigung.«

Thanatos lehnte sich in seinem Stuhl nach vorne und sah mich eindringlich an. »Glaub mir, Lucian und ich würden ihn zu gerne brennen lassen, aber dafür benötigen wir deine Hilfe.«

Ich riss die Augen auf. »Meine Hilfe?!«

»Es gibt einen Raum in seinen Gemächern, zu dem nur Ianus Zugang hat. Dort bewahrt er die gestohlenen Seelen auf, die Beweis genug wären, um ihn zu überführen. Nur kann kein Primus, keine Hexe und kein Mensch die Schutzzauber durchbrechen.«

Langsam verstand ich, worauf das hinauslaufen würde. Sie konnten sich ihren Beweis nicht selbst holen, also brauchten sie jemanden wie mich. Jemanden, der immun war gegen dämonische Kräfte.

»Ihr wollt, dass ich in den Kaiserpalast einbreche?«

»Niemand bricht unbemerkt in den Kaiserpalast ein«, verbesserte Thanatos mich spöttisch. »Nein, wir werden dich als Sklavin an Ianus verkaufen, damit du Zugang zu seinen privaten Gemächern erhältst. Dann stiehlst du eine der Phiolen, in denen er die Seelen aufbewahrt, und bringst sie uns. Den Rest erledigen wir.«

Ich blinzelte ein paar Mal, bevor die Bedeutung seiner Worte vollständig bei mir angekommen war. »Ihr wollt mich Ianus als Sklavin verkaufen?!«

Die beiden waren entweder vollkommen skrupellos oder vollkommen wahnsinnig. Mehr fiel mir zu diesem Plan nicht ein. Ich hatte es jahrelang trotz Verzweiflung und Entbehrung geschafft, nicht in der Sklaverei zu enden, und jetzt wollten mich zwei Dämonen dazu überreden, all meine Mühen freiwillig zunichtezumachen?

»Sobald wir Ianus zur Strecke gebracht haben, bekommst du selbstverständlich deine Freiheit zurück«, versuchte mich der gelockte Dämon zu beruhigen, der offenbar Lucian hieß.

»Ihr meint, *falls* ihr die Wahrheit sagt und falls ich diese Selbstmordmission überlebe.«

»Es ist nicht ungefährlich«, räumte Thanatos mit einer Gleichgültigkeit ein, die nur von einem Unsterblichen stammen konnte. Unvermittelt erhob er sich. Seine einschüchternde Statur füllte den Raum mit gespenstischen Schatten. »Wir geben dir einen Tag Bedenkzeit.«

»Und wenn ich mich weigere?«, fragte ich hastig, bevor er die Tür erreicht hatte.

Thanatos blieb stehen, drehte sich aber nicht noch einmal

um. »Dann wirst du mit dem Blut der Unschuldigen leben müssen, das auch an deinen Händen klebt.«

Damit erklärte der Gott des Todes unsere Unterhaltung für beendet und verließ das Zimmer. Ich schüttelte fassungslos den Kopf, als plötzlich Lucian in mein Sichtfeld trat. Im Vergleich zu Thanatos war er weit weniger einschüchternd, obwohl auch ihn eine Aura von Gefahr und Macht umgab. Außerdem musste ich eingestehen, dass er durchaus attraktiv war, wenn er mich nicht gerade attackierte. Geschmeidig ging er vor mir in die Hocke und strich sich die dunklen Locken aus der Stirn.

»Manches Wagnis ist es wert, sein Leben zu riskieren«, meinte er und sah mich so aufrichtig an, dass mir flau im Magen wurde. Ich hätte ihm gerne misstraut oder ihn der Lüge bezichtigt, aber er hatte recht. Mit dieser Erkenntnis machte sich eine unbändige Angst in mir breit.

Lucian griff nach meiner Hand und lächelte mich an. »Überlege nicht, ob du genug Mut hast, Ianus entgegenzutreten. Überlege, ob du die Reue ertragen könntest, es nicht getan zu haben.«

Und plötzlich verstand ich es. Plötzlich verstand ich, was Daphnes Botschaft wirklich bedeutete.

Das ›Wie‹ war wichtiger als das ›Wie lang‹ …

Alle Wege führen nach …

Ich hasste Rom. Nicht, weil es eng, laut und so vollgestopft mit Arroganz war, dass selbst ich hier nicht weiter auffiel. Nein, ich hasste es, weil es schlicht keinerlei Herausforderung bot. Die Stadt quoll über vor Emotionen. Kaum hatte ich einen Fuß aus dem Portal gesetzt, war meine Macht bis zum Anschlag aufgefüllt. Bewunderung, Neid, Hass, Gier – von allem etwas, ohne dass ich mich auch nur im Mindesten hätte anstrengen müssen. Als würde man einen Wolf in einem Kuhstall einsperren.

Natürlich war ich nicht so naiv zu glauben, dass mein Ruf irgendetwas damit zu tun haben könnte. Ich hatte der Hauptstadt des Imperiums schon zu lange keinen Besuch mehr abgestattet und die Sterblichen vergaßen schnell. Es war eher meine aktuelle Hülle, die mir derart viel Aufmerksamkeit bescherte. Sie hatte früher einmal dem Sohn eines Wikingerfürsten gehört. Dementsprechend reichten mir die meisten Römer höchstens bis zur Nasenspitze, während mein helles Haar unter all den Südländern wie eine Fackel in der Nacht wirkte. Noch mehr Blicke hätte ich nur auf mich ziehen können, wenn ich nackt durch die Straßen getanzt wäre.

Ein winziges Lächeln schlich sich auf mein Gesicht. Unter anderen Umständen hätte ich ein solches Tänzchen sogar in Erwägung gezogen, nur um den eingebildeten Römern ein wenig Empörung zu entlocken. Im Moment konnte ich mir derartige Vergnügungen jedoch nicht leisten.

»Fünf Denare und keine Sesterze mehr«, fauchte Grimhild und verschränkte die Arme vor ihrer üppigen Brust. Der Primus, durch dessen illegales Portal wir nach Rom gekommen waren, reagierte völlig perplex. Es kam offensichtlich nicht alle Tage vor, dass er so zurechtgewiesen wurde – schon gar nicht von einer kleinen Sterblichen in Männerkleidung.

»Nimm sie oder lass es!« Grims Befehlston hätte jedem Centurio zur Ehre gereicht. Kein Wunder, wenn man bedachte, dass die dralle Germanin ihren Stamm im Krieg gegen die Römer angeführt und dabei alles verloren hatte. Auch ihre Kinder.

Ehrlich gesagt gab es Momente, in denen sogar ich es vermied, mich mit ihr anzulegen – und das, obwohl sie mir Treue geschworen hatte und mein Zeichen im Nacken trug.

Der Primus starrte die rothaarige Furie mit offenem Mund an. Dann nahm er zögerlich die fünf Silbermünzen entgegen und verschwand in der Garküche, die als Tarnung für sein Portal diente. Fluchend schloss Grim zu mir auf.

»Wenn das mal nicht das idiotischste und hirnverbrannteste Vorhaben ist, zu dem du mich je mitgeschleppt hast!«

»Das bezweifle ich«, widersprach ich ihr und trat aus den belebten Arkadengängen hinaus auf die noch belebtere Straße. Tatsächlich fiel mir spontan eine Handvoll Unternehmungen ein, die sehr viel riskanter und undurchdachter gewesen waren als ein Besuch bei Ianus. »Abgesehen davon hast du mir doch geraten, herzukommen.«

»Ich habe nicht gesagt, dass du deinem Langzeit-Rivalen artig deine Aufwartung machen sollst. Ich dachte eher an etwas mit viel Gewalt, Blut und Zerstörung.«

»Nichts an meiner Aufwartung wird artig werden«, ließ ich sie wissen. Meine Geduld war eine Tugend – zumal sich Vergeltung am besten anfühlte, wenn der Gegner sie nicht erwartete. Dafür würde ich sogar eine gewisse Erniedrigung in Kauf nehmen – zur Not auch den ganzen Sommer lang.

Grim schnaubte. »Das will ich hoffen. Schließlich arbeite ich nicht Tag und Nacht an deinem Ruf, damit dieser Schweinehund alles zunichtemacht. Wenn du Malta nicht zurü– hey, du Schwachkopf, mach gefälligst die Augen auf!« Sie bedachte den Händler, der sie angerempelt hatte, mit einer eindeutigen Geste. Der Mann lief vor Zorn knallrot an und schien die Beleidigung nicht auf sich beruhen lassen zu wollen.

Seufzend griff ich nach seinem Verstand. *Vergiss die kleine wütende Frau!*

Der Händler zog verwirrt die Brauen zusammen, bevor er sich umdrehte und seines Weges ging. Gutes Stichwort. Ich packte Grim am Arm und schob sie weiter die Straße hinauf.

»Es wäre besser, wenn du dein Temperament in Ianus' Gegenwart ein bisschen zügelst«, warnte ich sie. Vorsichtshalber kontrollierte ich noch mal den Schutzschild, mit dem ich unser Gespräch vor ungebetenen Lauschern abschirmte. »Wir können uns keine Komplikationen erlauben.«

»Das sagst du *mir*?!« Sie riss sich los. »Deinem Temperament haben wir diesen Bockmist doch überhaupt erst zu verdanken! Du hast Ianus vor der ganzen Liga bloßgestellt.«

»Weil er ein opportunistischer Intrigant ist, der zeit seines Lebens gegen unsere Gesetze verstößt *und* damit durchkommt.«

»Seit wann legst *du* Wert auf Gesetzestreue?«, brummte Grim. »Dich ärgert nur, dass Ianus den Sitz im Rat bekommen hat, den *du* zuvor abgelehnt hast.«

Das saß. Weil es der Wahrheit entsprach. Unglücklicherweise verfügte Grim über eine hervorragende Beobachtungsgabe und darüber hinaus auch noch den Mut, mir ins Gesicht zu sagen, was sie dachte. Zwei Eigenschaften, die mich in Kombination bereits des Öfteren zur Weißglut gebracht hatten. Wäre sie nicht die fähigste Hexenmeisterin unter meinen Gezeichneten, hätte ich es mir zweimal überlegt, sie nach Rom mitzunehmen. Nicht, dass ich ihre Offenheit nicht hin und wieder zu schätzen wusste, aber aktuell war mein Nervenkostüm auch so schon strapaziert genug.

»Politik passt nicht zu mir«, stellte ich abweisend fest und hoffte, dass Grim die versteckte Warnung aus meinem Tonfall heraushören würde. Ich war nicht in der Stimmung für ihre Vorhaltungen. Wir hatten den Vorplatz des Circus ohnehin fast erreicht und würden bald in Sichtweite des Kaiserpalastes sein. Zeit, um sich auf andere Dinge zu konzentrieren.

Die kleine Germanin scherte plötzlich aus, umrundete leichtfüßig einen Eselskarren und landete rückwärtsgehend vor mir – damit ich ihrem strengen Blick nicht länger ausweichen konnte. »Neid passt genauso wenig zu dir!«

Drohend kniff ich die Augen zusammen. »Du weißt, dass mir die ehrgeizigen Karrieren anderer herzlich egal sind, solange sie mir nicht ans Bein pissen.«

»Hast du Ianus nicht zuerst ans Bein gepisst, als du ihn aus Ägypten verdrängt hast?«

»Das ist ewig her!«, knurrte ich. »Dafür hat er meinen Handel mit dem Schah von Persien ruiniert.«

»Und was war in Japan?«, bohrte sie weiter. »Als du die Gegenstücke seiner Prisma-Portale im Ozean versenkt hast?«

Bei Patria und allen Ältesten! Ich hätte dieser Frau nie erlauben dürfen, in meiner Bibliothek zu stöbern.

»Das war eine noch viel zu gnädige Strafe dafür, dass Ianus mir sieben meiner Gezeichneten gestohlen hat.«

Plötzlich blieb Grim so unerwartet stehen, dass ich fast in sie und ihren vorwurfsvoll ausgestreckten Zeigefinger hineingerannt wäre.

»Du hast mit seiner Frau geschlafen!«

Ich stöhnte auf. War ja klar, dass sie auch diese abgedroschene Geschichte ausgraben musste. »Es war nicht seine Frau, sondern nur seine Konkubine. Abgesehen davon ist sie förmlich über mich hergefallen. Dass Ianus ganz offensichtlich nicht Manns genug für sie war, kann man ja wohl kaum mir anlasten.«

»Natürlich«, spottete Grim. »Ein Menschenmädchen hat den großen Belial zur Unzucht gezwungen und gegen seinen Willen gefügig gemacht.«

Die Abfälligkeit in ihrer Stimme kratzte an meiner Selbstbeherrschung. Also beugte ich mich zu ihr und bedachte sie mit einem warnenden Blick. »Spar dir deinen Sarkasmus.«

Unglücklicherweise gehörte Grim zu den wenigen Menschen, die sich von mir nicht so leicht einschüchtern ließen.

»Er hat das Mädchen dafür hinrichten lassen.«

»Es reicht!« Ich besaß ein hervorragendes Gedächtnis und musste ganz bestimmt nicht an die Konsequenzen meines Handelns erinnert werden. Schon gar nicht von einer Hexe.

Grim schüttelte angewidert den Kopf. »Ihr habt die Macht von Göttern und benehmt euch wie Kinder. Wenn ich –«

»Ich habe gesagt, ES REICHT!«

Der Mund der Germanin klappte zu, als meine Macht sie wie ein Blitzschlag traf und daran erinnerte, wem sie gegenüberstand. Sie lebte, weil ich sie gerettet hatte. Sie konnte auf Rache an den Römern hoffen, weil ich sie ihr in Aussicht stellte. Sie durfte offen reden, weil ich es ihr erlaubte. Aber es gab einen großen Unterschied zwischen Ehrlichkeit und Respektlosigkeit. Letzteres würde ich nicht dulden! Weder von ihr noch von irgendeinem Primus.

»Ianus hat mir Malta weggenommen. Was auch immer davor war, damit ist er zu weit gegangen! Mir ist scheißegal, ob jedes neue Ratsmitglied sich einen Wohnsitz wählen darf. Mir ist auch scheißegal, ob es sein gutes Recht war, mich zu enteignen. ICH WILL MEINE INSEL ZURÜCK!«

Grim schluckte schwer und krächzte: »Worauf warten ... wir dann noch? Holen ... wir uns ... was dir gehört!«

Das klang schon besser. Langsam zog ich meine Macht zurück und gestattete ihr, wieder die Kontrolle über ihren Körper zu übernehmen. Anschließend richtete ich meinen Blick auf den Palastkomplex, der inzwischen vor uns lag. Irgendwas dort drinnen musste für Ianus von enormem Wert sein. Das bewiesen allein die vielen Schutzzauber, die über dem Gebäude lagen. Und ganz gleich, ob ich seinen Marionettenkaiser entführen oder die komplette Hauptstadt in Geiselhaft nehmen musste, ich würde das finden, was ihm so viel bedeutete, und mir damit Malta wiederbeschaffen.

Den letzten Teil des Weges brachten wir schweigend hinter uns. Am Palast angekommen, erspürte ich Hiros Gegenwart. Mein wortkarger Freund und selbst ernannter Leibwächter hatte darauf bestanden, noch vor meiner Ankunft die Lage zu erkunden. Jetzt erwartete er uns unter drei imposanten Pinien und begrüßte mich mit einer Verbeugung. »Kaiser Nero hat Rom vor ein paar Tagen verlassen und Ianus die Amtsgeschäfte übertragen. Ansonsten scheint alles seinen gewohnten Gang zu gehen.«

Ich nickte. Der junge Primus war angenehmerweise das

genaue Gegenteil von Grim. Aus Gründen, die irgendetwas mit seiner Familienehre zu tun hatten, folgte er mir wie ein stummer Schatten und stellte meine Entscheidungen nie infrage – es sei denn, er sah meine Sicherheit gefährdet. Das war gelinde gesagt … überflüssig, aber ich hatte den Jungen inzwischen ins Herz geschlossen.

»Dann«, meinte ich und nahm das Palasttor ins Visier, »werden wir den gewohnten Gang mal ein bisschen aufmischen.«

Die Prätorianer, die das Tor bewachten, schien unser Auftauchen sichtlich zu irritieren: Ein glatt rasierter Nordmann in römischer Kleidung, eine finster dreinblickende Rothaarige in Hosen und ein Asiate im schwarzen Kimono. Um unnötigen Trubel zu vermeiden, löschte ich die Erinnerung an uns aus ihrem Gedächtnis. Diese menschlichen Soldaten standen hier ohnehin nur rum, um den Schein zu wahren. In Wirklichkeit wurde das Gebäude durch Magie geschützt. Eine Macht, die unangenehm nach kaltem Rauch und getrocknetem Blut roch. Ianus' Macht. Meine Miene verfinsterte sich. Ich hatte schon fast vergessen, wie sehr ich diesen Geruch verabscheute.

Durch einen schattigen Korridor gelangten wir in ein Atrium, das eines Kaisers würdig war. Dunkelrote Säulen trugen mehrere Stockwerke, deren Mosaikgalerien in allen Farben schillerten. In der Mitte lag ein quadratisches Becken mit klarem Wasser, aus dem sich vier kunstvoll gearbeitete Statuen erhoben. Man mochte ja von den Römern halten, was man wollte, aber den schmalen Grat zwischen Prunk und Protz beherrschten sie meisterlich.

Ein aufgeregter Haussklave kam uns entgegengerannt.

»Ich grüße dich, verehrter Belial.« Der ältere Mann war

in eine edle Tunika gekleidet und unterschied sich nur durch den eisernen Ring um seinen Hals von der römischen Oberschicht, die hier lebte. »Ich habe gerade erst von deiner Ankunft erfahren. Hoffentlich war deine Anreise … nicht zu mühsam. Ianus hatte dir freigestellt, seine Portale zu nutzen … also dachte ich –«

»*Seine* Portale?«, unterbrach ich den Sklaven. »Dein Herr *verwaltet* das Portalsystem nur im Namen des Hohen Rates. Nichts davon ist sein Eigentum, ganz gleich, wie oft er sich Gott der Türen und Durchgänge nennt.«

Tatsächlich wäre es einfacher gewesen, eines der offiziellen Portale zu nutzen. Allerdings hatte ich es letztlich reizvoller gefunden, etwas an Ianus' Stolz zu kratzen. Sollte er sich ruhig den Kopf darüber zerbrechen, wie ich so schnell nach Rom kommen konnte – ohne sein geliebtes und streng überwachtes Portalsystem.

»Natürlich. Vergebung«, stammelte der Sklave und verbeugte sich tief. Ich ließ es dabei bewenden.

»Dann bring mich jetzt zu deinem Herrn!«

»Er ist beschäftigt.«

Frostig hob ich eine Augenbraue. Es war eigentlich schon Beleidigung genug, von einem Sklaven empfangen zu werden. Mich persönlich störte es nicht, doch ich wusste, wie herabwürdigend das in den hiesigen Kreisen empfunden wurde. Dass Ianus nun sogar zu *beschäftigt* für die Gnade einer Audienz war, grenzte an öffentliche Demütigung. Auch der Haussklave wusste das und trat nervös von einem Fuß auf den anderen.

»Der Herr wies mich an, dir alle Annehmlichkeiten zukommen zu lassen, während du wartest.«

Ich atmete tief durch, um nicht die Beherrschung zu verlieren. Je wütender ich wurde, umso mehr würde ich meinem Gastgeber in die Karten spielen.

»Es liegt nicht in meiner Absicht, auf deinen Herrn zu warten«, informierte ich den Sklaven kühl.

Er riss die Augen auf. »Vergebung?«

»Bring mich zu Ianus! Egal, wo er sich gerade rumtreibt.«

»Wenn das dein Wunsch ist«, meinte der Sklave hastig und bat mich mit einer unterwürfigen Geste, ihm zu folgen.

Jetzt war ich wirklich verblüfft.

Zu einfach, hörte ich Hiros warnende Stimme in meinem Kopf.

Ist mir bewusst, gab ich zurück und machte mich daran, dem Sklaven hinterherzutrotten. In was für eine Falle auch immer ich gerade getappt war, jetzt musste ich es wohl ausbaden.

Wir wurden durch mehrere Hallen und weitere Atrien geführt, bis wir schließlich an einem großen Tor ankamen, das von zwei monströsen Statuen flankiert wurde. Sie besaßen je zwei Gesichter, die allesamt Ianus' Lieblingshülle auffallend ähnlich sahen.

»Ein Hoch auf die Eitelkeit«, murmelte ich mit einem Kopfschütteln.

Hinter mir schnaubte Grim. *Hast du nicht für den Koloss von Rhodos Modell gestanden?*

Ich warf ihr einen strengen Blick zu. Ja, auch ich ließ meiner Eitelkeit manchmal freien Lauf. Aber im Gegensatz zu Ianus besaß ich wenigstens Stil. Der Koloss im Hafen von Rhodos war ein elegantes Abbild kraftvoller Männlichkeit gewesen. Definitiv etwas anderes als diese Geschmacksverirrung. Eher würde die von mir erdachte Hölle zufrieren, bevor ich mich mit geschürzten Lippen schmachtend gen Himmel blickend verewigen lassen würde. In doppelter Ausführung.

»Wohin?«, fragte Hiro, während wir die fensterlose Kammer hinter dem Tor betraten. Nur ein Primus war in der Lage, das Portal zu aktivieren, dementsprechend konnte der menschliche Haussklave uns ab hier nicht mehr weiterhelfen.

»In die Höhlen«, lautete die zögerliche Antwort. Drei schlichte Worte, die sich anfühlten wie die erwartete Falle, die eben über mir zuschnappte. Dieser Bastard! Wenn ich einen Ort in Rom noch mehr verabscheute als den Rest der Stadt, dann waren es die Höhlen. Ianus wusste das. Genau wie er wusste, dass ich niemals im Palast auf ihn gewartet hätte.

Falls du Ianus seinen Sklaven nicht gut durchgebraten zurückgeben willst, solltest du dich entspannen, ertönte Grims Stimme in meinem Kopf. Erst jetzt bemerkte ich, dass die Luft in der Portalkammer unter meiner Wut knisterte. Verdammt! Ich musste mich wirklich am Riemen reißen! Wenn das so weiterging, würde das hier in einem Desaster enden und ich konnte Malta für immer vergessen.

Mit einem Nicken gab ich Grim Bescheid, dass ich verstanden hatte, und brachte meine Macht unter Kontrolle. Währenddessen ließ Hiro das Tor zum Palast verschwinden und eine metallbeschlagene Holztür erscheinen. Eine Tür, hinter der mir noch nie etwas Gutes widerfahren war. Als Ianus' Sklave sie öffnete, grenzte die Pracht des Palastes mit einem Mal an eine gänzlich andere Welt. Eine dreckige Welt, dunkel und überfüllt – in optischer wie moralischer Hinsicht. Ein paar verirrte Sonnenstrahlen fielen durch Löcher in den Felswänden. Sie schafften es kaum durch den dichten Qualm, der sich unter der Höhlendecke gesammelt hatte. Deshalb brannten überall Öllampen und Feuer, die ihrerseits die

Luft nur noch stickiger machten. In dieser verrußten Atmosphäre priesen Kaufleute lauthals ihre Waren an, während rastlose Kunden versuchten, die besten Angebote abzugreifen: Sklaven – genauer gesagt Menschen, Hexen, Gezeichnete und deren Seelen. Die Höhlen waren ein Sklavenmarkt für dämonische Bedürfnisse. Angekettete Hexen wurden hier wie Tiere ausgestellt. Manche von ihnen waren halb nackt und voller Schmutz, andere herausgeputzt wie Puppen. Es wurde gefeilscht, begutachtet, gestritten und aussortiert, während über dem widerwärtigen Treiben ein beinahe unerträgliches Potpourri aus dämonischer Energie lag. Ich war schon eine halbe Ewigkeit nicht mehr hier gewesen und wusste auch genau warum.

Wartet auf mich. Es wird nicht lange dauern, wies ich Hiro an. *Und hab ein Auge auf Grim!*

Meine Gezeichnete hatte ihr Temperament nicht immer unter Kontrolle und im Moment sah sie so aus, als wollte sie den ganzen Markt in einem Feuerball aufgehen lassen. Ich hätte es ihr nicht verübelt.

Hiro nickte. Er würde meine Anweisung ausführen. Also tauchte ich in das abstoßende Gemenge ein und kämpfte mich zum hinteren Teil der Höhlen durch. Ich wusste, wo ich Ianus finden würde. Nur ein Händler bot die Art von exklusiver Ware, die seinem Geschmack entsprach: Drusus Septimus. Seine Auktionen fanden in einem abgesperrten Bereich des Marktes statt, zu dem nur ausgewählte Primus Zugang hatten. Jene, die genug Macht besaßen, um die Schutzsiegel zu überwinden, oder jene mit genug Geld, um sich den Eintritt zu erkaufen. Letzteres hatte ich nicht nötig. Ich spazierte ungehindert an den Siegeln vorbei und landete in einem mit Liegen und Kissen gefüllten Zuschauerraum. Jede Tunika, jede Toga, jedes Kleid und jede Stola, die hier getragen wurde, bestand aus den teuersten Stoffen, die Rom zu bieten hatte. Überall hochgetürmte Frisuren, glitzernder Schmuck und auf den Gesichtern die dazu passende Blasiertheit. Ja, das hier war definitiv die Art von Gesellschaft, die Ianus bevorzugte.

Auf einer Bühne aus alten Schiffsplanken stand ein angeketteter Hexer, der von einem wuchtigen Glatzkopf beworben wurde. Die mit Borten überfrachtete Tunika des Sklavenhändlers war sichtlich zu eng für seinen ausladenden Körperbau. Drusus, wie er leibt und lebt. Da die Interessenten aufgeregt durcheinanderriefen und die Gebote stiegen, grinste er von einem Ohr zum anderen. Er gehörte zu Ianus' ältesten Gezeichneten und verdiente sich mit seinem Geschäft eine goldene Nase. Genau wie sein Meister, der selbstverständlich einen ordentlichen Anteil einstrich.

Und dann sah ich ihn. Ianus. Der aufgeblasene Gockel saß natürlich in der ersten Reihe. Er trug seit Jahrhunderten dieselbe menschliche Hülle, aber selbst wenn nicht, hätte ich seine ekelhaft stinkende Essenz überall wiedererkannt. Seinetwegen wünschte ich mir manchmal, Primus wären nicht unsterblich, nur damit ich ihn umbringen konnte. Langsam. Genüsslich. Qualvoll.

»Belial!« Ianus' schneidende Stimme riss mich aus meiner Gewaltfantasie. Er hatte mich entdeckt und winkte mich zu sich wie einen alten Freund – oder einen Hund. Beides inakzeptabel.

Tja, damit waren die Spiele wohl eröffnet. Ich setzte eine möglichst gleichgültige Miene auf und schlenderte auf meinen Erzfeind und sein widerliches Grinsen zu.

»Was für eine Überraschung, dich hier zu sehen!«, log er

mir mitten ins Gesicht. »Hat es dir im Palast nicht gefallen, dass du mich ausgerechnet hier aufsuchst?«

Gerade wollte ich ihm den süffisanten Kommentar zurück in seinen großkotzigen Hals stopfen, da sprang er auf und rief: »6.500 Sesterzen!«

Oh bitte ... Ianus war so durchschaubar. Natürlich musste er mich abwürgen, um mir sein Desinteresse zu demonstrieren.

»Willst du nicht mitbieten, Bel?«, erkundigte er sich, ohne seine dunklen Augen von der Auktion abzuwenden. Dann schlug er sich plötzlich mit der Hand gegen die Stirn. »Ach, richtig! Ich hätte fast vergessen, dass so was ja unter deiner Würde ist.«

»Würde kann ein sehr aufschlussreiches Konzept sein«, gab ich unterkühlt zurück. »Solltest du auch mal probieren.«

Ianus' Brauen schoben sich verärgert zusammen. »Bist du nur gekommen, um mich zu beleidigen?«

Ich zuckte mit den Schultern. »Solange du mir keinen anderen Grund für deine Einladung nennst, muss ich mir meine Zeit ja irgendwie versüßen.«

Langsam breitete sich ein spöttisches Lächeln auf Ianus' Lippen aus. Er setzte sich wieder und deutete auf den Platz neben sich.

»Mach es dir bequem, nimm dir etwas zu trinken und fühle dich ganz wie zu Hause. Rom ist nicht Malta, aber es wird dir gefallen.«

Ich biss mir auf die Zunge. Wenn er so weitermachte, würde mein Besuch sehr viel schneller enden als erwartet. Und zwar mit meiner Faust in seinem Gesicht.

»Wo wir gerade beim Thema sind ...«, presste ich hervor und setzte mich. »Gib mir meine Insel zurück, oder ich –«

»7.000 Sesterzen!«

Der dicke Händler auf der Bühne warf die Hände in die Luft. »Verkauft für 7.000 Sesterzen an den ehrenvollen Ianus!«

Applaus brandete auf und mein Gastgeber schien gleich doppelt zufrieden mit sich. »Verzeih, ich habe dich unterbrochen. Was wolltest du sagen?«

Sein abfälliges Grinsen verwandelte sein Gesicht in eine markige Landschaft. Ich hasste dieses Grinsen. Ach was. Ich hasste dieses Gesicht. Tatsächlich hatte ich nie verstanden, warum er an seinem Körper so einen Narren gefressen hatte. Die Hülle wirkte weder jung noch alt, weder kräftig noch schmächtig, weder attraktiv noch abschreckend. Alles daran war kantig und sehnig und von zu vielen Jahren gezeichnet.

»Nichts von Bedeutung«, gab ich übertrieben freundlich zurück. »Ich wollte dich nur vor der grausamen Vergeltung warnen, die auf dich wartet, wenn du mir meine Insel nicht zurückgibst. Das Übliche, du weißt schon.«

»Verstehe«, sagte Ianus großmütig. »Dann sollte ich dich im Gegenzug davon in Kenntnis setzen, dass mir deine Warnungen herzlich egal sind. Tatsächlich hätte ich sogar liebend gerne auf deine Gesellschaft verzichtet, allerdings scheint dem Hohen Rat daran gelegen zu sein, dass wir unsere Differenzen beilegen. Sie begrüßen es nicht unbedingt, dass sich zwei so hochrangige Mitglieder der Liga gegenseitig bekriegen. Aus diesem Grund haben sie von mir verlangt, dich für eine Weile nach Rom einzuladen. Offensichtlich hegen sie die Hoffnung, wir könnten uns vielleicht doch noch anfreunden.«

Das war so absurd, dass mir ein Lachen entwich. »Der Rat hat dich *gezwungen*, mich einzuladen? Dann richte ihnen bitte Folgendes aus: Wir werden niemals Freunde. Aber falls du Malta freigibst, könnten wir über einen Waffenstillstand nachdenken.«

»Ich glaube, du missverstehst mich«, meinte Ianus harsch. »Ich werde nicht mit dir handeln, dich nicht hofieren oder dir entgegenkommen. Malta gehört rechtmäßig mir. Also werde ich lediglich deine Gegenwart ertragen, um den Rat anschließend von deiner Uneinsichtigkeit zu unterrichten.«

Unsere Blicke verkeilten sich ineinander. Die Fronten waren geklärt und keiner von uns beiden hatte vor, auch nur ein Stück nachzugeben. Das würde wohl ein langer Sommer werden.

Das Gebot der Stunde

Die Eisenketten an meinen Handgelenken fühlten sich inzwischen nach einer richtig miesen Fehlentscheidung an. Anfangs waren sie nur ein nötiges Requisit gewesen, um unsere Geschichte glaubhaft zu machen, doch hier in den Höhlen schienen die Ketten mit jedem Schritt schwerer und schwerer zu werden. Meine Instinkte rieten mir lautstark zur Flucht. Es gelang mir nur, sie im Zaum zu halten, weil ich mich immer wieder daran erinnerte, dass ich das Richtige tat. Ich würde Ianus das Handwerk legen. Ich würde einen Dämon in die Schranken weisen. Ich würde Daphne rächen.

Thanatos hatte mir einen Tag Bedenkzeit gegeben, aber mir war schon nach ein paar Stunden klar gewesen, wie meine Antwort lauten musste. Wenn ich mir jemals wieder selbst in die Augen sehen wollte, blieb mir keine andere Wahl – ganz gleich, welche Risiken ich damit einging. Allerdings war ich weder naiv noch lebensmüde, deshalb hatte ich sowohl von Thanatos als auch Lucian einen Schwur gefordert: Jeden Tag würden sie am Circus Maximus auf Nachricht von mir warten, und sollte ich – unabhängig von meinem Erfolg – aussteigen wollen, waren sie verpflichtet, mich rauszuholen. Das vermittelte mir zumindest einen Hauch von Sicherheit.

Lucian bahnte sich unaufhaltsam einen Weg durch die Menge. Er trug einen Umhang, dessen Kapuze er sich tief ins Gesicht gezogen hatte. Eine Vorsichtsmaßnahme, um nicht erkannt zu werden. Aus demselben Grund war Thanatos gar nicht erst mitgekommen. Seine zweifelhafte Berühmtheit als Brachion hätte unseren Plan gefährdet – besonders, da es auf diesem zwielichtigen Markt vor Dämonen nur so wimmelte. Mir wurde von den vielen Illusionen und der Macht, die überall herumschwirrte, schon ganz schwindlig. Also konzentrierte ich mich auf Lucians Rücken und ließ mich von ihm an den Felswänden entlang hinter eine improvisierte Bühne lotsen.

»Du bist spät dran«, hörte ich eine männliche Stimme raunzen. Ein pockennarbiger Aufseher schob Lucian beiseite und packte ungefragt meine Ketten, um mich zu begutachten. Er stank erbärmlich, aber glücklicherweise blieb ihm für eine ausgiebige Musterung keine Zeit. Ganz wie Thanatos es geplant hatte.

»Wird Drusus sie kaufen oder nicht?«, blaffte Lucian ihn an. Der Aufseher schaute nervös zur Bühne. Dort oben hatte sein Herr gerade alle Hände voll zu tun. Er war unabkömmlich. Auch das gehörte zum Plan. Je weniger Personen sich an Lucians Gesicht oder die Umstände meines Verkaufs erinnerten, desto besser.

»Also gut«, brummte der pockennarbige Mann und kramte einen Beutel mit Münzen hervor. »Und jetzt verschwinde!«

Lucian nahm das Geld, drehte sich um und tauchte in der Menge unter – ohne einen letzten Blick zurück.

Ich schluckte schwer. Eigentlich war ich längst daran gewöhnt, auf mich gestellt zu sein, aber Lucian hatte mich nicht nur allein gelassen, sondern auch meine Identität mitgenommen. Ab jetzt war ich kein freier Mensch mehr. Ab jetzt war ich eine Sklavin.

»Du bist die Nächste!« Der Aufseher zerrte mich auf die Bühne und damit mitten ins Zentrum der Aufmerksamkeit. Während er ein paar Worte mit seinem Herrn wechselte, spürte ich, wie sämtliche Augenpaare sich auf mich richteten. Die meisten davon gehörten Dämonen, die mich ansahen wie ein Stück Fleisch, das praktischerweise Emotionen produzieren konnte. Obwohl ich damit gerechnet hatte, klopfte mir das Herz bis zum Hals. Jetzt kam es auf mich an. Ich durfte weder Angst noch Demut oder Schwäche zeigen. Thanatos' Anweisungen waren diesbezüglich eindeutig gewesen. Um jemanden wie Ianus zu ködern, brauchte es offenbar mehr als ein hübsches Erscheinungsbild – wobei auch das nicht zu vernachlässigen war. Deshalb trug ich eine hauchzarte Tunika, die durch einen geflochtenen Gürtel eng an meinen Körper gepresst war, und eine schlichte Hochsteckfrisur. So konnte jeder an meinem blanken Nacken erkennen, dass meine Seele noch mir gehörte.

Unauffällig ließ ich meinen Blick über die Menge schweifen. Sehr lange musste ich nicht nach dem dunkelhaarigen Dämon suchen, dessen Interesse ich wecken sollte. Ianus, der *Schrecken von Rom*, thronte in der ersten Reihe, als wäre er der Kaiser höchstpersönlich.

»Werte Unsterbliche!« Unwillkürlich zuckte ich unter dem dröhnenden Bass des Sklavenhändlers zusammen. »Mein letztes Angebot für heute ist eine wahre Perle im Meer der Durchschnittlichkeit! Ein kurzfristiger Neuzugang, den ich euch nicht vorenthalten will.«

Der Aufseher versetzte mir einen kräftigen Stoß, durch den ich direkt in Drusus' wulstigen Armen landete. Aus der Nähe konnte ich sehen, dass dessen Haut über und über mit Siegeln bedeckt war. Er musste also ein hochrangiger Gezeichneter sein, der einen Teil seiner Emotionen gegen Privilegien wie verbesserte Sinne, Kraft oder Ausdauer eingetauscht hatte.

»Ein junges Mädchen von ausgewählter Schönheit und hervorragender Gesundheit«, fuhr Drusus mit seiner Präsentation fort. »Und das Beste: Man hat mir versichert, ihre Seele sei gänzlich unberührt. Sie wurde offenbar gut darin geschult, ihren Geist zu schützen. Starke Mauern, intakt und ungebrochen. Weil mir die Zeit fehlte, es überprüfen zu lassen, gewähre ich euch die Möglichkeit, die Fähigkeiten des Mädchens selbst auf die Probe zu stellen!«

Seine reißerische Aufforderung war kaum verklungen, da begann die Luft vor Energie zu vibrieren. Lucian hatte mich gewarnt, dass die Dämonen versuchen würden, von meinen Emotionen zu kosten, doch die schiere Macht ihres Ansturms übertraf meine schlimmsten Erwartungen. Mindestens zehn unterschiedliche Primus-Essenzen attackierten gleichzeitig meine Mauern. Es fühlte sich an, als würde ich unter einem Erdrutsch begraben werden. Ich keuchte auf. Tränen stiegen mir in die Augen. Auch mit eisernem Willen konnte ich nicht verhindern, dass meine Knie unter mir nachgaben. Das war es dann wohl mit meinem selbstbewussten Auftreten, aber alles war besser, als diese widerlich gierigen Dämonen in meinen Geist eindringen zu lassen. Meine Gefühle gehörten mir!

Durch das Rauschen in meinen Ohren hörte ich, dass die Zuschauer aufgeregt durcheinanderriefen. Sie boten auf mich – und auf meinen Schmerz. Da krallte sich eine Hand in meine Haare und zerrte mich auf die Beine. Drusus wollte seinen Kunden offenbar eine noch bessere Sicht auf meinen Kampf ermöglichen und damit die Preise in die

Höhe treiben. Sein gehässiges Lachen gab mir den Rest. Instinktiv vergaß ich meine Rolle als Sklavin und knallte ihm meinen Ellbogen ins Gesicht. Beinahe sofort ließ der mentale Druck nach. Stattdessen setzte allgemeines Johlen ein. Vor Erleichterung hätte ich am liebsten geweint und sah Drusus' Gegenschlag nicht kommen. Sein Handrücken traf mich so heftig, dass mein Kopf zur Seite flog. Ein metallischer Geschmack breitete sich in meinem Mund aus. Dieser Kerl besaß definitiv mehr Kraft, als ein normaler Mensch haben dürfte.

»Ihr seht, sie ist ein ungezähmter Wildfang!«, höhnte der Sklavenhändler. »Sie stammt aus dem persönlichen Besitz der Hohepriesterin Lucusta, die offenbar mit der Widerspenstigkeit ihrer Sklavin überfordert war.«

Lucustas Name rief mir urplötzlich wieder unseren Plan ins Gedächtnis. Eigentlich war mir nicht wohl dabei gewesen, die Hohepriesterin ohne ihr Wissen in diese Sache mit reinzuziehen, aber es bestand nun einmal die Gefahr, dass sich irgendein Tempelbesucher an mich erinnerte. Umso wichtiger war es nun, die Angelegenheit durchzuziehen. Also richtete ich mich auf, ignorierte das Blut, das mir über die Lippe floss, und starrte mit allem Stolz, den ich aufbringen konnte, in die Menge.

Die Gebote überschlugen sich. Drusus frohlockte, aber der eine Dämon, auf den es ankam, schien sich kein bisschen für mich zu interessieren. Ianus flackte in seinen Kissen und zog eine griesgrämige Miene. Der Grund dafür saß ganz offensichtlich neben ihm: Ein blonder Primus, den ich nie zuvor gesehen hatte – weder bei den Spielen noch bei irgendwelchen Triumphzügen oder anderen öffentlichen Feierlichkeiten. Seine aquamarinfarbenen Augen waren wie so viele andere auf mich gerichtet, doch darin glänzte keine Gier, sondern nur blanke Verachtung. Er wirkte geradezu abgestoßen von meinem Anblick.

»Kommt schon, Leute!«, beschwerte sich Drusus. »Höre ich 10.000 Sesterzen? Sie wird jede einzelne Münze wert sein! Und falls nicht, nehme ich sie wieder zurück und habe selbst meinen Spaß mit ihr.«

Ich biss mir auf die Zunge, um dem ekelerregenden Fleischberg nicht Kontra zu geben, da brach Ianus auf einmal in Gelächter aus. Er hob eine Hand und rief: »50.000 Sesterzen.«

Sein unerwarteter Einstieg in die Auktion löste schockiertes Schweigen aus. Niemand hatte mit einer so wahnwitzig hohen Summe gerechnet. Nicht für eine einfache Sklavin. Dabei schenkte Ianus mir noch immer keinerlei Beachtung. Es musste irgendeinen anderen Grund für sein Gebot geben. Vielleicht hatten Thanatos und Lucian sich ja mit ihrer Einschätzung geirrt, dass ich genau in sein Beuteschema fallen würde?

Selbst Drusus schien verwirrt. Er holte Luft, um etwas zu sagen, doch Ianus kam ihm zuvor.

»Ist das etwa Mitleid in deinem Blick?« Ianus' Frage galt seinem blonden Gast, dessen markante Kiefer so fest zusammengepresst waren, dass sich seine Muskeln unter der Haut abzeichneten. »Für einen Primus, der sich selbst so gerne als die *Personifikation des Bösen* betitelt, bist du erstaunlich zart besaitet, Belial.«

Die Umstehenden lachten, woraufhin sich das Gesicht des blonden Kerls weiter verfinsterte. Wütend funkelte er Ianus an. »Verwechsle mein Missfallen nicht mit Mitleid. Du kennst meine Meinung zur Sklaverei. Sie langweilt mich.«

Belial sprach mit samtweicher Arroganz, doch die Macht, die dahinter brodelte, ließ jedes Lachen verstummen. Offensichtlich war er nicht nur der Einzige hier, der den Mut besaß, Ianus öffentlich zu widersprechen, er war auch der Einzige, der es sich erlauben konnte.

Neben mir begann Drusus seine Wurstfinger zu kneten. Ich wartete nur darauf, dass er diese unselige Auktion endlich beendete und Ianus den Zuschlag erteilte, doch er tat nichts dergleichen. Stattdessen stieß er ein gekünsteltes Kichern aus und versuchte, die Ehre seines Berufsstands zu retten. »Mein teurer Belial, du unterschätzt das Vergnügen absoluter und vollständiger Unterwerfung. Falls du es einmal ausprobieren möchtest, hätte ich ein paar gute Angebote für dich.«

»Ich kenne das Vergnügen absoluter und vollständiger Unterwerfung«, schnaubte der blonde Primus herablassend. »Allerdings verehren oder fürchten mich die Menschen aus freien Stücken. Ich habe es nicht nötig, mir dieses Vergnügen zu *erkaufen*.«

Du lieber Himmel! Für einen kurzen Moment hatte Belial meine Achtung gehabt, doch jetzt erkannte ich, dass der Typ schlicht größenwahnsinnig war. Es reichte ihm wohl nicht, sich mit Ianus anzulegen. Nein, er musste auch noch alle übrigen Dämonen beleidigen. Sein Glück, dass die hiesigen Unsterblichen anscheinend schwer von Begriff waren. Wenn sie erst einmal kapierten, dass man sie gerade allesamt als faul und inkompetent bezeichnet hatte, würde dieser Zwischenfall ganz schnell in einer Katastrophe enden. Schon jetzt ertönte gedämpftes Raunen, das sicherlich bald in Empörung umschlagen würde.

Plötzlich erhob sich Ianus und sorgte mit einer beiläufigen

Geste für Ruhe. Jede Faser seines Seins strahlte zwielichtige Intelligenz und scharfsinnige Boshaftigkeit aus.

»Offensichtlich muss sich unser lieber Belial seine begrenzte finanzielle Situation mit Idealismus schönreden«, teilte er der Menge mit. »Habt Nachsicht mit ihm. Unseren Lebensstil kann sich nun einmal nicht jeder leisten.«

Sein Spott löste Erheiterung aus. Sogar Belial lächelte. Es war ein gefährliches Lächeln, das perfekt zum frostigen Glitzern seiner Augen passte. Als er sich ebenfalls erhob, hielten alle den Atem an.

»100.000 Sesterzen!«, verkündete er.

W-was?!

Wie in Zeitlupe verarbeitete mein Verstand die Zahl, die Belial gerade in den Raum geworfen hatte. Das durfte doch nicht wahr sein! Warum musste ausgerechnet ich zwischen die Fronten einer dämonischen Streitigkeit geraten, nur weil irgendein uralter, in seiner Ehre gekränkter Kerl sich gezwungen sah, seine finanzielle Potenz unter Beweis zu stellen? Das war nicht gut. Gar nicht gut. Genau genommen war das sogar richtig übel. Meine Abmachung mit Thanatos und Lucian galt schließlich nur für Ianus. Ich durfte also auf gar keinen Fall an jemand anderen verkauft werden. Am Ende müsste ich für den Rest meiner Tage Sklavin eines eingebildeten Schönlings sein, während Ianus weiterhin sein Unwesen trieb.

Das neue Gebot veranlasste die Zuschauer zu hitzigem Gemurmel. Ianus und Belial kümmerte das nicht. Sie waren zu sehr mit ihrem Blickduell der Selbstherrlichkeit beschäftigt. Von Angesicht zu Angesicht wirkten die zwei wie grundverschiedene Männer: Einerseits der drahtige Südländer in mittleren Jahren mit prägnanten Falten, silbernen Schläfen und einer vernarbten Oberlippe. Andererseits ein blonder Athlet in meerblauer Tunika, dessen makellose Proportionen jeden Bildhauer in Entzücken versetzen würden. Doch mich konnte dieser schöne Schein nicht täuschen. Ich sah nur zwei Seiten derselben Medaille. Zwei Dämonen. Zwei Raubtiere. Zwei riesengroße Egos.

Die Spannung zwischen den beiden stieg spürbar und erreichte ein so besorgniserregendes Niveau, dass Drusus neben mir Schweißausbrüche bekam. Er bemühte sich erfolglos, die Situation wieder zu entschärfen, als Ianus unvermittelt rief: »150.000 Sesterzen!«

Seine Stimme schnitt mühelos durch das Geplapper der Dämonen und wendete das Blatt erneut. Gut! Oder auch nicht. Sein Gebot rettete zwar den Plan, aber der horrende Geldbetrag versetzte mich gleichzeitig in Angst und Schrecken. Ich wollte mir gar nicht ausmalen, was ein Dämon wie Ianus mit einer Sklavin machte, die ihn so viel Geld gekostet hatte.

»200.000 Sesterzen«, erhöhte Belial, ohne mit der Wimper zu zucken.

Was zum Henker ...?

Diesem Typen musste doch klar sein, dass er nicht gewinnen konnte. Nicht in dieser Stadt.

Während mir vor Panik schlecht wurde, starrten sich die beiden Kontrahenten weiterhin in Grund und Boden.

»Das ist viel Geld für eine Sterbliche«, stellte Ianus fest.

Belial lachte leise. »Sag bloß, du kannst dir deinen Lebensstil plötzlich nicht mehr leisten?«

Für einen Moment glaubte ich, die zwei würden sich an die Kehle gehen. Doch dann richtete Ianus seine dunklen Augen auf die Bühne. Obwohl sein Blick mich nur kurz streifte, brannte er sich wie glühendes Metall in meine Erinnerung. Drusus ging es nicht viel besser, zumal Ianus' Aufmerksamkeit nun ihm galt. Der Sklavenhändler erschauderte, bevor er kaum merklich nickte – fast so, als hätten er und der Dämon gerade eine Abmachung getroffen. Daraufhin erschien ein zufriedenes Lächeln auf Ianus' Gesicht.

»250.000 Sesterzen!«

Sofort schoss Drusus' Arm in die Höhe. »Verkauft! An unser hochgeschätztes Ratsmitglied Ianus!«

Wollen wir wetten?

Hiro und Grim erwarteten mich am Portal. Die Germanin hielt ihren Kopf gesenkt, weil sie versuchte, ein blaues Auge vor mir zu verbergen. Dabei guckte sie genauso schuldbewusst drein wie Hiro. Ich schüttelte den Kopf und fragte gar nicht erst, was passiert war. Vermutlich hatte mein Leibwächter verhindert, dass Grim einen der hiesigen Hexenhändler umbrachte. Andernfalls würden sie nämlich nicht hier stehen, sondern in irgendeinem Kerker darauf warten, dass ich sie aus ihrer misslichen Lage rausboxte.

»Lasst uns verschwinden«, brummte ich mürrisch und betrat die Portalkammer. Heute kamen die beiden ausnahmsweise um eine Standpauke herum. Ich konnte mich ja schließlich schlecht über mangelnde Selbstbeherrschung beschweren, wenn ich mich diesbezüglich auch nicht gerade mit Ruhm bekleckert hatte.

Meine Unachtsamkeit ärgerte mich. Dieser Markt und die Naivität des Sklavenmädchens hätten mich nicht so aus dem Konzept bringen dürfen. Aber ihr Verhalten war derart unklug gewesen, dass ich beinahe selbst in ihren Geist eingedrungen wäre, nur um sie aufzurütteln. Ihr hätte klar sein müssen, dass Widerspenstigkeit und Stolz auf Dämonen so unwiderstehlich wirkten wie ein Honigtopf auf hungrige Bären.

Nichtsdestotrotz war ich es gewesen, der ihr Schicksal besiegelt hatte. Durch meine Missbilligung war Ianus überhaupt erst auf sie aufmerksam geworden. Ganz zu schweigen von meinen Geboten, die zusätzlich Öl ins Feuer gegossen hatten. Kein sehr vielversprechender Auftakt für meinen Besuch hier, aber das würde ich ändern.

Nachdem mir meine Begleiter in die Portalkammer gefolgt waren, wollte ich gerade das Tor schließen, als mich eine spöttische Stimme aufhielt.

»Ergreifst du etwa schon die Flucht?«

Ich unterdrückte ein Stöhnen und stieß das Tor wieder auf. »Nicht doch, Ianus. Den Gefallen werde ich dir nicht tun.«

»Gut«, lachte mein Gastgeber, umgeben von fünf anderen Primus. Unaufgefordert drängten sie sich alle zu uns in die Kammer. »Meine Freunde sähen es nämlich gerne, wenn du mit uns speist. Nach deiner Vorstellung eben erwarten sie offenbar einen ereignisreichen Abend.«

Na wunderbar. Eigentlich hatte ich vorgehabt, vor Ianus in den Palast zurückzukehren, um mich dort ungestört ein wenig umzuschauen, aber das konnte ich jetzt wohl vergessen.

»Solange ich nicht heucheln muss, dich zu mögen«, murmelte ich.

Die Primus lachten.

»Genau darauf hoffen wir«, meinte einer von ihnen.

Das würdigte ich mit keiner Antwort. Meine Geduld hing ohnehin an einem seidenen Faden. Ich wusste schon, warum ich die feine Oberschicht der Liga normalerweise mied wie eine stinkende Kloake. Den ganzen Weg in den Palast und durch den Palast übertrafen sich Ianus' Gäste in selten dämlichem Gesülze und Lobhudeleien. Aber es kam noch schlimmer, denn im kaiserlichen Speisesaal erwarteten uns weitere Primus der herausgeputzten, römischen Elite. Es war fast ein bisschen schade, dass das durchaus bemerkenswerte Ambiente des Saals durch die fürchterliche Gesellschaft verhunzt wurde. Von der Decke fielen Rosenblüten und spärlich bekleidete Tänzerinnen wiegten sich im Takt exotischer Melodien. Dazu kam eine kleine Armee aus Sklaven in goldenen Gewändern, die uns mit Getränken und Köstlichkeiten empfing – wobei die wahren Köstlichkeiten ihre menschlichen Emotionen sein würden. So gerne ich etwas an Ianus' Geschmack auszusetzen gehabt hätte, musste ich doch zugeben, dass mir die Szenerie durchaus zusagte.

»Willkommen in meinem bescheidenen Heim!«, rief der Hausherr. Ein Sklave eilte herbei, um ihm seine Toga abzunehmen. Die rote Tunika, die er darunter trug, streifte er sich einfach von den Schultern, sodass der Rest des Kleidungsstücks an seinem Gürtel herunterhing. Es war Tradition unter Primus, zu derartigen Anlässen den Rücken zu entblößen. Daher taten es ihm seine männlichen Gäste gleich, wogegen die Damen bereits mit rückenfreien Roben vorgesorgt hatten. Bei der Regelmäßigkeit, mit der manche von uns ihre menschlichen Hüllen wechselten, war das Symbol auf unserem Rücken die einzige Möglichkeit, uns gegenseitig zu erkennen. Und ich erkannte so manche, auch wenn ich die meisten schon seit etlichen Dekaden nicht mehr gesehen hatte.

Da waren Ianus' engster Freund Apoll und seine Schwester Diana sowie Pluto, der mit seiner bildschönen Tochter Mirabelle hier war. Die blutjunge Prima konnte höchstens zwei Jahrhunderte alt sein, bewies jedoch mit ihrer brünetten Hülle einen beeindruckend erlesenen Geschmack. Außerdem entdeckte ich Dareius und seine Partnerin Elektra, die es beide auf einen Sitz im Hohen Rat abgesehen hatten, aber von Ianus ausgestochen worden waren. Und natürlich Lexian Ankou, der Sohn des Ratsoberhaupts, der auf keinem Fest diesseits des Äquators fehlte und Skandale anzog wie das Licht die Motten. Die übrigen Primus waren zu jung, als dass ich mir die Mühe gemacht hätte, mir ihre Namen zu merken. Vermutlich Speichellecker mit der Absicht, in höhere Kreise aufzusteigen.

»Wir heißen heute einen Neuling in unserer illustren Runde willkommen«, fuhr Ianus fort, während er sich auf einer der gepolsterten Liegen niederließ. »Belial, ein ... alter Bekannter meiner Wenigkeit. Falls ihr ihn noch nicht kennt, werdet ihr ihn ganz gewiss bald kennenlernen.«

Das war wohl mein Stichwort – und die kümmerlichste Ankündigung, die ich jemals erhalten hatte. Aber wer brauchte schon beschönigende Worte, wenn man über mein einnehmendes Wesen verfügte? Ianus' Anhängerschaft würde sich schon bald fragen, ob sie nicht dem falschen Primus die Stiefel leckte.

Ich befreite meinen Oberkörper von allem überflüssigen Stoff und spazierte schnurstracks ins Zentrum des Saals. Unterwegs entfesselte ich meine Macht und fühlte meine Augen pechschwarz werden. Viele Primus gaben sich im Alltag keine Mühe damit, ihre wahre Essenz gänzlich zu verbergen, doch ich hatte es mir mit eiserner Disziplin angewöhnt. Nicht, dass ich es nicht liebte, mich in meiner vollen Pracht zu zeigen – ganz im Gegenteil. Nur gab es etwas, das ich weitaus mehr liebte: Die Überraschung auf den Gesichtern meiner Feinde, wenn sie begriffen, wie sehr sie meine wahre Macht unterschätzt hatten. Genau dieser Ausdruck, der sich gerade auf den sprachlosen Mienen von Ianus' Gästen breitmachte.

Ein guter Anfang, aber längst nicht genug, um dieser eingebildeten Gesellschaft ein wenig Respekt abzuringen. Also strich ich mit meiner Energie unmerklich durch die Gedanken von Ianus' Sklaven. Natürlich waren sie durch seine Siegel vor fremdem Zugriff geschützt, doch mein werter Gastgeber hatte wohl vergessen, dass ich ein gewisses Talent darin besaß, derartige Schutzmaßnahmen zu umgehen. Sein Pech, denn es brauchte nur einen kleinen mentalen Schubs und schon musste Ianus mit ansehen, wie jeder einzelne seiner Sklaven vor mir auf die Knie ging.

»Das ist es also? Das glanzvolle Rom, von dem alle so schwärmen?«, erkundigte ich mich mit samtiger Stimme und ließ mich unbeeindruckt auf die Liege zur Rechten des Hausherrn fallen. »Ist ja ganz nett, aber ich hatte mir etwas ... Außergewöhnlicheres vorgestellt.«

Zum Abschluss stieß ich ein gelangweiltes Seufzen aus und rief meine Macht zurück, bis alles wieder beim Alten war. Dann bediente ich mich an Ianus' Weintrauben, warf mir eine in den Mund und genoss die Sprachlosigkeit, die mein Auftritt hervorgerufen hatte.

Apoll war der Erste, der seine Fassung wiederfand. Der Gute besetzte zurzeit einen Körper, der ihn wie einen halbstarken Jüngling mit weißgoldenen Haaren wirken ließ. Nett und unbescholten. Ich kannte ihn besser. Apoll war ein Scheusal allererster Güte.

»Wie hast du das gemacht?«, fragte er mit glänzenden Augen. »Wie konntest du Ianus' Siegel umgehen?«

Ich zuckte mit den Schultern.

Grim!

Meine Gezeichnete reagierte sofort. Sie wusste, was ich von ihr erwartete, und antwortete mit unterkühlter Selbstverständlichkeit: »Belial wird von den Menschen nicht umsonst Meister der Täuschung und Verführung genannt, der Herr der Lügen, der Sohn der Finsternis und –«

»Oh bitte!«, fiel Ianus ihr ins Wort. »Welcher Esel hat sich denn diesen Schwachsinn ausgedacht?«

Sein verärgerter Tonfall glich einem Peitschenhieb und war Musik in meinen Ohren. Allerdings konnte sein Gemütszustand nicht mit dem mithalten, was sich gerade hinter meinem Rücken zusammenbraute. Grimhild kochte vor Zorn. Sie war nämlich besagter Esel.

Durchatmen!, befahl ich ihr. Es war alles so gut gelaufen, da konnte ich einen ihrer berüchtigten Wutausbrüche nicht gebrauchen.

Wenn der mich noch mal beleidigt, macht sein haariger Hintern Bekanntschaft mit meinem Hexenfeuer!

»Schwachsinn hin oder her«, mischte sich nun der langhaarige Lexian ein und prostete mir zu. »Das war ein eindrucksvoller Auftritt. Wenn ihr mich fragt, solltet ihr ihn in euren kleinen Pantheon aufnehmen. Ein Herr der Lügen würde sich unter den Olympischen Göttern gut machen.«

»Unser *kleiner Pantheon* ist voll«, schnauzte Pluto, der mich fast so wenig leiden konnte wie Ianus. Ich ignorierte seine Provokation und schob mir eine zweite Traube in den Mund.

»Gib dir keine Mühe, Lex. Ich steige nicht als unwichtiger Nebengott in eine Religion ein, die ihren Zenit längst überschritten hat. Ich investiere lieber in die Zukunft.«

Elektras glockenklares Lachen hallte durch den Saal. »Richtig, hat Bel nicht kürzlich diese Sekte gegründet?«

»Die Christen«, gab Dareius ihr grinsend recht.

»Niedlich«, befand Diana.

Ihr Spott prallte an mir ab – wie immer, wenn dieses Thema angeschnitten wurde. Mir war ohnehin klar, dass hier niemand meine Visionen teilte. »In einer Welt mit vielen Gottheiten muss man teilen. Ich bevorzuge einen Glauben, dessen Furcht sich auf eine einzige Sache konzentriert.« Eine weitere Traube landete in meinem Mund. »Mich.«

»Interessantes Konzept«, meinte Apoll. »Nur in der Umsetzung wird es wohl hapern.«

»Wir werden sehen«, konterte ich ungerührt.

Gerade wollte Diana noch etwas hinzufügen, als ein gedrungener Sterblicher in Prätorianeruniform den Saal betrat. Abgesehen von seiner Kleidung strahlte nichts an dem Mann militärische Disziplin aus – als hätte man einen abgeranzten Halunken als Soldaten verkleidet. Ich hätte meinen Namen darauf verwettet, dass er für seinen Meister die Drecksarbeit erledigte.

»Ah, Tigellinus«, rief Ianus und winkte seinen Präfekten näher. »Ich sehe, du bringst mir meine neusten Errungenschaften.«

Hinter dem Prätorianer schlurften eine ganze Reihe von Sklaven herein, die Ianus offenbar alle heute in den Höhlen erstanden hatte.

»Nur zwölf?«, scherzte der jungenhafte Apoll. »Wirst du etwa bescheiden auf deine alten Tage?«

Ianus tat die Bemerkung amüsiert ab, aber sein Blick wurde glasig vor Verlangen. An und für sich war daran nichts auszusetzen, wenn ich nicht genau gewusst hätte, dass sich Ianus' Verlangen hauptsächlich auf Gewalt und Schmerz konzentrierte. Kein Wunder, dass er einen derart hohen Sklavenverschleiß hatte.

Als die Neuankömmlinge sich ordentlich aufgereiht hatten, sprang Ianus auf und trat in die Mitte, um seinen neuen Besitz zu begutachten.

»Oh, darf ich heute einem der Sklaven seinen Namen geben? Bitteee!«, rief Mirabelle begeistert und relativierte damit ihre hinreißende Erscheinung. Ich verkniff mir eine Grimasse. Manche Leute könnten definitiv davon profitieren, wenn sie nie den Mund aufmachen würden.

»Aber natürlich, meine Liebe! Welch schlechter Gastgeber würde dir dieses Vergnügen vorenthalten?«

Er gab Tigellinus ein Zeichen, woraufhin der einen verschüchterten Burschen ins Zentrum des Gelages stieß. Ich erkannte in ihm den Hexer, den Ianus ersteigert hatte, als ich gerade angekommen war.

»Also, was denkst du?«, erkundigte Ianus sich bei Mirabelle. »Wie soll er heißen?«

»Er sieht aus wie ein ... Perditus«, meinte die nun nicht mehr ganz so attraktive Prima.

Ianus jubelte. »Was für ein treffender Name!«

Ausnahmsweise musste ich ihm recht geben. Perditus hieß so viel wie ›Verloren‹, und dieser Hexer war definitiv verloren.

»Gib mir deine Hand, Perditus!«, befahl ihm sein neuer Herr.

Oh bitte! Er würde doch nicht ...? Hier vor allen?

Quälend langsam entfaltete sich Ianus' Macht, bis meine Sinne erfüllt waren vom widerlichen Geruch nach Blut und Rauch. Mit einem Dolch, den Tigellinus ihm reichte, schnitt er in die Handfläche des Hexers.

»Ich fordere deine Seele!«, verkündete Ianus feierlich und tat damit den ersten Schritt, der für eine Seelenbindung nötig war: sein Interesse bekunden. Anschließend bedurfte es noch des Blutes und der Zustimmung des Opfers.

»Schenke sie mir! Sprich die Worte!« Ianus' Augen schimmerten silbern, weil er sich von der Angst des Jungen nährte. Und der gehorchte.

»Meine Seele sei dein, Ianus.«

Kaum hatte er den verhängnisvollen Satz beendet, brach der Sklave auch schon schreiend zusammen. Ianus' Zeichen brannte sich qualvoll in seinen Nacken ein, als Beweis ihres Handels – wobei man wohl schlecht von Handel sprechen konnte, denn dieser Junge hatte keine Wahl gehabt. Eine Energiewelle flutete den Raum und sorgte unter den Gästen für wohlige Euphorie und bei mir für Abscheu.

»Den Nächsten möchte ich benennen«, vermeldete Dareius und das Spiel begann von vorne.

Ich warf die restlichen Trauben zurück in die Schale. Mir war der Appetit vergangen. Die Seele eines Menschen zu zeichnen, war eigentlich eine intime Angelegenheit. Das Ende einer kunstvollen Verführung und der Anfang einer lebenslangen Gefolgschaft. Sicherlich gehörten auch Täuschung und andere Tricks dazu, doch der Triumph war erst vollkommen, wenn man eine Seele aus freien Stücken geschenkt bekam. Das, was Ianus hier veranstaltete, war einfach nur würdelos und eine Schande für unsere Art.

Nachdem die Hälfte der Sklaven ihrer Seelen beraubt worden waren und sich die Primus in einen wahren Rausch hineingesteigert hatten, hielt ich es nicht mehr aus. Ich wollte gerade aufstehen und den Saal verlassen, als Ianus auf mich aufmerksam wurde.

»Was ist aus deiner guten Laune geworden, Bel? Du siehst ja schon fast so verbissen aus wie deine beiden Leibwächter«, stichelte er. »Schlägt es dir etwa aufs Gemüt, dass du nicht länger im Mittelpunkt stehst?«

Wie ich den Kerl hasste! Und das Schlimmste war, dass

ich jetzt nicht mehr gehen konnte, ohne ihm indirekt recht zu geben.

»Nicht doch«, erwiderte ich mit all meinem Charme. »Meine schwindende Laune hat eher grundsätzlich etwas mit deiner Gegenwart zu tun.«

Ianus schmunzelte. Meine kleine Spitze schien ihn nicht zu stören, denn er wusste, dass er im Moment am längeren Hebel saß.

»Wenn das so ist, sollte es meine Pflicht als dein Gastgeber sein, dich abzulenken.« Er breitete die Arme aus und wandte sich an die anderen. »Was denkt ihr? Vielleicht sollte auch Bel einem meiner Sklaven einen Namen geben dürfen.«

Echter Beifall und gehässige Zustimmung füllten den Saal.

»Kein Interesse«, meinte ich kühl.

»Sicher?«, lachte Ianus. »Wie wäre es mit dem Mädchen, das mich dank dir ein kleines Vermögen gekostet hat?«

Seine Macht schlang sich um eine dunkelhaarige Sklavin und zwang sie, vorzutreten. Tatsächlich war es dasselbe Mädchen, das dem Sklavenhändler in den Höhlen beinahe die Nase gebrochen hatte. Sie war mir bis jetzt nicht aufgefallen, weil sie ihren Kopf gesenkt hielt und sich eine unterwürfige Haltung zugelegt hatte. Das genaue Gegenteil von ihrem Verhalten auf dem Markt. Entweder hatte sie endlich etwas dazugelernt oder sich ihrem Schicksal ergeben. Wie auch immer, ich würde mich nicht in Ianus' Spielchen reinziehen lassen.

»Kein Interesse«, wiederholte ich.

»Ist das zu fassen?« Ianus setzte ein überraschtes Gesicht auf, bevor er breit grinste. »Dann bleibt wohl mir die Ehre, meinem neuen Schmuckstück einen Namen zu geben.«

Er richtete seinen schwarzen Blick auf die junge Frau und

begann sie zu umrunden. Ein Schauspiel, das er voll und ganz auskostete, um ihr Unbehagen zu steigern. Sie hatte zwar noch immer ihre Abwehr oben, aber ihre Körpersprache war deutlich genug.

»Haare dunkel wie die Nacht«, murmelte Ianus und packte ihr Kinn. »Eine Haut wie Mondlicht.« Seine Finger drückten sich tief in ihre Wangen, als er ihren Kopf zu sich drehte. »Augen, die an die Dämmerung erinnern. Und doch brennt darin ein Feuer. Gleich der Sonne, die hervorzubrechen droht.« Er beugte sich vor, roch an ihrer Schläfe und seufzte. »Ich werde dich Aurora nennen. Wie die Morgenröte.«

So widerwärtig seine Darbietung auch war, kam ich nicht umhin, seiner Entscheidung gewisse Anerkennung zu zollen. Der Name war die perfekte Wahl.

»Schenk mir deine Seele, Aurora«, forderte Ianus. Ohne das Gesicht der Sklavin loszulassen, trat er hinter sie und legte seinen Dolch an ihre Kehle. Jetzt konnte ich direkt in die dunkelblauen Augen der jungen Frau schauen, während die Klinge in ihre Haut schnitt. Ein einzelner Blutstropfen floss über ihren schlanken Hals. Mehr brauchte es nicht für das Seelenritual.

Ich schluckte meinen Widerwillen runter und zwang mich zu einer ausdruckslosen Miene. Andernfalls würde Ianus das Leiden des Mädchens nur unnötig in die Länge ziehen, um mich zu provozieren.

»Sag es!«, zischte er ihr ins Ohr.

Die Sklavin begann zu zittern. Ihre großen Augen füllten sich mit Tränen, aber sie gab keinen Laut von sich. Ihr Stolz war also doch nicht gänzlich gebrochen. Diesmal rang sie mir jedoch Bewunderung ab. Es kostete Mut, sich jemandem wie Ianus zu widersetzen.

»Versprich mir deine Seele oder du hast heute deinen letzten Atemzug gemacht!«

Zorn schwang in seiner Stimme mit. Er war es nicht gewohnt, dass jemand seine Befehle missachtete. Schon gar nicht eine Sklavin. Doch das Mädchen schwieg noch immer.

»SAG ES!«, brüllte er. »SAG DIE WORTE!«

Sein Dolch schnitt tiefer in ihren Hals. Gleichzeitig spürte ich, wie Ianus' Macht sich auf ihren Geist stürzte. Ich gab ihr drei Atemzüge, bevor ihre Mauern unter der rohen Gewalt zerbersten würden, denn Ianus war sehr viel mächtiger als die Primus, die sie auf der Auktion auf die Probe gestellt hatten. Überraschenderweise schaffte sie sieben, bevor sie zusammenbrach und uns ihre Emotionen überrollten. Kraftvoll. Unverbraucht. Verführerisch.

»Na also«, lachte Ianus trunken vor Macht. Seine Augen glühten silbern, ebenso wie die der anderen Dämonen. Sie alle labten sich an der jungen Sklavin. An ihrer Angst, ihrer Wut und dem abgrundtiefen Grauen, das sie uns gegenüber empfand.

»Und jetzt versprich mir deine Seele!«

Ich brauchte meine ganze Selbstbeherrschung, um Ianus nicht an die Kehle zu springen. So verführerisch dieser Impuls auch war, ich hätte damit alles nur noch schlimmer gemacht. Also riss ich mich zusammen und ertrug den Ausdruck unendlicher Verzweiflung auf dem Gesicht des Mädchens. Ich ertrug die Tränen, die ihr inzwischen unaufhaltsam über die Wangen flossen, und das beschämte Beben ihrer Lippen. Ianus hatte sie gebrochen.

»Sag es!«

Als sie ihren Mund öffnete, um die Formel der Seelenbindung zu sprechen, ergriff mich völlig unerwartet ein Anflug von Bedauern. Ianus hatte die Seele dieser tapferen Sklavin nicht verdient. Sie straffte ihre Schultern und presste ein einziges Wort heraus:

»Nie-mals!«

Verblüffte Stille folgte. Ianus war erstarrt. Ich spürte meine Mundwinkel zucken. Obwohl ich wirklich beeindruckt war, rief ich mich sofort wieder zur Ordnung, denn ich wusste, dass die allgemeine Bestürzung nur der Ruhe vor dem Sturm glich – einem erbarmungslosen Sturm. Eine solche Demütigung würde Ianus niemals auf sich sitzen lassen. Keinen Wimpernschlag später hatte er die Kehle der Sklavin gepackt und drückte zu. Ihr Röcheln schien seinen Zorn nicht zu besänftigen. Im Gegenteil, er genoss ihren Todeskampf, während seine Essenz in sie eindrang. Er würde die Kontrolle über ihren Körper übernehmen und mit ihrer Stimme die Worte sprechen, nach denen es ihn so sehr gelüstete.

Schockiert beugte ich mich vor. Ich konnte mein Glück kaum fassen. Ianus war im Begriff, einen verhängnisvollen Fehler zu begehen. Einen Fehler, der mir Malta zurückbringen würde. Es verstieß gegen unsere Gesetze, einem Menschen durch Manipulation die Seele zu rauben – egal, wie gängig es war oder wie selten es geahndet wurde. Seine Freunde mochten sich nicht daran stören, aber ich zählte nun einmal nicht zu Ianus' Freunden und würde nicht zögern, ihn vor dem Hohen Rat anzuklagen.

Wieso also sträubte sich alles in mir? Das war ein Geschenk des Himmels. Ich hätte Monate gebraucht, um Ianus derart in Rage zu bringen, dass er alles um sich herum vergaß. Ich sollte jubeln und applaudieren, aber was tat ich? Ich hatte Mitleid mit einem Menschen … War ich wirklich so verweichlicht, dass mich ein hübsches Gesicht und ein paar Tränen meine Ziele vergessen ließen? Ich würde das Mädchen so oder so nicht retten können …

ACH, VERDAMMT!

Ich räusperte mich lautstark.

»Scheint, als reiche deine Macht nicht aus, um ihr den Willen zu nehmen.«

Prompt hielt Ianus inne. Jeden anderen hätte mein spöttischer Kommentar nur weiter angestachelt, aber Ianus war klug genug, um sein Fehlverhalten sofort zu erkennen. Er schleuderte das Mädchen zu Boden und drehte sich zu mir um.

»Ich würde doch nie einen Menschen *zwingen*, mir seine Seele zu überschreiben. Es war lediglich … eine Bestrafung.«

Ich erwiderte sein frostiges Lächeln und griff nach meinem Weinpokal. »Etwas anderes hätte ich dir auch nie unterstellt. Immerhin würde das gegen den Kanon verstoßen und du bist als Ratsmitglied schließlich ein strahlendes Vorbild der Rechtschaffenheit.«

Ihn derart vorzuführen, verschaffte mir eine gewisse Genugtuung – obwohl es sehr viel befriedigender gewesen wäre, Ianus für seine Verbrechen öffentlich anzuklagen. Auch die erschrockenen und schuldbewussten Mienen der anderen fanden mein Gefallen. Offensichtlich hatte dieser Palast schon viele Gräueltaten gesehen – und wieder vergessen.

»Tigellinus!«, rief Ianus seinen Präfekten heran.

Der menschliche Soldat trat vor, zog sein Schwert und richtete es auf die Sklavin am Boden. Ich bemühte mich, sie nicht zu beachten, auch wenn ihre großen verwunderten Augen auf mir ruhten und eine unwiderstehliche Anziehungskraft auf mich ausübten. Stattdessen trank ich von meinem Wein und gab mich weiterhin gleichgültig.

Ianus kniete sich zu dem Mädchen. »Was soll ich nur mit dir machen, Aurora?«, erkundigte er sich fast freundlich. »Unsere Gesetze sind eindeutig. Ich darf mir deine Seele nicht gewaltsam nehmen. Ich darf dich nicht einmal töten ...« Er strich ihr eine Strähne zurück, die sich aus ihrer Frisur gelöst hatte. »Aber ich kann dich jederzeit töten *lassen*, wenn mir danach ist. Nur wäre dann deine wunderschöne Seele verloren. Versprich sie mir und du hast mein Wort, dass dich ein langes, vergleichsweise angenehmes Leben erwartet.«

Da war es um mich geschehen ...

Ich prustete los und tränkte dabei den halben Tisch mit Wein. »Ernsthaft?«, japste ich irgendwo zwischen Husten und Lachen. »Auf diese Art willst du einem Menschen seine Seele entlocken?« Mir traten Tränen in die Augen, so sehr erheiterte mich sein erbärmlicher Versuch, überzeugend zu wirken.

Ianus erhob sich. In seinem Blick glitzerte unbändiger Hass. »Du glaubst, du kannst es besser?«

»Ich *weiß* es«, erwiderte ich ungerührt.

»Gut.« Sein Mund verzog sich zu einem boshaften Lächeln. »Wie wäre es dann mit einer kleinen Wette? Falls du es schaffst, dass dieses Mädchen dir freiwillig seine Seele verspricht, schenke ich es dir.«

»Hätte ich sie gewollt, hätte ich dich die Auktion nicht gewinnen lassen«, konterte ich sofort. »Ich habe keinen Bedarf an einer Sklavin.«

Ich erkannte eine Falle, wenn man sie mir stellte. Ianus wollte nur herausfinden, ob ich eine Schwäche für das Mädchen hatte. Wahrscheinlich konnte er sich keinen Reim darauf machen, warum ich vorhin eingeschritten war, obwohl ich damit meinen Vorteil verspielt hatte. Nachvollziehbar. Ich konnte mir ja selbst keinen Reim darauf machen. Aber ich war auch nicht so dumm, mich jetzt ködern zu lassen.

»Wie wäre es dann mit einem Einsatz, der dich etwas mehr reizt?«, schlug Ianus vor. Er schien Feuer und Flamme für seine Idee zu sein. »Heute in fünf Tagen beginnen die Lucarien-Feierlichkeiten. Wenn du bis dahin im Besitz von Auroras Seele bist, ohne ihren Verstand manipuliert zu haben ...«, er machte eine dramatische Pause, »... gebe ich dir, weswegen du hergekommen bist: Malta.«

Jetzt hatte er definitiv meine Aufmerksamkeit.

»Solltest du aber keinen Erfolg haben, wirst du dein Knie vor mir beugen und mich offiziell als Ratsmitglied anerkennen.«

Ich schnalzte mit der Zunge. Das war ein hoher Einsatz, aber ein angemessener Gegenwert. Mein Blick zuckte zu der jungen Frau am Boden. Sie hatte ihre Mauern notdürftig geflickt, trotzdem erkannte ich die Panik in ihrem Gesicht. Es schien ihr ganz und gar nicht zu gefallen, die Prämie in unserem kleinen Wettstreit zu sein. Sie war stolz, eigensinnig, aber auch einsam und verletzlich.

Ein kaltes Lächeln legte sich auf meine Lippen.

»Abgemacht.«

Dem Löwen zum Fraß vorgeworfen

Wie versteinert starrte ich Belial an. Für einen winzigen Moment hatte ich geglaubt, er würde mir helfen wollen. Für einen winzigen, dummen Moment, als alles aus dem Ruder gelaufen war.

Thanatos hatte gesagt, mir würden ein paar Wochen bleiben, da Ianus üblicherweise erst dann seine neuen Sklaven zeichnete. Er hatte gesagt, ich sollte mich nach der Auktion einfach bedeckt halten. Er hatte gesagt, je weniger Beachtung man mir schenkte, desto ungestörter würde ich nach Ianus' geheimer Kammer suchen können.

Thanatos hatte sich geirrt.

Alles war anders gekommen und ich hegte die starke Vermutung, dass die Anwesenheit des blonden Dämons etwas damit zu tun hatte.

Verzweifelt versuchte ich, meine Panik in den Griff zu kriegen. Ianus war in meinem Kopf gewesen. Noch ein wenig länger und er hätte herausgefunden, dass sein Versuch, mich zu manipulieren, zum Scheitern verurteilt war. Dämonen mochten mich herumschubsen, meine Mauern brechen und sich an meinen Emotionen nähren können, aber kein Dämon dieser Welt war in der Lage, meinen Verstand zu beeinflussen. Ich hätte Ianus niemals meine Seele versprochen, selbst wenn dadurch alles aufgeflogen wäre. Selbst wenn ich dafür mit meinem Leben hätte bezahlen müssen.

Diesem Schicksal war ich gerade noch mal entkommen. Vorerst. Dafür steckte ich jetzt in der nächsten Klemme, und ich begann mich zu fragen, ob ich meinen Auftrag vielleicht doch ein kleines bisschen unterschätzt hatte.

»Wir sollten noch ein paar Bedingungen festhalten«, meinte Belial. Er trank seinen Wein leer und erhob sich. Alles an ihm strotzte vor natürlicher Dominanz. Selbst in einem Raum voller Dämonen bewegte er sich wie ein König. »Damit du nicht in Versuchung gerätst, deine Sklavin in den nächsten Tagen vor mir zu verstecken, will ich, dass du sie vorübergehend in meine Dienste stellst.«

Er baute sich vor Ianus auf und sah voller Arroganz auf ihn herab. Der etwas kleinere Dämon ließ sich jedoch weder von Belials Statur noch von seinem abfälligen Tonfall aus der Ruhe bringen. Das wunderte mich wenig, hatte ich doch gerade Ianus' Macht erleben dürfen. Müsste ich mich entscheiden, wen der beiden ich mehr fürchtete, würde meine Wahl eindeutig auf den dunkelhaarigen Dämon mit dem hinterhältigen Lächeln und den brutalen Augen fallen.

»Einverstanden«, sagte Ianus und nickte bedächtig. »Aber im Gegenzug dafür werde ich Aurora die Erinnerung an unsere kleine Vereinbarung nehmen. Und jedem Sklaven hier, der ihr etwas verraten könnte. Es soll ja ein fairer Wettstreit werden.«

»Tu, was du nicht lassen kannst«, entgegnete Belial gleichgültig.

»Selbstverständlich erwarte ich auch von dir, dass du Aurora nichts davon erzählst oder erzählen lässt.«

Belial verdrehte die Augen, als hätte er derartige Tricks nicht nötig. »Du hast mein Wort, wenn du im Gegenzug einen Schwur leistest, nach dem heutigen Abend nicht mehr in ihren Geist einzudringen, und auch nicht versuchst, sie durch körperliche Gewalt oder deren Androhung zu beeinflussen – weder durch dich persönlich noch auf deine Anweisung hin.«

»So etwas würde ich doch nie tun«, versicherte Ianus spöttisch. »Solange du deinerseits nicht betrügst, werde ich das auch nicht tun. Du hast mein Wort.«

Damit schienen die beiden sich einig zu sein. Plötzlich spürte ich erneut eine dämonische Energie, die die Luft zum Schwirren brachte. Kalte Finger aus Blut und Rauch drängten sich an meinen Mauern vorbei in meine Gedanken. Es fühlte sich an, als würde jemand mit glühenden Klingen in meinen Eingeweiden herumstochern. Gleichzeitig wurde ich von Tigellinus auf die Beine gezogen. Der heftige Drang, ihn wegzustoßen und einfach abzuhauen, packte mich mit einer Vehemenz, die mir den Atem raubte. Ich wollte nicht, dass Ianus wieder in meinen Kopf eindrang. Was, wenn ihm diesmal etwas auffiel? Zum Beispiel, dass er meine Erinnerungen nicht löschen konnte ...

Mein Puls begann zu rasen, als sich Ianus' Stimme in meinen Gedanken zu einem klaren Befehl formte: *Vergesst, was geschehen ist, seit der Name Aurora zum ersten Mal fiel!*

Oh nein, wie spielte man einem Dämon vor, etwas zu vergessen? Würde er den Erfolg seiner Manipulation überprüfen? Konnte er in meinem Geist sehen, was seine Macht bewirkte? Oder eben nicht bewirkte ...?

Unauffällig lugte ich zu den anderen Sklaven hinüber, in deren Köpfen sich Ianus ebenfalls herumtreiben musste. Gerade rechtzeitig, um mitzubekommen, wie ihre Augen glasig wurden und sie allesamt zusammenklappten. Hastig imitierte ich sie und tat damit wohl genau das Richtige, denn Tigellinus hatte meine Ohnmacht erwartet. Er fing mich auf und hievte mich direkt auf seine Schulter. Das war schmerzhafter als vermutet, zumal ich keinen Muskel anspannen durfte, um die grobe Behandlung zumindest ein bisschen abzufedern. Außerdem stank der Soldat erbärmlich nach Schweiß und Wein. Trotzdem spielte ich meine Rolle offenbar gut genug, um niemandem weiter aufzufallen. Jetzt hieß es nur, Atmung, Herzschlag, Brechreiz und vor allem meine Gefühle zu kontrollieren. Bewusstlose Menschen produzierten in der Regel nämlich keine Emotionen.

Tigellinus setzte sich in Bewegung, während irgendjemand freudig in die Hände klatschte. »Wundervoll, dann treffen wir uns alle in fünf Tagen wieder«, meinte eine Frauenstimme. »Ich bin so gespannt, wie Belial sich schlagen wird.«

»Das sind wir alle«, hörte ich Ianus noch sagen, dann hatten wir den Saal verlassen.

Eine ganze Weile erklangen nur die Schritte des Präfekten auf dem Marmorboden. Seine Schulter bohrte sich mir qualvoll in den Bauch. Gerade als ich dachte, meine Bewusstlosigkeit nicht mehr länger vortäuschen zu können, knarrte eine schwere Tür. Kurz darauf wurde ich auf einem harten Untergrund abgelegt, der sich nach kühlem Holz anfühlte. Danach entfernte sich das Geräusch von Tigellinus' Stiefeln wieder.

Ein Schwall kaltes Wasser traf mich. Ich schreckte hoch, verschluckte mich, hustete und starrte dann in das Gesicht einer alten Sklavin. Sie musste früher mal eine Schönheit gewesen sein, doch das Leben hatte tiefe Furchen auf ihren Zügen hinterlassen.

»Ich bin Marcella. Zieh dich aus!«

Die Frau drehte sich um und verschwand aus dem fensterlosen Raum. Dafür eilten zwei Mädchen herein, die sich nicht an meiner Verwirrtheit zu stören schienen. Ohne ein

Wort zu sagen, zogen sie mich hoch und entkleideten mich. Dann rieben sie mich mit einer Paste aus Öl und Asche ein, nur um das Gemisch anschließend mit metallischen Schabern wieder zu entfernen.

»Das säubert die Haut und macht sie weicher«, flüsterte mir die eine zu.

Die andere sah sie tadelnd an. Anscheinend war es den beiden nicht gestattet zu reden.

»Ich fand es immer das Schlimmste, nicht zu wissen, was auf einen zukommt«, fuhr die Erste leise fort. Obwohl ihr ängstlicher Blick ständig zur Tür huschte, schaffte sie es, mir aufmunternd zuzuzwinkern.

»Danke«, hauchte ich. Sie nickte knapp und verfiel dann erneut in ihr anfängliches Schweigen.

Vollständig gesäubert wurde ich in den Nebenraum geschoben, wo Marcella gerade Duftöl in einen kleinen steinernen Badezuber goss. Sie verschwendete keine Zeit an Erklärungen und scheuchte mich mit einer harschen Geste ins Wasser. Dort schrubbte mich eines der Mädchen gründlich ab, während die Nettere der beiden meine lädierte Frisur öffnete und mir die Haare kämmte. Nach all den Strapazen, die ich heute durchgemacht hatte, erlaubte ich mir, für einen Moment die Augen zu schließen. Man umsorgte mich wie eine edle Dame, aber ich fühlte mich, als würde ich gleich den Löwen zum Fraß vorgeworfen werden. Genauer gesagt, *einem* Löwen. Einem blonden, dämonischen Löwen.

Es hätte schlimmer kommen können. Noch war nichts verloren und vielleicht ließ sich die Situation sogar zu meinem Vorteil nutzen. Belial würde sicherlich alles daransetzen, dass ich ihm meine Seele schenkte. Das hieß, er würde mich umwerben und mir möglicherweise gewisse Freiheiten einräumen. Außerdem war er in diesem Palast nur zu Gast. Er wusste nicht, in welchen Bereichen ich mich aufhalten durfte und in welchen nicht. Das könnte definitiv hilfreich sein. Fünf Tage also. Nicht ganz. Wenn man heute nicht mitzählte und bedachte, dass die Lucarien schon im Morgengrauen des fünften Tages begannen, blieb nicht allzu viel Zeit, um –

Etwas stimmte nicht. Die Mädchen hatten aufgehört, mich zu baden und zu kämmen. War ich so müde gewesen, dass ich nicht mitbekommen hatte, wie sie gegangen waren? Ich öffnete die Augen und erstarrte.

Neben dem Steinzuber saß Ianus. Einen Arm hatte er auf dem Rand abgelegt und seine Finger spielten mit der Wasseroberfläche.

Mir gefror das Blut in den Adern. Ich war allein mit Ianus, dem *Schrecken von Rom*, dem Mörder von Daphne. Sein schwarzer Blick durchbohrte mich. Endlose Augenblicke lang waren nur das leise Kräuseln des Wassers und mein zittriger Atem zu hören. Zu gerne hätte ich mich ganz klein gemacht, die Knie an die Brust gezogen, aber die Angst, dass sich auch Ianus bewegen würde, wenn ich es tat, war größer.

»Ich werde dich vorübergehend in die Dienste von Belial stellen«, informierte er mich so plötzlich, dass ich zusammenzuckte. »Dieser Name wird dir nichts sagen, doch jenseits des Mittelmeers kennt man ihn als den *Teufel* – die Quelle allen Übels. Diabolus.«

Meine Gedanken rasten. Ianus ging davon aus, dass ich seine Abmachung mit Belial vergessen hatte. Das bedeutete, dass ich mich überrascht geben musste. Und ängstlich angesichts von Belials Ruf. Ein Kinderspiel in meiner aktuellen Situation.

»Selbstverständlich wirst du alles tun, was er verlangt, es

sei denn, du würdest mich damit hintergehen. Hast du verstanden?«

Ich nickte, woraufhin Ianus sich vorbeugte und meinem Gesicht unangenehm nahe kam. So nah, dass ich glaubte, den Dämon hinter seinen dunklen Augen erkennen zu können.

»Diese Erfahrung mit Belial hätte ich dir gerne erspart«, raunte er mir mit liebenswürdiger Stimme zu, »aber solange deine Seele nicht mir gehört, kann ich dich nicht unter meinen Schutz stellen.«

Was für ein Mistkerl! Hielt er mich wirklich für so dumm, dass ich auf seine Lügen hereinfiel?!

»Wenn du mir jedoch deine Seele schenkst«, ergänzte er und strich mir über die Wange, »könnte ich dich vor dem Teufel und seiner Boshaftigkeit bewahren!«

Unwillkürlich drehte ich den Kopf zur Seite, um seiner Berührung auszuweichen. Ianus nahm das – zu Recht – als Antwort auf. Und doch reagierte er völlig anders als erwartet. Er lächelte.

»Ich schätze Frauen, die sich ihren Stolz bewahren, also lass mich dir helfen, bevor Belial ihn dir bricht.«

Seine Worte klangen verführerisch und langsam begann ich zu verstehen, wieso so viele Menschen diesem Dämon auch ohne Manipulation folgten. Ich gehörte nicht dazu, selbst wenn ich gerade nicht erlebt hätte, wozu er fähig war. Seinesgleichen durfte man niemals vertrauen. Das bewies allein die Tatsache, dass er schon jetzt versuchte, Belial zu hintergehen, obwohl er vor nicht einmal einer Stunde das Gegenteil geschworen hatte. Typisch Dämon.

»Also?«, erkundigte er sich freundlich.

Ich nahm meinen ganzen Mut zusammen und sah ihm direkt in sein durchtriebenes Gesicht.

»Meine Seele gehört mir.«

Ianus hielt meinen Blick fest. In seinen Augen loderte Zorn, aber sein Lächeln wurde dennoch ein wenig breiter.

»Gut«, meinte er und erhob sich. »Vergiss das nur nicht!«

Ohne ein weiteres Wort drehte er sich um und verschwand.

Als er fort war, fiel die Anspannung von mir ab. Ich begann zu zittern und konnte mich weder regen noch meinen Blick von der Tür abwenden. Meine Augen füllten sich mit Tränen. Kein gutes Zeichen, warnte mich eine leise Stimme in meinem Inneren. Dieser Zustand war ein alter Bekannter. Es passierte immer, wenn ich mehr Gefühle unterdrücken wollte, als ich kontrollieren konnte. Meine Mauern waren stark, doch auch sie besaßen ihre Grenzen. Wenn ich keinen Zusammenbruch riskieren wollte, hätte ich theoretisch sofort etwas dagegen unternehmen müssen. Praktisch war das hier der falsche Ort, um auf Kontrolle zu verzichten und mich meinen Emotionen hinzugeben. Also blieb mir nichts anderes übrig, als durchzuhalten.

Irgendwann kehrten die anderen Sklavinnen zurück. Während sie mir aus dem Zuber halfen, mich abtrockneten und einkleideten, schalt ich mich selbst für meine Schwäche. Nur wenn ich einen kühlen Kopf bewahrte, würde ich – ein einfacher Mensch – Ianus zu Fall bringen können. Und überleben.

Dieser Gedanke half mir, ein paar unliebsame Dinge zu verdrängen, wie beispielsweise den schweren eisernen Reif, der mir um den Hals gelegt wurde. Er würde mich fortan als Sklavin kennzeichnen. Oder die Tatsache, dass Marcella mir ein Kleid ausgesucht hatte, dessen dünner Stoff mehr preisgab, als er verdeckte.

Nachdem die alte Sklavin ihr Werk für beendet erklärt hatte, brachte mich Tigellinus tief ins Herz des Kaiserpalastes. Es war inzwischen Nacht geworden und in den Atrien und Gärten zirpten die Zikaden um die Wette. Trotz der spärlichen Beleuchtung war ich überwältigt von der monumentalen Pracht, die hier drinnen herrschte. Ich versuchte, mir all die bemalten Gänge, verzierten Tore und Weggabelungen genauestens einzuprägen – vor allem dort, wo ich dämonische Energie erspüren konnte. Dabei fiel mir eine Stelle besonders auf: Ein Wandbild, auf dem eine so mächtige Illusion lag, dass die Luft drum herum geradezu vibrierte. Normale Menschen hätten diese Unregelmäßigkeit nicht erkannt, aber ich sah dank meiner Immunität den finsteren Korridor, der sich dahinter auftat. Hier würde ich als Erstes suchen, sobald ich die Gelegenheit dazu bekam.

Eine Säulenhalle und zwei Abzweigungen später blieb der Präfekt stehen und klopfte an eine Tür. Er wartete nicht auf Erlaubnis, sondern öffnete sie, stieß mich in die Dunkelheit und knallte sie anschließend wieder zu. Ganz so, als würde hier etwas lauern, dem er lieber nicht begegnen wollte. Meine Sinne waren aufs Äußerste gespannt. Ich hatte gerade starke Schutzzauber durchquert und befand mich eindeutig in privaten Gemächern. Mit größter Wahrscheinlichkeit gehörten sie dem Dämon, der mein Leben wegen einer Wette ruinieren wollte.

Möglichst leise tapste ich auf das flackernde Licht am Ende des dunklen Ganges zu. Ich hörte gedämpfte Stimmen, die von einem schweren, süßlichen Geruch umgeben waren. Sie verstummten, als ich ein imposantes Zimmer mit drei dunkelrot getünchten Wänden betrat. Die vierte Wand war durch massive Säulen ersetzt worden. Dahinter lag ein in Mondlicht getauchter Garten. Das übrige Licht stammte von etlichen Feuerschalen. Die Flammen beleuchteten edle Möbel, teure Stoffe und drei Personen auf einer vergoldeten Sitzgruppe. Eine davon war der blonde Dämon, an den mein Schicksal gebunden war. Die anderen beiden hatte Ianus seine Leibwächter genannt: Ein Krieger in fremdartiger Kleidung, und eine kleine stämmige Frau mit roten Haaren und missmutiger Miene. Ich hatte zwar keine Ahnung, warum ein so mächtiger Dämon wie Belial Leibwächter brauchte, aber es machte ihn nicht unbedingt sympathischer.

Alle drei starrten mich an wie ein böses Omen, das zufällig in ihr Gespräch geplatzt war. Dann erhoben sich die Leibwächter plötzlich und zogen sich zurück, als würden sie einem stummen Befehl folgen. Mich überrollte der dringliche Wunsch, sie aufzuhalten, weil ich nicht mit ihrem Herrn allein sein wollte. Aber ich schwieg.

Und Belial schwieg ebenso – bis die anderen fort waren und noch lange danach. Seine türkisfarbenen Augen taxierten mich wie ein Kunstobjekt, von dem er nicht wusste, ob er Gefallen daran fand oder nicht. Mit jedem Atemzug fühlte ich mich unwohler. Belial hatte sich weder um- noch angezogen. Nackte Oberkörper brachten mich normalerweise nicht aus der Ruhe, aber hier in dieser privaten Atmosphäre wirkte es irgendwie intim. Gleichzeitig wurde mir bewusst, dass ich kaum mehr als ein Stück durchscheinenden Stoffs trug, das sich unter der intensiven Musterung des Dämons förmlich aufzulösen schien. Ich rieb mir die Arme, als wäre mir kalt, und versuchte so möglichst unauffällig, mich zumindest ein wenig zu bedecken. Das half jedoch nur bedingt gegen Belials durchdringende Blicke. Um sie nicht erwidern zu müssen, starrte ich auf den gemusterten Boden, das Essen auf dem Tisch, die Vorhänge im hinteren Teil des Zimmers, das große Bett ... Nein, das war keine gute Idee und würde ihn nur auf falsche Gedanken bringen. Hastig schaute ich weg und bemerkte dabei, wie sich ein spöttisches Lächeln auf Belials Lippen breitmachte. Er schien genau zu wissen, was in mir vorging.

Voller Unbehagen räusperte ich mich. Mir war bewusst, dass Sklaven normalerweise nur sprechen durften, wenn sie dazu aufgefordert wurden, aber ich ertrug die brennende Stille nicht mehr.

»Ianus hat mich in deine Dienste überstellt.«

Belials Lächeln wurde zu einem Grinsen. »Ich weiß.«

Als wäre damit alles geklärt, griff er sich einen gebratenen Hühnerschenkel, biss hinein und setzte anschließend genüsslich kauend seine Begutachtung fort. Erst als seine Beute bis auf den Knochen abgenagt war, erbarmte er sich und brach seinerseits das neuerliche Schweigen.

»Wie heißt du?«

»Aurora.«

Mit einem mürrischen Geräusch warf er den Knochen zurück auf das Tablett. »Ich meine nicht den Namen, den Ianus dir gegeben hat. Wie haben dich deine Eltern genannt?«

Diese Frage überraschte mich. Normalerweise interessierte sich niemand für die Vorgeschichte von Sklaven. Andererseits war es nur logisch, dass er Informationen über mich sammeln wollte, immerhin bemühte er sich, mich für sich zu gewinnen. Tja, diesen Wunsch konnte ich ihm nicht erfüllen. Mein Name gehörte zu meinem freien Ich. Weder Belial noch Ianus oder sonst wer in diesem Palast würden ihn je in den Mund nehmen.

Ich presste meine Lippen aufeinander und machte damit deutlich, dass er lange auf eine Antwort warten konnte.

Belial seufzte. Dann erhob er sich und kam auf mich zu. Seine Bewegungen waren geschmeidig und ich fühlte mich unwillkürlich an den Löwen erinnert, dem man mich zum Fraß vorgeworfen hatte. Selbst wenn Belial nur ein Mensch gewesen wäre, hätte mich seine muskulöse Gestalt eingeschüchtert, aber die Aura von Macht, die den Dämon umgab, brachte mein Herz wie das eines Kaninchens zum Rasen. Mit jedem Schritt, den er auf mich zumachte, wurde der Drang größer, vor ihm zurückzuweichen.

»Hast du Angst vor mir?«, erkundigte er sich mit samtiger Stimme.

Es war sinnlos, ihm etwas vorzumachen, also schluckte ich den Kloß in meiner Kehle herunter und antwortete: »Ja.«

»Das ist klug.« Er baute sich vor mir auf und verschränkte die Arme vor der nackten Brust. Das Licht der Feuerschalen tanzte auf seiner Haut und verlieh ihr einen goldenen Schimmer. »Viel klüger als dein Verhalten auf der Auktion.«

Ein leises Schnauben entwich mir, bevor ich es verhindern konnte. Ich biss mir auf die Zunge. Die Rolle der Sklavin lag mir einfach nicht und wenn ich nicht aufpasste, würde ich mit meinem Sarkasmus noch alles ruinieren.

»Sprich aus, woran du gerade gedacht hast!«, forderte der Dämon kühl.

Na bitte. Da hatten wir es schon.

»Vergebung«, flüsterte ich mit so viel Unterwürfigkeit, wie ich aufbringen konnte. »Das steht mir nicht zu.«

Belial legte seine Finger unter mein Kinn und zwang mich, ihn anzusehen. Seine Berührung war sanft. Fast höflich. Widerwillig kam ich der Aufforderung nach und blickte zum ersten Mal direkt in sein Gesicht. Ein Gesicht, das mit seinen markanten Linien wie geschaffen dafür schien, um zu verführen, zu blenden und zu erobern. Ein perfektes Abbild männlicher Schönheit und trotzdem nur eine ansehnliche

Maske, die seine wahre Natur verbarg. Ganz gleich, wie viel Mühe sich Belial mit der Wahl seiner einnehmenden Hülle gegeben hatte, seine Augen verrieten ihn: Er war ein Dämon, der die Ewigkeit gesehen hatte. Eigentlich hatte ich mich darauf gefasst gemacht, doch Belials Blick raubte mir dennoch den Atem. Ich ertrank in tiefen, von schwungvollen Wimpern umrandeten Seen aus uraltem aquamarinblauem Wasser, in denen das Wissen von Jahrhunderten und die Brutalität der Unsterblichkeit glänzten.

»Was dir zusteht oder nicht, liegt in meinem Ermessen«, stellte er fest. »Und es ist mein ausdrücklicher Wunsch, dass du deine Gedanken mit mir teilst.«

Ich zog in Erwägung zu lügen und weiterhin Demut vorzugaukeln, aber ich hatte plötzlich vergessen, wie das ging. Instinktiv klammerte ich mich an alles, was mir das unerträgliche Gefühl der Hilflosigkeit nehmen konnte. Und dazu gehörte unter anderem meine scharfe Zunge. Wenn die Wahrheit seinem *ausdrücklichen Wunsch* entsprach, dann würde er sie bekommen.

»Die Auktion war auch nicht grade eine Sternstunde *deiner* Besonnenheit«, murmelte ich.

Ganz langsam hoben sich seine Mundwinkel, bis die Strenge seiner Züge überraschend unter zwei Grübchen begraben wurde. Dann teilten sich seine Lippen und er begann zu lachen.

»Da hast du wohl recht, namenloses Mädchen«, meinte er belustigt, »aber *ich* habe nicht mein Leben aufs Spiel gesetzt.«

Seine Kritik ärgerte mich, zumal ich sehr genau wusste, wie man in dieser Welt überlebte. Die Dämonen auf dem Markt zu provozieren, war Absicht gewesen und keine Dummheit. Aber natürlich konnte ich ihm das nicht sagen.

»Wie einfach doch alles scheint, wenn man nicht sterben kann«, brummte ich. Er durfte sich wirklich kein Urteil über Dinge erlauben, von denen er nichts verstand.

»Wäre ich nicht unsterblich«, erwiderte Belial und gab mein Kinn frei, »würde ich jedenfalls umsichtiger mit meinem Leben umgehen.«

»Es ist nicht wichtig, *wie lange* man lebt, sondern *wie*«, konterte ich trotzig.

Das brachte den Dämon zum Verstummen. Plötzlich taxierte er mich mit so unergründlicher Miene, dass mir wieder einfiel, wo ich war und mit wem ich sprach. Ich musste unbedingt vorsichtiger sein!

Belial machte einen Schritt auf mich zu, bis seine Brust ganz sacht an meine Schulter stieß. Die Wärme, die sein kräftiger Körper ausstrahlte, verursachte mir eine Gänsehaut. »Du würdest also wirklich lieber sterben, als deinen Stolz aufzugeben?«

Ich schluckte. Sein gutmütiger Unterton verwirrte mich genauso wie die Tatsache, dass sich seine Nähe nicht so unangenehm anfühlte, wie sie es eigentlich sollte. Wie gelang ihm das?

»Und wenn es so wäre?«, fauchte ich wütend darüber, dass mich meine Instinkte im Stich ließen. »Würde das den Dämon in dir herausfordern?«

Sein leises Lachen schickte mir einen Schauer über den Rücken. Er beugte sich zu mir, bis seine Lippen ganz nah an meinem Ohr waren.

»Du machst dir ja keine Vorstellungen.«

In die Ecke getrieben

Und ob ich mich herausgefordert fühlte – nur nicht auf die Art, die sie befürchtete. Ich wollte ihren Stolz nicht brechen. Ich wollte ihn überwinden, ihn erobern. Ich wollte ihn schmecken. Ich wollte *all* ihre Gefühle schmecken.

Dieses Mädchen war ein bemerkenswert reizvoller, wandelnder Widerspruch. Sie hatte Angst, dass ich wie ein wildes Tier über sie herfallen könnte, und trotzdem gab sie mir Kontra. Sie spielte die Unterwürfige, aber kaum provozierte ich sie ein wenig, blitzten unbeugsame Stärke und ein messerscharfer Verstand auf. Und darunter wiederum verbarg sich eine Zerbrechlichkeit, von der ich mir sicher war, dass sie sie sich niemals eingestehen würde. Ob darunter wohl noch weitere Geheimnisse schlummerten? Ich lächelte. Wir würden sehen ...

Ganz sacht verstärkte ich die männlichen Duftstoffe, die mein Körper verströmte. Viele Primus ließen dieses kleine Detail bei der Nutzung ihrer Hüllen außer Acht und konzentrierten sich ausschließlich auf den Eigengeruch ihrer dämonischen Essenz. Ich aber hatte ein Faible für sinnliche Düfte aller Art und den Umgang mit Pheromonen über viele Jahrhunderte hinweg perfektioniert.

Die Wangen des Mädchens röteten sich. Ihr Brustkorb hob und senkte sich schneller als zuvor. Es war nur ein Test gewesen. Eine vage Ahnung, die sich prompt bestätigt hatte.

So offensichtlich, so mühelos.

Es war äußerst selten, dass eine Frau derart intensiv auf meinen kleinen Trick reagierte. Dazu musste schon im Vorfeld eine starke Anziehung vorhanden sein – selbst wenn diese so hinreißend verleugnet wurde, wie es mein hübscher Gast gerade versuchte: Verbissen zusammengeschobene Brauen, die vollen Lippen aufeinandergepresst ... Der Zwiespalt zwischen dem, was ihr Verstand sagte, und dem, was ihr Körper verlangte, musste verwirrend sein. Rein rational war ich für sie eine Gefahr, vielleicht sogar der Feind. Und trotzdem ...

Wer hätte das gedacht? Das machte mein Vorhaben ungleich leichter. Und angenehmer. Verführung durch Lust gehörte zu meinen Lieblingsstrategien. Ich senkte meinen Geruch wieder auf ein normales Maß, denn ich wusste, dass ich jetzt nichts überstürzen durfte. Es war nicht mein Ziel, sie ins Bett zu kriegen, sondern genug Vertrauen zu vermitteln, um ihre Seele einfordern zu können. Wenn ich dabei auf ihren Stolz keine Rücksicht nahm, würde mir das früher oder später auf die Füße fallen. Nein, es musste ihre Entscheidung sein. Sie musste mich wollen. Und ich freute mich schon darauf, ihr diesen Wunsch schmackhaft zu machen.

»Hast du Hunger?«, fragte ich unvermittelt. Ich ließ sie stehen und kehrte zu meinem Platz zurück. Je weniger sie mich als Bedrohung empfand, desto eher würde sie einen Schritt auf mich zumachen.

Wie erwartet bekam ich keine Antwort. Die junge Sklavin umklammerte weiterhin ihren Oberkörper und starrte mich aus ihren großen verwirrten, mitternachtsblauen Augen an. Ich verkniff mir ein Schmunzeln. Hätte sie gewusst, dass ich die Scheu, mit der sie sich zu bedecken versuchte, viel anziehender fand als das geschmacklose Kleid, das man ihr aufgedrängt hatte, wäre sie vermutlich panisch davongerannt.

Also gut, nächster Versuch.

»Setz dich und iss etwas!« Ein direkter Befehl gab ihr die Möglichkeit, ihr Gesicht zu wahren. Und tatsächlich bewirkte meine Anweisung Wunder. Zögerlich kam sie näher und nahm auf der Liege zu meiner Linken Platz. Dann strich sie ihre langen dunklen Haare zurück, griff sich ein Stück Brot und biss hinein. Als sich ihre weichen Lippen um die Kruste schlossen, erwischte ich mich dabei, wie meine Gedanken abdrifteten. Ich fragte mich, ob diese Lippen wohl so süß schmeckten, wie sie aussahen. Und ob sie sich so seidig und warm anfühlen würden, wie ich es mir vorstellte. Das Bild von ihrem Mund auf meiner Haut faszinierte mich so sehr, dass ich kaum meine Augen abwenden konnte.

»Wie lange bist du schon Sklavin?«, fragte ich, weil ich wollte, dass sie ihre Lippen für mich benutzte.

Sie schluckte ihr Brot runter und antwortete verhalten: »Ich erinnere mich nicht.«

Das war eine Lüge. Jemand mit ihrem Mut und ihren Ansichten hatte auf jeden Fall einen Großteil seines Lebens in Freiheit verbracht.

»Hmm, also ein Mädchen ohne Namen und ohne Erinnerung …« Ich schenkte mir Wein nach und füllte einen zweiten Becher. »Das ist … ungewöhnlich.«

Als ich ihr den Wein hinhielt, sah sie erst mich und dann den Becher misstrauisch an. »Nicht ungewöhnlicher als ein Dämon, der eine Sklavin bedient.«

Ich grinste. »An mir ist nichts gewöhnlich.«

Das brachte sie vollends aus dem Konzept. Sie blinzelte mich irritiert an. In diesem Moment hätte ich ein Vermögen bezahlt, um ihre Gedanken lesen zu können. Schließlich schien sie etwas sagen zu wollen, überlegte es sich aber anders und nahm den Becher entgegen. Dabei achtete sie sorgsam darauf, dass unsere Finger sich nicht berührten. Dann roch sie an dem Wein, zögerte und trank. Nur einen Schluck. Vermutlich wollte sie einen klaren Kopf behalten.

»Du hast also in Lucustas Diensten gestanden«, setzte ich mein kleines Verhör fort und machte es mir in den Kissen bequem. Jeder Primus hatte schon einmal von der alten Hexenmeisterin Lucusta gehört, die vor allem für ihre Tränke und Gifte bekannt war. »Was für Aufgaben hat sie dir übertragen?«

Sofort traf mich ein bitterböser Blick. »Ich habe mich nicht für sie prostituiert, falls du das wissen willst!«

Ah, richtig. Ich erinnerte mich dunkel daran, dass Lucusta eine Gezeichnete von Venus war – eine recht anstrengende Prima, die den Großteil ihrer Tempel in Freudenhäuser verwandelt hatte. Das erklärte dann auch die ungestüme Reaktion der jungen Sklavin. Sie glaubte, ich würde sie für eine Dirne halten und wollte klarstellen, dass ihre Ehre nicht käuflich war.

»Und dennoch bist du keine Jungfrau mehr«, merkte ich an.

Eigentlich hatte ich felsenfest mit dem nächsten erbosten Blick gerechnet, doch stattdessen weiteten sich ihre Augen erschrocken. Ihr schien bewusst zu werden, in welch pikante Richtung sie das Gespräch gelenkt hatte.

»Woher willst du das wissen?«, pampte sie mich an.

Ich zuckte amüsiert mit den Schultern. »Erfahrung.«

Schlechte Erfahrung, um genau zu sein. Jungfrauen bedeuteten fast immer Ärger. Entweder ich verschreckte sie mit den Erwartungen, die ich an ein gutes Liebesspiel stellte, oder sie verschreckten mich mit den Erwartungen, die sie an meine Treue stellten. Mal abgesehen davon besaßen die meisten von ihnen cholerische Väter, jähzornige Brüder oder hysterische Mütter, die gerne mal lästige Hexenmeister engagierten, um die Ehre ihrer Töchter zu retten. Nein, danke. Inzwischen erkannte ich Jungfrauen drei Meilen gegen den Wind und machte einen großen Bogen um sie. In manchen Ländern war diese Tatsache sogar so bekannt, dass man versuchte, mich mit Jungfrauenblut auszutreiben. Lächerlich, aber auch bezeichnend für die Dummheit der Menschen.

Dieses Mädchen allerdings verhielt sich nicht so, wie ich es von einer Jungfrau erwarten würde. Sie dachte nicht wie eine Jungfrau und würde auch ganz bestimmt nicht so unerfahren sein.

»Wer war denn der Glückliche?«, wollte ich wissen.

Und zack, da war er wieder, dieser niedlich gereizte Augenaufschlag.

»Das geht dich nichts an!«, fauchte sie und nahm einen Schluck Wein – nicht aus Durst, sondern um das zu verbergen, was hinter ihrer Bockigkeit durchschimmerte. Kummer? Wut?

Meine Neugier war geweckt und forderte vehement weitere Antworten, aber ich spürte, dass ich für heute an eine Grenze gestoßen war. Das Mädchen hatte viel durchgemacht und konnte ohnehin kaum noch die Augen offen halten. In ihrer Müdigkeit war ihr sogar entgangen, dass sie sich schon seit einer ganzen Weile nicht mehr wie eine fügsame Sklavin verhielt. Ich verbuchte das als einen ersten Erfolg und entschied, den Abend zu beenden, bevor sie sich gänzlich vor mir verschloss. Also stellte ich meinen Becher beiseite und erhob mich.

»Ich werde nun schlafen gehen«, informierte ich sie. »Morgen teile ich dir mit, welche Aufgaben du für mich übernehmen kannst.«

Erstaunt und ein bisschen orientierungslos stand das Mädchen ebenfalls auf. Sie schien nicht die geringste Ahnung zu haben, was nun von ihr erwartet wurde. Ihre Verlegenheit gefiel mir fast so sehr wie ihr stolzer Eigensinn. Und weil ich der Verlockung nicht widerstehen konnte, streckte ich mich ausgiebig und sorgte dafür, dass ihr die Vorzüge meines Körperbaus dabei nicht entgingen.

Mit hochroten Wangen starrte das Mädchen den Boden an. Süß.

»Wann soll ich wiederkommen?«, erkundigte sie sich leise.

»Gar nicht. Du wirst nämlich hier schlafen, sodass du in der Nähe bist, falls ich dich brauche.«

Damit ließ ich sie stehen und spazierte zu meinem Bett. Ausnahmsweise hatte der Entschluss, sie hierzubehalten, nichts mit meinen Verführungsplänen zu tun – auch wenn sie ihnen nicht schaden würde. Tatsächlich ging es darum, Ianus' Einfluss auf seine Sklavin in Grenzen zu halten. Fünf Tage waren keine lange Zeit und mein werter Gastgeber hatte bestimmt schon Überlegungen angestellt, auf welche Weise er mir meinen Sieg streitig machen konnte. Schwur hin oder her, wenn ich nicht achtgab, würde er einen Weg finden, mich zu betrügen.

»Wo?«, rief das Mädchen mir hinterher. Sosehr sie sich auch bemühte, gefasst zu klingen, war ihr der Schock dennoch anzuhören.

»Wo immer du willst«, lachte ich und ließ mich demonstrativ auf die Matratze fallen, die groß genug für vier Personen war. Natürlich würde sie meiner Einladung nicht folgen, also kürzte ich ihr Leid ab und löschte mit einer beiläufigen Geste die Feuerschalen. Danach sank ich in die Kissen und lauschte in die Dunkelheit.

Stille. Nur das wilde Klopfen eines menschlichen Herzens. Die Situation schien meinen entzückenden Gast zu überfordern. Eine ganze Weile stand sie da und rührte sich nicht. Dann raschelte plötzlich der Stoff ihres Kleides. Gedämpftes Klappern ertönte. Und Kaugeräusche. Sie räumte auf und aß dabei noch etwas. Gut. Es gefiel mir, dass sie bei Kräften bleiben wollte. Sie würde es brauchen können. Anschließend kehrte wieder Stille ein. Ich hätte jede Wette abgeschlossen, dass sie gerade ratlos zu mir und dem weichen Bett schaute. Leise Schritte. Sie ging zur Tür. Zögern. Würde sie meinen Befehl missachten?

Verärgert verließ ich meine Hülle und schwebte durch die vom Mondlicht durchbrochenen Schatten. Tatsächlich stand das Mädchen vor dem Gang, der aus meinen Gemächern führte. Aber sie sah nicht so aus, als würde sie eine Flucht in Erwägung ziehen. Ihr grimmiger Gesichtsausdruck wirkte eher so, als müsste sie sich gleich einem erbitterten Gegner stellen – und dieser Gegner war überraschenderweise nicht ich. Sie zog ihre Unterlippe zwischen die Zähne und biss nachdenklich darauf herum. Dann schien sie eine Entscheidung zu fällen und marschierte zurück zum Tisch. Nach ein paar Schritten hielt sie jedoch inne und starrte mich entsetzt an. Nein, sie starrte durch mich hindurch, schließlich konnte sie meine Essenz nicht sehen. Ihr Puls stieg. Was auch immer sie glaubte, gesehen oder gehört zu haben, es machte ihr Angst. Sie wich zurück bis in die hinterste Ecke des Raums. Dort sank sie an der Wand zu Boden und schlang die Arme um ihre Knie. Neugierig folgte ich ihr. Ich wollte wissen, was ihr so einen Schrecken eingejagt hatte. Doch von dem war nun nichts mehr auf ihrem Gesicht zu erkennen. Stur und fast ein bisschen beleidigt blickte sie in Richtung Bett, als könnte ihr Wunsch allein es in Flammen aufgehen lassen. Selbst als ihre Müdigkeit schließlich die Oberhand gewann und ihr die Augen zufielen, schreckte sie immer wieder hoch und begann von Neuem gegen den Schlaf anzukämpfen. Ein Kampf, den sie nicht gewinnen konnte. Irgendwann kippte ihr Kopf gegen die Wand. Ihre Atmung und ihr Herzschlag wurden ruhiger und ihre trotzige Miene entspannte sich. Sie war eingeschlafen.

Ich strömte zurück in meinen Körper und stand auf. Hätte ich es nicht besser gewusst, hätte ich schwören können, dass sie meine Essenz entdeckt hatte. Doch das war unmöglich. Allerdings wurde dieses Mädchen dadurch nicht weniger rätselhaft.

Ich griff mir eine der Decken und durchquerte lautlos den Raum. Ihre zusammengekauerte Gestalt wirkte so zerbrechlich und trotzdem besaß sie einen derart starken Geist, dass ich sogar jetzt keinen Nachhall ihrer Gefühle spüren konnte. Um eine solche Abwehr selbst im Schlaf aufrechtzuerhalten, musste sie jahrelang daran gearbeitet haben. Was brachte einen jungen Menschen dazu? Ich würde es herausfinden. Und ich würde irgendwann von den unglaublichen Emotionen kosten, die sie so vehement verteidigte. Als Ianus ihre Mauern eingerissen hatte, war mir ein kleiner Vorgeschmack vergönnt gewesen. Zu schade, dass ein Großteil ihrer Gefühle nicht mir gegolten hatte. Der Fluch der Primus: Wir konnten nur von Empfindungen zehren, für die wir selbst die Ursache waren.

Sorgsam darauf bedacht, sie nicht zu wecken, breitete ich die Decke über ihrem zierlichen Körper aus. Unter anderen Umständen hätte ich sie einfach ins Bett getragen. Ich brauchte es sowieso nicht, weil ich nur selten schlief und ganz bestimmt nicht in Ianus' Heim damit anfangen würde. Aber sie würde mir dafür die Augen auskratzen wollen. Entweder sofort oder morgen früh. Oder beides. Also ließ ich sie schlafen und betrat den Garten, der an meine Gemächer angeschlossen war.

Hiro?, rief ich meinen Leibwächter in Gedanken.

Sofort nahm er Verbindung zu mir auf. *Ja?*

Ich möchte, dass du Informationen über das Mädchen einholst. Fang bei dem Sklavenhändler aus den Höhlen an und geh dann zur Hohepriesterin Lucusta im Venus-Tempel an der Porta Collina. Aber sei vorsichtig, sie ist eine Hexenmeisterin.

Hiro hätte diese Warnung nicht gebraucht. Er war immer vorsichtig. Außerdem besaß er ein unvergleichliches Talent darin, diskret vorzugehen. Genau das, was ich gerade gebrauchen konnte.

Bis wann?, erkundigte er sich.

So schnell wie möglich.

Mit der Zuversicht, dass Hiro bereits unterwegs war, konnte ich mich nun beruhigt meinem Plan B widmen. Inzwischen hatte ich den Garten durchquert und die daran angrenzenden Räume meiner Begleiter erreicht. Klopfen war nicht nötig. Ich kündigte Grimhild mein Kommen einfach mental an. Ihre Tür schwang unversehens auf und ließ mich in ein gemütliches Zimmer mit ockerfarbenen Wandverzierungen ein. Meine Gezeichnete saß an einem Tisch und brütete über einem Stück Pergament.

»Woran arbeitest du?«, wollte ich wissen, nachdem ich mich auf den Stuhl ihr gegenüber gesetzt hatte.

Grim hob den Kopf und rümpfte vorwurfsvoll die Nase. Sie

war wohl immer noch nicht gut auf mich zu sprechen. Dann nahm sie das Pergament und rezitierte:

»Die tapfere Aurora trotzte zwölf Dämonen
Und blickte schon dem sel'gen Tod entgegen
Da kam der Dreizehnte, er wollt' sie schonen
Und verdammt' sie doch zu dem allerschlimmsten Leben.«

Die fürchterlichen Reime wurden nur noch von der grauenhaften Pathetik ihrer Schöpferin übertroffen. Unwillkürlich wollte sich mein Gesicht verziehen, als hätte ich in eine Zitrone gebissen, aber ich riss mich zusammen. Grim vertrug Kritik nicht sonderlich gut. Abgesehen davon hätte ich es niemals gewagt, ihr die literarischen Betätigungen auszureden. Grim brauchte sie als Ausgleich, wenn sie in Rage war – und Grim war oft in Rage.

»Gefällt es dir?«, fragte sie schnippisch.

»Der Inhalt ist sehr ... aufschlussreich«, gab ich zurück. Nicht, dass ich weiteren Tadel nötig gehabt hätte. Grim war vorher schon mehr als deutlich gewesen, als sie mir den Kopf wegen dieses Wettstreits auf Kosten einer unschuldigen Menschenseele gewaschen hatte.

»Ich brauche deine Hilfe«, offenbarte ich ihr. »Du musst mir einen Othoss-Trank mischen.«

Grim kniff die Augen zusammen und zog eine missbilligende Schnute. Als sie in meine Dienste getreten war, hatten wir eindeutige Regeln festgelegt, was ihre Beteiligung an moralisch fragwürdigen Aktivitäten betraf. Eine Regel, die ich gerade brach. Das war auch der einzige Grund, aus dem ich bat und nicht forderte.

»Sag bloß, der große Belial hat Versagensängste? Hat dein unwiderstehlicher Charme bei der Verführung der Kleinen etwa nicht gewirkt?«

Ich verdrehte die Augen. Manchmal verstand ich diese Frau einfach nicht. Sie hatte schon Kriege geführt, Hunderte Menschen getötet und ihren ganzen Stamm sterben gesehen. Sie war immer diejenige, die mir stets zu harten Strafen und brutalem Vorgehen riet. Aber hin und wieder hatte sie Anwandlungen von Nächstenliebe und schwang sich zur Stimme des Gewissens auf.

»Ich kenne keine Versagensängste«, erwiderte ich barsch. »Aber ich habe nur einen begrenzten Zeitraum zur Verfügung und weiß nicht, welche Steine mir Ianus in den Weg legen wird.«

»Ich hab dir ja gesagt, dass diese Wette eine Scheißidee ist!«, schimpfte Grim und fuchtelte mir mit der Schreibfeder vor der Nase herum. »Schließlich bin ich diejenige, die sich seit Jahren ins Zeug legt, um deinen Ruf auf eine internationale Ebene zu heben. Und kaum zeigt meine Arbeit Früchte, lässt du dir von diesem Ianus das Zentrum deines zukünftigen Weltreichs wegnehmen, nur um anschließend alles auf eine VERFLUCHTE WETTE ZU SETZEN.«

Ich atmete tief durch und versuchte einfach hinzunehmen, dass sie in ihrem aggressiven Eigenlob ein paar nicht unwesentliche Details ausließ. Zum Beispiel, dass Grims Bemühungen, meinen Namen bei Geschichtsschreibern, Poeten und Propheten zu vermarkten, völlig sinnlos wären, wenn *ich* nicht so spektakulär wäre, wie ich es nun einmal war.

Unleidig schnappte ich mir ihre Feder und sah sie warnend an. »Mischst du mir den Trank oder nicht?«

»Unter einer Bedingung.«

»Welche?«, brummte ich.

Sie beugte sich über den Tisch und eroberte sich ihre Feder

zurück. »Wenn du Malta wiederhast«, sagte sie streng, »wirst du die Seele des Mädchens freigeben.«

Ich stieß ein tiefes Grollen aus. Wilde Besitzansprüche tobten in mir. Ein Primus gab niemals eine Seele auf, die er einmal gezeichnet hatte. Niemals.

»Bababah!«, tadelte mich Grim, als wäre ich ein ungezogenes Kind. »Du brauchst gar nicht erst einen auf bösen Dämon zu machen. Wir haben eine klare Abmachung. Wenn du also einen Trank von mir willst, dann schwöre es oder frag mich nie wieder.«

Meine Gedanken flogen zu dem zarten Geschöpf, das in der Ecke meines Zimmers kauerte. Die Vorstellung, schon bald ihre Seele zu besitzen, war ... reizvoll. Aber Malta war mir nun einmal wichtiger. Ich durfte kein Risiko eingehen. Und nachdem ich wusste, dass Grim nicht nachgeben würde, blieb mir keine Wahl.

»Ich schwöre es.«

Zu zweit macht es mehr Spaß

Tageslicht weckte mich. Am Winkel, wie die Sonnenstrahlen durch den Garten hereinfielen, konnte ich erkennen, dass der Mittag schon lang vorüber war. So spät? Rasch sah ich mich um. Kein Dämon zu sehen. Weder im Bett noch sonst wo. Weder körperlich noch unkörperlich. Erleichterung sickerte durch meine steifen Muskeln. Ich streckte mich ein wenig und wunderte mich darüber, wie tief ich geschlafen hatte. So tief, dass ich nicht einmal wusste, woher die Decke kam, in die ich gewickelt war.

Vermutlich von Belial ...

Missmutig schob ich die Brauen zusammen. Glaubte er wirklich, mit derartigen Gesten etwas bewirken zu können? Nachdem er mich erst in seinen Gemächern eingesperrt und dann auch noch mit seiner Essenz ausspioniert hatte?

Belial war definitiv anders als Ianus, subtiler, lockender, aber nicht weniger gefährlich. Im Gegenteil. Ich befürchtete, dass seine Unberechenbarkeit mir in den nächsten Tagen einige Probleme bereiten würde. Gestern hatte er mich kalt erwischt. Ich war auf aggressive Drohungen vorbereitet gewesen, oder auf schmeichelnde Lügen, aber nicht auf seine entwaffnende Offenheit. Er täuschte nicht vor, harmlos zu sein, und erwartete auch von mir keine aufgesetzte Freundlichkeit. Es war fast, als würde er mich zu einem Kräftemessen auffordern, bei dem ich die Regeln bestimmen durfte.

Das verwirrte mich – ganz besonders, weil ich wusste, wie gerne und wie unüberlegt ich Herausforderungen normalerweise annahm. Umso vorsichtiger musste ich sein, denn das hier war kein Spiel, sondern bitterer Ernst.

Gefrustet zog ich mich auf die Beine. Ich hatte eine Aufgabe zu erfüllen und schon zu viel Zeit damit verloren, mich mit Belial auseinanderzusetzen. Also machte ich mich daran, die verlassenen Gemächer zu erkunden. Falls der blonde Dämon wirklich nicht da war, konnte ich mich vielleicht rausschleichen. Als Ausrede würde ich die Essensreste anführen, die ich gestern zusammengeräu–

Ich stutzte. Das Geschirr war weg. Alle Krüge aufgefüllt und der Tisch blitzblank. Wann war das bitte passiert? Wer hatte das gemacht? Andere Sklaven? Belial selbst? Seine Leibwächter? Und warum war ich davon nicht aufgewacht, wo ich doch direkt neben der Tür geschlafen hatte?

Mit einem leisen Fluch begab ich mich auf die Suche nach einem anderen Vorwand – irgendetwas, das eine Sklavin holen, wegbringen oder auffüllen konnte, ohne Verdacht zu erregen. Dabei fand ich einen unscheinbaren Durchgang, der in einen wunderschön gefliesten Baderaum führte. Mosaike von Fischen und anderen Meeresbewohnern zierten die Wände und das quadratische Becken in der Mitte war so ausladend, dass man darin sogar hätte schwimmen können. Es gab große Spiegel aus poliertem Silber, Tische überladen mit Seifen, Cremes und Duftölen, und einen abgetrennten Bereich mit einer privaten Latrine. Das löste eines meiner anderen Probleme. Schnell nutzte ich die unverhoffte Freiheit, um meine Morgenhygiene zu erledigen. Nachdem ich mich erleichtert und gewaschen hatte, stieß ich auf ein silbernes Döschen mit einer Paste aus zerstoßener Holzkohle und verschiedenen Kräutern. Perfekt. Ich putzte mir die Zähne und gerade, als ich mir den Mund ausspülte, erklangen Schritte am Eingang. Erschrocken fuhr ich herum und … riss die Augen auf. Belial spazierte herein. Nackt.

»Keine Sorge«, meinte er teilnahmslos und stieg in das Wasserbecken. »Du darfst jederzeit alles benutzen, was hier herumsteht.«

Er tat gerade so, als müsste ich mich ertappt fühlen, dabei galt mein schockiertes Gesicht einzig und allein seinem plötzlichen Auftauchen. Woher war er so schnell, so lautlos und so … nackt gekommen? Bei seinen verstrubbelten Haaren und dem schläfrigen Blick hätte ich schwören können, dass er gerade erst aus dem Bett aufgestanden war. Dazu hätte er allerdings im Bett schlafen müssen. Schliefen Dämonen überhaupt? Ich wusste es nicht.

Während sein durchaus beeindruckender Körper ins Wasser glitt, legte sich ein verschmitztes Lächeln auf seine Lippen. Oh, er war alles andere als schläfrig! Versuchte er etwa, mich mit seiner Schamlosigkeit aus der Reserve zu locken?

Tja, damit konnte ich nicht dienen. Ich hatte zu lange im Venus-Tempel gearbeitet, um mich von einem nackten Männerkörper in Verlegenheit bringen zu lassen. Trotzdem hielt ich es für klüger, mich zurückzuziehen. Vielleicht würde er ja von seinem Bad so abgelenkt sein, dass ich mich in der Zwischenzeit aus den Gemächern stehlen konnte?

Ich steuerte auf den Ausgang zu, als Belials Stimme mich aufhielt.

»Nicht so schnell, namenloses Mädchen!«

Verdammt.

»Gestern Nacht habe ich mir ein paar Gedanken gemacht, was für Aufgaben du für mich übernehmen wirst«, informierte er mich. »Fürs Erste würde es mir reichen, wenn du mir den Rücken wäschst.«

Was?! Das konnte nicht sein Ernst sein!

War es aber, denn im gleichen Moment traf mich ein nasser Schwamm am Hintern und fiel mit einem klatschenden Geräusch auf die Fliesen.

Zornig fuhr ich herum und funkelte den grinsenden Dämon im Becken an. Er war ein Wesen mit gottgleicher Macht. Er BRAUCHTE niemanden, der ihm den Rücken schrubbte. Wie gerne hätte ich ihm seine überheblichen Grübchen aus dem Gesicht gekratzt, aber das wäre wirklich nicht das demütige Verhalten einer Sklavin gewesen. Abgesehen davon würde ich Belial damit vermutlich nur noch mehr amüsieren. Also schluckte ich meinen Groll runter und hob den Schwamm auf. Dann holte ich ein Stück Seife von einem der Tische und wollte mich gerade an den Beckenrand knien, doch Belial war verschwunden. Dort, wo er eben noch gestanden hatte, kräuselte sich das Wasser. Kurz darauf tauchte der Kopf des Dämons in der Mitte des Beckens auf. Er warf die Haare zurück, strich sich das überschüssige Wasser heraus und sah mich erwartungsvoll an.

Was sollte das denn werden? Ein lustiges Fang-Mich-Spielchen?

»Ich fürchte, du musst zu mir kommen«, schnurrte er.

Meine Augen verengten sich. Musste ich das? Der feine Herr könnte sich auch einfach wieder an den Beckenrand bemühen! Ich würde nämlich keinen Fuß zu dem nackten Dämon ins Wasser setzen. Vor Wut schloss ich die Faust um den Schwamm in meiner Hand. Meine Fingernägel gruben sich tief in das weiche Gewebe, während ich mir vorstellte, es wäre Belials bestes Stück. Das entging dem Dämon natürlich nicht. Belustigt schob sich eine seiner Brauen in die Höhe.

»Du darfst auch die Kleidung anlassen«, gestand er mir zu und tat so, als wäre das ein großes Entgegenkommen seinerseits.

Unsere Blicke verkeilten sich. Belial schien es ganz und gar nicht eilig zu haben. Nach einer Weile half auch das Malträtieren des Schwamms nichts mehr und ich begann zu ahnen, dass ich dieses Willensduell nicht gewinnen konnte. Zumindest nicht, ohne meinen eigentlichen Auftrag zu gefährden. Ich glaubte zwar nicht, dass Belial mir etwas antun würde, schließlich konnte er es sich nicht leisten, mich zu verängstigen. Aber er hätte sicherlich seinen Spaß daran, mich mit einem Schubs seiner Macht ins Wasser zu befördern. Ich beschloss also, mir einen Rest Würde zu bewahren und seine Provokationen einfach zu ignorieren. Ab jetzt würde ich die Unerschütterlichkeit in Person sein. Ich würde brav meine Rolle spielen, seinen Rücken schrubben und meine Kraft lieber für Wichtigeres aufsparen. Guter Plan.

Erhobenen Hauptes ging ich um das Becken herum, bis ich die Treppe erreicht hatte. Dort zog ich mir die Sandalen aus und wagte einen ersten Schritt ins Wasser. Es schloss sich angenehm warm um meine Knöchel. Unter anderen Umständen hätte ich ein solches Bad definitiv genossen. Vier weitere Stufen später hatten meine Füße den Grund des Beckens erreicht. Leider, denn die Wasseroberfläche schwappte gerade erst um meine Brüste herum und sorgte dafür, dass der nasse Stoff meines Kleides daran klebte wie eine zweite Haut. Großartig. Mürrisch zog ich die Arme vor die Brust und versuchte, mir nichts anmerken zu lassen. So gewappnet watete ich auf Belial zu.

Von dem Dämon war im Moment nur der Kopf zu sehen. Er wartete. Gespannt. Wie eines dieser riesigen schuppigen Krokodile, die der Kaiser neulich im Circus präsentiert hatte. Für ihn war ich die Beute. Eine Prämie, die es zu gewinnen galt. Für mich war er im Moment vor allem eines: eine Zeitverschwendung. Ungeduldig hielt ich vor dem blonden Schopf an. Mein Blick sprach ganz deutlich »Können wir dann?«, während sein Lächeln wohl so viel wie »Ich kann's kaum erwarten« bedeuten sollte.

Dann stand er auf. Nein, vielmehr teilten Berge von sonnengebräunten Muskeln die Wasseroberfläche und wuchsen vor mir empor wie ein Koloss. Bis eben hatte ich noch auf ihn herabsehen können, doch jetzt starrte ich direkt auf eine durchtrainierte Brust, von der letzte Wassertropfen wie Ölspuren herabrannen – in eine Richtung, die ich meinen Blicken lieber nicht erlauben wollte.

Ich schluckte. Ganz normal, sagte ich mir. Das hier war ganz normal. Eine normale Aufgabe, die normale Sklaven tagtäglich für ihre Besitzer erledigten. Sogar Lorentin hatte mich hin und wieder ohne Hintergedanken darum gebeten, ihm bei der Körperpflege zu helfen. Keine große Sache.

Und doch war das hier ... anders.

Belial hatte etwas an sich, das tief in mir ein Echo fand. Mein Herz begann unwillkürlich schneller zu schlagen, während sich eine sanfte Hitze in meinem Inneren ausbreitete. Diese sinnliche Reaktion traf mich so unerwartet, dass ich es mit der Angst zu tun bekam. Angst vor mir selbst, vor meinen unbeherrschbaren Empfindungen, vor dieser unterschwelligen Faszination, deren Schatten ich schon gestern Abend wahrgenommen hatte. War das ein dämonischer Trick, gegen den meine Immunität nichts ausrichten konnte? Oder sprachen meine Urinstinkte einfach auf einen Körper an, der eines Gottes würdig war? Ich war ja durchaus nicht unerfahren, was die Attraktivität des anderen Geschlechts betraf, aber so eine unverfälschte Anziehung hatte ich noch nie gespürt. Am liebsten wäre ich sofort aus dem Becken geflüchtet, doch diesen Triumph wollte ich Belial nicht gönnen. Also unterdrückte ich mit roher Gewalt jedes noch so kleine verräterische Signal meiner Erregung und konzentrierte mich stattdessen auf meinen Vorsatz: Ich war die Unerschütterlichkeit in Person! Und das hier war nur eine nackte Männerbrust, besessen von einem Dämon, der seine eigenen Ziele verfolgte. Punkt. Aus.

»Umdrehen!«, forderte ich grimmig. Je schneller ich das hier hinter mich brachte, desto eher konnte ich mich um *meine* Ziele kümmern.

Belial funkelte mich amüsiert an. Keine Ahnung, ob er bemerkte, was für eine Wirkung er auf mich hatte, doch mein plötzlich so herrischer Tonfall schien ihn bestens zu unterhalten. Grinsend gehorchte er.

Endlich von seiner Aufmerksamkeit befreit, fühlte ich meinen Mut zurückkehren. Auch sein Rücken war eine eindrucksvolle Muskellandschaft, auf dem zu allem Überfluss ein imposantes Primus-Zeichen prangte. Aber nichts davon wirkte so unheilvoll wie die durchdringenden Blicke, die sich direkt in meine Gedanken zu brennen vermochten. Als ich schließlich begann, Belials Rücken einzuseifen, kroch ein zartes Kribbeln meine Fingerspitzen hinauf. Nicht mehr und nicht weniger. Erleichtert atmete ich auf. Ich wusste nicht, was ich erwartet hatte, aber damit würde ich zurechtkommen. Nach und nach entspannte ich mich sogar etwas und erlaubte mir, die hell schimmernden Linien zu erkunden, die sich von seinen Schultern bis zur Wasserlinie erstreckten. Ich hatte schon früher Primus-Zeichen gesehen, doch noch nie aus der Nähe. Und noch nie hatte ich eines berührt.

»Gut geschlafen?«, erkundigte sich Belial unvermittelt. Sein spöttischer Tonfall riss mich aus meiner Arbeit. Offenbar reichte es ihm nicht, sich schrubben zu lassen. Nein, er musste sich auch noch über mich lustig machen.

»Hervorragend«, antwortete ich knapp. »Aber die Decke hätte ich nicht gebraucht.«

Sein leises Lachen brachte den Rücken unter meinen Fingern zum Vibrieren.

»Vergebung«, stichelte er. »Ich wollte dir den Genuss des kalten Steinbodens nicht verderben.«

Eine steile Falte erschien zwischen meinen Augenbrauen.

»Ich mag es kalt«, gab ich scharf zurück und erdolchte seinen Hinterkopf mit bösen Blicken.

Wieder dieses Lachen. Dann bewegten sich die Muskeln unter meinen Fingern. Belial drehte sich um und lächelte mich gefährlich an. »Tatsächlich?«

Ein süßlicher Geruch stieg mir in die Nase. Ein magischer Geruch nach Granatäpfeln, aber mit einer schweren bittersüßen Note, die mich an kostspielige Dekadenz erinnerte. Ich war davon so abgelenkt, dass ich das subtile Sirren dämonischer Macht erst bemerkte, als die Temperatur des Wassers bedenklich fiel. Am Beckenrand entstand knisternd eine zarte Eisschicht, während Kälte ungehindert in meine Glieder kroch. Binnen weniger Augenblicke war ich so ausgekühlt, dass ich am ganzen Körper zu zittern anfing.

So ein Mistkerl. Aber bitte. Er wollte mich herausfordern? Das konnte er haben. Wild entschlossen packte ich den Schwamm und hielt ihn ihm vor die Nase.

»Umdrehen! Ich w-war noch nicht f-fertig.«

Belials Mundwinkel zuckten, aber er machte keine Anstalten, meinen Anweisungen ein zweites Mal zu folgen. Stattdessen griff er nach meiner zitternden Hand und schob den tropfenden Schwamm sanft aus seinem Blickfeld. Dann seufzte er.

»Du machst es dir selbst viel zu schwer.«

Bitte was?! Ich entriss ihm meine Hand und starrte ihn streitlustig an. Meine Bedrohlichkeit hielt sich dank klappernder Zähne in Grenzen, aber ich bemühte mich dennoch, nicht wie ein frierendes Häufchen Elend zu wirken.

»I-ich?«, zischte ich. »*Ich* m-mache es mir schw-wer? N-nicht ich h-hab das B-becken gerade in einen G-gletscher verwandelt!« Und dann fügte ich mit einem demonstrativen Blick nach unten noch hinzu: »W-was übrigens nicht unbedingt zu deinem V-vorteil ist.«

Meine wütende Zurechtweisung erzielte nicht die gewünschte Wirkung. Statt sich in seiner männlichen Ehre gekränkt zu fühlen, schenkte mir Bel ein Grinsen samt Grübchen. Dann sah auch er demonstrativ an mir herunter und genoss die Auswirkungen, die die Kälte auf meinen Körper hatte.

»Da bin ich anderer Meinung.«

Das Blut schoss mir in die Wangen und brachte mein Gesicht zum Glühen. Aber das war nichts im Vergleich zu der Wut, die in mir brodelte. Das war's dann mit meinen guten Vorsätzen der Unerschütterlichkeit.

»Wasch dich selbst, Dämon!«, fauchte ich. Mit aller Kraft schleuderte ich ihm den eisigen Schwamm ins Gesicht und kämpfte mich aus dem Becken. Dass ich bei meiner Flucht den Baderaum und anschließend auch seine Gemächer unter Wasser setzte, interessierte mich nicht. Ich wollte nur weg von diesem eingebildeten Dämon und seiner subtilen Macht, mit der er mich irgendwie um meine Kontrolle brachte.

Fast hatte ich den Garten und die wärmenden Sonnenstrahlen erreicht, da packte mich jemand am Arm. Aufgebracht fuhr ich herum. Es war Belial. Natürlich war es Belial. Er würde mich nicht in Ruhe lassen. Nicht, ohne das letzte Wort zu haben. Zu etwas anderem waren Dämonen gar nicht in der Lage.

»Lass mich los!«, presste ich hervor. Sein Griff tat nicht weh, aber er verletzte meinen Stolz.

Ein verwunderter Ausdruck legte sich über seine Züge. Er schien nicht zornig zu sein – eher interessiert. Sein Blick wanderte von meinem Gesicht zu seiner Hand. Dann löste er seine Finger. Langsam und mit Bedacht, als hätte er Sorge, dass ich wieder vor ihm fliehen könnte.

Pfft. Wohin denn?

»Vergebung«, sagte er ruhig. Jede Überheblichkeit war aus seinen Zügen verschwunden. »Ich wollte dich nicht verärgern.«

Sprachlos blinzelte ich ein paar Mal. War das eine Entschuldigung? Aber … aber warum sollte er das tun? Ich, eine Sklavin, hatte ihn streng genommen gerade angegriffen. Nach römischem Gesetz hätte er jedes Recht gehabt, mich zu bestrafen. Und doch stand er nun hier, ein tropfnasser Belial, der sich ein Badetuch umgebunden hatte und mich reumütig aus seinen strahlend türkisfarbenen Augen ansah.

Oh verflucht. Er war wirklich gut. Obwohl ich wusste, dass er nur sagte, was ich hören wollte, und obwohl ich mich mit Händen und Füßen dagegen wehrte, spürte ich meine Wut auf ihn schwinden. Und das machte mich umso wütender – auf mich.

»Verrat mir deinen Namen«, bat er plötzlich.

Ich schnaubte. »Warum?« Mein Zittern mochte inzwischen nachgelassen haben, aber ganz bestimmt nicht mein Gedächtnis. So leicht würde ich mich nicht blenden lassen. »Glaubst du etwa, deine kleinen Verführungstricks funktionieren besser, wenn du sie mit meinem Namen verflechten kannst?«

Belial runzelte die Stirn. »Welche Verführungstricks?«

Die Frage klang so aufrichtig, dass sich plötzlich eine unangenehme Befürchtung in mir breitmachte. Was, wenn diese Anziehung, die ich spürte, gar nicht von ihm beabsichtigt war? Was, wenn seine Sticheleien einfach nur Belanglosigkeiten waren? Und was, wenn ich ihm gerade mehr über mich verraten hatte, als ich sollte?

Mein Schreck musste mir wohl anzusehen sein, denn auf Belials Lippen erschien plötzlich ein schelmisches Lächeln. Damit strafte er all meine Befürchtungen Lügen: Von wegen keine Absicht. Er fing meinen Blick ein und hielt ihn mit einer Intensität fest, die mir den Atem raubte.

»Ich habe noch nicht einmal *angefangen*, dich zu verführen«, stellte er leise fest. »Aber so langsam bekomme ich Lust darauf.«

Mein Herz geriet ins Stolpern. Wenn das stimmte, dann saß ich jetzt so richtig in der Klemme.

»Die Mühe kannst du dir sparen«, informierte ich ihn schroff. Vielleicht konnte ich ja das Ruder noch einmal herumreißen und ihn davon überzeugen, dass er mich kaltließ. Dass es diese vielsagenden Signale meines Körpers nicht gab. Dass nichts an ihm mein Interesse weckte ...

Belial lachte leise. »Also bist du überhaupt nicht neugierig, was ich zu bieten habe?«

Doch. »Nein!«, widersprach ich ihm – und mir. Ich war

wirklich nicht prüde, aber ich durfte mich nicht ablenken lassen.

Er tat einen Schritt auf mich zu und senkte die Stimme. »Du vergisst, dass Dämonen Verlangen riechen können.«

Oh.

Gar nicht gut.

Ich wich zurück, bis ich mit dem Rücken gegen eine der Säulen stieß. Er kam mir hinterher.

»Also sag mir, namenloses Mädchen, warum verleugnest du dein Verlangen?« Seine Finger strichen an meinen Schultern nach unten, bis er meine Hände erreichte. Er nahm sie sanft und legte sie sich auf die Brust. »Wenn du auf etwas Lust hast, solltest du es dir nehmen.«

»Ich verleugne gar nichts«, konterte ich trotzig. »Ich will es nur nicht mit dir teilen.«

Aber das war nicht ganz die Wahrheit. Tatsächlich hätte ich jederzeit den Körperkontakt zwischen uns beenden können, doch Belials Berührung und die warme Haut unter meinen Fingern brachten mich völlig aus dem Konzept.

»Warum nicht?« In seinen Augen blitzte der Schalk. »Es macht zu zweit so viel mehr Spaß.«

Er kam näher. In einem Anflug von Panik stemmte ich mich gegen ihn. Belial stoppte sofort, als hätte er mit meinem Widerstand gerechnet, aber er zog sich nicht zurück. Stattdessen hielt er den leichten Druck auf meine Arme aufrecht, sodass sie zu einer natürlichen Barriere zwischen uns wurden. Wohl genau das, was er beabsichtigt hatte, denn nun nahm er demonstrativ seine Hände von meinen und sah mich erwartungsvoll an. Die Botschaft war klar. Ab jetzt würde es meine Entscheidung sein, ob und wie weit ich ihn an mich heranließ.

»Liegt es daran, dass ich ein Dämon bin?«, wollte er wissen. Der verführerische Klang seiner Stimme legte sich wie schwarze Seide über meine Sinne.

»Ja«, flüsterte ich viel zu ehrlich. Zu einer taktisch klügeren Bemerkung war ich nicht mehr in der Lage. Es verwirrte mich zu sehr, dass er mir die Kontrolle übertragen hatte. Ich hätte ihn jederzeit von mir stoßen und diese wahnwitzige Situation einfach beenden können. Ich wusste sogar, dass es die einzig richtige und rationale Entscheidung gewesen wäre, doch ich tat es nicht. Vielmehr genoss ich die sanfte Kraft, mit der sich seine harte Brust an meine Handflächen drängte. Ich genoss sie so sehr, dass sengende Neugier jede Vernunft überlagerte und ich ihm ein kleines bisschen nachgab. Es war ein Spiel mit dem Feuer. Ein reizvolles Spiel.

»Wovor hast du Angst?«, fragte er und nahm den Raum, den ich ihm gewährte, ohne zu zögern ein. »Denkst du, dass ich deinen Stolz brechen oder dir den Kopf verdrehen will?«

»Ist es nicht das, was Dämonen tun?«, gab ich ebenso spöttisch wie atemlos zurück. Natürlich war das sein Plan. Es war der schnellste Weg, um an sein Ziel zu gelangen. Belial hielt mich für ein unbedarftes Mauerblümchen, das Leidenschaft und Liebe nicht auseinanderhalten konnte. Wenn er mir das Herz stahl, würde ich ihm bereitwillig meine Seele schenken. So weit seine sehr offensichtliche Strategie. Allerdings würde er sich an mir die Zähne ausbeißen, denn ich war durchaus in der Lage, meine Emotionen von der körperlichen Erregung zu trennen, die Belial in mir auslöste.

»Dämonen lügen«, hauchte ich, »sie manipulieren, sie nutzen jede Schwäche aus, um zu bekommen, was sie wollen.«

»Manchmal«, gestand er amüsiert. Seine Hände fanden meine Taille. Es war eine schlichte Berührung, die jedoch so viel mehr in Aussicht stellte, dass ich instinktiv die kaum vorhandenen Reste meines Widerstands vergaß. Wie im Rausch ließ ich mich von ihm gegen die Säule drängen und genoss die Stärke seines Körpers. »Erzähl mir nicht, dass du nicht schon mal dasselbe getan hast, *Mädchen ohne Namen und ohne Erinnerung.*«

Die Nähe zu ihm machte es beinahe unmöglich, noch einen klaren Gedanken zu fassen, und trotzdem verstand ich seine Anspielung. Er wusste, dass ich ihn anlog.

»Das ist … etwas anderes«, versuchte ich mich zu verteidigen und beging den Fehler, den Kopf zu heben und in seine türkisen Augen zu blicken. Dort wütete ein Hunger, der meinem in nichts nachstand.

»Ist es das?«, murmelte er, während er mir so nah kam, dass seine Lippen hauchzart über meine streiften. »Heißt das, du willst mich nicht gerade *benutzen*, um dein Verlangen zu stillen?«

Eine sinnliche Frage, auf die ich keine Antwort hatte. Ein Nein wäre gelogen und ein Ja ein Eingeständnis meiner Schwäche. Wenn er nur nicht so gut riechen würde.

Dann begannen Belials Hände quälend langsam meinen Körper zu erkunden, und ich musste ein Stöhnen unterdrücken. Noch nie war ich so in Versuchung geführt worden.

»Sag, dass ich aufhören soll, und ich werde es tun.« Seine Stimme war dunkel vor Lust. »Jederzeit. Ohne Konsequenzen.«

Sein Mund verharrte über meinem. Die Regeln waren klar. Belial verschleierte weder seine Absichten noch seine Motive und überließ mir die Wahl. Seine Unverblümtheit fühlte sich befreiend an. Aber selbst wenn er mir das Blaue vom Himmel versprochen hätte, wäre ich nicht mehr fähig gewesen, ihn abzuweisen. Ich legte meine Arme um seinen Hals. Mehr Einwilligung brauchte Belial nicht. Er senkte seinen Mund auf meinen und entfesselte einen Sturm, der alle Zweifel verstummen ließ. Sein Kuss war alles – wild, besitzergreifend, unersättlich und doch geduldig, beherrscht und zärtlich. Ich trank von seinen Lippen, als wären sie das letzte Wasser auf Erden, und gleichzeitig ertrank ich in seiner wilden Leidenschaft, ohne Hoffnung auf Rettung. Mein Körper erbebte. Unwillkürlich reckte ich mich auf die Zehenspitzen, bog mich ihm entgegen, aber Belial reichte das nicht. Wie eine Naturgewalt entriss er mir die Kontrolle. Seine Hände eroberten meine Schenkel, hoben mich hoch und keilten mich zwischen seiner kräftigen Brust und dem kühlen Marmor der Säule ein. Ich keuchte auf und schlang meine Beine um seine Hüften, um ihn noch näher an mir zu spüren. Belial nahm meine Einladung mit einem ungestümen Knurren an. Er löste seine Lippen von meinen und fand stattdessen die empfindsame Stelle hinter meinem Ohr. Heiße Schauer jagten durch meinen Körper. Seine Zunge auf meinem Hals trieb mich an den Rand der Verzweiflung, während sich die Berührung seiner Finger durch den nassen Stoff meines Kleides brannte. Ich stöhnte auf, verkrallte mich in seinen Haaren und verlangte gierig nach mehr. Gleichzeitig spürte ich, wie Belial an meiner Haut lächelte. Meine Hemmungslosigkeit schien ihm zu gefallen.

»Du irrst dich«, raunte er mir mit heiserer Stimme zu. »Ich will dich nicht brechen. Ich will dich so ungezähmt, wie du bist …« Dann setzte er sein verheerendes Werk fort und ich musste mir auf die Unterlippe beißen, um nicht nach Erlösung zu flehen.

Plötzlich fühlte ich ihn nach meinem Hals greifen. Ein Ruck ging durch uns beide und ein tiefes metallisches Geräusch erklang. Mein Sklavenreif brach entzwei und fiel scheppernd zu Boden. Der Sklavenreif, der mich als Ianus' Eigentum kennzeichnete.

Da stürzte die Realität mit voller Wucht auf mich ein. Was tat ich hier?! Ich hatte eine wichtige und riskante Mission, aber anstatt mich darum zu kümmern, anstatt nach Ianus' Kammer zu suchen, gab ich mich meinen niedersten Trieben hin. Mit einem Dämon, den ich noch nicht einmal einen Tag kannte.

»Belial!«, keuchte ich. Da das störende Schmuckstück ihm nun nicht länger im Weg war, wanderte sein Mund tiefer und hinterließ eine brennende Spur auf meiner Haut. Ich versuchte, gegen den Strudel der Lust anzukämpfen, der mich selbst jetzt noch zu verschlingen drohte. Ohnmächtig stemmte ich mich gegen seine Schultern. »Hör auf! Bitte.«

Er erstarrte. Ich spürte seine schweren Atemzüge an meinem Hals und betete inständig, dass er sein Wort halten würde. Aber er gab mich nicht frei.

»Bitte«, flüsterte ich noch einmal. »Lass mich runter.«

Ganz langsam richtete er sich auf. Sein Blick durchbohrte mich. Kühl. Forschend. Doch viel mehr beunruhigten mich die schwarzen Schlieren, die das Türkis seiner Augen fast vollständig verdrängt hatten. Mein Magen verkrampfte sich. Hatte er die Kontrolle über sich verloren?

Ein paar endlose Momente lang befürchtete ich das Schlimmste, doch dann trat er einen Schritt zurück und setzte mich überraschend behutsam auf dem Boden ab. Es schien ihn große Überwindung zu kosten, seine Hände von mir zu nehmen, aber er tat es. Anschließend drehte er sich wortlos um und verschwand in seinen Gemächern.

Brennende Fragen

Was war nur in mich gefahren? So etwas durfte nicht passieren. Nicht mir. Nicht, wenn so viel auf dem Spiel stand.

Ich stützte mich auf meinem Schreibtisch ab und versuchte, den Geschmack des Mädchens zu vergessen. Sie hatte auf mein Drängen mit einer solchen Leidenschaft reagiert, dass mir die Beherrschung entglitten war. Noch immer konnte ich ihr weiches Fleisch unter meinen Fingern spüren. Noch immer hörte ich dieses süße Stöhnen, das mich in den Wahnsinn trieb. Es war so gut gelaufen, aber dann hatte ich zu schnell zu viel gewollt und damit vielleicht alles ruiniert.

Hinter mir erklangen zaghafte Schritte. Ich musste mich nicht umsehen, um zu wissen, dass dort ein zutiefst verunsichertes Geschöpf stand. Wahrscheinlich hatte sie wieder die Arme um ihre Brust geschlungen und knabberte hilflos auf ihrer Unterlippe herum. Dabei sollte sie weder ihre hinreißenden Brüste vor mir verstecken müssen noch meinetwegen ihre wunderschönen Lippen misshandeln. Alles an ihr verdiente es, hingebungsvoll angebetet zu werden. Und ich wollte derjenige sein, der ihr die Augen dafür öffnete. Ich wollte ihr Lust schenken und meinen Namen hören, wenn sie kam. Und ich wollte es jetzt …

Ich ballte die Fäuste und stieß ein tiefes Grollen aus.

Wieso war sie nicht einfach im Garten geblieben? Ich hätte es ihr nicht einmal übel genommen, wenn sie mich beschimpft oder einen Fluchtversuch unternommen hätte. Aber nein, sie stand nur da und führte mir die beschissene Situation ihrer Gefangenschaft vor Augen, die sie zum Spielball zweier selbstsüchtiger Primus gemacht hatte. Eine Situation, an der ich nicht ganz unschuldig war.

»Zieh dir was Trockenes an und geh mir Wein holen«, befahl ich ruppig.

Ich brauchte Zeit, um mich zu sammeln, und das ging in ihrer Gegenwart nicht. Ich wagte es ja noch nicht einmal, mich zu ihr umzudrehen. Ein Blick in ihre großen mitternachtsblauen Augen und ich würde sie entweder trösten oder sie vögeln wollen. Beides im Moment keine Option.

Ein leises Räuspern. »Ich habe nichts zum Anziehen«, gestand sie zögerlich. Sie klang verlegen, obwohl ihre Stimme noch immer von Lust belegt war. »Und Wein steht auf dem Tisch. Soll ich –«

Verflucht noch mal! Konnte sie nicht einfach still sein?! Oder mich wenigstens anschreien! Ich ertrug diese aufgezwungene Folgsamkeit nicht länger.

Meine Macht brach aus mir heraus. Sie stob durchs Zimmer und fegte den Weinkrug vom Tisch. Noch während er klirrend auf dem Boden zersprang, richtete ich meine Aufmerksamkeit bereits auf das dünne Gewebe ihres Kleides, trocknete den Stoff und reparierte die Risse, die mein ungestümes Benehmen hinterlassen hatte.

Ich hörte ein leises Keuchen und spürte ihren Schreck, aber darum konnte ich mich gerade nicht kümmern.

»Jetzt geh!«

Ein paar Augenblicke lang herrschte Stille, dann eilte sie hinaus. Endlich.

Befreit von der süßen Versuchung ihrer Anwesenheit

ging ich zum Bett und ließ mich auf die Matratze fallen. So weit, so gut. Ein erster Schritt war getan. Allerdings hatte ich die Empfänglichkeit des Mädchens vollkommen unterschätzt. Mein Duft, die Vorzüge meiner Hülle, die Neckereien und meine gespielte Reue hatten sie eigentlich nur aus ihrem Schneckenhaus herauslocken sollen. Aber sie war leichter entflammt als Zunder. Ich lächelte. Es gefiel mir, dass sie ihre Sittsamkeit nicht über ihre Lust stellte. Außergewöhnlich für eine Sterbliche, zumal sie ihre Ehre gestern noch so vehement verteidigt hatte. Als ob irgendjemand mit Sinn und Verstand sie jemals für eine Dirne hätte halten können. Dazu besaß sie zu viel Hemmungen und zu viel Neugier. Unwillkürlich wanderten meine Gedanken zurück zu all den Emotionen, die ich auf ihrem erhitzten Gesicht gesehen hatte. Sie waren so verlockend gewesen, dass ich zu gerne ihre Mauern eingerissen hätte. Eine Welle der Erregung packte mich. Allein die Vorstellung, wie ihre Emotionen in meine Essenz strömten, während sie sich mir hingab, war so verheißungsvoll, dass die Laken unter mir Feuer fingen. Knisternd breiteten sich die Flammen aus und versengten meine Haut. Das war genau das, was ich gerade brauchte. Der Schmerz half, meine Gier zu kontrollieren, und die stetige Heilung zog genug Energie ab, um wieder einen klaren Kopf zu bekommen. Ich bezweifelte nämlich stark, dass ihre Seele so leicht zu erobern war wie ihre Tugend.

Nach einer Weile registrierte ich zwei bekannte Präsenzen am Rande meiner Wahrnehmung. Hiro und Grim. Sie hatten sicherlich das Brodeln meiner Macht bemerkt und wussten, dass es nicht ratsam war, mich in einer solchen Stimmung zu stören. Seufzend ließ ich die Flammen auf dem Bett ersterben und gönnte mir ein paar letzte tiefe Atemzüge, bevor ich sie hereinbat. Ich verspürte zwar noch immer wenig Lust auf Gesellschaft, aber ich wollte erfahren, was sie zu berichten hatten.

Kurz darauf hielten Grims energische Schritte auf mich zu. Hiro dagegen näherte sich wie gewohnt vollkommen lautlos.

»Heiliger Weltenbaum, was ist denn hier passiert?«, brummte die kleine Germanin. Zweifelsohne meinte sie das rauchende Bett, den nassen Boden und den zerbrochenen Weinkrug. »Wo ist das Mädchen?«

»Weg«, maulte ich und setzte mich auf.

Meine Antwort schien Grim nicht zu gefallen. Sie stemmte die Arme in die Hüften und bedachte mich mit ihrem erbittertsten Strenge-Mutter-Blick. Ich verdrehte die Augen. Mit Sicherheit würde sie so verharren, bis ich ihr das Durcheinander erklärt hatte, also kapitulierte ich lieber gleich.

»Das Mädchen lebt, ihr geht es gut und das«, meinte ich und deutete auf das verwüstete Zimmer, »war ein Unfall.«

Grim rümpfte die Nase. Natürlich wusste sie, dass ich ein paar entscheidende Details ausgelassen hatte, aber sie gab sich damit trotzdem zufrieden.

»Ich hab was für dich«, verkündete sie stattdessen und warf mir ein Tonfläschchen mit einem Runenschriftzug zu. Ich fing es und runzelte überrascht die Stirn. Grim hatte schnell gearbeitet.

»Wehe, du bist damit nicht vorsichtig!«

Ihre Warnung hätte ich nicht gebraucht, schließlich war ich schon oft genug Zeuge davon gewesen, was der Othoss-Trank anrichten konnte. Er verstärkte Gefühle – so sehr, dass sie selbst die robusteste mentale Mauer fluteten. Für Menschen konnte das eine überwältigende Erfahrung sein oder ein alles zerstörender Albtraum.

»Ich werde ihn mit Bedacht einsetzen«, versicherte ich Grim, wobei ich mir nicht sicher war, ob ich den Trank überhaupt noch benutzen wollte. Ursprünglich hatte ich den Plan gehabt, die Gefühle des Mädchens auszuspionieren. Abgesehen von ein paar intensiven Stunden wäre ihr nichts weiter passiert. Vermutlich hätte sie es nicht einmal bemerkt. Inzwischen war ich mir aber nicht mehr so sicher, ob *ich* dem widerstehen konnte, was mich hinter ihren Mauern erwartete.

Grim stieg schnaubend über die Weinlache und machte es sich auf einer der Liegen gemütlich. »Sag das noch mal, wenn du weißt, was Hiro rausgefunden hat.«

Wie immer klang ihre Bemerkung flapsig, aber der Unterton in ihrer Stimme ließ mich aufhorchen. Alarmiert sah ich zu meinem Leibwächter.

»Wie du es gewünscht hast, war ich bei Drusus und Lucusta. Die Geschichte der Hohepriesterin deckt sich mit der des Sklavenhändlers«, begann er und fügte dann mit ausdrucksloser Miene hinzu: »Wortwörtlich.«

Ich stieß einen derben Fluch aus. Genau so was hatte ich befürchtet. Wenn zwei Menschen unabhängig voneinander exakt dieselbe Geschichte mit denselben Worten erzählten, gab es dafür oft nur einen Grund: Ein Primus hatte in ihrem Verstand herumgespielt.

»Ich hab's dir ja gesagt.« Grim schwang ihre Stiefel auf den Tisch. »Wenn du mich fragst, halten sich in Rom zurzeit nur zwei Primus auf, die mächtig genug wären, um einer Hexenmeisterin wie Lucusta falsche Erinnerungen einzupflanzen. Falls du es also nicht warst ...«

... kam nur Ianus infrage. Aber warum sollte er das tun? Es sei denn natürlich, die ganze Sache war ein abgekartetes Spiel. Hatte er sich ein Mädchen mit starken mentalen Fähigkeiten gesucht, um mich in diese Wette zu locken? War das Mädchen vielleicht sogar eingeweiht? Sofort verwarf ich den Gedanken wieder. Die Angst, als Ianus ihre Mauern gebrochen hatte, war echt gewesen. Genau wie Ianus' Überraschung darüber, dass sie ihm widerstehen konnte. Nein, es musste einen anderen Grund geben, aus dem er die Vorgeschichte seiner Sklavin vertuschen wollte.

»Ich habe noch mehr herausgefunden«, teilte mir Hiro mit. »Nachdem die Sache auch mir seltsam vorkam, habe ich einen der Priester aus dem Venus-Tempel abgefangen und in seiner Erinnerung nach dem Mädchen gegraben. Er kannte sie und seine Erinnerungen waren unverfälscht.«

Ich lächelte. Genau aus diesem Grund schätzte ich Hiro so. Er ließ nie locker und fand immer einen Weg, um an Antworten zu kommen.

»Sie hat tatsächlich im Venus-Tempel gelebt. Allerdings war sie keine Sklavin. Zumindest bis vor ein paar Tagen noch nicht.«

Na so was ... das erklärte natürlich einiges. Und warf gleichzeitig einen Haufen Fragen auf.

»Was noch?«

»Nach dem, was ich im Kopf des Priesters gesehen habe, war sie wohl nicht sehr gesprächig. Ihr Name ist Cassia. Ihre Mutter war eine Schaustellerin und starb, als das Mädchen elf war. Danach hat sie sich offenbar alleine durchgeschlagen, bis Lucusta sie letztes Jahr im Tempel aufgenommen hat. Was genau ihre Aufgabe dort war, wusste nur die Hohepriesterin selbst.«

Ich pfiff leise durch die Zähne. Aus dem geheimnisvollen namenlosen Mädchen war soeben ein handfestes Rätsel geworden. Kein Wunder, dass sie mich derart reizte. Sie war eine

Herausforderung, wie ich sie schon länger nicht mehr erlebt hatte. Eine willkommene Ablenkung im Trott der Ewigkeit.

Cassia also … ein schöner Name. Stark und eigensinnig. Das passte zu ihr. Aber warum hatte sie von einem Tag auf den anderen ihre Freiheit verloren? War sie in Ungnade gefallen oder hatte Schulden gehabt? Und was für eine Rolle spielte Ianus in dieser Geschichte? Warum sollte er ihre Vergangenheit verschleiern wollen?

»Noch etwas«, meinte Hiro und sah mich vielsagend an. »Auch Ianus' Männer haben sich bei Lucusta nach dem Mädchen erkundigt.«

»Was?!«, rief Grim und saß sofort kerzengrade da. »Wieso sollten sie das tun, wenn er –?«

»Haben sie dich gesehen?«, fragte ich meinen Leibwächter.

»Natürlich nicht«, gab Hiro frostig zurück. »Sie haben der Hohepriesterin dieselben Fragen gestellt wie ich und sind wieder verschwunden.«

Also holte auch Ianus Erkundungen über Cassia ein. Äußerst aufschlussreich. Wenn er es nicht war, der Lucusta manipuliert hatte, mussten wir noch einen dritten Mitspieler haben, der sich nicht offenbaren wollte. Und dieser unbekannte Primus war der Einzige, der die Wahrheit über Cassia kannte. Abgesehen von ihr selbst natürlich. Es sei denn, er hatte auch sie manipuliert. Nachdenklich sah ich den Trank in meiner Hand an. Das Mädchen würde mir ein paar Fragen beantworten müssen, wenn sie wieder zurück war.

Wo Rauch ist, ist auch Blut

Jeder Schritt, der mich von Belials Gemächern forttrug, war ein Kampf gegen meinen Körper. Alles in mir schrie danach, umzukehren und den Dämon beenden zu lassen, was er so vielversprechend begonnen hatte. Seine Küsse brannten noch immer auf meinen Lippen und stellten all die plumpen Erfahrungen, die ich bislang gesammelt hatte, um Längen in den Schatten. Ein Teil von mir verfluchte mich dafür, ihn unterbrochen zu haben. Der andere Teil war froh drum, mich nicht völlig an meine Lust verloren zu haben. So ein Abenteuer konnte ich mir nicht leisten. Nicht jetzt. Nicht hier. Ein Gutes hatte die Sache jedoch: Mir war endlich eine Gelegenheit in den Schoß gefallen, nach Ianus' geheimer Kammer zu suchen.

Mit gesenktem Kopf lief ich durch den Palast und bemühte mich, möglichst zielstrebig zu wirken. Solange ich nicht orientierungslos herumstreunte, würde mich niemand beachten, schließlich war ich nur eine von vielen Sklaven, die ihren Aufgaben nachkamen. Ich versuchte, mich an den Weg zu erinnern, auf dem man mich gestern hergebracht hatte. Links. Dann den Gang hinunter vorbei an den Büsten irgendwelcher Senatoren. An der Kreuzung mit dem goldenen Pfau rechts und anschließend nur noch durch die lichtdurchflutete Säulenhalle. Zwei Matronen und ein paar ältere Herren begegneten mir. Kein Dämon. Niemand würdigte mich auch nur eines Blickes. Das ermutigte mich bei meinem Vorhaben – und Mut konnte ich gebrauchen, denn inzwischen spürte ich eine gewaltige dämonische Energie. Ich näherte mich dem Wandbild, das mir gestern Nacht aufgefallen war. Dort vorne neben einer blau bemalten Tür. Je näher ich dem Gemälde kam, desto verrückter spielte meine Wahrnehmung. Ich hätte nicht einmal sagen können, was das flirrende Bild zeigen sollte, denn alle Konturen schienen ständig in Bewegung zu sein. Die Farben verschwammen. Dunkel wurde hell, Glanz wurde trüb und Mattes satt. Und alles war von einem tiefen Summen überlagert, das mir in den Ohren dröhnte. Illusion wob sich über Illusion – so mächtig, dass nur ein Dämon von Ianus' Rang sie hätte durchschauen können. Oder ein Menschenmädchen, das immun gegen derartige Täuschungen war. Oh ja, hier war ich definitiv richtig. So viel Magie auf einem Haufen hatte ich nie zuvor gesehen.

Nur noch zehn Schritte. Da ertönten plötzlich Stimmen. Zwei Prätorianer bogen ums Eck und kamen direkt auf mich zu. Das metallische Schaben und das knirschende Leder ihrer Rüstungen hallten von den hohen Decken wider. Panik ergriff mich. Ich schaute starr auf den Boden und setzte meinen Weg fort. Fünf Schritte. Gleich hatten sie mich erreicht. Mein Herz raste. Wenn ich mir jetzt einen Fehler erlaubte, würde man mich zweifelsohne sofort hinrichten. Drei Schritte. Ich ging weiter. Einfach weiter. Auf Höhe der Illusion passierte ich die Soldaten und bemühte mich, so selbstverständlich zu wirken, als würde ich diese Strecke jeden Tag zurücklegen. Erst hinter ihrem Rücken wagte ich es, lautlos stehen zu bleiben. Ich lauschte. Die schweren Stiefel der beiden hielten nicht an. Ihre Unterhaltung stoppte nicht. Jetzt oder nie! Ich drehte mich um und lief los. Im Stillen dankte ich dem Schicksal, dass ich keine Schuhe trug. So erreichte ich unbemerkt das unheimliche Gemälde. Alles in mir sträubte sich dagegen, die wabernde Wand zu durchqueren, aber für Zweifel oder Zögern blieb keine Zeit. Die Soldaten konnten sich jeden Augenblick umschauen. Also biss ich die Zähne zusammen und schlüpfte hindurch.

Eine Illusion zu berühren, fühlte sich in der Regel an wie ein kalter Wasserfall. Diesmal kämpfte ich mich jedoch durch einen Eissturm aus frostigen Blitzen. Es dauerte nicht mal einen Wimpernschlag, aber das reichte mir – zumal mich dahinter ein weiterer Schwall aus dämonischer Energie traf. Ianus' Macht. Kalter Rauch und Blut. Dieser Ort war unter derart vielen Schutzzaubern begraben, dass ich genauso gut mitten in seiner Essenz hätte stehen können. Ich brauchte ein paar Augenblicke, um dieses schreckliche Gefühl zu verarbeiten. Dann atmete ich tief durch und sah mich um.

Vor mir lag ein Korridor. Keine Malereien, keine Statuen, keine Fenster, kein Licht. Er hatte nur einen Zweck: Zu einer einsamen unheilvollen Tür an seinem Ende zu führen. Ein kalter Schauer lief mir über den Rücken. Die Tür schien nach mir zu rufen. Sie lockte, schmeichelte, flehte wie ein Wesen, das erlöst werden wollte – oder ein Monster, in dessen Falle ich gerade tappte. Entgegen jedem Instinkt folgte ich dem Ruf. Die Tür bestand aus Eisen und besaß weder Knauf noch Klinke. Beängstigende Gedanken keimten in mir auf. Was, wenn Ianus dahinter sitzen und nur auf mich warten würde? Noch konnte ich umkehren. Konnte ich das? Dann wäre ich zu einem Leben voller Reue verdammt. Einem Leben in dem Wissen, dass ich so viele unschuldige Menschen im Stich gelassen hatte.

Ich legte meine Hände auf das Metall und stemmte mich

dagegen. Überraschenderweise gab die schwere Tür ohne jeden Widerstand nach. Wie vom Donner gerührt hielt ich inne. Ein Meer aus Sternenlicht erstreckte sich vor mir. Wie groß der Raum war, in dem ich stand, konnte ich nicht erkennen, denn die Wände und selbst der Boden wurden von tiefen Schatten verschluckt. Und in dieser dunklen Leere schwebten Hunderte – nein, Tausende – goldener Lichter. Als hätte tatsächlich jemand die Sterne vom Nachthimmel gestohlen und hier eingesperrt. Sprachlos wagte ich mich ein paar Schritte vorwärts. Waren das die Seelen, von denen Thanatos gesprochen hatte? Wenn das stimmte, dann hatte Ianus mehr Menschen auf dem Gewissen, als ich mir je hätte vorstellen können. Mehr Seelen, als ein einzelner Dämon verzehren konnte. Das hieß, er tötete zum Vergnügen! Oder aus einer kranken Sammelleidenschaft heraus. Oder beides …

Der Anblick schnürte mir die Kehle zu. So viele Leben. Würde ich auch Daphnes Seele hier finden? Tränen traten mir in die Augen. Ich stand in einem Friedhof. Was für ein Ungeheuer tat so etwas? Hätte ich noch Zweifel gehabt, dass Ianus den Tod verdiente, dieser Ort hätte mich überzeugt.

Entschlossen trat ich an eines der Lichter heran und erkannte, dass es in einer gläsernen Phiole gefangen war, die man an einer schmalen Kette an der Decke aufgehängt hatte. Die Fassung war aus Kupfer und mit seltsamen, rötlich schimmernden Symbolen graviert. Es sah fast aus, als hätte sich Blut darin verfangen. Sorgsam studierte ich die Gravuren. Dank meiner Zeit bei Lucusta hatte ich so manches über die Schrift der Dämonen gelernt. Und das rettete mir gerade das Leben. Ich unterdrückte einen Fluch. Ianus war nicht nur skrupellos und gierig, sondern offenbar auch paranoid. Er hatte jede einzelne Phiole mit einem Siegel versehen und würde es sofort bemerken, wenn ich eine davon aus der Kammer entfernte. Und dann würde ihn die Spur seiner Macht direkt zu mir führen. Das machte mein Vorhaben natürlich sehr viel komplizierter. Ich könnte zwar jetzt und hier eine der Phiolen mitnehmen, müsste anschließend aber sofort fliehen und sie Thanatos übergeben. Unmöglich, ohne zu wissen, wo genau ich mich im Palast befand, auf welchem Weg ich am schnellsten hier rauskam und wie ich den Gott des Todes finden würde.

Verdrossen wandte ich mich ab. Vorübergehend. Ich würde zurückkehren und die Phiole holen, sobald ich den Palast erkundet und mir einen Fluchtplan zurechtgelegt hatte. Also hinterließ ich alles ganz genau so, wie ich es vorgefunden hatte, und tapste durch den dunklen Korridor zurück in die offensichtliche Welt.

Nachdem ich den frostigen Blitzregen der Illusion ein zweites Mal durchquert hatte, wurde meine Anspannung von einer so übermächtigen Verzweiflung abgelöst, dass ich beinahe auf die Knie gefallen wäre. Nicht hier, ermahnte ich mich, und lief blindlings los. Ich musste weg. Weg von diesem Ort des Grauens. Weg von der Macht, die nach kaltem Rauch und Blut, nach Zerstörung und Tod roch. Weg von der Enttäuschung, keinen Schritt weitergekommen zu sein. Erst als ich Ianus' Macht nicht mehr spürte, flüchtete ich mich in eine verlassene Nische und erlaubte mir, durchzuatmen. Ich wollte schreien. Ich wollte mich übergeben. Ich wollte Ianus sterben sehen.

Keine Ahnung, wie lange ich in der Nische kauerte, doch am Ende schaffte ich es, meine Gefühle zu bändigen und erneut wegzusperren. Zurück blieb eine kalte nüchterne Klarheit, die so oft meine letzte Rettung gewesen war. Also gut …

eins nach dem anderen. Erst musste ich einen Weg aus dem Palast finden, dann Thanatos kontaktieren und danach würde ich mich um den Rest kümmern.

Ohne lang zu überlegen, marschierte ich los. Ich wusste sowieso nicht mehr, wo ich war, da konnte ich genauso gut ein wenig herumirren und mich umsehen. Falls mich jemand ansprach, würde ich einfach behaupten, mich auf meiner Suche nach dem Weinkeller verlaufen zu haben.

Eine Weile geisterte ich durch den unsagbaren Luxus des kaiserlichen Palasts. All die Reichtümer und Kostbarkeiten erdrückten mich förmlich. Hier standen Schätze herum, von denen ein einziger alle Waisenkinder der Stadt satt gemacht hätte – für ein ganzes Jahr. Kopfschüttelnd bog ich um eine Ecke und landete in einem begrünten Atrium. Leider war ich so in Gedanken vertieft, dass ich die dämonische Energie erst bemerkte, als ich mitten durch sie hindurchlief. Ein akustischer Abschottungszauber. Jemand schien nicht zu wollen, dass draußen zu hören war, was sich hier abspielte. Und ich wusste auch warum.

Ein blutender Sklave lag zusammengekauert und wimmernd auf einem Steinblock, während es sich einige Dämonen um ihn herum bequem gemacht hatten. Ihre Augen schimmerten silbrig. Sie nährten sich an seiner Angst.

Verdammt! Ich war in eine Dämonen-Fütterung reingeplatzt.

»Wen haben wir denn da?«, rief Ianus erfreut und kam mit ausgebreiteten Armen auf mich zu. Er trug eine strahlend weiße Toga. Damit sah er fast aus wie ein ehrbarer Bürger, wenn da nicht all die Blutspritzer gewesen wären. »Aurora! Unsere schöne Morgenröte.«

Vier weitere dämonische Augenpaare richteten sich auf

mich. Ich hätte wegrennen sollen, aber ich starrte nur wie gelähmt auf die grausige Szenerie.

»Willst du dich uns vielleicht anschließen?« Ianus' blutige Hände umschlossen meine Schultern und schoben mich näher an den Steinblock und das schmerzverzerrte Gesicht des jungen Sklaven. »Ich denke, wir haben bald einen Platz frei.«

Panik ließ mir die Kehle eng werden. »Belial hat mich beauftragt, ihm Wein zu holen«, krächzte ich hastig, entwand mich seinem Griff und floh.

Ianus lachte, als hätte ich grade einen unheimlich guten Witz gerissen. Was auch immer so lustig daran war, ich würde die Erklärung nicht mehr mitbekommen. Fast hatte ich den Ausgang erreicht, da rief eine der Dämoninnen: »Wo ist denn ihr Sklavenreif?«

Im Bruchteil eines Herzschlags stand Ianus vor mir und versperrte mir den Weg.

»Sieh einer an.« Er strich mir die Haare zurück und untersuchte ausgiebig meinen blanken Hals. Seine Berührungen waren so abstoßend, dass ich die Augen schließen musste, um sie ertragen zu können. Gleichzeitig hoffte ich, meine Haut würde keine Spuren von Belials Küssen aufweisen.

»Du hast ihn dir nicht selbst abgenommen, nicht wahr?«, säuselte Ianus. Alles in mir sträubte sich dagegen, ihm die Frage zu beantworten. Besonders, weil sich Ianus' Finger gerade um meine Kehle legten. Ganz sanft nur, aber ich konnte die Vorfreude auf den Moment spüren, in dem er zudrücken würde.

»Sag mir«, bohrte er weiter und trat noch näher an mich heran, »hat er dir die Freiheit versprochen?«

Irgendwo im Atrium stöhnte jemand auf, als würde ihn

das Schauspiel langweilen. Es war der Dämon in der Hülle des blonden Jünglings.

»Du solltest sie bestrafen!«, befand er.

Ianus nickte und gab dann doch meine Kehle frei. »Leider habe ich geschworen, dem Mädchen keine Gewalt anzutun. Und nicht die Anweisung dazu zu geben.«

Das Bedauern in seinem Tonfall klang so übertrieben, dass es einer Aufforderung gleichkam. Eine Dämonin mit dunklen Haaren ließ sich das nicht zweimal sagen. Sie sprang auf, packte meinen Arm und schleuderte mich gegen den Steinblock. Obwohl meine Schulter die größte Wucht abfing, knallte mein Kopf heftig auf eine der Kanten.

»Also *ich* finde, eine Sklavin, die ihren Halsreif abnimmt, sollte bestraft werden«, verkündete sie.

Blut lief über meine Schläfe in mein linkes Auge, aber ich hätte auch so kaum noch etwas sehen können, weil sich alles zu drehen begann. Ein zischendes Geräusch. Brennender Schmerz explodierte an meiner Hüfte.

»Es kann ja nicht angehen, dass Sklaven einfach so tun, als wären sie frei!«

Wieder das Zischen. Schützend hob ich die Arme über den Kopf, aber der Rohrstock traf mein Bein. Danach die Schulter. Immer und immer wieder schlug die Dämonin auf mich ein, bis ich den Schmerz nicht mehr aushielt und ein Schrei aus mir herausbrach. Das entlockte den Dämonen jedoch nur Gelächter und spornte meine Peinigerin zu immer brutaleren Hieben an.

»Vermutlich«, keifte sie und holte erneut aus, »wollte das Miststück gerade fliehen!«

Plötzlich brach eine Welle der Macht über das Atrium herein – so gewaltig, dass ich für einen Moment glaubte, der

Palast würde einstürzen. Stille folgte. Sie war von einem bittersüßen Duft erfüllt. Ich kauerte mich noch immer zusammen, und obwohl die Schläge aufgehört hatten, wagte ich es nicht, mich zu rühren.

»Was geht hier vor sich?«

Belials Stimme schnitt wie eine Klinge durch das angespannte Schweigen.

Ein tadelndes Zungenschnalzen erklang. Es stammte eindeutig von Ianus.

»Aurora wird bestraft«, informierte er seinen Gast.

»Wofür?«

»Sie wollte fliehen«, mischte sich die Dämonin ein, die mich verprügelt hatte.

Ihre dreiste Lüge weckte meinen Trotz. Ich wollte ihr widersprechen, doch als ich versuchte, mich aufzurichten, schossen mir brennende Schmerzen durch die Glieder. Nur mit Mühe unterdrückte ich einen erneuten Schrei.

»Wenn das stimmt«, meinte Bel kühl, »obliegt mir ihre Bestrafung und nicht dir, Mirabelle.«

»Bitte!«, kicherte die Dämonin und drückte ihm den Rohrstock in die Hand. »Tu dir keinen Zwang an.«

Belial betrachtete die stumpfe Waffe einen Moment lang. Dann fuhr er so schnell herum, dass ich der Bewegung kaum folgen konnte, und stieß Mirabelle den Stock durch den Bauch. Die Dämonin keuchte erschrocken auf, doch Belial zuckte nicht einmal mit der Wimper. Er zog sie an der Waffe ein Stück zu sich und beugte sich an ihr Ohr. »Fordere mich nicht heraus!«

Obwohl Mirabelle nicht sterben konnte, sorgte die Aktion für allgemeines Entsetzen. Auch bei mir. Nicht, weil die Dämonin es nicht verdient hätte, sondern weil ich noch nie jemanden gesehen hatte, der zu einer so kalkulierten und pragmatischen Grausamkeit fähig war.

Belial schien sich an den entgeisterten Gesichtern seiner Artgenossen nicht zu stören. Er gab Mirabelle frei und kam auf mich zu. Seine Macht hatte seine Augen schwarz gefärbt, doch viel furchterregender war der Zorn, der darin blitzte. Ohne ein Wort lud er mich auf seine Arme und hob mich hoch. Dass ich dabei vor Schmerz aufstöhnte, ließ seine Miene noch finsterer werden. So trug er mich an dem süffisant lächelnden Ianus vorbei und raus aus dem Atrium.

Fest an Belials warme Brust gedrückt, versuchte ich zu verarbeiten, was gerade geschehen war. Einerseits verspürte ich Dankbarkeit über Belials Auftauchen, andererseits mochte ich das Gefühl nicht, gerettet zu werden. Ich war durchaus in der Lage, mich um mich selbst zu kümmern. Außerdem führten Wohltaten immer dazu, dass der Wohltäter früher oder später eine Gegenleistung einforderte. Darauf konnte ich verzichten.

»Ich glaube, ich kann selbst gehen«, ließ ich Belial wissen.

»Natürlich«, antwortete er trocken, machte aber keinerlei Anstalten, mich abzusetzen. Meinen halbherzigen Versuch, mich ihm zu entwinden, ignorierte er schlichtweg, sodass ich mich schließlich geschlagen geben musste. Für mehr Widerstand schmerzte mein Körper einfach zu sehr.

In seinen Gemächern angekommen, trug er mich zu einer der Polsterliegen und setzte mich behutsam in die weichen Kissen. Wir waren nicht allein. Der asiatische Dämon stand an den Säulen zum Garten, während die rothaarige Frau neugierig näher kam und eine ganze Reihe von Flüchen in einer fremden Sprache ausstieß.

Belial kniete sich vor mich hin. Inzwischen hatte sich das Schwarz aus seinen Augen zurückgezogen, nicht aber der gnadenlose Ausdruck, mit dem er nun meine Verletzungen betrachtete.

»Du solltest ein bisschen besser auf dich aufpassen«, riet er mir tadelnd, bevor er sich daran machte, meine Schläfe zu untersuchen. »Nicht alle finden deine scharfe Zunge so reizvoll wie ich.«

Mir klappte der Mund auf. Ich war so fassungslos, dass ich sogar vergaß, mich gegen seine Behandlung zu wehren.

»Du denkst, ich hätte das hier provoziert?!«

Bel seufzte, ließ sich von meinem bissigen Tonfall aber nicht aus der Ruhe bringen. Er schien kein Interesse daran zu haben, einen Streit mit mir anzufangen.

»Irgendeinen Auslöser muss es ja gegeben haben«, meinte er gleichgültig.

»Ja, den gab es!«, fauchte ich gereizt. »Schließlich ist es durchaus üblich, Sklaven zu bestrafen, die ohne ihren Halsreif aufgegriffen werden.«

Belial ließ die Hände sinken. Seine Augen verengten sich ein wenig, seine Kiefermuskeln arbeiteten. Er schien wütend zu sein, aber mit welchem Recht?

»Hast du ihnen nicht gesagt, dass ich das war?«, fragte er verständnislos.

Ich wich seinem Blick aus. »Nein.«

Noch mehr Verständnislosigkeit. »Warum nicht?«

»Weil ich ...«, begann ich und verstummte dann. Er würde den Grund ohnehin nicht nachvollziehen können. Ich hatte nie viel besessen und das meiste davon war mir irgendwann wieder weggenommen worden, doch meine Erinnerungen gehörten mir – genau wie mein Stolz und meine Gefühle. Dieser Moment im Garten, in dem Belial meinen Sklavenreif zerbrochen hatte, mochte die Ursache für meine Verletzungen sein, aber ich würde ihn dennoch nicht mit Ianus teilen, damit er seinen Spott damit treiben konnte. Genauso wenig, wie ich mich vor Belial und seinen Begleitern dafür rechtfertigen würde, egal wie kindisch ich mich verhielt oder wie erwartungsvoll sie mich anstarrten.

»Ich rede einfach nicht gern«, murmelte ich abweisend.

Ganz langsam schraubten sich Bels Augenbrauen in die Höhe. »Was du nicht sagst.«

Da nahm ich plötzlich seine Macht wahr. Nicht so roh und zerstörerisch wie vorhin. Es war eher ein kaum merklicher Hauch. Belial legte seine Hand auf meine.

»Lass mich die Wunden heilen …«

»NEIN!« Ich stieß ihn weg und sprang auf, um möglichst viel Abstand zwischen mich und ihn zu bringen. Angst ließ mich meine Schmerzen vergessen. Er durfte mich nicht heilen! Wenn er das versuchte, würde er ganz schnell merken, dass mein Körper nicht auf dämonische Magie reagierte. Und dann würde er eins und eins zusammenzählen und mich auffliegen lassen. »Es sind nur ein paar blaue Flecken«, stammelte ich unter Schmerzen. »Das heilt von allein.«

Einen Augenblick lang sah er mich an, als hätte ich ihn geohrfeigt. Dann verdunkelte sich seine Miene. Er nickte auf den Boden zu meinen Füßen. »Aus blauen Flecken tropft für gewöhnlich kein Blut.«

Ich folgte seinem Blick und erschrak. Belial hatte recht. Mirabelle musste wohl einige Male fest genug zugeschlagen haben, um meine Haut reißen zu lassen.

»Es ist nicht so schlimm, wie es aussieht«, log ich und kämpfte gegen die verzweifelten Tränen an, die mir der Schmerz in die Augen trieb. Hilflos deutete ich auf den Baderaum. »Darf ich bitte einfach das Blut abwaschen gehen?«

Natürlich durchschaute mich Belial und natürlich hatte ich gerade sein Misstrauen geweckt, aber das war immer noch besser als die Alternative. Also bemühte ich mich, möglichst souverän zu wirken, bis Belial schließlich seufzte und mir mit einem Wink seine Erlaubnis erteilte. Humpelnd ergriff ich die Flucht und ließ einen verhängnisvoll grübelnden Dämon zurück.

Zerberus' Kauknochen

Mit geschlossenen Augen lag ich auf der Marmorbank im Garten und sog die Wärme der Sonnenstrahlen in mich auf. Das half ein wenig gegen den Groll, der in mir schwelte. Was für ein Irrsinn. Schon seit etlichen Jahrzehnten hatte ich keinem Menschen mehr angeboten, ihn ohne Gegenleistung zu heilen. Es war eine Entschuldigung gewesen. Ein Friedensangebot. Doch Cassia hatte so entsetzt darauf reagiert, als würde ich ihr Gewalt antun wollen. Unter anderen Umständen hätte ich es für ein weiteres Kapitel ihres stolzen Widerstands abgetan, wenn da nicht die blanke Panik auf ihrem Gesicht gewesen wäre.

Sie schlägt sich wacker, meldete Grim über unsere mentale Verbindung. Gleichzeitig spürte ich, wie die Germanin die Gemächer verließ. *Gönn' ihr ein bisschen Ruhe. Ich geh mal und treib was zum Anziehen für sie auf.*

Großartig, jetzt bekam ich auch noch Anweisungen von einer Gezeichneten. Dabei hatte es ohnehin schon an meiner Geduld gezehrt, Grim nach ihr sehen zu lassen, anstatt diesen Schwachsinn einfach zu beenden und Cassia zu heilen – zur Not auch gegen ihren Willen. Kaum im Baderaum angekommen, hatte sich das Mädchen vor Anstrengung und Schmerzen übergeben müssen und wäre fast an ihren Schluchzern erstickt. Vollkommen unnötig.

Was hatte sie überhaupt in Ianus' privaten Räumlichkeiten zu suchen gehabt? Da bemühte ich mich, sie mit allen Mitteln von ihm fernzuhalten, und sie lief dem Schweinehund und seinen arschkriechenden Freunden direkt in die Arme. Mein Fehler, die anderen Primus nicht in die Wettbedingungen mit einzubeziehen. Ich konnte nur hoffen, dass das Exempel, das ich an Mirabelle statuiert hatte, abschreckend genug sein würde. Wenn sie auf die Idee kämen, Ianus einen Gefallen tun zu wollen, indem sie das Mädchen manipulierten oder töteten, konnte ich Malta ein für alle Mal vergessen. Schlimmer noch, ich würde vor Ianus knien müssen. Das durfte nicht passieren. Ab jetzt würde ich Cassia nicht mehr aus den Augen lassen. Sie besaß wirklich ein ungesundes Talent, sich in Schwierigkeiten zu bringen. Ich wollte gar nicht wissen, was passiert wäre, wenn ich mich nicht über ihr langes Fortbleiben gewundert hätte.

Wenigstens war es nun still geworden in meinen Gemächern. Vielleicht schlief das Mädchen ja. Besser wäre es, denn lange konnte ich es mir nicht erlauben, auf Cassias Zustand und ihre Befindlichkeiten Rücksicht zu nehmen. Für heute würde ich sie schonen, aber ab morgen sollte sie lieber wieder bei Kräften sein oder mir einen sehr guten Grund dafür liefern, warum sie sich nicht von mir heilen ließ.

Ich brütete eine Weile in der Nachmittagssonne vor mich hin, als irgendwann eine Reihe merkwürdiger Geräusche aus den Innenräumen drang. Da Grim sich abgemeldet hatte und Hiro in meinem Auftrag Informationen über Ianus' Vertraute sammelte, kam nur eine Person infrage. Verwundert setzte ich mich auf und entdeckte tatsächlich Cassia, wie sie auf den Steinfliesen kniete und ihr eigenes Blut aufwischte.

Himmeldonnerwetter noch mal! Sie konnte sich kaum auf den Beinen halten, robbte aber auf dem Boden herum, um eine Aufgabe zu erledigen, die ich mit einem Fingerschnippen aus der Welt schaffen konnte. Wie kam sie denn auf eine so bescheuerte Idee? Ich verspürte den unbändigen Drang, ihren Putzlappen in Flammen aufgehen zu lassen, aber ich erinnerte mich an Grims Appell und mahnte mich zur Mäßigung. Also schickte ich meine Macht in die Gemächer und beseitigte Blut, Wasser, Wein, Scherben, das verbrannte Laken und überhaupt alles, was sie in Versuchung führen könnte, etwas anderes zu tun, als sich auszuruhen. Dann legte ich mich, zufrieden mit meinem Werk, zurück auf die Bank und setzte mein Sonnenbad fort.

Das zaghafte Tapsen nackter Füße näherte sich mir. Ich unterdrückte ein Stöhnen. Es war wirklich nicht ratsam, meine aktuelle Stimmung weiter auf die Probe zu stellen.

Ein Schatten fiel über mich. Ich hielt die Augen geschlossen und reagierte nicht. Vielleicht würde sie die stumme Warnung ja verstehen und begreifen, dass ich mich im Moment nicht mit ihr auseinandersetzen wollte.

Sie räusperte sich. Da war es wieder, das ungesunde Talent, sich in Schwierigkeiten zu bringen.

»Ich wollte vorhin nicht undankbar wirken«, meinte sie leise. Ihr Tonfall klang aufrichtig, aber da schwang noch etwas anderes in ihrer Stimme mit. Etwas, mit dem ich mich bestens auskannte: Kalkül. Wollte sie mich etwa mit einer unnötigen Entschuldigung gnädig stimmen und von ihrem seltsamen Verhalten ablenken? Netter Versuch.

»Hast du nicht«, meinte ich abweisend. Derartige Manöver langweilten mich. Ich brauchte Antworten. Allerdings war Cassia aktuell nicht in der Verfassung, es mit mir aufzunehmen, also beendete ich das Gespräch lieber, bevor es unangenehm für sie wurde.

»Gut«, wisperte sie.

Endlich schien auch sie zu kapieren, dass ich nicht zum Plauschen aufgelegt war. Aber sie ging nicht. Sie stand einfach nur da und starrte mich an. Für gewöhnlich hatte ich nichts gegen eine derartige Wertschätzung meiner Erscheinung, doch im Moment raubte es mir den letzten Nerv.

Seufzend schirmte ich meine Augen gegen die Sonne ab und sah sie an. »Sonst noch was?«

Meine plötzliche Aufmerksamkeit brachte ihren Herzschlag ins Stolpern. Nervös klammerte sie sich an dem Badetuch fest, in das sie gewickelt war. Zusammen mit ihren nassen Haaren hätte das ein bezauberndes Bild abgegeben, wären da nicht die hässlichen dunkelroten Striemen gewesen, die ihren Körper verunstalteten. Wut stieg in mir auf. Genau diesen Anblick hatte ich meinem inneren Frieden zuliebe eigentlich vermeiden wollen.

»Ich dachte, da du zu Gast in Rom bist«, begann sie zögerlich und trat von einem Fuß auf den anderen, »könnte ich dir vielleicht die Stadt ein wenig zeigen. Als Dankeschön für dein Eingreifen.«

Fast wäre ich von der Bank gefallen, so sehr verblüffte mich ihr Angebot. Sie stand vor mir, grün und blau geschlagen, schwach wie ein junges Fohlen, und wollte nun mit mir durch Rom spazieren?! Als Dank an einen Retter, gegen dessen Hilfe sie sich zuvor mit Zähnen und Klauen gewehrt hatte? Das stank dermaßen bis zum Himmel, dass ich meine sonnenbadende Zurückhaltung kurz entschlossen über Bord warf und aufstand.

»Du willst mir die Stadt zeigen?«, fragte ich scharf. »In einem Zustand, in dem man dich glatt mit Zerberus' Kauknochen verwechseln könnte?«

Da ich das Mädchen um ein gutes Stück überragte, musste sie den Kopf heben, um mir ins Gesicht sehen zu können. Kleinlaut blinzelte sie mich an.

»Grim hat die Wunden geschlossen und mir etwas gegen die Schmerzen gegeben«, gestand sie. »Mir geht es gut.«

So, so.

Ich presste die Kiefer aufeinander und spürte Eifersucht in mir aufsteigen. Ein Gefühl, das nur selten von mir Besitz ergriff, dann aber die mühselige Angewohnheit besaß, in einem Blutbad zu enden. Verärgert musterte ich das Mädchen. Meine Macht versetzte sie also in Angst und Schrecken, obwohl die Mittelchen der germanischen Hexenmeisterin mindestens genauso übernatürlich und Furcht einflößend waren. Und jetzt glaubte Cassia auch noch, sie könnte mich mit ihrem Wimpernklimpern um den Finger wickeln und davon ablenken, wie fragwürdig ihr Vorschlag war.

»Ganz wie du möchtest«, sagte ich gefährlich leise und lud sie mit einer galanten Geste ein, vorauszugehen. Wenn Grims Behandlung doch ach so hervorragend gewirkt hatte, würde ich keine Rücksicht mehr auf ihre Verfassung nehmen. »Dann zeig mir die Stadt.«

Ich würde schon herausfinden, was sie plante. Vielleicht wollte sie mich benutzen, um aus dem Palast rauszukommen? Vielleicht für eine Flucht?

Cassia riss die Augen auf. Hier im Sonnenlicht hatten sie die tiefblaue Farbe des Ozeans. »Jetzt?«

»Warum Zeit verschwenden?«, meinte ich kühl und marschierte nun meinerseits zur Tür. »Es sei denn natürlich, du fühlst dich zu schwach.«

»Ähm«, stammelte sie, während sie mir verlegen hinterherlief, »ich sollte … mich erst noch anziehen.«

Ich stieß ein tadelndes Geräusch aus. »Fang nicht jetzt schon an, mich mit unwichtigen Details zu langweilen, werte Stadtführerin.« Kurzerhand legte ich über ihr Badetuch die Illusion eines edlen Gewandes. Dabei war mir sehr bewusst, wie hautnah sie meine Macht zu spüren bekam. Tat ich das aus Trotz? Gut möglich. Vielleicht gefiel mir aber auch die Vorstellung, mit ihr durch Rom zu schlendern, während sie nichts weiter trug als dieses Stück Stoff.

Cassia stutzte, sah an sich herab und schien alles andere als zufrieden mit meinem Werk zu sein. Natürlich wusste sie, dass das Kleid nicht echt war, aber kein Mensch würde den Unterschied erkennen.

»Können wir?«, fragte ich liebenswürdig und hielt ihr die Tür auf.

Zögerlich setzte sie sich in Bewegung. Ein bisschen tat sie mir leid. Was auch immer für eine Intention hinter Cassias Angebot steckte, sie hatte sich mit einem Gegner angelegt, dem sie nicht gewachsen war. Ich spielte dieses Spiel schon sehr viel länger als sie und würde sie nicht vom Haken lassen. Nicht, wo sie sich doch so bereitwillig selbst drangehängt hatte.

Auf unserem Weg durch den Palast legte ich ein zügiges Tempo vor. Ich wollte Cassia an ihre Grenze bringen und herausfinden, wie schnell sie aufgab. Aber die kleine Sterbliche schien alle Warnsignale ihres Körpers zu ignorieren und hielt mit eisernem Willen mit. Ihr war ganz offensichtlich klar, dass ich sie auf die Probe stellte. Trotzdem schenkte sie mir kein einziges Mal einen ihrer bitterbösen Blicke. Äußerst verdächtig. Vielmehr schien ihr daran gelegen zu sein, all die Eindrücke in sich aufzusaugen, die die üppigen Palastgänge zu bieten hatten. Ob ihr dieser Prunk wohl imponierte? Oder prägte sie sich einfach nur den Weg ein?

»Gefällt dir, was du siehst?«, erkundigte ich mich kalt.

Der Schreck stand ihr deutlich ins Gesicht geschrieben. Sofort bemühte sie sich, ihr offenkundiges Interesse besser zu verbergen, was ihr natürlich nicht gelang. Es war fast schon niedlich, dass sie glaubte, mich damit täuschen zu können.

»Nein«, presste sie zwischen zwei mühsamen Atemzügen hervor. Eine Begründung lieferte sie nicht. Sie sparte ihre Kraft. Gut so, denn langsam fand ich Gefallen an den unverhofften Möglichkeiten, die sich mir gerade auftaten. Was als trotzige Revanche begonnen hatte, würde mir nun vielleicht ein paar Antworten bringen. Sie musste nur einen Fehler begehen, mir eine Schwäche offenbaren, eine Blöße, einen winzigen Einblick in ihre Gedanken und schon wäre mir der Weg zu ihrer Seele geebnet.

Ich führte das Mädchen zu dem Nebeneingang, wo ich gestern angekommen war. Als wir an den Wachen vorbei ins Freie traten, schien eine riesige Last von Cassia abzufallen. Sie schloss die Augen und streckte ihr Gesicht gen Himmel, als wäre das Licht hier draußen ein anderes als im Palastgarten. Dann nahm sie einen tiefen Atemzug und sah dabei so selig aus, dass ich mich fragte, ob sie die stinkende Dunstglocke nicht wahrnahm, die in den Sommermonaten über der Stadt hing. Sicher, die Luft der Freiheit roch süß für ein stolzes Geschöpf wie Cassia, aber selbst das machte aus einer Kloake kein Rosenbeet – auch nicht für eine menschliche Nase, die es mit meinem sensiblen Geruchssinn nicht aufnehmen konnte.

»Wohin?«, wollte ich wissen. Ein Stück den Palatin hinunter lag die Via Appia. Von dort aus konnte sie mich entweder tiefer ins Zentrum hineinführen oder aus der Stadt hinauslotsen.

»Wie wäre es erst einmal mit dem Circus Maximus?«, schlug sie unbedarft vor. Zu unbedarft für jemanden, der vorgab, Rom zu kennen. Der Circus hatte von außen wenig Beeindruckendes zu bieten. Abgesehen von den Marktständen unter seinen Gewölben und Arkaden. Und die wären um diese Tageszeit brechend voll. Die perfekten Bedingungen, um abzuhauen.

Ich zuckte mit den Schultern. »Was immer du vorschlägst.«

Sollte sie mich ruhig dahin bringen, wo sie hinwollte. Ich war gespannt, was mich dort erwartete.

Cassia nickte und lief unbeschwert los. Für jeden Schritt, den ich tat, musste sie zwei machen, doch das schien sie nicht im Mindesten zu stören. Überhaupt wirkte sie wie ausgewechselt, als wir ins abendliche Getümmel Roms eintauchten. Keine Schmerzen, keine Angst, keine Scheu. Entweder Grim hatte es mit ihrer Medizin übertrieben oder Cassia fühlte sich in den Straßen sicher.

»Stört es dich gar nicht, zu Fuß zu gehen?«, fragte sie plötzlich. In ihren dunkelblauen Augen glänzte Neugier, aber nicht ohne einen Funken Schadenfreude.

Ich schnaubte. »Glaubst du, ich habe es nötig, mich in einer Sänfte herumtragen zu lassen?«

»Männer von deinem Stand tun das für gewöhnlich.«

»Männer von *meinem* Stand tun, was sie wollen.«

Das brachte Cassia zum Verstummen. Prompt bereute ich meine harsche Äußerung. Das Letzte, was ich im Moment wollte, war, dass sie mich für noch rücksichtsloser hielt, als sie es ohnehin schon tat.

»Also, namenloses Mädchen«, sagte ich in der Hoffnung, sie mit einer kleinen Stichelei von ihren Gedanken ablenken zu können, »was lässt dich annehmen, du könntest mir etwas über eine Stadt erzählen, deren Gründung ich miterlebt habe?«

Sofort erntete ich einen fast schon beleidigten Seitenblick. Na, bitte.

»Was lässt dich annehmen, du wüsstest alles, nur weil du alt bist?«, gab sie schroff zurück.

Darauf hätte ich etliche Antworten gehabt, aber ich wollte Cassia aus der Reserve locken. Also blieb ich stehen und verschränkte die Arme vor der Brust.

»Dann erzähl mir etwas, das ich nicht weiß!«

Überrascht stoppte das Mädchen, nur um kurz darauf meine Haltung zu imitieren. Hinter dem streitlustigen Funkeln ihrer dunkelblauen Augen arbeitete es. Zweifelsohne dachte Cassia gerade darüber nach, wie sie mir am besten meinen Hochmut austreiben konnte. Ich dagegen hielt nur mit Mühe ein Grinsen zurück. Dieses hübsche Gesicht voller Kampfgeist und Schrammen ließ sie wie eine wilde Amazone aussehen, die ohne zu zögern in der finstersten Taverne eine Schlägerei anzetteln würde. Dass sie dabei nur ein Badetuch trug, rundete den hinreißenden Anblick perfekt ab.

»Also gut, Belial«, begann sie und deutete auf ein Geschäft gegenüber des unerträglich pompösen Severus-Brunnens. »Weißt du, warum dieser Händler dort die schönsten Blumen in ganz Rom verkauft, aber keine einzige davon blau ist?«

»Du kannst mich Bel nennen«, meinte ich amüsiert. »Und nein, das weiß ich nicht.«

Natürlich war ich in der Lage, so etwas Triviales jederzeit und im Handumdrehen herauszufinden, aber das behielt ich lieber für mich. Eine weise Entscheidung, denn andernfalls hätte ich vielleicht das überwältigende Schauspiel verpasst, das sich gerade auf Cassias Gesicht abspielte: Sie lächelte. Zum ersten Mal, seit ich sie kennengelernt hatte. Es war nur ein winziges verschmitztes Lächeln, doch es besaß das Potenzial, die Zeit anzuhalten und die Grundfesten der Erde zu erschüttern.

»Siehst du, *Bel*«, sagte sie frech. »Ein bisschen Bescheidenheit tut gar nicht weh.«

Ich lachte, erwiderte jedoch nichts. Dieser kostbare Augenblick rann mir bereits wie Sand durch die Finger und ich wollte den Prozess nicht noch beschleunigen.

»Es ist nämlich so«, fuhr Cassia fort und dirigierte mich in Richtung des Blumenhändlers, »dass die Frau des Besitzers blaue Blumen über alles geliebt hat, aber letztes Jahr verstorben ist. Seitdem bringt er es nicht übers Herz, sie in seinem Geschäft anzubieten, weil er sonst immerzu an die Liebe seines Lebens denken müsste.«

Eine nette Geschichte, doch interessanter war, was mir Cassia damit über sich verriet: Sie musste viel Zeit in dieser Gegend verbracht haben.

Abrupt änderte das Mädchen die Richtung und zeigte auf einen mehrstöckigen Wohnkomplex, der eindeutig marode war. »Und weißt du, warum das Haus hier schon seit einer Ewigkeit leer steht?«

»Weil niemand mit Verstand dort wohnen würde?«, schlug ich vor, obwohl ich es hasste, das Offensichtliche auszusprechen.

Cassia schüttelte geheimnisvoll den Kopf. »Weil es verflucht ist!« Dann verdrehte sie die Augen angesichts dieses Unsinns und verfiel in einen plaudernden Tonfall. »Also zumindest, wenn man dem Auguren glaubt, der von der Ehefrau des Eigentümers bestochen wurde. Wie auch immer, vom Dach aus hat man eine perfekte Sicht auf die Wagenrennen und muss nicht all die nervigen Leute ertragen. Wo wir gerade bei nervigen Leuten sind ...«

Sie war kaum noch zu bremsen. Ihr unbändiger Wille, mir meine Unwissenheit vor Augen zu halten, trieb sie dazu, immer weiterzuerzählen. Und wer wäre ich gewesen, meine enthusiastische halb nackte Stadtführerin davon abzuhalten ...

Während wir die Straße überquerten und auf die Arkaden unterhalb des Circus zuhielten, erfuhr ich allerlei Kurioses über betrunkene Toren, entlaufene Hunde, gierige Kaufleute und Barden, die mit ihren Darbietungen ganze Straßenzüge lahmlegen konnten. All diese Eindrücke waren für sich genommen belanglos und unverfänglich, aber in ihrer Gesamtheit ergaben sie ein äußerst aussagekräftiges Bild. Ich hatte jetzt keine Zweifel mehr, dass Cassia in diesen Straßen aufgewachsen war. Was das für ein junges Mädchen bedeuten musste, konnte ich mir nur zu gut vorstellen. Hier trieb sich so viel Gesindel herum, dass Ablehnung und Gleichgültigkeit noch zu den angenehmeren Dingen zählten, die ihr hatten passieren können. Genau genommen hinterließ es mich sprachlos, dass sie unter so widrigen Bedingungen überhaupt überlebt hatte. Und trotzdem strotzten ihre Erinnerungen förmlich vor Lebensfreude und Mitgefühl. Was für eine Überraschung. Ich war hergekommen, um sie vorzuführen und ihre Schwächen auszukundschaften, und hatte stattdessen nur Stärke gefunden.

Fast zwei Stunden spazierte ich hinter Cassia her. Inzwischen ging die Sonne unter und trotzdem hing ich noch immer gebannt an ihren Lippen. Ab und an hatte ich an ihr nach Anzeichen von Erschöpfung gesucht, aber das Mädchen ließ sich nicht unterkriegen. Erst als wir wieder am Circus zurück waren und an einer Backstube vorbeikamen, in der es anscheinend »den köstlichsten Rosinenkuchen von ganz Rom« gab, machte sich Cassias Körper bemerkbar. Ihr Magen knurrte.

»Möchtest du einen?«, erkundigte ich mich belustigt.

Sie bekam große Augen. Und dann, von einem Moment auf den anderen, verblasste ihr unbeschwertes Strahlen und verwandelte sich wieder in die verschlossene Miene der Sklavin, die ich bereits kannte. Man konnte förmlich dabei zusehen, wie sie unseren Stadtbummel noch einmal Revue passieren ließ, nach Fehlern suchte und meine Absichten hinterfragte. Ich unterdrückte ein Seufzen. Sicherlich würde sie zu dem Schluss kommen, dass ich sie irgendwie ausgetrickst hatte, um an Informationen heranzukommen, dass alle Dämonen Schweine waren und sie am besten überhaupt nicht mehr mit mir reden sollte.

So falsch läge sie damit nicht einmal.

»Ich brauche keine Hilfe, keine Geschenke und keine Almosen«, murmelte sie bockig.

Darum ging es also?! Sie glaubte, ich würde eine Gegenleistung fordern, weil ich ihr Essen kaufte? Gütiges Schicksal, wie kam nur so viel Misstrauen in ein so kleines Wesen?! Ich verwarf die Frage sofort, da die Antwort auf der Hand lag und meine Laune nicht gerade verbesserte.

»Komm mit!«, brummte ich und ging zum Straßenverkauf der Backstube. Selbst ich, der sonst nicht mal den kleinen Finger krumm machte, ohne etwas dafür zu verlangen, wäre nicht auf die Idee gekommen, ein unschuldiges Mädchen mit ihrem Hunger zu erpressen. Grimmig bestellte ich zwei Rosinenkuchen und hatte plötzlich eine Erleuchtung. Soeben war mir Cassias Schwachstelle in den Schoß gefallen: ihr Misstrauen. Das änderte alles. Ich verstand jetzt, dass sie sich niemals von mir blenden lassen würde. Nicht in den paar Tagen, die mir noch blieben. Nicht unter den momentanen Bedingungen. Nein, wenn ich ihre Seele wollte, dann musste sie ganz genau wissen, woran sie war und was sie bekommen würde. Nichts anderem würde sie trauen. Damit war die Verführungstaktik vom Tisch. Es musste ein Handel sein – ein ehrlicher, nüchterner, altmodischer Handel mit einem Dämon ohne Lügen, Beschönigungen und Schlupflöcher. So und nur so würde ich an sie rankommen. Beflügelt von dieser Erkenntnis nahm ich den Rosinenkuchen entgegen und drehte mich zu Cassia um.

Sie war fort.

Nicht das erste Mal

»Schhht.«

Die kräftige Hand über meinem Mund gab mich frei und schob mich tiefer in den dunklen Hauseingang. Dort zog sich Thanatos die Kapuze vom Kopf und blitzte mich aus seinen unheimlichen bernsteinfarbenen Augen an.

»Was macht Belial hier?«

Der Gott des Todes hatte uns beide in eine so dicht gewobene Machtaura eingehüllt, dass mir beinahe schlecht wurde. Ich hätte ihn gerne von mir gestoßen, doch ich wusste, dass seine Illusion das Einzige war, das uns vor Bel verbarg.

»Lange Geschichte«, murrte ich und unterdrückte ein Stöhnen. Der Dämon war nicht gerade zimperlich gewesen, als er mich in der Dämmerung gepackt und in diese kleine Seitengasse geschleift hatte. Seine übermenschliche Kraft und die empfindlichen Striemen auf meinem Körper passten nicht sonderlich gut zusammen. Grims Medizin war zwar gut, aber so gut auch wieder nicht.

Eine zweite Gestalt trat aus dem Schatten einer Säule. Es war Lucian. Den Blick hatte er wachsam auf die Straße gerichtet. »Wird er uns Ärger machen?«

»Ich habe Bel im Griff«, erwiderte ich ausweichend. Eine himmelschreiende Lüge, aber ich verspürte wenig Lust, mich näher zu erklären. Nicht, wo andere Probleme so viel dringlicher waren. »Das gilt allerdings nicht für Ianus und seine Seelenkammer.«

»Hast du sie gefunden?«, wollte Thanatos sofort wissen.

»Ja«, bestätigte ich grimmig, »aber Ianus hat nicht nur die Kammer mit Schutzzaubern belegt, sondern auch jede einzelne Phiole. Wenn ich eine davon entferne, wird er es sofort spüren.«

Thanatos presste die Lippen aufeinander, bis nur noch ein schmaler Strich übrig war. Ein Muskel in seinem Auge zuckte. Mehr Reaktion bekam ich nicht. Er wirkte zornig, aber irgendwie auch abwesend. Erst nach einer ganzen Weile des unangenehmen Schweigens kapierte ich, dass er sich wohl gerade mental mit Lucian beriet.

»Allerdings kenne ich jetzt einen Fluchtweg«, informierte ich sie. »Wenn ihr euch um die Wachen am südwestlichen Eingang kümmern könntet, schaffe ich es vielleicht, eine der Phiolen rauszubringen, bevor Ianus ...«

Ein ungehaltenes Kopfschütteln ließ mich verstummen.

»Du würdest es nicht bis zum Ausgang schaffen«, seufzte Lucian, während der Gott des Todes mich noch immer mit demselben unergründlichen Gesichtsausdruck anstarrte.

»Denkst du, es gelingt dir, morgen wieder herzukommen?«, fragte er plötzlich.

Panik überrollte mich. Es war schon schwer genug gewesen, Belial einmal von einem Ausflug zu überzeugen. Er wusste genau, dass ich irgendetwas im Schilde führte, und mein jetziges Verschwinden würde ihn ganz bestimmt nicht weniger argwöhnisch machen. Aber was blieb mir anderes übrig?

»Ich werde es versuchen.«

»Gut«, sagte Thanatos, »wir überlegen uns etwas wegen der Schutzsiegel. Bis dahin solltest du dich bedeckt halten.«

Ich nickte und dachte bereits fieberhaft darüber nach, wie ich es morgen aus dem Palast rausschaffen sollte, da spürte ich einen Finger an meinem Kinn. Thanatos drehte meinen Kopf zur Seite. Seine kühlen Augen musterten die Platzwunde an meiner Schläfe. Auch meine übrigen Blessuren waren ihm nicht entgangen. Missbilligend schnalzte er mit der Zunge. »War das Ianus oder Belial?«

»Weder noch«, fauchte ich leise und entzog mich seiner Untersuchung. Er hatte mich auf diese Mission geschickt, da konnte er sich jetzt seine halbherzige Anteilnahme sparen. Außerdem störte es mich, dass er Bel verdächtigte. Man konnte von ihm halten, was man wollte, aber er war nicht mit Ianus gleichzusetzen. »Eine Prima namens Mirabelle hat sich an mir ausgetobt.«

Ohne Vorwarnung wurde Thanatos zur Seite geschoben. Nun stand Lucian vor mir und durchbohrte mich mit brennenden Blicken. »Mirabelle ist bei Ianus?«

»Lucian!«, knurrte Thanatos mit einem warnenden Unterton in der Stimme. Er packte den dunkelgelockten Dämon und zerrte ihn ein Stück von mir weg. Wieder fand ein stummes Gespräch zwischen ihnen statt, doch diesmal sehr viel emotionaler als zuvor. Offensichtlich kannten die beiden nicht nur Belial, sondern auch Mirabelle. Die Welt der Unsterblichen war wohl ziemlich klein.

Schließlich ließ Thanatos seinen Freund los und wandte sich wieder mir zu. »Du musst zurück. Du wirst bereits vermisst.« Er streifte sich seine Kapuze über und sah mir ein letztes Mal fest in die Augen. »Und nimm dich vor Belial in Acht. Erzähl ihm nicht von unserer Abmachung. Er würde dich ohne zu zögern an Ianus verraten, wenn er einen Vorteil daraus ziehen kann. Bel ist … alles andere als harmlos.«

Das war nichts Neues, und dennoch ließ mich eine solche Warnung vom Gott des Todes erschauern.

»Bis morgen«, sagte er noch, bevor er und Lucian in der hereinbrechenden Nacht verschwanden. Als sie fort waren, verwehte auch die Illusion, die uns verborgen hatte. Damit blieben mir nun genau zwei Möglichkeiten. Entweder konnte ich mich einfach hier hinsetzen und in dem dunklen Hauseingang darauf warten, dass Belial mich fand – was nur eine Frage der Zeit wäre. Oder ich begab mich selbst auf die Suche nach ihm und präsentierte ihm irgendeine Ausrede dafür, warum ich plötzlich wie vom Erdboden verschluckt gewesen war. Beides klang nicht sonderlich verlockend. Nach allem, was heute passiert war, hatte ich keine Kraft mehr, mir Lügen aus den Fingern zu saugen. Bel würde mir ohnehin nicht glauben. Genauso wenig, wie er mir die Sache mit der Stadtführung abgekauft hatte.

Eine kleine aufdringliche Stimme in meinem Kopf erinnerte mich daran, dass es noch eine dritte Option gab: Ich könnte einfach abhauen. Natürlich würde ich aus der Stadt verschwinden und eine Weile untertauchen müssen …

Nein. Ich war kein Feigling. Und ich stand zu meinem Wort. Außerdem hatte ich es schon so weit geschafft und wollte mehr denn je dabei zusehen, wie Ianus unterging. Welcher Mensch konnte denn von sich behaupten, die Chance zu haben, einen Gott zu Fall zu bringen?

Ich machte mich also auf den Weg Richtung Hauptstraße. Unterwegs knotete ich mein Badetuch neu, diesmal über Kreuz und im Nacken. Das fühlte sich definitiv besser an, obwohl ich mich inzwischen fast daran gewöhnt hatte, so spärlich bekleidet in der Öffentlichkeit herumzulaufen. Bels Illusion mochte ja in den Augen anderer wie ein geschmackvolles Gewand wirken, doch für mich war sie kaum mehr als eine flirrende Schicht Magie. Es hatte dem Dämon sichtlich Spaß gemacht, mich so durch die Stadt wandern zu lassen. Lästig, aber ein geringer Preis dafür, dass ich jetzt einen Weg aus dem Palast kannte.

Plötzlich verkrallte sich etwas in meinen Haaren und schleuderte mich rückwärts zu Boden. Ich kam hart auf dem Kopfsteinpflaster auf.

»Hab sie«, zischte eine schneidende Männerstimme. Ein bulliger Kerl kam auf mich zu. Eine zweite Gestalt sprang von einer Mauer. Grün flammende Augen. Hexer!

»Von wegen, meine Suchzauber funktionieren nicht«, grunzte der andere. Seine Hand griff nach mir und zog mich auf die Füße. Ich reagierte instinktiv, trat ihm zwischen die Beine und lief. Ich lief so schnell ich konnte. Das war der einzige Weg, wie man auf der Straße überlebte.

Derbe Flüche und das Geräusch schwerer Stiefel folgten mir. Sie würden mich schon bald einholen, wenn ich nicht sofort eine Entscheidung traf. Zurück in Richtung des Circus rennen und darauf hoffen, dass mich die Passanten nicht für eine Diebin hielten, sondern mir halfen? Oder die Angreifer in den schmalen Gassen zwischen den dicht stehenden Wohnblöcken der Insulae abhängen? Kurzerhand erklomm ich einen Mauervorsprung und zog mich von dort aus auf ein Vordach. In den Insulae kannte ich mich aus. Hier standen meine Chancen weit besser als in einer Menge, auf deren Redlichkeit man sich nicht verlassen konnte. Also hastete ich über das Vordach bis zu einem Erker, hinter dem ich ein Treppenhaus vermutete. Ich hatte recht. Also kletterte ich durch eines der Fenster und sprintete über die knarzenden Stufen aufs Dach. Irgendwo hinter mir hörte ich das heftige Keuchen meiner

Verfolger. Ein wildes Grinsen breitete sich auf meinem Gesicht aus. Gleich würde ich ihnen wirklich einen Grund zum Keuchen geben. Die Dächer waren mein Revier. Hier hatte ich einen Großteil meiner Kindheit verbracht. Und selbst als ich in den Venus-Tempel gezogen war, hatte ich den Dächern doch immer wieder einen Besuch abgestattet.

Mit einem geübten Handgriff stemmte ich die Luke über meinem Kopf auf und zog mich ins Freie. Dann rannte ich los. Die Ziegel unter meinen Füßen hießen mich willkommen wie einen alten Freund und der aufgehende Mond lieferte genug Licht, um mich zu orientieren. Ich erkletterte Giebel, schlitterte Schrägen hinab und sprang über Häuserschluchten. Schon bald hatte ich meine Angreifer aus den Augen verloren.

Zumindest dachte ich das, bis mich ein grüner Blitz traf. Meine Muskeln verkrampften. Ich stürzte und fiel. Verzweifelt wollte ich mich noch an einer Dachkante festhalten, doch mein Körper gehorchte mir nicht mehr. Etwas Weiches fing mich ab. Stoff. Ein Sonnensegel. Es riss. Dann krachte ich auf etwas Härteres. Holz. Es splitterte. Ich sah den Nachthimmel. Wieder Stoff. Wieder den Nachthimmel. Seile. Und dann ging ein heftiger Ruck durch mich, der alle Luft aus meinen Lungen presste. Steinboden.

Autsch. Leise stöhnend versuchte ich, mich auf die Beine zu ziehen. Keine gute Idee. Alles drehte sich.

Schritte. Ein hässliches Gesicht mit grünen Hexenaugen beugte sich über mich.

»Miststück!«, spuckte mir der Mann schwer atmend entgegen.

»Jetzt mach schon! Bring es zu Ende«, sagte der andere, während grobe Hände an Bels Illusion zerrten.

»Halts Maul!« Stoff riss, der eigentlich keiner war.

Schmuckstücke, die ich eigentlich nicht trug, wurden mir von den Armen gestreift. »Es soll wie ein Überfall aussehen, oder nicht?«

Verzweifelt mobilisierte ich den Rest meiner Kräfte. Ich wusste, dass mein Leben davon abhing. Eine Klinge blitzte auf. Der Hexer hatte ein Messer gezogen und holte aus, um es mir ins Herz zu rammen. Gleichzeitig bekam ich einen Holzsplitter zu fassen und zögerte nicht. Ich stach zu. Was auch immer ich traf, es brachte den Mann zum Aufschreien, aber es würde ihn nicht lange aufhalten. Also rollte ich zur Seite, stemmte mich auf alle viere. Schon war der zweite Angreifer zur Stelle. Er riss mich hoch und ging mir direkt an die Kehle. Ich schlug um mich, zerkratzte ihm das Gesicht, doch nichts davon half. Immer fester drückten seine Hände zu und nahmen mir den Atem. Ein dumpfes Gurgeln erklang. Es stammte nicht von mir. Plötzlich strömte wieder Luft in meine Lungen. Der Griff lockerte sich. Das war meine Chance. Ich stolperte blindlings los. Hinter mir schrie jemand. Dann fing mich eine weitere dunkle Gestalt ab. Starke Arme schlangen sich um meinen Oberkörper und nahmen mir jede Hoffnung auf Flucht.

»Ganz ruhig«, raunte eine vertraute Stimme.

Ich wehrte mich, strampelte, aber ich hatte keine Chance gegen die unerschütterliche Kraft, mit der ich festgehalten wurde. »Es ist vorbei. Du bist in Sicherheit.«

Sicherheit …

Nur ganz langsam sickerte dieses Wort in mein Bewusstsein. Und obwohl die beharrliche Umklammerung mich nicht freigab, versiegte unwillkürlich meine Angst. Etwas in mir verstand, dass ich nicht mehr kämpfen musste, dass diese Arme, die mich so kompromisslos umschlossen, mir nichts tun würden. Mein Widerstand schwand. Zurück blieb nur eine unendliche Leere, die sich nach und nach mit einem lang vergessenen Gefühl füllte – dem Gefühl von Geborgenheit. Ich spürte tiefe beruhigende Atemzüge, die nicht meine waren. Ich spürte eine warme Brust, die mir Halt gab. Und ich spürte eine Umarmung, die niemals zulassen würde, dass mir etwas geschah.

Ich öffnete die Augen, ohne zu wissen, wann ich sie geschlossen hatte. Zwischen den Trümmern meines Sturzes lagen zwei reglose Körper. Über ihnen stand ein schwarz gekleideter Mann und wischte Blut von einem schlanken Schwert. Ich kannte den Mann. Und ich wusste, zu wem er gehörte.

»Bel?«, flüsterte ich.

Es war keine Frage. Ich musste seinen Namen einfach aussprechen, weil mein Verstand den blonden Dämon nicht mit meinen Gefühlen in Einklang bringen konnte.

Die kräftigen Arme gaben mich behutsam frei. Mein Herz schrie auf, weil es nicht bereit war, diese überwältigende Geborgenheit aufzugeben, doch ich brachte es mit eisernem Willen zum Schweigen. Mein Herz war nur einem Trugschluss aufgesessen. Hier gab es keine Sicherheit – nur einen Dämon, der es seinerseits auf mich abgesehen hatte. Ein Dämon, der seine Ziele verfolgte. Ein Dämon, der eine Wette verlor, wenn ich starb.

Bels besorgte Züge tauchten vor mir auf. Das Türkis seiner Augen hatte sich im Mondlicht in ein kühles Grau verwandelt. Er nahm mein Gesicht in beide Hände und musterte mich gewissenhaft.

»Geht es dir gut?«

Ob es mir gut ging? Nein, es ging mir nicht gut. Aber ich lebte und das war alles, was zählte. Mit einer schwachen und doch bestimmten Geste schob ich den Dämon beiseite – genau wie alles, was er in mir auslöste. Stattdessen wankte ich zu den leblosen Körpern der Männer, die versucht hatten, mich umzubringen. Ich fühlte noch immer die Hände dieser Scheißkerle auf mir! Sie hatten ihr blutiges Schicksal definitiv verdient. Eigentlich war ihr Tod viel zu schnell gegangen. Hilflose Wut stieg in mir auf und weil ich nicht anfangen wollte zu weinen, trat ich dem toten Hexer so fest ich konnte in die Seite. Er spürte es zwar nicht mehr, aber es verschaffte mir eine gewisse Genugtuung.

»Jetzt geht es mir gut«, murmelte ich.

Bels asiatischer Leibwächter legte den Kopf schief und betrachtete mich verwundert. Er schien sich kein Urteil zu erlauben, sondern eher abzuwarten, ob ich mir noch einen zweiten Tritt gönnen wollte. Als ich das nicht tat, kniete er sich zu den Leichen und untersuchte ihre Nacken.

»Apolls Männer.«

Hinter mir ertönte ein missbilligendes Zungenschnalzen. Dann legte sich ein weicher Stoff um meine Schultern. Eine Stola. Keine Illusion. Bel trat an meine Seite und sah mich ernst an. »Was wollten sie von dir?«

»Mich abstechen«, antwortete ich kalt. Ungewollt drängte sich mir die Vorstellung auf, dass ich jetzt dort auf dem Pflaster liegen könnte, mit toten Augen und einer Klinge in der Brust, gebettet in mein eigenes Blut. Heute hatte ich Glück gehabt. Wie schon ein paar Mal in meinem Leben. Doch irgendwann würde es mich zweifelsohne erwischen. Bis dahin würde ich versuchen, der Sache etwas Positives abzugewinnen: Ich brauchte jetzt zumindest keine Ausrede mehr für mein Verschwinden zu erfinden.

Eine vorsichtige Berührung an meinem Arm ließ mich

aufschauen. Bel schien etwas sagen zu wollen, aber keine Worte zu finden. Ich musste einen ziemlich bedauernswerten Anblick abgeben. Wahrscheinlich spielte er gerade mit dem Gedanken, mir wieder eine Heilung aufzwingen zu wollen.

»Ich brauch dein Mitleid nicht«, murrte ich. Ich brauchte es nicht nur nicht, ich fand es unerträglich. »War nicht das erste Mal, dass jemand so was versucht hat.«

»Aber das erste Mal, seit du unter meinem Schutz stehst«, stellte er nüchtern fest.

Oh bitte! Seit wann stand ich denn unter seinem Schutz? Ihm ging es doch ausschließlich darum, dass ein anderer Dämon ihm beinahe sein Spielzeug weggenommen hätte.

»Du wirst schon drüber wegkommen«, meinte ich spöttisch und klopfte ihm auf die Schulter, um meinen Sarkasmus zu unterstreichen. Dabei schoss mir ein scharfer Schmerz durch die Rippen. Ich stieß ein Zischen aus und wollte mich abwenden. Ich brauchte keine Zuschauer in meinem Elend. Leider verlor ich dabei das Gleichgewicht und wäre beinahe gefallen, wenn Bel den Sturz nicht abgefangen hätte.

Er seufzte. »Hat dir schon mal jemand gesagt, dass du es dir selbst viel zu schwer machst?«

»Ja. Einmal«, maulte ich gequält. »Allerdings war das so ein eingebildeter Kerl, der seine Anmaßungen für charmant hält.«

Leise lachend stellte er mich wieder auf die Beine, wobei er sorgfältig darauf achtete, mir nicht noch mehr wehzutun. Eine Weile war ich damit beschäftigt, die Schmerzen wegzuatmen. Aber dann fiel mir auf, dass Bel verdächtig still war. Misstrauisch hob ich den Blick. Er ließ es sich doch sonst nicht nehmen, das letzte Wort zu haben?

Bel beobachtete mich. Nachdenklich. Auf seinen Lippen lag ein Schmunzeln, aber seine Augen glänzten so unergründlich, dass mir mulmig zumute wurde.

»Was ist?«, fragte ich verwirrt.

Aus dem Schmunzeln wurde ein Lächeln. Er fasste mir hinters Ohr und fischte einen Holzspan aus meinen Haaren. Es war eine seltsam zärtliche Geste, die mir eine Gänsehaut verursachte. Dann warf er ihn achtlos beiseite und blitzte mich plötzlich schelmisch an.

»Lust auf Rosinenkuchen?«

Der Teufel steckt im Detail

Belustigt schüttelte ich den Kopf, während Brot, Eier, Oliven, geräucherter Fisch, Nüsse, Käse, Obst und natürlich Rosinenkuchen in Cassias Mund verschwanden. Ich hatte nicht die geringste Ahnung, wie derart viel Essen in ein so zierliches Ding passen konnte, aber die Hingabe, mit der sie aß und in Geschmäckern schwelgte, war eine wahre Freude. Hin und wieder schloss sie sogar die Augen und seufzte leise. Wäre es nach mir gegangen, hätte ich ihr zehn weitere Gänge auftischen lassen, nur um die Chancen zu erhöhen, dieses Geräusch noch öfter zu hören.

»Blutige Mordversuche scheinen dir nicht gerade den Appetit zu verderben«, stellte ich lachend fest und machte es mir auf der gepolsterten Liege bequem.

Cassia zuckte mit den Schultern und knabberte an einem Stück Käse herum. »Ich kann *immer* essen.«

Wie zum Beweis gesellten sich zwei Weintrauben zum Käse, gefolgt von einer Walnuss. Doch dann wurden ihre Kaubewegungen plötzlich langsamer. Nachdenklich sah sie mich über den vollbeladenen Tisch hinweg an.

»Warum tust du das?«

»Was genau?«, fragte ich, obwohl mir längst klar war, worauf sie hinauswollte.

»Warum bist du … so freundlich?«

Verunsichert strich sie sich ihre nassen Haare hinters Ohr.

Überhaupt gab sie sich viel Mühe, möglichst unbescholten zu wirken, dabei konnte man ihr an der Nasenspitze ansehen, dass sie etwas im Schilde führte. Anscheinend versuchte sie, mir in einem äußerst entzückenden Verhör die Wahrheit zu entlocken – oder eine Lüge. Beides würde es ihr leichter machen, mich nicht zu mögen. Belustigt griff ich nach meinem Weinbecher. Den Gefallen würde ich ihr nicht tun.

»Wäre es dir lieber, wenn ich nicht freundlich wäre?«

Ich trank einen Schluck und beobachtete über den Becherrand, wie sich ihre Miene verfinsterte.

»Dämonen sind nur freundlich, wenn sie etwas wollen.«

»Das ist zutreffend«, bestätigte ich. »Obwohl es sehr wohl auch Ausnahmen gibt.«

»Und du bist eine solche Ausnahme?«

Ich lächelte. »*Das* habe ich nicht gesagt.«

Mein dezenter Spott schien Cassia zu frustrieren. Gleichzeitig hörte ich an ihrem Herzschlag, dass ihre Nervosität stieg. Sie ahnte wohl, dass sie konkreter werden musste, wenn sie mich aus der Reserve locken wollte. Um ihre wachsende Anspannung zu überspielen, griff sie sich einen Apfel. Aber sie biss nicht hinein, sondern drehte ihn unschlüssig in den Händen.

»Was ist es also, das du von mir willst?«

Na bitte. Endlich ein bisschen Kühnheit.

Ich lehnte mich zurück und genoss die Richtung, in die sich unser Gespräch entwickelte. Vielleicht konnte ich heute ja doch noch einen kleinen Vorstoß wagen? Nach allem, was geschehen war, hatte ich eigentlich beschlossen, meine weiteren Pläne auf morgen zu verschieben. Aber Cassia erwies sich als zäher als so manch anderer Sterblicher. Ein heißes Bad, ein bisschen was von Grims Medizin und schon schien das Mädchen wie neu zu sein. Natürlich hätte meine Heilung schnellere Erfolge erzielt, aber dennoch verblassten die Striemen von heute Nachmittag bereits. Was Cassias neue Verletzungen von ihrem Zusammenstoß mit Apolls Hexern betraf, konnte ich nicht viel erkennen. Vermutlich hatte sie neben ein paar Kratzern und Prellungen auch ein oder zwei gebrochene Rippen. Zumindest schloss ich das aus ihrer bemüht flachen Atmung. Alles in allem sah ich jedoch keinen Grund, um nicht ein winziges Experiment zu wagen.

»Es gibt da einiges, das ich von dir will«, antwortete ich und verlieh meiner Stimme einen beiläufigen Klang. »Zum Beispiel möchte ich gerne von deinen Gefühlen kosten.«

Damit würde ich mir einen entscheidenden Vorteil verschaffen bei der Suche nach etwas, das ich ihr im Austausch für ihre Seele anbieten konnte.

Cassias Brauen hoben sich ein Stück, nur um sich kurz darauf verärgert zusammenzuschieben. Alles an ihrer Haltung zeugte von Widerwillen.

»Warum brichst du dann nicht einfach meine Mauern, wie jeder andere Dämon es tun würde?«

»Ich bin nicht wie jeder andere Dämon«, stellte ich gelassen klar.

Sie schnaubte. »Und trotzdem nennen sie dich Diabolus. Den Teufel.«

»Hat Ianus dir das erzählt?« Mein Ton wurde unbeabsichtigt so eisig, dass Cassia zusammenzuckte. Sie wich meinem Blick aus und nickte.

Ich hätte mich gerne dafür geohrfeigt. Was für eine überflüssige Frage. Natürlich war es Ianus gewesen. Aber letztlich spielte es keine Rolle. Besser, sie wusste jetzt, worauf sie sich einließ, als es erst zu erfahren, wenn ich sie um ihre Seele bitten würde. Also drängte ich meinen Unmut beiseite, atmete tief durch und bemühte mich, meiner Stimme die Schärfe zu nehmen.

»Sterbliche fürchten vieles, das sie nicht verstehen.«

Cassia rührte sich nicht. Nachdenklich betrachtete sie den Apfel in ihrer Hand. »Und du nährst dich von ihrer Angst?«

»Manchmal«, erwiderte ich bedächtig. Eine Lüge hätte auch hier den größeren Schaden angerichtet – zumal das Mädchen zu klug war, um die Wahrheit nicht zu erkennen. »Aber«, schränkte ich mit einem Lächeln ein, »bei dir würde ich andere Gefühle bevorzugen.«

Wie vom Donner gerührt hob sie den Kopf. In ihren tiefblauen Augen schimmerte eine wilde Mischung aus Misstrauen, Neugier und Trotz. Sie wollte definitiv mehr darüber erfahren, aber sie beherrschte sich. Stattdessen biss sie in ihren Apfel und stopfte sich auf diese Weise selbst den Mund.

Ich musste mich sehr beherrschen, um nicht laut loszulachen. Ihr Verhalten war nicht nur herrlich erfrischend, sondern auch noch völlig nutzlos. Ich hatte nicht vor, das Thema auf sich beruhen zu lassen.

»Das Miteinander von Menschen und Dämonen kann Vorzüge für beide Seiten haben«, lockte ich sanft.

Sie rümpfte ihre hübsche Nase und konterte mit vollem Mund: »Solange der Mensch tut, was der Dämon will.«

»Das«, lachte ich, »kommt darauf an, wie gut du verhandelst, schließlich sind wir Dämonen an unser Wort gebunden.« Ich stützte mich auf meinem Ellbogen auf und funkelte sie herausfordernd an. »Versuch es! Ich würde gern von deinen Gefühlen kosten und gebe dir mein Wort, mich zurückzuziehen, sobald du es verlangst. Was willst du im Gegenzug von mir haben?«

Cassia schluckte das Stück Apfel herunter und schwieg. Ihre Aversion war deutlich zu spüren. Aber immerhin warf sie mir keine Beleidigungen an den Kopf. Das hieß, dass sie nicht grundsätzlich abgeneigt war. Es schien also tatsächlich etwas zu geben, das sie von mir wollte. Jetzt blieb nur die Frage, ob sie ihren Stolz überwinden würde.

»Ich«, begann sie stockend, »hätte gern …«

Die Worte verlangten ihr sichtlich Überwindung ab.

»… deine Erlaubnis, den Palast hin und wieder allein verlassen zu dürfen. Nur für Botengänge und so was. Ich habe nicht vor zu fliehen.«

Sieh einer an. Nach allem, was sie heute durchgemacht hatte, war das ein ungewöhnlicher Wunsch.

»Ich brauche dich nicht für Botengänge«, wandte ich ein.

»Aber ich brauche Luft zum Atmen!«, widersprach sie mir mit Nachdruck. In ihrer leisen Stimme schwang eine solch verzweifelte Vehemenz mit, dass Cassia selbst davon überrascht zu sein schien und beschämt errötete.

Ich glaubte ihr. Tatsächlich war das der aufrichtigste Satz, den ich bisher von ihr gehört hatte. Offensichtlich bedeutete ihr dieses schlichte Anliegen so viel, dass sie dafür sogar bereit war, freiwillig ihre Mauern zu senken.

»Also gut«, sagte ich und versuchte dabei nicht zu triumphierend zu klingen. »Im Falle, dass unser Handel zustandekommt, darfst du mir hin und wieder einen von diesen Rosinenkuchen holen.«

Dass Hiro sie dabei nicht aus den Augen lassen würde, erwähnte ich nicht. Mein Angebot war ohnehin schon großzügiger als üblich. Schließlich wollte ich sie nicht verschrecken, sondern sie von den Vorzügen eines solchen Arrangements überzeugen.

Cassias Puls stieg. Ich lächelte. Schien, als wären wir uns einig. Jetzt war sie am Zug.

»Du hörst auf, wenn ich es will?«, fragte sie noch einmal nach.

»Du hast mein Wort.«

»Und du wirst nicht versuchen, in meinen Kopf einzudringen?«

»Nicht ohne deine Erlaubnis.«

Ich bedrängte sie nicht, obwohl mich bereits eine begierige Vorfreude durchströmte. Seit sie das erste Mal dieses Zimmer betreten und sich geweigert hatte, mir ihren Namen zu verraten, wollte ich von ihren Gefühlen kosten. Und jetzt würde es gleich so weit sein.

Gebannt sah ich Cassia an. Sie dagegen hielt den Blick gesenkt und rang mit sich. Nach einer Weile stieß sie ein Seufzen aus und biss erneut in ihren Apfel. Im selben Moment spürte ich, wie sich ganz zaghaft die mentale Mauer öffnete, die ihren Geist verbarrikadierte. Es war nur ein kleiner Spalt und dennoch sprudelten ihre Emotionen ungehindert heraus. Ich nahm Missbilligung wahr, Scham, sogar ein paar Schuldgefühle. All das galt nicht mir. Für mich empfand sie vor allem Misstrauen und Verwirrung, gewürzt mit einer Prise Dankbarkeit. Aber da war noch etwas. Tief unter den anderen Emotionen verbarg sich ein kaum merklicher Hauch von Verlangen. Es war nur der Schatten des ursprünglichen Gefühls, nur ein Schatten dessen, was ich bei unserem Kuss erlebt hatte. Amüsiert hob ich eine Braue. Cassia hielt es zurück. Darum konzentrierte sie sich also so sehr auf ihren Apfel und starrte stur Löcher in den Boden. Sie lenkte sich ab. Je weniger sie mich ansah, sich mit mir auseinandersetzte, desto weniger verräterische oder verhängnisvolle Gefühle würde sie für mich empfinden. Eine simple Logik.

Ich lachte in mich hinein. Unsere Abmachung definierte weder Menge noch Art der Emotionen, die sie mir zu geben hatte. Sie reizte also gerade die Grenzen unseres Handels aus und überließ mir nur das Nötigste. Das war fast schon … dämonisch. Ihre Logik hatte allerdings eine Schwachstelle. Mit jedem Atemzug, den sie an ihrem Apfel knabberte, wuchs die Spannung zwischen uns – und damit auch die Emotionen, die Cassia zu kontrollieren versuchte. Schon jetzt begann sie, unruhig auf ihrem Platz herumzurutschen.

»Schmeckt's?«, spottete sie, als sie die Stille nicht mehr ertrug.

»Finde es selbst heraus«, antwortete ich ruhig.

Meine kleine Provokation verfehlte ihr Ziel nicht. Cassia fühlte sich bei ihrer Ehre gepackt. Sie wollte nicht, dass ich sie für feige oder schwach hielt. Also straffte sie die Schultern und riskierte einen kurzen Blick – nur um fasziniert an meinen silbrigen Augen hängen zu bleiben. Das Schimmern bewies die Verbindung, die meine Essenz zu Cassias Emotionen aufgenommen hatte, und dass ich jeden einzelnen Funken davon in mich aufsog. Zu ihrem vorsichtigen Misstrauen gesellten sich nun auch noch Scheu, Ehrfurcht und Bewunderung – und das mit einer Kraft, die mich sprachlos machte. Da erst begriff ich, zu was für Gefühlen Cassia imstande war und wie hartnäckig sie das emotionale Durcheinander in sich unter Kontrolle hielt.

Ihre Lippen öffneten sich ein kleines bisschen. Sie war genauso erstaunt wie ich, wenn auch aus anderen Gründen. Es schien fast, als wäre es das erste Mal, dass sie einem Primus freiwillig ihre Gefühle offenbarte. Falls das stimmte, dann hatte sie noch nie diese intensive Verbindung gespürt, die ganz ohne Gewalt und Schmerzen auskam.

Plötzlich fiel ihr auf, wie ungeniert sie mich anstarrte. Hastig widmete sie sich wieder ihrem Apfel. Von dem Ding war kaum noch was übrig, aber sie nagte trotzdem weiter daran herum. Der Saft der Frucht glänzte auf ihren Lippen. Ein verführerischer Anblick, der nur davon übertroffen wurde, dass sie sich die klebrige Süße arglos ableckte. Es war fast schon komisch. Bei all der Mühe, die sich Cassia gab, um die knisternde Anziehung zwischen uns im Keim zu ersticken, übersah sie völlig, dass sie sie mit ihrem unbewusst sinnlichen Schauspiel nur zusätzlich befeuerte.

»Neues Angebot«, sagte ich mit samtweicher Stimme. »Ich will dich küssen. Einen Kuss, nicht mehr. Was willst du dafür haben?«

Natürlich war es mein Plan gewesen, Cassia aus der Fassung zu bringen, doch niemals hätte ich mit dem Sturm gerechnet, der nun über mich hereinbrach. Heiße Empörung flammte in dem Mädchen auf und mischte sich mit Wut und Enttäuschung. Aber all das war nichts im Vergleich zu ihrem Verlangen, das plötzlich wie ein wildes Tier an seinen Fesseln zerrte. Ihre Mauern bröckelten. Aus dem Spalt in ihrer Abwehr drohte eine Bresche zu werden.

»Ich prostituiere mich nicht!«, presste sie hervor. Ihre Stimme bebte. Sie warf das abgenagte Apfelgehäuse auf den Tisch und bemühte sich erfolglos, ihrer Gefühle wieder Herr zu werden. Panik ergriff sie. Ich senkte meinen Blick, um sie nicht noch mehr zu ängstigen. Sie sollte nicht sehen, dass sich das sanfte Schimmern meiner Augen in ein helles Glühen verwandelt hatte.

»Ich versuche nicht, deine Zuneigung zu *kaufen*«, relativierte ich meinen Vorschlag und trank scheinbar gelassen meinen Wein aus. »Wenn du keinen Preis festsetzen willst, kannst du mir den Kuss auch jederzeit schenken.«

Das dämpfte weder ihre Empörung noch ihr Verlangen. Im Gegenteil. Doch dann war ganz plötzlich und mit einem Schlag alles vorüber. Cassia hatte die Verbindung gekappt und ihre Mauern geschlossen. Die verzweifelte Brutalität, mit der sie dabei vorgegangen war, ließ mich sprachlos zurück – zumal sie mich unserer Abmachung nach nur hätte bitten müssen, mich zurückzuziehen. Verwundert musterte ich sie. Nie zuvor hatte ich jemanden erlebt, der trotz eines solchen Gefühlschaos dazu in der Lage war, einen Dämon wie mich auszusperren. Zweifellos wüteten all diese Empfindungen noch immer in ihrem Inneren. Allerdings war ihr davon nun nichts mehr anzumerken – abgesehen von ihrem heftig klopfenden Herzen vielleicht.

»Ich geh schlafen«, murmelte sie. Ohne auf eine Antwort zu warten, griff sie sich ein Kissen und marschierte damit in die Ecke, die sie zu ihrem Lager auserkoren hatte. Ich wollte sie gerade aufhalten, da kam sie auch schon energisch zurückgestapft und baute sich mit verschränkten Armen vor mir auf.

»In Ordnung, Bel! Ich sage dir, was ich für diesen Kuss haben möchte.« Ihr Tonfall wurde so beißend, dass ich mich irritiert aufsetzte. »Nenn mir den Grund, *warum* du mich küssen willst! Und dann schwöre mir, dass deine Antwort der Wahrheit entspricht und du nichts weggelassen oder beschönigt hast!«

Jetzt war ich wirklich beeindruckt. Ich hätte nicht gedacht, dass sie in dem Wirrwarr ihrer Gefühle überhaupt einen klaren Gedanken fassen konnte – geschweige denn einen so scharfsinnigen. Sie forderte nicht weniger, als die Enthüllung meiner Pläne. Allerdings war das Glück nicht auf ihrer Seite. Noch heute Morgen wäre es die Wahrheit gewesen, dass ich mit meinen Verführungsversuchen Ianus' Wette gewinnen wollte. Doch seit unserem Ausflug hatte sich meine Taktik geändert. Ich wusste jetzt, dass mich dieser Kuss ihrer Seele nicht näher bringen würde, folglich war er ein rein privates Vergnügen.

Mit einem gefährlichen Lächeln stellte ich meinen Becher weg und erhob mich.

»Die Wahrheit?« Langsam ging ich auf Cassia zu. Leise Zweifel begannen ihre Entschlossenheit zu überschatten.

»Ich will dich küssen, weil ich Lust darauf habe«, sagte ich, als ich schließlich vor ihr stand. Sinnlich ließ ich meinen Blick über ihr Gesicht wandern. »Ich will den Apfelgeschmack von deinen süßen Lippen lecken. Ich will deine Hitze kosten, deine Hingabe schmecken und deine bebenden Seufzer trinken. Das ist die Wahrheit. Einen weiteren Grund gibt es nicht, das schwöre ich.«

Mein Geständnis schockierte Cassia. Sie fand keine Worte. Man sah ihr an, dass sie mir nicht glauben wollte, obwohl sie wusste, dass ich nicht log. Frustriert versuchte sie, ihren Fehler zu finden, doch gleichzeitig war sie auch zutiefst erregt und verwirrt.

Ich lachte leise. »Weißt du, was ebenfalls die Wahrheit ist?« Zärtlich nahm ich eine ihrer dunklen Haarsträhnen in die Hand und ließ sie durch meine Finger gleiten. Sie fühlte sich genauso seidig an, wie sie aussah. »Nicht nur ich habe Lust auf diesen Kuss.«

Cassia erschauerte. Sie bemühte sich sehr, Haltung zu bewahren und mich mit bitterbösen Blicken zu durchbohren, aber sie konnte mir nicht widersprechen.

Demnach hielt sich mein Mitleid in Grenzen.

»Du schuldest mir einen Kuss«, erinnerte ich sie sanft. Ich legte meine Finger unter ihr Kinn und lud sie mit sanftem Druck dazu ein, den Kopf für mich zu heben. Kein Widerstand. Nur mühsam beherrschte Aufregung.

Sie räusperte sich. »*Einen* Kuss. Danach wirst du deine Hände von mir nehmen und mich in Ruhe lassen. Keine weiteren Spielchen, Tricks oder Versuche, mehr von mir zu bekommen.«

»So lauten die Bedingungen«, bestätigte ich lächelnd. »Allerdings ...« Ich kam ihr näher. Meine Lippen schwebten nur knapp über ihren. »... haben wir nicht festgehalten, *wann* ich meinen Kuss einfordern darf.«

Damit drehte ich mein Gesicht zur Seite und beugte mich an ihr Ohr. Der Geruch ihres Haars und ihr heißer Atem an meinem Hals boten mir einen süßen Vorgeschmack auf alles, was ich mit ihr vorhatte. Aber nicht jetzt.

»Ich will, dass du heute in meinem Bett schläfst«, raunte ich ihr zu. Cassia schnappte nach Luft. Bevor sie jedoch zum Protest ansetzen konnte, fuhr ich fort. »Ich werde ohnehin nicht da sein, also wird dich niemand behelligen. Mein Wort darauf.«

Dann richtete ich mich wieder auf und sah ihr mit Nachdruck in die Augen. »*Das* ist nicht verhandelbar.«

Ein Rennen ins offene Herz

Ich war stinksauer eingeschlafen und hatte mir fest vorgenommen, meine Wut bis zum Morgen nicht verrauchen zu lassen. Das stellte sich jedoch als äußerst schwierig heraus, wenn man die Nacht wie auf Wolken verbracht hatte. Es war mir immer ein Rätsel gewesen, wieso Leute gerne schliefen. Ich hielt Schlaf für ein notwendiges Übel. Allerdings besaß dieses Bett das Potenzial, meine Meinung zu ändern – und das, obwohl Bels schwerer süßherber Geruch so penetrant in den Kissen hing, dass es kaum möglich gewesen war, den blonden Dämon aus meinen Träumen zu vertreiben. Ich schob meinen Rest-Groll über Bel und seine unerträglichen Spielchen beiseite und stand voller Tatendrang auf. Heute würde ich Thanatos wiedertreffen und dann hatte dieser Spuk hoffentlich bald ein Ende.

Rasch wusch ich mich und zog eines der Kleider an, die Grim mir besorgt hatte. Obwohl es schlicht war, kam ich nicht umhin, mich ein bisschen in den fließenden Stoff zu verlieben. Die Farbe erinnerte mich an das Meer und der dazugehörige Ledergürtel war mit silbernen Sternen bestickt. Außerdem bot es genug Bewegungsfreiraum, um darin zu laufen – falls wieder irgendwer versuchen sollte, mich umzubringen. Am helllichten Tag war das zwar eher unwahrscheinlich, aber man wusste ja nie. In diesem Falle würden mir meine gebrochenen Rippen die größten Schwierigkeiten machen. Ich konnte von Glück sagen, dass es mich gestern nicht schlimmer erwischt hatte, doch die Schmerzen waren trotzdem mörderisch – zumal Grims Medizin inzwischen aufgehört hatte zu wirken. Also begab ich mich auf die Suche nach dem unscheinbaren Tonfläschchen. Da ich es im Baderaum nicht fand und Bel es gestern zuletzt in der Hand gehabt hatte, durchstöberte ich auch den Rest der Gemächer und wurde schließlich auf seinem Schreibtisch fündig. Ich träufelte mir die verordnete Dosis auf die Zunge, ignorierte den ungewöhnlich bitteren Nachgeschmack und stellte das Fläschchen zurück.

Dann war ich bereit.

Dummerweise nahm mein Tatendrang nun ein jähes Ende. Ich konnte nicht einfach so aus dem Palast stapfen, sonst würde man vielleicht wieder denken, dass ich fliehen wollte. Außerdem brauchte ich Geld für den Rosinenkuchen, den ich als mein Alibi mitbringen sollte.

Das hieß wohl, dass ich auf ihn warten musste.

Ich setzte mich aufs Bett und seufzte verdrießlich.

Warten war nicht mein Ding.

Ich hasste es fast so sehr, wie abhängig zu sein.

Oder gerettet zu werden.

Oder auf billige Tricks hereinzufallen.

Womit wir schon wieder bei Bel waren.

Meine Laune sank stetig.

Gestern Abend war mit ihm eigentlich alles optimal gelaufen – zuerst jedenfalls. Er hatte sich bei der Stadtführung nicht so unerträglich wie sonst aufgeführt und danach kein großes Ding aus der Rettung oder meinen Verletzungen gemacht. Ich wusste natürlich, dass das alles zu seinem Plan gehörte. Aber ich scheute mich ja auch meinerseits nicht, seine

Freundlichkeit für meine Zwecke zu nutzen, also war das schon in Ordnung. Doch dann musste er ja unbedingt anfangen, mit mir zu handeln.

Tatsächlich störte es mich nicht, ihm einen Kuss zu schulden. Ich sehnte mich sogar nach dem aufregenden Gefühl seiner Lippen auf meinen und danach, mich nicht ständig über dieses aufregende Gefühl aufregen zu müssen. Nein, was mich wirklich störte, waren Bels Finten und seine Unberechenbarkeit. Wenn es stimmte, dass er mich ohne Hintergedanken küssen wollte, warum hatte er es dann nicht einfach getan? Warum spielte er mit mir wie eine fette Katze mit ihrem Essen? Heute war bereits der dritte Tag von Ianus' Frist angebrochen und dennoch verhielt sich Bel vollkommen unvorhersagbar planlos. Was hatte er vor? Wollte er mich so lange nerven, bis ich ihm meine Seele freiwillig schenkte, nur damit ich nicht mehr von seinem arroganten Grinsen und den dämlichen Grübchen träumen musste?

Plötzlich schwang die Tür auf und Bel kam hereinspaziert. Von seinem arroganten Grinsen und den dämlichen Grübchen war diesmal keine Spur zu sehen. Er starrte so finster drein, dass mir ein kalter Schauer über den Rücken lief. Den verspürte ich aber vielleicht auch deshalb, weil ich die Illusion der sauberen Erscheinung und edlen Gewänder durchschauen konnte, mit der er Brandflecken, Risse und dunkles Blut verbarg. Viel Blut. Es klebte auf seiner Tunika, an seinen Händen, seiner Haut und in seinen Haaren. Oh verflucht. Er sah aus, als hätte er eine ganze Legion im Alleingang abgeschlachtet.

Bels Blick flog zum Bett. Als er die zerwühlten Laken entdeckte, lächelte er zufrieden. Ein unheimliches Bild bei all dem Blut.

»Wie war deine Nacht?«

»G-gut«, stammelte ich. Eigentlich hatte ich nicht vorgehabt, das zuzugeben, aber ich war zu beschäftigt, mir mein Entsetzen nicht anmerken zu lassen.

Er verschränkte die blutigen Arme vor der Brust und musterte mich misstrauisch. »Kein bissiger Kommentar, kein böses Wort, kein Spott? Hätte ich gewusst, dass ein paar weiche Laken dich so milde stimmen, hätte ich dich schon in der ersten Nacht ins Bett gezerrt.«

»Muss wohl eher an deiner Abwesenheit gelegen haben«, murmelte ich.

»Na bitte, da ist ja die scharfe Zunge, die ich bereits so vermisst hatte.« Sein anzüglicher Tonfall ließ mich diesmal völlig kalt. Genau wie seine sinnlichen Blicke, als er mein Kleid in Augenschein nahm.

»Du willst ausgehen?«, fragte er fast beiläufig.

Ich nickte. »Rosinenkuchen holen.«

»Das wird warten müssen«, seufzte er und wandte sich ab, um in den Baderaum zu marschieren. »Unsere Anwesenheit ist heute woanders vonnöten. Ianus hat uns zum Wagenrennen in den Circus eingeladen.«

Perplex sah ich ihm nach, selbst als er längst hinter dem Steinbogen verschwunden war und Wassergeräusche verrieten, dass er sich das Blut abwusch. Ein Teil von mir fragte sich, warum er das tat, wo er sich doch ebenso mit einem Fingerschnippen hätte säubern können. Aber der andere, viel größere und zutiefst beunruhigte Teil von mir kämpfte gegen die wachsende Übelkeit. Bel hatte mir soeben nicht nur meinen Plan zunichtegemacht, sondern auch noch eine Alternative aufgedrängt, die mir die Härchen im Nacken aufstellte. Ich wollte nicht zu Ianus. Ich wollte den Dämon nicht wiedersehen, ihn nicht sprechen hören und ganz bestimmt nicht zu seiner Unterhaltung beitragen. Voller Panik überschlug ich meine Möglichkeiten. Zumindest verließen wir den Palast. Damit hatte Thanatos eine Chance, Kontakt zu mir aufzunehmen. Vielleicht würde es mir ja in der Aufregung des Wagenrennens gelingen, mich wegzustehlen? Das hieß, wenn ich nicht wieder zwischen die Fronten der beiden verfeindeten Dämonen geriet.

Ich war so sehr in meinen Gedanken versunken, dass mir die verstrichene Zeit erst auffiel, als Bel sauber und in einer seegrünen Tunika gekleidet aus dem Baderaum kam. Diesmal keine Illusion. Dazu warf er sich ein türkisblaues Pallium über die Schulter und gürtete es fest. Er wirkte angespannt und nicht sonderlich gut gelaunt. Aus einer Schatulle auf seinem Schreibtisch entnahm er einige Ketten und einen breiten goldenen Armreif in Form einer sich windenden Schlange. Wäre ich abergläubisch gewesen, hätte ich das für ein böses Omen gehalten. Mühsam löste ich meinen Blick, nur um festzustellen, dass Bel mich nachdenklich musterte.

»Mach dir nicht so viele Gedanken. Ich werde nicht zulassen, dass er dir etwas antut«, bemerkte er, während er sich die goldene Schlange auf den Unterarm schob.

Das riss mich aus meiner Schockstarre. Nicht, weil mich sein Heldenmut bewegte, sondern weil mir bewusst wurde, wie deutlich mir mein Gefühlsleben ins Gesicht geschrieben stand.

»Ich gehöre Ianus, daran kannst auch du nichts ändern«, konterte ich kühl und wanderte schon mal zur Eingangstür, um Bels Begutachtung zu entkommen.

»Warte!« Eine sanfte Hand hielt mich zurück. »Bitte erschreck nicht.«

Das Türkis seiner Augen strahlte dank der Farbe seiner Kleidung heller denn je. Ich hatte keine Ahnung, wovon er sprach oder warum er ...

Plötzlich spürte ich seine Macht über meine Mauern streichen. Es war nur eine zaghafte Berührung. Fast wie ein Anklopfen. Trotzdem verkrampfte ich sofort.

»Ich will nicht in deinen Geist eindringen«, beschwichtigte er mich. »Gewähre mir nur ein kleines Stück weit Zugang.«

»Warum?«, zischte ich.

»Ich möchte, dass wir reden können, ohne dass Ianus etwas davon mitbekommt«, erklärte er und schob ein aufmunterndes Lächeln hinterher. Das konnte allerdings nicht die Sorge von seinen Zügen vertreiben. Anscheinend war ich mit meinen Bedenken bezüglich dieser Einladung nicht allein.

»Gib dir einen Ruck«, bat er mich noch einmal. »Würde ich wirklich in deinen Verstand eindringen wollen, hätte ich es längst getan.«

Das stimmte. Trotzdem widerstrebte es mir, mich Bel zu öffnen. Es war eine Sache, meine Mauern wie gestern zu senken, damit er nehmen konnte, was dort an Gefühlen *hinaus*strömte. Ihn aber in meinen Kopf *hinein*zulassen, war eine ganz andere Größenordnung. Andererseits ... diese Art der Kommunikation war mir nicht unbekannt. Die Priesterinnen im Venus-Tempel hatten sich des Öfteren darüber unterhalten. Und mein Bauchgefühl sagte mir, dass es von Vorteil sein könnte, Ianus aus unseren Gesprächen auszuschließen. Unter Umständen würde ich mir nämlich einen fadenscheinigen Grund ausdenken müssen, um das Wagenrennen verlassen und nach Thanatos suchen zu können. Je weniger misstrauische Ohren das mitbekamen, desto wahrscheinlicher war mein Erfolg. Also schluckte ich schließlich meinen Widerwillen runter und öffnete ein klitzekleines Fenster.

So?, erkundigte ich mich unsicher.

Bel lächelte und ließ seine Stimme in meinen Gedanken erklingen. *Genau so.*

Mehr sagte er nicht, sondern nickte in Richtung Tür. Die Ansage war eindeutig. Ianus wartete.

Und nicht nur er. Schon draußen im Gang empfing uns eine ganze Ansammlung von Menschen und Nicht-Menschen. Offenbar hatte der schwarz gerüstete Präfekt Tigellinus die Order bekommen, uns mit einer Einheit seiner Prätorianer und einigen Sklaven zum Circus zu geleiten. Eine Maßnahme, die vermutlich eher der bildgewaltigen Optik diente als Bels Schutz.

Zusätzlich dazu schlossen sich uns auch noch Grim und der einsilbige Leibwächter an, der gestern Abend die beiden Hexer getötet hatte. Während alle anderen mich geflissentlich ignorierten, begrüßten mich die beiden mit einem Nicken – wobei die rundliche Germanin mir zusätzlich dazu noch ein aufmunterndes Zwinkern schenkte. Irgendwie mochte ich sie, obwohl sie eine ziemlich harsche einschüchternde Art besaß. Vermutlich musste man die haben, wenn man einem Herrn wie Bel diente.

Unser Tross setzte sich in Bewegung. Tigellinus ging voraus. Das hatte zur Folge, dass wir den ganzen Weg über durch seine strengen Schweiß- und Alkoholausdünstungen spazieren mussten. Unbewusst rümpfte ich die Nase, woraufhin Bels amüsierte Stimme durch meinen Kopf strich.

Wenn du willst, stoße ich ihn in den nächsten Brunnen. Der Kerl hat sicher nicht mehr gebadet, seit er die Plazenta seiner Mutter verlassen hat.

Meine Mundwinkel zuckten, aber ich wagte nicht, sein Angebot anzunehmen. Bel war nämlich nicht der Typ Mann, der seinen Worten keine Taten folgen ließ, und ich wollte so wenig Aufmerksamkeit wie möglich erregen. Als ich nicht antwortete, hörte ich Bel in meinen Gedanken resigniert seufzen – ganz so, als hätte ich ihm den Spaß verdorben. Trotzdem schien er mir nicht böse zu sein. Im Gegenteil. Plötzlich verblasste der ekelerregende Gestank und meine Sinne nahmen nur noch das Prickeln von frischem Granatapfel und sündiger Dekadenz wahr. Derselbe Geruch, der mich die ganze Nacht von Bel hatte träumen lassen.

Besser?, erkundigte er sich.

Nein, das war ganz und gar nicht besser. Es war sogar viel schlimmer. Tigellinus' Gestank sorgte lediglich für ein wenig Übelkeit, doch Bels Duft löste ganz andere Dinge in mir aus. Dinge, mit denen ich mich jetzt beim besten Willen nicht auseinandersetzen wollte.

Da ich das aber weder mir noch ihm gegenüber eingestehen konnte, nickte ich – natürlich ohne Bel anzusehen, denn ich befürchtete, er würde meine Lüge sonst durchschauen. Das hieß wohl, Zähne zusammenbeißen und stur geradeaus starren.

Tigellinus führte uns in einen Teil des Palastes, den ich noch nie gesehen hatte. Von dort aus gelangten wir durch einen reich verzierten Bogen ins Freie. Auf eine Brücke. Jetzt erkannte ich, wo wir uns befanden. Unmittelbar vor uns erhob sich die sonnenbestrahlte Nordseite des Circus Maximus und unter uns tummelte sich das römische Volk in den Straßen. Wir standen auf der Triumph-Brücke, die den Palast direkt mit der Kaiserloge verband. Ich konnte nicht zählen, wie oft ich diese Brücke von unten betrachtet und die Patrizier, die sie benutzten, mit Abscheu und Spott bedacht hatte. Nun würde ich gleich selbst diesen Weg beschreiten.

Bels Geruch verflüchtigte sich schlagartig. Überrascht sah ich auf, doch der blonde Dämon würdigte mich keines Blickes.

Wir bleiben nicht lange. Verhalte dich unauffällig und überlass mir den Rest.

Sein gutmütiger Tonfall wollte so gar nicht zu der arrogant gelangweilten Miene passen, mit der er die Kaiserloge bedachte. Ich wurde aus diesem Kerl einfach nicht schlau und zu allem Überfluss fühlten sich meine Gedanken von ihm angezogen wie ein Schwarm Schmeißfliegen vom Hinterteil einer Kuh. Was war nur los mit mir?! Mürrisch verdrängte ich diesen leider viel zu attraktiven Kuhhintern aus meinen Gedanken und konzentrierte mich auf meine Aufgabe. Als wir die Brücke überquerten, suchte ich die Menge unter uns verstohlen nach Thanatos oder Lucian ab. Nichts. Dummerweise war die Strecke viel zu kurz, denn schon verschluckten uns die mächtigen Schatten des Circus. Marmor, Gold und Mosaike in leuchtenden Farben schmückten die Vorhalle zur Kaiserloge. Hätte ich es nicht besser gewusst, hätte ich schwören können, den Palast nie verlassen zu haben. Hier entließ Tigellinus uns aus seiner Obhut. Mit Unbehagen beobachtete ich, wie er und seine Soldaten Stellung an allen Zugängen bezogen. Gar nicht gut.

Grim schob mich durch einen vergoldeten Bogen und plötzlich tauchte ich in die atemberaubende Kulisse der Arena ein. Jubel und johlender Beifall schlugen mir mit einer Wucht entgegen, die ich fast schon körperlich spürte. Der Circus kochte – in doppeltem Sinne. Die Sonne brannte auf den Sand und die Zuschauer herunter, die die Ränge bis auf den letzten Platz ausfüllten. Voller Inbrunst feuerten sie ihre Favoriten an. Vierspännige Wagen stürmten vorbei. Donnernde Hufe wirbelten Staub auf. Und ich war mittendrin.

Doch die Begeisterung des Volks und die Hitze der Arena fanden in der Kaiserloge kein Echo. Hier unter dem von Säulen getragenen Dach herrschten kühle Schatten und eine beklemmende Teilnahmslosigkeit.

»Ah, da bist du ja endlich, Bel!« Ianus' Stimme übertönte mühelos das tosende Publikum. Er saß auf einer Art Thron, der eigentlich nur dem Kaiser zugestanden hätte. Niemand störte sich daran.

»Was hat dich so lange aufgehalten?«

»Einer deiner Freunde«, erwiderte Bel und ließ sich unbekümmert auf den einzigen Stuhl fallen, der nicht von Ianus' Anhängern besetzt war. Die meisten der Dämonen kannte ich bereits von meinem ersten Abend im Palast. Nur einen jungen dunkelhaarigen Mann mit ernsten Zügen und erhabener Haltung hatte ich noch nie zuvor gesehen. Auch er musste ein Unsterblicher sein, allerdings verriet nichts an ihm seine Macht.

Bels Antwort erstaunte die Anwesenden. Ich nutzte den Moment der Verwirrung, um mich unbeobachtet zwischen den anderen Sklaven einzureihen, die am seitlichen Rand der Loge auf ihre Befehle warteten. Dort erst wagte ich durchzuatmen, wobei mir das brennende Pochen an meinen Rippen zu schaffen machte. Grims Medizin schien nicht so gut zu wirken wie gestern.

Ianus schnalzte tadelnd mit der Zunge. Man konnte förmlich dabei zusehen, wie seine Stimmung sank. »Ich habe mich schon gefragt, wo Apoll bleibt.«

»Vermutlich sucht er sich gerade eine neue Hülle«, meinte Bel. Sein Kommentar klang so beiläufig, als würde er über das Wetter reden, aber die Bedeutung seiner Worte löste eine Welle des Entsetzens unter den Dämonen aus. Erst verstand ich ihre Reaktion nicht, doch dann bahnte sich eine eiskalte Erkenntnis ihren Weg durch meine Anspannung. Apoll. Bel war bei Apoll gewesen? Deswegen all das Blut? Hatte er sich an dem Dämon dafür gerächt, dass seine Hexer mich hatten umbringen wollen? Gütiger Himmel! Für mich war der Angriff gestern nur ein Teil ihres perversen Spiels gewesen. Ich hatte es schicksalsergeben hingenommen, weil ich ohnehin nichts daran ändern konnte. Doch Bel schien nicht der Typ für Schicksalsergebenheit zu sein.

»Apoll wird eine fürchterliche Laune haben«, seufzte ein unrasierter Dämon mit wilder Mähne und spöttischem Grinsen. »Er hing so an seinem Aussehen.«

Nun mischte sich der ernste Mann zur Rechten von Ianus ein. Sein Blick war fest auf das Rennen gerichtet, doch in seinem Ton schwang eine gewisse Schärfe mit. Zweifelsohne besaß er Autorität, selbst unter den anwesenden Dämonen. »Was hat Apoll denn angestellt?«

»Nichts von Bedeutung. Er wollte mit den Großen mitspielen und hat sich dabei ein klein wenig übernommen«, entgegnete Bel frostig. »Sagen wir einfach, er ist bei dem Versuch, in Ianus' Arsch zu kriechen, stecken geblieben.«

Der andere Mann kam nicht mehr dazu nachzuhaken, denn in diesem Augenblick passierten die Wagen die Ziellinie. Frenetischer Applaus brandete auf und Ianus nutzte sofort die Gunst der Stunde, um von Apolls Verfehlungen abzulenken. Er erhob sich, ehrte den Sieger, gab ein paar pathetische Worte von sich und ließ sich dafür feiern. Hinter meinen Mauern begann es zu brodeln. Es war unerträglich, die Blindheit der Menschen mit ansehen zu müssen.

Sie wussten nicht, was für einem Ungeheuer sie da zujubelten. Sie wussten nicht einmal, dass jetzt gerade kein Senator vor ihnen stand, sondern einer ihrer sogenannten Götter. Und ebenso die Kreatur, die sie hinter vorgehaltener Hand *Schrecken von Rom* nannten. Meine Fingernägel gruben sich tief in meine Handflächen. Die Vorstellung, Ianus einfach aus der Loge zu schubsen, kam mir plötzlich äußerst verlockend vor.

»Was treibt dich nach Rom, Elias?«, hörte ich Bel sich erkundigen.

»Kommandant Elias«, verbesserte ihn der ernste junge Mann kühl.

»Richtig. Mein Fehler!« Bel griff sich entschuldigend an die Brust, wobei seine Stimme vor Hohn nur so triefte. »Dein Vater hat dich ja zum Befehlshaber der Garde ernannt. Meinen Glückwunsch.«

»Mit Glück hatte das nichts zu tun«, schnaubte der unrasierte Dämon. »Eher mit den Privilegien eines Lieblingssohns.«

Kommandant Elias bedachte ihn mit einem abfälligen Blick. »Würdest du deine Zeit nicht damit verschwenden, dich durch die Betten dieser Welt zu huren, Lexian, dann könnte unser Vater vielleicht auch mit dir etwas Sinnvolles anfangen.«

»Kein Interesse«, murmelte Lexian und widmete sich seinem Weinbecher. Scheinbar waren die beiden nicht nur Brüder, sondern konnten sich darüber hinaus auch nicht sehr gut leiden.

Elias schüttelte den Kopf und wandte sich dann wieder Bel zu. »Mein Vater hat mich in seiner Funktion als Ratsoberhaupt offiziell beauftragt, den Fortschritt eurer Aussöhnung in Augenschein zu nehmen. Nachdem Rom noch steht, ist wohl Hoffnung angebracht?«

In diesem Moment kehrte Ianus von der Siegerehrung zurück und kam Bel mit seiner Antwort zuvor. »Richte Nemides aus, dass wir zuversichtlich sind, unseren Streit schon in ein paar Tagen beilegen zu können.«

»Wie das?«, erkundigte sich Kommandant Elias überrascht.

Schweigen breitete sich aus, doch nicht aus Verlegenheit. Viel eher schien es so, als würden die Dämonen ihr Gespräch mental fortführen. Meine Nervosität stieg. Mir war klar, dass es nun um die Wette und damit auch um mich ging. Offensichtlich hatte diese Fehde zwischen Ianus und Bel eine viel größere Bedeutung, als ich bislang angenommen hatte. Ich wusste zwar nicht, was für eine Rolle Elias oder sein Vater dabei spielten, aber es bereitete mir Sorge, dass ihnen sowohl Bel als auch Ianus Rechenschaft schuldig waren.

Plötzlich traf mich der Blick des Kommandanten. Der Dämon erhob sich und schlenderte mit strenger Miene auf mich zu. Je näher er kam, desto lauter schlug mein Herz. Die anderen Sklaven gingen auf Abstand und dann spürte ich, wie Elias' Macht auf mich zuströmte. Sie glich ihrem Besitzer: Nüchtern. Ernst. Kontrolliert. Rohe Angst drängte von innen gegen meine Mauern. Ich rechnete jederzeit mit einem Angriff auf meinen Geist, doch der Kommandant blieb stumm vor mir stehen und studierte nur sehr sorgfältig meine Abwehr. Schließlich stieß er ein unzufriedenes Seufzen aus.

»Ich hatte auf eine etwas reifere Lösung gehofft, aber solange das Ergebnis zufriedenstellend ist …«, meinte er und wandte sich wieder den anderen Dämonen zu. »Ich hoffe, wir haben uns verstanden. Egal, wie das hier ausgeht, es wird die letzte Episode eures Streits sein.«

»Sonst was?«, erkundigte sich Bel gefährlich leise.

»Sonst lässt mein Vater euch eure Probleme auf den Stillen Wassern klären. Bei einem Duell auf Leben und Tod.«

Damit verschwand der Kommandant in einer Explosion aus schwarzem Licht. Die enorme Energie, die er damit freisetzte, traf mich wie ein Schlag. Glühende Schmerzen schossen durch meine Rippen und lösten etwas in mir aus, das ich kaum noch kontrollieren konnte. Es gab kein Aufatmen, keine Erleichterung, keine Entspannung – nur Angst, die immer heftiger an meinen Mauern rüttelte. Ich wusste nicht, woher sie kam oder warum sie sich nicht zurückdrängen ließ. Meine Kehle schnürte sich zu. Ich fror in der Mittagshitze und fieberte gleichzeitig vor Kälte.

»Wein!«, knurrte Ianus. Ein Sklave eilte an mir vorbei und versuchte, den Becher des Dämons mit zittrigen Händen zu füllen. Dabei verschüttete er die Hälfte und wurde prompt von Ianus' Rückhand getroffen.

Wut flammte in mir auf – so vehement, dass meiner Kehle ein leises Knurren entstieg.

Sofort flogen die Blicke aller Dämonen zu mir.

Ich erstarrte.

Deine Mauern!, warnte Bel.

Was meinte er? Meine Mauern waren intakt. Oder nicht?

»Komm her, Aurora«, forderte Ianus mich mit einem unheilvollen Lächeln auf. »Schenk mir noch etwas Wein ein.«

Ich hörte den Befehl, aber ich konnte mich nicht bewegen. Mein Puls raste. Meine Glieder waren wie gelähmt. Da sprang Ianus auf. Sein kantiges Gesicht kam mir so nah, dass ich den Alkohol in seinem Atem riechen konnte. Ekel ergriff von mir Besitz. Ich kämpfte gegen einen unbändigen Würgereiz. Gleichzeitig sah ich, wie ein silbriges Glühen in seine schwarzen Augen kroch. Das war doch gar nicht möglich. Ianus nährte sich von mir?

Beruhige dich, hörte ich Bels Stimme in meinem Kopf. *Atme! Konzentriere dich auf deine Abwehr.*

Ich versuchte es, doch als grobe Finger mein Kinn packten, überrollte mich eine weitere Welle der Panik.

»Die Zeit mit Belial hat dich wohl deine Selbstbeherrschung gekostet, meine schöne Aurora?«, lachte Ianus und tat sich gütlich an meiner Angst.

Verzweifelt versuchte ich, die undichte Stelle in meinen Mauern zu finden. Doch je mehr ich in mich hineinspürte, desto schneller wuchs das maßlose Unwetter in meinem Inneren. Instinktiv ballten sich meine Hände zu Fäusten. Ich würde Ianus die Arroganz aus dem Gesicht –

Tu es nicht!, hallte es in meinen Gedanken.

Im selben Moment drang ein weiterer Befehl von Bel zu mir durch. Diesmal laut. Und diesmal galt er nicht mir. »Lass sie los, Ianus! Oder muss ich dich an deinen Schwur erinnern?«

Ich wurde so abrupt freigegeben, dass ich beinahe gefallen wäre. Erleichterung trieb mir die Tränen in die Augen.

»Musst du nicht, Bel. Ich habe Geduld und werde noch viel Freude mit Aurora haben, wenn du erst einmal abgereist bist«, verkündete Ianus fröhlich und setzte sich wieder auf seinen goldverzierten Thron. »Zu schade für dich, dass du auf sie verzichtet hast zugunsten deiner Insel.«

Seine Worte ergaben in meinem Kopf kaum noch Sinn, aber sein Tonfall weckte meinen Zorn. Ich biss mir auf die Wange, bis ich Blut schmeckte, nur um Ianus nicht ins Gesicht zu schreien, dass ich meinen Spaß mit ihm haben würde, wenn Thanatos ihn erst brennen ließ.

Mir wurde schwindelig. All diese intensiven Gefühle wechselten und wuchsen so schnell, dass ich sie nicht bändigen konnte.

Bist du in Ordnung?

Bels Stimme erreichte mich kaum noch.

Ich ... musste hier raus. *Darf ich ... nur kurz ... nach draußen?* Ich musste weg von all diesen Monstern. *Ich muss ...*

Mein Verstand war nicht mehr in der Lage, einen sinnvollen Satz zu bilden.

Geh, seufzte Bel. *Grim wird dich begleiten.*

Ich stürzte hinaus. Mir war gleichgültig, welchen Eindruck ich erweckte. Auch das höhnische Gelächter der Dämonen oder die misstrauischen Blicke der Prätorianergarde machten mir nichts aus. Hauptsache, ich konnte für einen Moment allein sein. Ich stolperte, rannte, taumelte, bis ich schließlich eine frische Brise und die Strahlen der Sonne auf meinem Gesicht spürte. Erleichtert stützte ich mich auf dem steinernen Geländer der Triumph-Brücke ab. Hier außerhalb des Circus, umgeben von den vertrauten Geräuschen der Stadt, konnte sich meine Lunge endlich wieder mit Luft füllen. Hungrig sog ich sie auf und versuchte, meine Empfindungen in den Griff zu bekommen. Noch nie hatte ich mich impulsiv und hilflos gefühlt. Noch nie!

Plötzlich lehnte sich eine schwarz verhüllte Gestalt neben mich ans Geländer. Zu nah.

»Tu so, als wärst du allein«, befahl mir eine raue Stimme. Dunkle Locken und grüne Augen lugten unter der Kapuze hervor. Es war Lucian. »Die rothaarige Hexe hinter dir beobachtet dich, aber sie kann mich nicht sehen.«

Eine unendliche Last fiel von mir ab, nur um unmittelbar von einer anderen ersetzt zu werden. Schon wieder begann es hinter meinen Mauern zu toben. Erleichterung, Freude, Aufregung, Angst ...

Oh nein, bitte nicht. Nicht jetzt!

Lucian stellte ein kupfernes Kästchen auf die Brüstung und schob es mir unauffällig zu. »Das ist ein Hexenharass. Es ist für dämonische Sinne unsichtbar, genau wie sein Inhalt. Du kannst es unbemerkt durch jeden Schutzzauber tragen. Aber bedenke, einmal verriegelt, lässt es sich ausschließlich mit einem speziellen Schlüssel wieder öffnen. Den verwahrt Thanatos zu deiner Sicherheit. Dir bleibt also nur ein Versuch. Pack eine Phiole hinein und bring sie uns.«

Ich tat mich unendlich schwer, seinen Ausführungen zu folgen, weil ich mich so sehr darauf konzentrieren musste, meine Mauern aufrecht zu halten. Der Druck meiner Emotionen wurde immer größer und jetzt machte auch noch ein unerträgliches Pochen an meinen Schläfen jeden Gedanken zur Qual.

»Ich muss gleich zurück zu Ianus und Bel«, presste ich hervor, während ich das Kästchen verzweifelt beäugte. Es passte zwar auf meine flache Hand, aber ohne Tasche oder Umhang konnte ich es dennoch nirgends verbergen. Nicht vor äußerst misstrauischen Dämonenaugen. »Sie ... werden es entdecken.«

Lucian seufzte. »Finde einen Weg.«

Er wollte gehen, doch dann hielt er inne und musterte mich eindringlich. Ein silbernes Schimmern in seinem Blick verriet, dass alle meine Bemühungen um meine Abwehr umsonst gewesen waren.

»Thanatos verlangt zu viel von dir«, meinte er zögernd. »Wenn du aussteigen möchtest, dann bring ich dich von hier fort. Jetzt gleich.«

Seine offensichtliche Sorge machte alles nur schlimmer, denn nun mischten sich zu all den anderen aufwühlenden Gefühlen auch noch Zweifel. Und Trotz. Und verletzter Stolz.

»Ich schaff das schon!«, fauchte ich vehement und schob den Hexenharass unter meinen breiten Gürtel. Man konnte ihn natürlich trotzdem sehen, aber zumindest musste ich ihn so nicht in den Händen halten.

Lucian nickte, obwohl er nicht überzeugt wirkte.

»Sei vorsichtig«, sagte er. Dann war er fort.

Von einem Moment auf den anderen füllten sich meine Augen mit Tränen. Ich war fast mein ganzes Leben lang auf mich allein gestellt gewesen, doch zum ersten Mal fühlte ich mich im Stich gelassen. Einsam. Unendlich einsam.

Reiß dich zusammen!, schimpfte ich mich selbst.

Es nutzte nichts. Feuchte Rinnsale bahnten sich bereits ihren Weg über meine Wangen. Ich kämpfte mit aller Kraft gegen den Drang an, aufzugeben und mich auf dem Boden zusammenzukauern. Immer wieder erinnerte ich mich daran, weswegen ich all das hier tat.

Ianus musste aufgehalten werden.

Daphnes Tod durfte nicht umsonst gewesen sein.

Verwegenheit strömte durch jede Faser meines Körpers. Ich würde allen beweisen, wozu ich fähig war. Also überschlug ich meine Möglichkeiten. Zurückkehren in den Circus war keine Option. Nicht mit diesem Kupferkästchen. Es sei denn, ich versteckte es vorher irgendwo. Nur wo? Im Palast? Da konnte ich die Phiole eigentlich auch gleich holen. Einen besseren Zeitpunkt als jetzt gab es nicht. Das nächste Wagenrennen würde gleich beginnen. Ianus, Bel und der halbe Palast waren im Circus. Ich musste nur Grim abschütteln, einen Abstecher in Ianus' Kammer machen und könnte sie anschließend sogar noch Thanatos bringen …

So würde ich es machen!

Obwohl meine Vernunft mir vehement davon abriet, wurde sie von einer stürmischen Tollkühnheit übertönt. Heute würde ich es beenden.

Bel?, versuchte ich, den blonden Dämon zu erreichen. Ich betete, dass diese Art der Kommunikation auch über eine größere Entfernung funktionierte. Andernfalls hätte ich mich an Grim wenden und riskieren müssen, dass sie das Kästchen entdeckte.

Ja?, antwortete Bel sofort. Er klang alarmiert, weil ich auf diesem Weg Kontakt aufnahm. Unter normalen Umständen hätte ich das niemals getan, das wusste er.

Darf ich in den Palast zurückkehren? Bitte.

Eine ganze Weile hörte ich nur meine eigenen Atemzüge, die gedämpften Geräusche des Rennens und das bunte Treiben des Markts unter der Brücke. Hatte Bel Verdacht geschöpft?

Auf einmal wehte ein resigniertes Seufzen durch meine Gedanken. *Was ist los? Geht es dir gut?*

Nein, mir ging es ganz und gar nicht gut. Aber das spielte im Moment keine Rolle.

Ich … weiß es nicht, erwiderte ich stockend. Ich musste nah genug an der Wahrheit bleiben, um ihn zu täuschen, aber vage genug, damit er seinen Wetteinsatz nicht gleich gefährdet sah und selbst hier auftauchte. Zu meiner Überraschung funktionierte es.

Also gut, meinte Bel schließlich. *Ruh dich ein wenig aus. Ich komme bald nach.*

Unverzüglich lief ich los. Mir war klar, dass ich neue Zweifel gar nicht erst aufkommen lassen durfte, denn mir fehlte die Energie, mich ihnen zu widersetzen. Jetzt musste ich einfach nur funktionieren. Ich kümmerte mich nicht länger um meine Mauern und konzentrierte mich stattdessen auf meine Aufgaben: Grim abhängen. Zur Kammer. Die Phiole holen. Raus aus dem Palast.

Das klang gut. Zu gut. Denn kaum hatte ich die Triumph-Brücke hinter mir gelassen, bemerkte ich meinen Fehler. Ohne den letzten Rest Kontrolle brachen meine Mauern vollständig in sich zusammen und ließen meine Emotionen auflodern, als hätte ich Öl ins Feuer gegossen. Ein Feuer, das mich von innen heraus verbrannte. Unter der schieren Masse meiner Empfindungen verbog sich meine Wahrnehmung. Augenblicke fühlten sich wie Stunden an. Lange Wege wie ein Katzensprung. Nichtiges wurde wichtig und Wichtiges erreichte gar nicht erst meinen Verstand. Plötzlich fand ich mich irgendwo im Palast wieder. Wie und wann ich dorthin gekommen war, wusste ich nicht mehr. Grims Schritte verfolgten mich. Ich hörte sie sogar nach mir rufen, aber es war ein Name, den ich nicht kannte.

Ich sah meine Füße rennen.

Herzklopfen ...

Mein Rücken lehnte an kaltem Marmor. Hände pressten sich auf meinen Mund. Es waren meine eigenen.

HERZKLOPFEN ...

Wieder rannte ich. Keine Schritte hinter mir. Ich war allein.

ERLEICHTERUNG ...

Dann stand ich auf einmal vor einer Wand voller flirrender Farben. Ein Bild, das kein Bild war. Der Geruch von kaltem Rauch und Blut.

WILDE ANGST.

Viel Zeit blieb mir nicht. Warum genau, wusste ich nicht. Eine Entscheidung musste getroffen werden.

MUT. ENTSCHLOSSENHEIT. Frostregen. EKEL. Dunkelheit. Eine Tür. Gefesselte Sterne in der Nacht.

GERECHTER ZORN ... HERZKLOPFEN ...

Eine gläserne Seele in meinen Händen.

TRAUER ...

Eine gläserne Seele in Kupfer.

HERZKLOPFEN ...

Ich schloss einen Deckel.

Ich schob einen Riegel vor.

TRIUMPH.

Dunkelheit ... Frostregen ...

ERSCHÖPFUNG.

Wieder Grims Stimme. Sie war so nah.

BLANKE PANIK.

Ich SEHNTE mich nach dem Gott des Todes, aber ich FÜRCHTETE den Tod. Nein, ich FÜRCHTETE mein VERSAGEN.

KALTE ERKENNTNIS. Ich würde es nicht schaffen. Ich hatte zu viel gewollt. Ich war nicht stark genug.

ZITTERN. VERZWEIFLUNG. Alles VERLOREN.

TROTZ. Nichts war verloren. Die Hexe durfte nur das Kästchen nicht finden. Ich musste es loswerden, verstecken und später holen.

Später, wenn ich ...

Später, wenn ich ...

Später ...

Kontrolle ist gut, Vertrauen ist besser

Du solltest herkommen, Bel!

Meine Miene verfinsterte sich. Grims Befehlston gefiel mir gar nicht, aber ich kannte sie gut genug, um zu wissen, dass sie mich nicht rufen würde, wenn es nicht dringend wäre. Ich schluckte den Fluch runter, der mir auf den Lippen lag, und erhob mich.

»Nichts für ungut, Ianus«, meinte ich und streckte mich gelangweilt. »Pferde, die im Kreis laufen, unterfordern meinen Intellekt. Von deiner Gesellschaft ganz zu schweigen. Du entschuldigst mich also …«

Auf eine Erwiderung wartete ich erst gar nicht, sondern ließ mich von Grim beschwören. Schwarzes Licht trug mich in meine Gemächer. Dort fand ich meine Gezeichnete mit verschränkten Armen vor meinem Schreibtisch stehen. Sie nickte in Richtung Garten, wo ein bebendes Häufchen aus heller Haut, blauem Stoff und dunklen Haaren auf dem Boden kauerte. Cassia hatte sich wie ein verletztes Reh zwischen den Blumenbeeten und der Marmorbank zusammengerollt. Ihre Atmung war flach und sie zitterte am ganzen Körper.

Mit gerunzelter Stirn sah ich zurück zu Grim. Das mochte ja ein ergreifender Anblick sein, war aber bestimmt kein Notfall. Menschen hatten ständig emotionale Zusammenbrüche. Es wunderte mich ohnehin, dass Cassia das so lange hinauszögern konnte – bei allem, was sie gerade aushalten musste.

Hast du mich allen Ernstes gerufen, damit ich Händchen halte?!

Das wäre ihre Aufgabe gewesen. Deshalb hatte ich ja extra Grim mit dem Mädchen mitgeschickt und nicht Hiro.

Ganz genau, keifte die kleine Germanin zurück. *Und weißt du auch warum?* Sie hielt eines der Tonfläschchen hoch, in denen sie für gewöhnlich ihre Mixturen aufbewahrte. *Weil du schuld daran bist, wie es dem armen Ding gerade geht. Ich hatte dich gewarnt, dass du vorsichtig mit dem Othoss umgehen sollst.*

Wie bitte?!

Du glaubst, ich hätte ihr den Trank verabreicht?, fragte ich unterkühlt. Langsam, aber sicher ging mir Grims herrische Art auf die Nerven.

Nein, konterte sie. *Allerdings hast du den Trank herumstehen lassen, sodass Cassia ihn mit ihrer Medizin verwechseln konnte. Einer Medizin, von der sie zehn Tropfen nehmen sollte, was sie – wie ich gerade in Erfahrung gebracht habe – heute Morgen auch getan hat. Weißt du, was das heißt?*

Oh, verdammt.

Jetzt wurde mir so einiges klar. Cassia konnte die Runenschrift natürlich nicht lesen und die Fläschchen damit auch nicht unterscheiden. Sie hatte sich also versehentlich selbst unter Drogen gesetzt. Mehr noch, zehn Tropfen waren das Doppelte einer normalen Dosis. Gereizt schloss ich die Augen und rieb mir über die Stirn. Zum allerersten Mal in meinem langen Leben hatte ich das Gefühl, Kopfweh zu bekommen. Dieser Trank war schon in geschützter Atmosphäre mit Vorsicht zu genießen, aber in einem Othoss-Rausch auf Ianus zu treffen ... Cassia musste den Albtraum ihres Lebens durchmachen.

Lass uns allein, wies ich Grim resigniert an. *Ich bringe das in Ordnung.*

Die Germanin folgte dem Befehl, allerdings nicht ohne mich noch mit einem Besser-wäre-es-Blick zu durchlöchern. Ich konnte es ihr nicht verdenken. Grim war eine erbitterte Kriegerin, ob mit Schwert oder ihren Hexenkräften. Aber der Einsatz von Rauschgift und Giften widersprach ihrem Naturell – und es widersprach meiner Abmachung mit ihr.

Ein Grund mehr, diese Sache aus der Welt zu schaffen.

Ich ging zu Cassia. Ihre Gefühle wirbelten um sie herum wie ein Unwetter: Angst. Wut. Trauer. Einsamkeit. Und dank des Othoss hatte sie nicht die geringste Chance, irgendetwas davon zu kontrollieren. Wenigstens waren keine körperlichen Schmerzen dabei. Das bedeutete, dass Grim ihr die richtige Medizin schon verabreicht haben musste. Immerhin. Sonst wäre ich vielleicht in Versuchung geraten, ihre restlichen Verletzungen zu heilen, und hätte damit eine Grenze überschritten, die Cassia sehr deutlich gezogen hatte.

Ich kniete mich zu ihr und berührte ganz sacht ihren Arm. Sofort riss sie die Augen auf. Als sie mich erkannte, wurde ihre Angst schlagartig übermächtig. Sie kroch ein Stück von mir weg, bis sie die Marmorbank in ihrem Rücken spürte. Dann schwappte eine Welle der Scham zu mir, weil sie es nicht ertrug, dass ich sie so sah.

»Lass mich allein«, flüsterte sie und schlang die Arme um ihre Knie. »Bitte.«

»Das kann ich nicht«, erklärte ich ihr sanft. Sie musste wissen, was gerade mit ihr geschah, sonst würde sie gleich noch mehr Angst bekommen. »Grim hat es dir vielleicht schon gesagt. Du hast eine Substanz in dir, die man Othoss nennt. Sie verstärkt deine Gefühle. Dein Zustand lässt sich nicht heilen und nicht beschleunigen. Es wird schlimmer werden und über Stunden anhalten. Aber ich kann dir helfen.«

Verständnislos blinzelte sie mich an. Nur ganz langsam drangen meine Worte zu ihr durch. Tränen der Verzweiflung verfingen sich in ihren dichten Wimpern.

»Deshalb werde ich dich nicht allein lassen«, sagte ich und strich ihr zärtlich eine Haarsträhne aus dem Gesicht. »Ich muss dir die überschüssigen Gefühle nehmen.«

Cassia wirkte wie erstarrt. Sie gab mir weder ihre Erlaubnis noch protestierte sie. Ich war mir nicht einmal sicher, ob sie begriff, was ich ihr mitzuteilen versuchte. Also befreite ich seufzend meine Macht und verband mich mit ihren Emotionen. Die Energie, die sich übertrug, war so stark, dass meine Augen gleißend hell zu strahlen begannen. Ich spürte es, aber ich sah auch die silbrige Reflexion in Cassias fassungslosem Blick. Sie wagte einen tiefen Atemzug und schien richtiggehend erschüttert, dass sie nun mühelos Luft bekam. Ihre Unterlippe bebte. Sie fing an zu weinen – vor Erleichterung, vor Kummer, vor Hilflosigkeit. Ich zog sie in meine Arme. Das würde helfen, dass die Gefühle, die sie produzierte, auch weiterhin mir galten. Ansonsten würde ich sie ihr nicht abnehmen können.

»Es wird gleich besser«, murmelte ich in ihr weiches Haar. Unter anderen Umständen hätte Cassia sich zweifellos gegen meine Berührung gewehrt, doch im Moment brauchte sie Trost, gleichgültig von wem. »Versuch nicht, es zu kontrollieren. Lass einfach los.« Immer weiter redete ich auf sie ein und befreite sie von allem, was ihrem sterblichen Körper zu viel war. Ich nahm ihr selbst jene Gefühle, die ich normalerweise verschmäht hätte. Stoisch ertrug ich das unendliche Misstrauen, mit dem sie mich überflutete, und die fürchterliche Angst, die sie vor mir hatte. Ich ertrug es, wie abgrundtief sie ihre Bedürftigkeit hasste und meine Hilfe verabscheute.

Ich ertrug sogar, dass sie im Moment jeden anderen Ort meinen Armen vorgezogen hätte. Ich ertrug all das, ohne zu wissen, warum es mich plötzlich so sehr störte.

Nach einiger Zeit versiegten die heißen Tränen, die meinen Kragen durchnässten, und der wilde Wechsel von Cassias negativen Gefühlen verebbte. Jetzt spürte ich über unsere Verbindung eine wachsende Resignation und einen überraschenden Hauch von Vertrauen. Notgedrungenes Vertrauen. Was konnte sie auch anderes tun? Sie hatte keine Kraft mehr, um meine Motive zu hinterfragen.

Ihre Atmung wurde ruhiger und ihre Muskeln entspannten sich. Sie war so erschöpft, dass sie sicherlich sofort eingeschlafen wäre, wenn der Othoss-Trank nicht noch immer in ihr gewütet hätte. Ganz langsam rollte eine neue Flut unglaublicher Emotionen auf mich zu. Sie stammten aus jenen Tiefen ihrer Seele, die Cassia sogar vor sich selbst verbarg. Sehnsucht. Eine hoffnungslose Sehnsucht nach Wärme und Geborgenheit, die sich nach und nach ins Unermessliche steigerte. Voller Ehrfurcht nahm ich auch diesem Gefühl seine schädliche Intensität und kam mir dabei wie ein Dieb vor. Diese tiefen unberührten Empfindungen galten nicht mir. Cassia verknüpfte sie in ihrem Rausch nur zufällig mit meiner Anwesenheit. Ihr war überhaupt nicht bewusst, was sie tat oder fühlte. Doch als sie sich in ihrer Sehnsucht enger an mich schmiegte, als ein leises Schluchzen ihren Körper erbeben ließ und sie in meinen Armen ein winziges Stück Frieden fand, machte sich eine erschütternde Erkenntnis in mir breit: Ich wollte diese seltenen und kostbaren Gefühle nicht stehlen müssen, ich wollte der Grund dafür sein. Ich wollte, dass Cassia ganz bewusst Geborgenheit bei mir suchte. Ich wollte, dass sie mir ihr Vertrauen schenkte, nicht weil sie es musste, sondern weil ich es in ihren Augen verdiente.

Tja, nichts davon würde passieren, wenn Cassia erst wieder bei Sinnen war. Aber ich konnte mir nehmen, was mir die Vergänglichkeit bot – so wie ich immer nahm, was ich kriegen konnte. Das war meine Art, mir die Unsterblichkeit zu versüßen. Also drückte ich Cassia fester an meine Brust, legte meinen Kopf auf ihren Scheitel und genoss den Moment, in dem ich nicht der Dämon war, der Cassias Seele stehlen musste, und sie nicht die stolze Kämpferin, die mir die Stirn bot. So hielt ich sie, während die Stunden verstrichen und unsere Schatten länger wurden. Selbst als die Sonne hinter den Palastdächern verschwand, ließ die Wirkung des Othoss nicht nach. Viel Zeit und doch nur ein flüchtiger Augenblick angesichts der Ewigkeit.

»Es tut mir leid«, flüsterte Cassia unvermittelt. Ihre Zunge schien sich nur schwerfällig bewegen zu wollen. »Ich … hab es … nicht geschafft …«

Ich musste schmunzeln. Diese Worte waren zweifelsohne ein Produkt ihres Deliriums. Vermutlich würde sie sich später dafür hassen. Falls sie sich überhaupt daran erinnern könnte.

»Dir muss nichts leidtun«, antwortete ich leise und strich ihr über den Arm. »Othoss nimmt jedem die Kontrolle. Selbst jemandem mit deinem Sturkopf.«

»Hmm.« Cassia schien nicht überzeugt zu sein, gab sich jedoch zufrieden. Für Einwände war sie wohl zu müde. Oder sie hatte schlichtweg vergessen, wie gern sie mir widersprach.

»Du wolltest … mich damit manipulieren, oder?«

Ihre Stimme war kaum mehr als ein Flüstern. Darin schwang nicht die Spur eines Vorwurfs mit. Nur Traurigkeit. Und wieder überraschte sie mich. Selbst jetzt, benebelt, weggetreten und am Ende ihrer Kräfte, schaffte Cassia es irgendwie, die Zusammenhänge zu sehen. Ich seufzte.

»Nicht mehr, seit ich mich umentschieden hatte.«

Nachdem mir gestern Abend ein kleiner Einblick in ihr Gefühlschaos vergönnt gewesen war, hatte ich mein Vorhaben mit dem Trank über den Haufen geworfen. Aus gutem Grund, wie ich jetzt wusste.

Cassia stemmte sich von meiner Brust hoch, gerade so weit, dass sie mir ins Gesicht gucken konnte. Sie kniff ihre großen dunkelblauen Augen ein wenig zusammen und musterte mich, als wäre ich eine unlösbare Aufgabe.

»Du«, begann sie und verstummte dann. Erst nach einer ganzen Weile schien ihr schläfriger Verstand herausgefunden zu haben, was sie sagen wollte. »... verwirrst mich.«

Amüsiert über diese weltbewegende Erkenntnis zuckte ich mit den Schultern. »Eine meiner besseren Eigenschaften.«

Von meinem Sarkasmus nahm Cassia keine Notiz. Vielmehr sah sie so aus, als würde sie tatsächlich über meine Antwort nachdenken – zumindest, bis ihr ihre verrenkte Haltung zu anstrengend wurde und sie sich zurück an meine Brust kuschelte. Unbekümmert suchte sie nach der gemütlichsten Position und entlockte mir damit ein Grinsen. Im Laufe der Jahrhunderte hatten Frauen vieles von mir gewollt und manches auch bekommen, aber so niedlich, ungeniert und arglos hatte mich noch keine zu einem Kissen degradiert.

»Entweder«, murmelte Cassia, als sie endlich bequem lag, »du bist der gefährlichste ... und gewissenloseste Dämon, dem ich je begegnet bin, oder ...« Sie tippte mir ganz zart gegen die Brust. »... du hast ein Herz.«

Ich lachte leise. »Natürlich habe ich ein Herz. Es schlägt nur nicht.«

Mit dieser neuen Information schien ich Cassia noch mehr zu verwirren. Wieder stieß sie ein leises »Hmm« aus und verfiel dann in Schweigen. Wahrscheinlich lauschte sie, ob nicht doch das Klopfen eines Herzens in mir zu hören war. Ihr Zeigefinger zog unbewusst das Muster am Besatz meines Kragens nach.

»Du wirst mir wehtun.«

Keine Frage, keine Vorhaltung, eine schlichte Feststellung. Das Lächeln, das sie mir aufs Gesicht gezaubert hatte, verblasste.

Ich konnte es nicht leugnen. Sowie Cassias Seele in meinem Besitz war, würde ich Malta zurückbekommen, Rom den Rücken kehren und schon bald keinen Gedanken mehr an sie verschwenden. Sicher, ich hatte Grim versprochen, die Seele des Mädchens wieder freizugeben, aber das würde ihr auch nichts nutzen, wenn Ianus' Zorn erst über sie hereinbrach. Und der Mistkerl würde sie zweifellos lange und grausam für ihre Beteiligung an seiner Niederlage büßen lassen. Also ja, letztlich hatte ich Cassia bereits wehgetan. Sie wusste es nur noch nicht. Ich stellte meine Belange über ihr Schicksal. So wie ich es immer tat und immer tun würde. Und irgendwann in nicht allzu ferner Zukunft würde sie sich wünschen, mir niemals begegnet zu sein.

Verdrießlich starrte ich in den Abendhimmel und hoffte, dass Cassia keine Antwort von mir erwartete. Ich wollte sie nicht anlügen müssen. Aber wie sich herausstellte, schien sie nichts von mir zu erwarten. Sie spielte eine Weile an meinem Kragen herum und wurde schließlich ganz ruhig. Hätte ich keine Verbindung zu ihren Gefühlen gehabt, hätte ich schwören können, dass sie schlief. Tat sie jedoch nicht. Sie focht einen stillen Kampf gegen die Sympathie, die sie für mich entwickelte, und versuchte, sie mit Zweifeln zu ersticken. Kluges Mädchen.

Als die ersten Sterne in der Dämmerung funkelten, spannte Cassia sich plötzlich an. Ich verstand die Aufforderung und entließ sie aus meiner Umarmung. Verlegen rückte sie ein Stück von mir ab.

»Ich glaube«, sagte sie, ohne mich anzuschauen, »du kannst jetzt aufhören. Es geht mir wieder gut.«

Tatsächlich wirkte Cassia nicht mehr so benommen wie zuvor. Und auch ich spürte schon seit einer Weile, dass der Othoss-Trank nachließ. Ich wusste jedoch ebenfalls, dass es längst nicht vorbei war.

»Dir geht es im Moment nur gut, *weil* ich noch nicht aufhöre.«

Cassia sah mich überrascht an und fand in meinen silbrig glühenden Augen den Beweis, dass ich die Wahrheit sagte. Ihr Mund öffnete sich ein wenig, als würde sie protestieren wollen. Doch dann zog sie stattdessen die Unterlippe zwischen die Zähne und begann darauf herumzuknabbern – wie immer, wenn sie nicht wusste, was sie tun sollte. Oh ja, sie war wirklich schon fast wieder die Alte.

»Versuch gar nicht erst, deine Mauern hochzuziehen«, warnte ich sie. »Es würde noch nicht funktionieren.«

Offenbar hatte ich ihre Gedanken erraten, denn Cassias Pupillen weiteten sich ertappt. Prompt gab sie ihre Unterlippe frei und ihre Enttäuschung schwappte zu mir rüber.

»Wollte ich gar nicht«, maulte sie.

Amüsiert schüttelte ich den Kopf. Mit ihren zerwühlten Haaren und den vor Müdigkeit schweren Augenlidern bot sie einen hinreißenden Anblick. Ob sie wohl genauso aussah, wenn Lust ihr einen ähnlich kräftezehrenden Rausch verschafft hätte wie das Othoss? Vermutlich nicht ganz. Dann wären ihre weichen Lippen nämlich gerötet und geschwollen und ihre Haut von einem zarten Schweißfilm überzogen. Außerdem würde sie nackt sein und in meinem Bett liegen, zu schwach, um etwas anderes zu tun, als zu atmen ...

Ein sanfter Anflug von Verlangen riss mich aus meiner kleinen Fantasie. Es war das Spiegelbild meiner eigenen Stimmung und wuchs mit jedem Atemzug, den mein Blick länger auf Cassia verweilte. Offenbar ahnte sie, wohin meine Gedanken gerade abgedriftet waren, und konnte nicht verhindern, dass ihr Körper und ihre Emotionen darauf reagierten. Dabei hatte ich vorher, als ich an sie herangetreten war, sogar die Pheromone unterdrückt, die meine Hülle ausschüttete. Höchst spannend. Die Leichtigkeit, mit der ich Cassias Lust anfachen konnte, und die Ohnmacht, mit der sie ihren eigenen Sehnsüchten gegenüberstand, faszinierte mich zutiefst. Nicht, dass es mir an willigen Gespielinnen gefehlt hätte, aber Cassia war anders. Sie wollte nichts von mir – weder Aufmerksamkeit noch Anerkennung und schon gar keine Komplimente oder Privilegien. Sie wollte mich nicht für sich gewinnen oder die eine sein, die mein nicht schlagendes Herz eroberte. All das, worauf meine sterblichen und unsterblichen Liebhaberinnen es abgesehen hatten, bedeutete ihr nichts. Nein, ich spürte genau, wie rein und unverfälscht ihr Verlangen war – und so fremd für sie, dass es selbst sie schockierte.

Für einen Moment spielte ich mit dem verlockenden Gedanken, ihr dieses eine ganz spezielle Gefühl nicht abzunehmen und den Othoss-Trank ein letztes Mal seine Wirkung entfalten zu lassen. Aber ich entschied mich dagegen und sorgte auch weiterhin dafür, dass sie lediglich mit dem normalen Ausmaß ihrer Emotionen klarkommen musste.

Wenn Cassia sich mir hingab, dann nur nüchtern und aus freien Stücken.

»Wie lange wird das denn noch dauern?«, erkundigte sie sich verunsichert. Die sinnliche Spannung, die sich zwischen uns aufbaute, schien sie zu überfordern. »Kann ich wenigstens …?« Sie schluckte und fand keine Worte. »Ist es zwingend nötig, dass ich …?«

»… dass du in meinen Armen liegst?«, schlug ich belustigt vor.

Eine leichte Röte schoss ihr in die Wangen. Ihr war es inzwischen mehr als unangenehm, wie schamlos sie sich in den letzten Stunden an mich geschmiegt hatte. Gemächlich lehnte ich mich ihr entgegen, bis unsere Gesichter ganz nah voreinander schwebten. Ich konnte einfach nicht widerstehen, sie noch ein wenig mehr in Verlegenheit zu bringen.

»Nein, das ist nicht nötig«, ließ ich sie wissen und genoss, wie heftig sich ihr Puls durch meine Nähe beschleunigte. »Aber du musst zugeben, dass ich bequemer bin als der harte Marmorboden.«

Cassia verkrampfte sich sofort, wich jedoch nicht zurück. Vielleicht wollte sie mir beweisen, wie standhaft sie bleiben konnte? Oder sie wollte es sich selbst beweisen?

»Bequemer vielleicht«, gab sie mit bebender Stimme zu, »aber nicht weniger glatt, dreckig und kalt.«

Ich grinste und kam ihr noch ein kleines Stück näher, bis meine Lippen die ihren fast berührten. Gleichzeitig ließ ich meine Finger in die seidigen Haare gleiten, die ihr Gesicht wie schwarzer Rauch umflossen. »Ich mag es *dreckig*. Du magst es *kalt*. Wir scheinen uns *glatt* zu ergänzen.«

Cassia erschauerte, als meine Hand ihren Nacken fand. Wie hypnotisiert versank sie im Licht meiner Augen und erwartete, dass ich den nächsten Schritt tat. Tat ich aber nicht. Mir reichte es vollkommen, ihre Erregung zu spüren.

»Forderst du jetzt deinen Kuss ein?«, fragte sie atemlos.

Leise lachend streichelte ich ihren Hals, hielt jedoch den Abstand zwischen uns aufrecht. »Ich glaube nicht. Es gefällt mir viel zu sehr, dass du mir noch etwas schuldig bist.« Beim Reden streiften sich unsere Lippen ganz zart. »Wenn du mich küssen willst, musst du das –«

Weiter kam ich nicht, denn Cassia verschloss meinen Mund mit ihrem. Ihre Kühnheit erstaunte mich so sehr, dass ich einen Moment lang fassungslos war. Ich hatte mein Spiel zu weit getrieben und hätte es sofort beenden sollen, aber ihre weichen, zaghaften Lippen auf meinen waren ein zu reizvolles Erlebnis, um es nicht auszukosten. Ihr Mut hatte sich mit der ersten Berührung in Unsicherheit verwandelt. Fast schon schüchtern küsste sie mich und lud mich mit einer atemberaubenden Zartheit dazu ein, die Initiative zu ergreifen. Ich konnte es nicht. Alles in mir sträubte sich dagegen, ihren Zustand auszunutzen. Doch ich war genauso wenig in der Lage, sie abzuweisen. Ich öffnete mich dem sanften Drängen ihrer Zunge. Kurz darauf verlor ich mich in ihrem Geschmack, süß und zugleich betörend wie schwerer Wein. Meine Hand vergrub sich unwillkürlich tiefer in ihrem Haar. Ein leises Stöhnen entwich ihren Lippen und weckte in mir ein Begehren, das nur noch mühsam zu beherrschen war. Es forderte aggressiv von mir, Cassias warmen und willigen Körper in Besitz zu nehmen und ihre zögerliche Leidenschaft in ein Feuer zu verwandeln, das uns beide verbrennen würde. Ich wusste, dass ich ihr mehr Vergnügen bereiten konnte, als sie es sich vorzustellen wagte, und ich wollte dabei zusehen, wie sie den Verstand an mich verlor. Aber ich zwang das ungestüme Tier in mir mit aller Gewalt zum Schweigen. Zu kostbar war dieser zerbrechliche Kuss, der sich wie ein sinnlicher Schmetterling entfaltete und all meine Sinne zum Schwingen brachte, während gleichzeitig Cassias Lust durch meine Essenz strömte und sich dort mit meiner verband. Ich überließ ihr die Führung und folgte ihr, wohin auch immer sie mich mitnehmen würde.

Plötzlich schob sie mich von sich und zog ihre Mauern hoch. Vor Frust hätte ich beinahe geknurrt. Aber als ich in Cassias aufgewühltes Gesicht schaute, erkannte ich, was ich vorher in meiner Erregung übersehen hatte: Ihre Zweifel waren zurück. Fast schon krampfhaft klammerte sie sich an den Kragen meiner Tunika. Sie hielt sich fest, sie hielt mich fest und hielt mich zugleich auf Abstand – alles auf einmal. Ihr Körper wollte sich mir entgegendrängen, doch ihre Vernunft hinderte sie daran. In ihren Augen tobte ein innerer Krieg. Sie wusste nicht, was sie wollte. Das stimmte nicht … Sie wusste nicht, was *ich* wollte – oder im Schilde führte. Und sie hatte recht damit. Ich war drauf und dran gewesen, meine Bedenken bezüglich ihres Zustands und ihrer Zurechnungsfähigkeit in den Wind zu schlagen.

Seufzend umfasste ich ihre Handgelenke und befreite mich aus ihrem Griff. »Ich glaube nicht, dass es so ratsam ist, deine Mauern jetzt schon hochzuziehen, aber ich verstehe dich«, sagte ich leise. Es war besser, ihr die Entscheidung abzunehmen, solange *ich* mich noch unter Kontrolle hatte. »Falls das Othoss dir doch wieder Probleme macht, weißt du, wo du mich findest.«

Damit stand ich auf und ließ Cassia allein. Jeder Schritt, der mich von ihr und den Versprechungen ihrer Lippen forttrug, fiel mir schwerer als der davor. Nicht, weil ich meine

Triebe nicht beherrschen konnte. Das war nervig, aber nicht unmöglich. Nein, ich focht meinen eigenen inneren Kampf aus. Gestern hätte ich in derselben Situation weder gezögert noch Skrupel empfunden. Doch irgendwann in meinen Armen war es Cassia gelungen, meine Welt auf den Kopf zu stellen. Ich zog eine missmutige Grimasse. Soviel also zu ›ich nahm, was ich kriegen konnte‹.

Es wurde Zeit, dass der Morgen kam. Neuer Tag, neue Regeln. Morgen würde ich mit Cassia um ihre Seele verhandeln. Und eine Wette gewinnen.

Sterne in der Dunkelheit

Es war eine sternenklare Nacht und die kühle Brise, die durch den Garten streifte, besänftigte die Hitze in mir. Es hatte sich tatsächlich als keine gute Idee herausgestellt, mich abzuschotten. Ohne Bels Hilfe vermehrten sich meine Gefühle wieder unkontrolliert. Allerdings nicht mehr so heftig wie zuvor, und da ich nun wusste, was mit mir nicht stimmte, hatte ich es halbwegs im Griff.

Etwas, das ich von Bel nicht behaupten konnte.

Ich hätte wütend auf ihn sein sollen. Es sagte viel über den Dämon aus, dass er sich ein Rauschgift beschafft hatte, um mich zu manipulieren. Andererseits sagte es genauso viel über ihn aus, dass er seinen Plan letztlich nicht in die Tat umgesetzt hatte. Ebenso wenig wäre er verpflichtet gewesen, sich stundenlang um mich zu kümmern. Hatte er vielleicht Schuldgefühle gehabt? Waren Dämonen zu so etwas wie Schuldgefühlen fähig? Oder hatte er mir nur aus Kalkül geholfen, um mich auf eine ganz subtile und perfide Weise für sich einzunehmen? Unglücklicherweise musste ich zugeben, dass es funktionierte. Ich fing an, ihn zu mögen. Nicht wie einen Freund, auf den man sich verlassen konnte. Eher wie ein wohltuendes Feuer, dem man aber besser nicht zu nahe kam, wenn man sich nicht verbrennen wollte.

Wie gut, dass ich diesem Risiko schon bald nicht mehr ausgesetzt sein würde. Ich konnte mich zwar an kaum etwas von dem erinnern, was ich unter dem Einfluss des Othoss-Tranks erlebt hatte, doch eine Sache wusste ich ganz genau. Dort hinten neben dem Oleanderbusch gab es einen losen Begrenzungsstein. Und darunter lag der Grund, aus dem ich hergekommen war. Der Hexenharass mit einer von Ianus' Seelenphiolen. Ich hatte es nicht mehr aus dem Palast rausgeschafft, aber mir war es zumindest gelungen, das Kupferkästchen zu verstecken, bevor Grim es entdecken konnte. Der Garten von Bels Gemächern war dafür der perfekte Ort gewesen. Hier hatten momentan weder Ianus noch seine Freunde oder Sklaven Zugang. Eine überraschend intelligente Lösung von mir, wenn man bedachte, dass ich zu diesem Zeitpunkt nicht mal mehr gewusst hatte, wie ich hieß.

Ich hörte Schritte. Bel. Offensichtlich gab er sich Mühe, bewusst laut zu gehen, um mich nicht zu erschrecken. Trotzdem spürte ich, wie mein Herz ins Stolpern geriet und die Hitze zurückkehrte. Ich zwang meinen Blick von dem Oleanderbusch weg und starrte stattdessen auf den Marmorboden vor mir. Den dreckigen und kalten Marmorboden. Herrje, musste mich alles an diesen Kerl erinnern?

Bel sagte nichts. Er stellte etwas auf der Bank hinter mir ab und verschwand wieder in seinen Gemächern. Erst als ich bis zehn gezählt hatte und mir sicher war, dass er nicht zurückkommen würde, wagte ich einen Blick. Brot, ein paar Streifen kalter Braten, ein Apfel und ein Krug frisches Wasser. Mein Magen knurrte und erinnerte mich daran, dass ich heute noch nichts zu mir genommen hatte. Ohne zu zögern, machte ich mich über die Mahlzeit her. Stolz war Stolz und Essen war Essen. Wer einmal auf der Straße gelebt hatte, wusste das.

Es schmeckte köstlich, wie alles, was hier im Kaiserpalast serviert wurde. Als ich mir einen Becher mit Wasser einschenkte, entdeckte ich ein kleines Tonfläschchen auf dem Tablett. Grims Schmerzmittel? Oder noch mehr von diesem Othoss? Misstrauisch zog ich den Korken ab und roch an der Flüssigkeit. Nichts. Ich träufelte mir etwas davon auf den Finger, tippte ihn gegen meine Zungenspitze und wartete auf den bitteren Nachgeschmack, der mir schon heute Morgen eine Warnung hätte sein sollen. Nichts.

Ein tiefes resigniertes Grollen strich durch meinen Geist. *Es ist nur Medizin,* klärte Bels Stimme mich auf. *Glaubst du, ich habe dich gerade vom Rand des Wahnsinns zurückgeholt, nur um dich jetzt wieder in den Abgrund zu stürzen?*

Das Blut schoss mir in die Wangen. Bel musste mich aus den Schatten heraus beobachten. Das war verstörend. Und trotzdem wäre mir beinahe ein kleines Seufzen entwichen, als sich seine Stimme wie Honig über meine geschundenen Gedanken gelegt hatte. Nach allem, was in den letzten Stunden passiert war, fühlte sich diese Art der Kommunikation wie eine zärtliche Berührung an und war erschütternd intim.

Wer weiß, gab ich schroffer zurück als beabsichtigt. *Vielleicht spielst du ja gerne den Retter?*

Ich glaubte zwar nicht, dass das zu seinem Plan gehörte, aber Vertrauen konnte ich mir nicht erlauben. Auf gar keinen Fall wollte ich den Albtraum des Othoss-Tranks ein zweites Mal durchstehen müssen. Bel hatte nicht übertrieben. Ich war dem Abgrund des Wahnsinns wirklich erschreckend nah gewesen, bevor er mich von dort zurückgeholt hatte. Allein die bruchstückhaften Erinnerungen an meinen Zusammenbruch reichten aus, um mir die Kehle eng werden zu lassen. Etwas so zutiefst Furchterregendes hatte ich seit dem Tag nicht mehr erlebt, an dem meine Mutter gestorben war und ihr Medicus versucht hatte, seine Bezahlung von mir einzufordern. Damals war ich noch ein Kind gewesen und hatte schnell lernen müssen, dass man zwar vor lüsternen alten Männern davonlaufen konnte, aber nicht vor den eigenen Gefühlen. Ich hatte gelernt, mich zu beherrschen und meine Mauern unüberwindbar zu machen. Ich hatte gelernt zu überleben. Doch all das war bedeutungslos geworden, als der Othoss-Trank mir die Kontrolle genommen hatte.

Entspann dich und nimm deine Medizin, seufzte Bel. *Ich spiele zwar gerne, aber der heldenhafte Retter gehört nicht zu meinen bevorzugten Rollen.*

Sein Tonfall war sanft, duldete jedoch keinen Widerspruch. Das hätte mich normalerweise nicht davon abgehalten, ihm dennoch Kontra zu geben, nur war mir nicht danach. Die Schatten der Vergangenheit erinnerten mich daran, dass ich mich um meine Zukunft sorgen sollte. Finster entschlossen nahm ich Grims Medizin. Meine Rippen taten zwar kaum noch weh, aber ich würde jeden Funken Kraft brauchen, und nicht zulassen, dass mir mein eigener Stolz im Weg stand. Schließlich musste ich den Hexenharass mit der Phiole so schnell wie möglich aus dem Palast rausbringen. Ianus könnte schon bald bemerken, dass eine seiner kostbaren Seelen fehlte, und ich war mir nicht sicher, ob ich nicht irgendwelche Spuren hinterlassen hatte. Mein Gedächtnis wies dafür viel zu große Lücken auf. Welche der Phiolen hatte ich überhaupt genommen? Hatte ich irgendetwas verrückt oder umgeworfen? Hatte ich die Tür geschlossen, als ich gegangen war? War ich jemandem begegnet?

Ich wusste es nicht mehr.

Der Othoss-Trank hatte mich nicht nur benebelt, sondern auch meinen Leichtsinn befeuert. Damit war jetzt Schluss. Ich brauchte eine gute, solide Strategie! Falls Bel heute Nacht wieder seine Gemächer verließ, konnte ich mich vielleicht im Schutz der Dunkelheit hinausstehlen. Aber ich war müde, würde Fehler riskieren und musste damit rechnen, dass der Palast nachts stärker bewacht sein würde. Es wäre sinnvoller, mich bis morgen früh auszuruhen und die Phiole dann bei meinem Rosinenkuchen-Freigang hinauszuschmuggeln. Definitiv die klügere Option. Ich atmete durch. Es fühlte sich befreiend an, wieder zu klaren Gedanken fähig zu sein. Das Rauschgift in meinem Blut hatte wohl endgültig seine Wirkung verloren.

Eine Nacht also. Eine letzte Nacht in diesem verfluchten Palast. Ich sollte schlafen. Nur wo? Bel würde zweifellos intervenieren, wenn ich jetzt in meine Ecke wanderte, um mich auf dem Boden zusammenzurollen. Aber sein Bett war auch keine Alternative, denn der Dämon schien heute hierbleiben zu wollen. Bei dem Gedanken, dass ich diese Nacht in seiner Nähe verbringen würde, begann mein ganzer Körper zu prickeln. Eine letzte Nacht …

Noch nie war mir jemand so unter die Haut gegangen. Ich kannte Lust. Ich kannte Leidenschaft, aber zu keinem anderen Mann hatte ich mich jemals so obsessiv hingezogen gefühlt. Sobald er in der Nähe war, schien es unmöglich, dieser Anziehung zu widerstehen, und wenn ich ehrlich mit mir war, wollte ich das auch gar nicht mehr. Ich hatte Bel bislang auf Abstand gehalten, weil ich nicht hatte riskieren dürfen, dass diese Tändelei mich von Wichtigerem ablenkte. Aber nun? Morgen würde ich von hier verschwinden und ihn vermutlich nie wiedersehen. Was wäre also falsch daran, meiner Neugier nachzugeben? Welche Gefahr sollte mir denn drohen? Bel brauchte meine Seele und solange er sie nicht besaß, würde er mir nicht wehtun. Das gab mir Macht über ihn. Eine Art von Macht, die ich noch nie besessen hatte. Eine verlockende Macht. Es war nicht wie bei den Jungs auf der Straße. Bel war nicht so unbeherrscht, dass er sein Vergnügen über mein Wohlergehen stellte. Er würde auch nicht sein Herz verlieren, nur weil ich ihm erlaubt hatte, mich zu küssen. Sein Herz schien ja nicht einmal zu schlagen. Mit mir zu schlafen hätte keine große Bedeutung für ihn und wäre dennoch nicht belanglos. Keine Erwartungen, keine Konsequenzen. Nur eine Erinnerung, die ganz mir gehörte.

Nervös zog ich mich auf die Beine. Ich hatte meine Entscheidung getroffen. Heute Nacht würde ich ein Kapitel abschließen und gleichzeitig ein neues Leben beginnen. Ein Leben, bei dem nicht wichtig war, wie lang es dauerte, sondern nur, auf welche Art ich es führte.

Im Mondlicht tapste ich durch den Garten und blieb neben einer der Säulen stehen – dieselbe Säule, an der Bel mich zum ersten Mal geküsst hatte. Im Inneren der Gemächer brannte eine einsame Feuerschale. Die spärlichen Flammen reichten kaum aus, um den Raum zu beleuchten. Ich brauchte einen Moment, um Bels Gestalt hinter den zarten Vorhängen auszumachen, die den Schlafbereich vor Moskitos schützen sollten. Da ein Dämon wohl nicht darauf angewiesen war, hingen sie in offenen Bahnen herunter und tauchten das Bett und seinen Besitzer in tiefe Schatten. Er saß, die Unterarme auf den Knien abgestützt, den Kopf gesenkt. Seine Haltung wirkte müde, aber ich war nicht so dumm zu glauben, dass er mich nicht bemerkt hätte. Bel sah mich nicht an, weil er mich nicht ansehen *wollte.* Erst nach einer ganzen Weile, in der ich mich nicht gerührt hatte, hob sich sein Blick und fand mich mühelos. Ich schluckte. Seine plötzliche Aufmerksamkeit fühlte sich an, als wäre ich gerade in einen Orkan hinausgetreten, den ich bislang nur durch ein schützendes Fenster betrachtet hatte. Obwohl das Glühen seiner Augen erloschen war, hätte nicht mal ein Blinder diesen Mann für einen normalen Menschen halten können.

»Ist alles in Ordnung?« Er musterte mich mit einer Mischung aus Unmut und Sorge. Glaubte er, ich wäre wegen des Othoss-Tranks zu ihm gekommen?

»Es geht mir gut«, antwortete ich und war selbst erstaunt, wie ruhig meine Stimme klang. Dabei schlug mein Herz so laut, dass sogar ich es hören konnte. »Ich … ich habe ein Angebot für dich.«

Die Worte kamen mir doch nicht so einfach über die Lippen, wie ich es mir vorgestellt hatte. Um Halt zu finden, lehnte ich mich an die kühle Säule und spürte, wie heiß meine Haut war.

»Ein Angebot?«, fragte Bel genauso skeptisch wie belustigt.

»Ja.« Ich wich bewusst seinen Blicken aus, weil ich sonst vielleicht den Mut verloren hätte. »Ich will, dass du beendest, was du begonnen hast. Ich biete dir eine Nacht. Nicht mehr. Daraus resultieren weder Ansprüche auf mich noch ist es ein Freibrief, dir weitere Freiheiten herauszunehmen. Was würdest du im Gegenzug dafür wollen?«

Bewusst formulierte ich meine Bedingungen genau so, wie er es gestern getan hatte. Mir war es lieber, die Fronten geklärt zu wissen, bevor er vielleicht doch versuchte, mich auszutricksen.

Ein leises Lachen drang durch die Schatten zu mir. Es klang so sinnlich, dass mir die Knie weich wurden.

»Ich prostituiere mich nicht.«

Verdutzt sah ich ihn an. Ich hatte mit vielem gerechnet, aber nicht damit, dass er mein Angebot ablehnte. Schon gar nicht mit meinen eigenen Worten. Als ich jedoch das schelmische Blitzen in seinen Augen entdeckte, begann meine Anspannung zu bröckeln. Meine Mundwinkel zuckten.

»Das halte ich für ein Gerücht«, erwiderte ich. »Aber wenn dir deine Sittsamkeit so wichtig ist, dann kannst du mir diese eine Nacht auch *schenken.*«

Bel grinste. »Meine Sittsamkeit ist schon lange und unrettbar verloren.« Selbst im Dunkeln waren seine Grübchen zu erkennen und ich stellte mit Erstaunen fest, wie sehr ich sie mochte. Ich konnte gar nicht anders, als zurückzulächeln. Da floss Bels Erheiterung von seinen Zügen und wurde von einem unerfindlichen Ausdruck ersetzt, ganz so, als hätte er noch nie jemanden lächeln gesehen. Ein paar endlos scheinende Atemzüge lang starrte er mich an. Nur das Knistern der Flammen und das nächtliche Zirpen der Grillen waren zu hören. Und dann, ganz plötzlich, schoben sich seine Brauen zusammen und seine Miene trübte sich.

»Du weißt nicht, was du tust«, murmelte er, mehr zu sich als zu mir. »Du bist noch immer trunken vom Othoss.«

Seine Antwort fühlte sich wie ein Schlag ins Gesicht an. Ich ließ mich nicht gerne bevormunden, aber ich hasste es, wenn man mich nicht ernst nahm. Energisch stieß ich mich von der Säule ab und ging auf ihn zu. Unterwegs riss ich meine Mauern ein.

»Lies meine Gefühle, Bel«, forderte ich ihn auf. »Und dann sag mir, ob ich mich unter Kontrolle habe oder nicht.«

Mit jedem Schritt, den ich ihm näher kam, spannte er sich mehr an. Ich spürte, wie seine Macht misstrauisch durch meine Verärgerung streifte, durch meine wachsende Nervosität und mein brennendes Verlangen. Hunger loderte in seinen Augen auf, und doch behielten sie überraschenderweise ihre natürliche Farbe – fast so, als hätte er sich selbst Enthaltsamkeit verordnet. Trotzdem schweiften sie langsam über meinen Körper und verschlangen, was sie sahen. Wo sie mich trafen, fing meine Haut Feuer. Zum ersten Mal kämpfte ich nicht dagegen an. Ich ließ es zu. Ich wollte mehr. Ich brauchte mehr. Alles in mir sehnte sich danach, dass seine Hände einlösten, was seine Blicke versprachen.

Doch als ich endlich in seiner Reichweite war, machte Bel keine Anstalten, mich anzufassen.

»Also?«, fragte ich und strich ihm durch die Haare.

Verblüfft von meiner Berührung schloss er die Augen, lehnte sich meinen Fingern ein winziges Stück entgegen. Mehr Einladung brauchte ich nicht. Ich griff in seinen Nacken, hielt mich an ihm fest und kletterte auf seinen Schoss. Bel stieß ein tiefes Knurren aus. Er schien mich instinktiv an sich ziehen zu wollen, doch im letzten Moment ballte er die Hände zu Fäusten.

»Du weißt trotzdem nicht, was du tust«, presste er hervor. Seine Stimme war dunkel vor Lust.

Ich drängte mich an ihn und legte meine Lippen an sein Ohr. »Ich weiß sehr genau, was ich tue«, hauchte ich.

Dann konnte ich der Versuchung nicht länger widerstehen und presste meinen Mund auf seinen Hals. Ich musste ihn schmecken, musste erleben, wie sich seine warme Haut auf meiner Zunge anfühlte, musste wissen, ob er so intensiv darauf reagierte wie ich. Ein leises Stöhnen ließ seine Kehle vibrieren. Er genoss meine Küsse, aber er verlor nicht wie erwartet den Verstand. Auch berührte er mich noch immer nicht oder schien gewillt zu sein, meine Zärtlichkeiten zu erwidern. Enttäuscht verebbten meine Bemühungen. Ich spürte einen Stich der Demütigung und das weckte meinen

Trotz. Offenbar hatte Bel mir in Sachen Selbstbeherrschung einiges voraus. Oder meine Verführungskünste waren nicht so unwiderstehlich, wie ich gedacht hatte. Ernüchtert richtete ich mich auf und wollte ihm in die Augen sehen, doch Bel hielt sie geschlossen. Die Muskeln an seinem Kiefer arbeiteten. Sein Brustkorb hob und senkte sich schwer. Er rang mit sich. Es war ihm ganz eindeutig unangenehm, was ich tat. Ob aus plötzlichen moralischen Bedenken oder aus tatsächlichem Widerstreben heraus, konnte ich nicht sagen.

»Ich weiß, was ich will«, wiederholte ich, »aber ich werde nicht darum betteln.«

Mit so viel Würde, wie ich aufzubringen vermochte, stieg ich von ihm herunter und wollte mich zurück in den Garten flüchten, weg von meinem Verlangen, weg von diesem Kerl, den ich einfach nicht verstand. Unvermittelt schloss sich eine Hand um meinen Arm. Erschrocken hielt ich inne. Bel öffnete gefährlich langsam die Augen. Reines silbernes Licht drang durch seine dichten Wimpern, durchbrochen von schwarzen Schlieren. Seine Macht entfaltete sich. Der betörende Geruch von Granatäpfeln, vermengt mit einer schweren bittersüßen Note der Sünde, hüllte meine Sinne ein.

»Doch«, raunte er und zog mich langsam, aber unnachgiebig zurück auf seinen Schoß, »du wirst betteln.«

Bevor ich das wahre Ausmaß seines gefährlichen Versprechens begriff, fand ich mich gefangen in seinen Armen wieder. Mit schonungsloser Entschlossenheit pressten sie mich an seinen harten Körper, während seine Lippen mich von seiner Erregung trinken ließen. Er küsste mich leidenschaftlich und stürzte meinen Verstand in die dunklen Tiefen meiner eigenen Begierde. Da begriff ich, dass es kein Entrinnen mehr geben würde. Ich hatte einen Dämon herausgefordert und etwas entfesselt, das die menschliche Vorstellungskraft nicht fassen konnte. Bel war archaische Lust, er war dekadente Sünde und zügellose Verführung. Seine Macht umschloss mich, liebkoste mich, prickelte auf meiner Haut. Es fühlte sich an, als würde er mich überall berühren, gleichzeitig. Und doch wusste ich ganz genau, wo seine Hände waren, ich spürte, wie sie meinen Körper erkundeten. Unerbittlich. Geduldig. Für diese Nacht gehörte ich ihm und er schien vorzuhaben, jeden einzelnen Augenblick davon auszukosten. Seine Finger verwoben sich mit meinen Haaren. Mit sanfter Gewalt zwang er meinen Kopf in den Nacken. Als sich seine Lippen von meinen lösten, schnappte ich verzweifelt nach Luft. Ein sinnloses Unterfangen, denn schon senkte Bel seinen Mund auf meinen Hals und raubte mir erneut den Atem. Ich spürte meinen Puls unter seiner Zunge pochen und stöhnte auf. Mein Gürtel löste sich. Heiße Finger schoben mir das Kleid von den Schultern. Wie ein hauchzarter Wasserfall floss der Stoff an mir herab und landete an meinen Hüften. Für einen winzigen Moment ließ Bel von mir ab, um sein Werk zu betrachten. Es hätte mir unangenehm sein müssen, so schutzlos und schamlos vor ihm entblößt zu sein, aber das war es nicht. Ich genoss die Hingabe in seinem Blick und spürte weiblichen Stolz in mir aufsteigen. Er hatte zweifellos jedes erdenkliche Vergnügen auf dieser Welt ausgekostet, und dennoch war ich in der Lage, ihn in meinen Bann zu ziehen.

Bel hob den Kopf und verführte mich mit einem überraschend zärtlichen Kuss. *Du bist anbetungswürdig*, strich seine Stimme durch meinen Geist. Gleichzeitig spürte ich, wie er seinen Worten Taten folgen ließ. Seine Hände zeichneten die Kurven meines Körpers nach, huldigten ihnen und fluteten mich mit Hitze. Dann wanderten seine Finger tiefer.

Ich keuchte an seinen Lippen auf und war nicht mehr in der Lage, seinen Kuss zu erwidern. Das störte Bel jedoch nicht. Mit einem leisen Lachen senkte er seine Lippen auf all die sensiblen Stellen an meinem Körper, denen er seine Aufmerksamkeit schenken wollte. Ich verlor endgültig die Kontrolle, klammerte mich an seinen Schultern fest, verkrampfte, zitterte, stöhnte und erstickte beinahe an dem heftigen Verlangen, das sich begleitet von einem heißen Ziehen in mir aufbaute. Bel war gnadenlos. Er schien genau zu wissen, was ich mochte, was ich brauchte, wann er es mir gewährte und wann er es hinauszögern musste, um meinen Hunger noch ein wenig mehr anzufachen. Sein Arm umspannte meine Taille wie ein eisenhartes Band. Er verhinderte, dass ich fiel, gewährte mir aber auch kein Entkommen vor seinen unerbittlichen Zärtlichkeiten. Plötzlich drückte er mich an sich und stand auf. An seine Brust gepresst, hatte ich das Gefühl zu schweben. Mein Kleid rutschte mir von der Hüfte und fiel lautlos zu Boden. Dann drehte sich die Welt. Ich spürte kühle Laken unter mir und heiße Haut unter meinen Händen. Bels Tunika war fort, und doch hatte er keinen Moment von mir abgelassen. Mein Verstand kam nicht mehr hinterher, aber es war mir egal, denn endlich trennte mich kein Stoff mehr von dem atemberaubenden Spiel seiner Muskeln. Als ich begann, sie zu erkunden, drang ein dunkles Grollen aus Bels Kehle und brachte seinen Brustkorb zum Vibrieren. Ein Geräusch, das ich bis in meine Seele spürte. Mein Verlangen steigerte sich ins Unermessliche. Bel veränderte seine Position, sodass er mir in die Augen schauen konnte, während er mich mit seinen Berührungen tiefer und tiefer in einen fiebrigen Strudel aus brennender Sehnsucht nach Erlösung trieb. Stöhnend griff ich nach seinem Nacken, um ihn an mich zu ziehen. Meine Lippen verzehrten sich nach seiner Wärme. Doch Bel gehorchte nicht. Unerbittlich wie ein Fels überließ er mich meiner Lust und sah mir dabei zu, wie ich mich unter ihm wand, hilflos angesichts all der Empfindungen, die er in mir auslöste. Ich glaubte, es nicht mehr ertragen zu können. Meine Sinne standen in Flammen und flehten um Erlösung.

»Bel …«, wimmerte ich verzweifelt. »Bitte …«

In meiner Ekstase sah ich, wie sich ein gefährliches Lächeln auf Bels Lippen schlich. Er hatte mich gewarnt, dass ich betteln würde. Sein Blick glühte silbrig unter meinem Verlangen. Sterne in der Dunkelheit. Da endlich zeigte er Erbarmen und küsste mich. Seine Leidenschaft, seine Hitze, sein Geschmack drängten mich endgültig dem Höhepunkt entgegen. Es schien, als würde das Blut in meinen Adern aufhören zu fließen, als würden Bels Berührungen meinen rasenden Puls anhalten, bis mein Innerstes plötzlich zerbarst und mein Leib vor Seligkeit zerriss. Ich schrie auf. Halt suchend krallten sich meine Fingernägel in Bels harte Muskeln, während flüssiges Glück durch meinen Körper pulsierte.

Der Dämon gönnte mir keine Erholung. Er verlagerte sein Gewicht und schob meine Schenkel mit den Knien auseinander. Obwohl ich zu keinem klaren Gedanken fähig war, wusste ich, was er vorhatte. Neue Erregung flutete mich, darunter regte sich ein Hauch Nervosität. Bel packte meine Handgelenke und drückte sie neben mir in die Kissen. Gleichzeitig drang er mit einem einzigen Stoß in mich ein. Ein kurzer Schmerz zuckte durch meinen Unterleib, aber das unglaubliche Gefühl, Bel in mir zu spüren, überlagerte alle anderen Empfindungen. Ich schlang meine Beine um seine Hüften, während er mich ausfüllte. Es war, wie es sein sollte. Unbeschreiblich, einzigartig und alles, was ich jetzt brauchte.

Doch Bel verharrte. Er rührte sich kein Stück. Vielmehr wirkte er wie erstarrt. Ich öffnete die Augen, ohne zu wissen, wann genau ich sie geschlossen hatte. Sein Gesicht schwebte über mir, getaucht in das goldene Flackern des Feuerbeckens. Es gab nicht die kleinste Regung preis. Das Glühen seiner Augen war erloschen.

»Du bist ...« Seine Stimme war rau vor Lust, aber darin schwang ein gequälter Unterton mit. »... warst ... noch Jungfrau?! Warum hast du mir das nicht gesagt?«

Frustriert ließ ich meinen Kopf in die Kissen sinken. Noch immer strömte dieses genussvolle Pochen durch mein Inneres. Ich wollte nicht reden, wollte dieses Gefühl nicht loslassen, nur weil Bel gerade sein eigener Irrtum aufgefallen war.

»Weil es dich nichts angeht!«, wiederholte ich die Antwort, die ich ihm schon einmal zu diesem Thema gegeben hatte. Es war meine Sache. Tatsächlich hatte ich gehofft, er würde es nicht bemerken, würde einfach weiterhin seine Fehlinterpretation für die Wahrheit halten. Immerhin war ich im Venus-Tempel oft genug Zeugin aller denkbaren Praktiken des Liebesspiels, aller Abstufungen von Wollust und Vergnügen gewesen. Außerdem hatte ich durchaus eigene Erfahrungen mit Männern sammeln können. Es war eben nur nie ... bis zum Äußersten gekommen. Instinktiv bewegte ich mich unter ihm. Bel fluchte leise und schloss die Augen.

»Ich bin nicht der Richtige«, presste er hervor, während ein leichtes Beben durch seinen Körper lief. Es musste ihm seine gesamte Selbstbeherrschung abverlangen, nicht auf mein sanftes Locken zu reagieren. Wenn ich nicht in meiner sengenden Sehnsucht gefangen gewesen wäre, hätte ich über seine überraschenden Skrupel gelacht. Aber im Moment konnte ich nur daran denken, wie gut er sich in mir anfühlte.

»Ich weiß«, krächzte ich. »Den Richtigen gibt es nicht.«

Es gab nur bereit oder nicht bereit. Kein Mann sollte bei dieser Entscheidung das Zünglein an der Waage sein. Wie im Wahn entwand ich ihm meine Handgelenke und nutzte seine Unaufmerksamkeit aus, um uns beide herumzuwälzen. Ich war erschrocken von meiner eigenen Verwegenheit, doch mir blieb keine Zeit, mir darüber Gedanken zu machen. Ich fühlte mich vollkommen überfordert, eingeschüchtert und ohnmächtig angesichts der intensiven Hitze, die mich schon bei der kleinsten Bewegung meines Beckens flutete.

Bel knurrte zornig und packte meine Hüften. Mit Nachdruck geboten mir seine Hände Einhalt und gemahnten mich an die übermenschliche Kraft, die unter seiner samtweichen Haut schlummerte. Wenn er es gewollt hätte, wäre ich schneller wieder auf dem Rücken gelegen, als ich seine Absicht hätte vorausahnen können. Er überließ mir die Oberhand, aber er erlaubte nicht, dass ich seine Bedenken überging.

»Du vergisst, dass ich deine Gefühle lesen kann«, erinnerte er mich ernst.

Trotz regte sich in mir. »Und was liest du?«, wollte ich wissen. »Zweifel? Unsicherheit? Natürlich! Das hier ist neu für mich. Ich bin keine Jungfrau gewesen, weil mir meine Unberührtheit so wichtig ist. Es hat sich einfach nicht ergeben.« Das stimmte nicht so ganz. Tatsächlich hätte sich durchaus die ein oder andere Gelegenheit geboten, aber mir war es damals schlicht und ergreifend nicht passend vorgekommen.

Bel schnitt eine leidgeprüfte Grimasse. »Du bist eine lausige Lügnerin.«

»Ach ja? Dann sag mir, ob das hier gelogen ist«, fauchte ich leise. Missmutig ließ ich mich nach vorne kippen, stützte mich auf seiner Brust ab, damit er die Entschiedenheit in meinem Gesicht auch ja nicht übersah. »Ich bin nicht zerbrechlich. Ich habe keine moralischen oder romantischen Erwartungen an dich. Ich möchte nur, dass du mir eine Erinnerung schenkst, die es wert ist, nicht vergessen zu werden.«

Aufmerksam studierte Bel meine Züge und meine Gefühle. Er schien mir zu glauben. Trotzdem funkelte Unzufriedenheit in seinem Blick. Der Druck seiner Hände verstärkte sich. Aus Angst, er würde mich doch abweisen, hauchte ich einen zarten Kuss auf seine Lippen. Er wehrte sich nicht. Gut.

»Denkst du, du bist dazu in der Lage?«, forderte ich ihn verführerisch heraus.

Eine gehobene Braue. Ein leises arrogantes Schnauben. Ich lächelte. Das war wohl Antwort genug.

»Dann«, flüsterte ich, »bist du genau der Richtige.«

Ganz langsam löste sich eine Hand von meiner Hüfte. Bel hob sie an mein Gesicht und strich mir die Haare zurück. Die Berührung seiner Fingerspitzen war verwirrend zärtlich. Er umfasste meinen Hinterkopf und lud mich ein, ihn erneut zu küssen. Gleichzeitig legte er seine quälende Zurückhaltung ab. Der wunderbar kraftvolle Körper, der sich mir gerade noch entgegengestellt hatte, hieß mich nun willkommen. Die Welt um uns herum verblasste. Es gab nur Bel und mich und dieselbe Lust, die wir teilten. Er lockte, eroberte, folgte, verschmolz mit mir und entführte mich in einen Sinnesrausch, der sich auf ewig in mein Gedächtnis brannte.

Im Grauen des Morgens

Cassias tiefe Atemzüge glichen den sanften Wellen einer ruhigen See. Eine See, die ihr stürmisches unbezähmbares Wesen nur für eine gewisse Zeit verleugnen konnte. Ich lächelte. Ausgelaugt und befriedigt schmiegte sich ihr weicher Körper an mich. Ich hatte ihr ihren Wunsch erfüllt und mich dabei selbst im Sog meines heftigen Verlangens verloren. Mehr als einmal. Es war lange her, seit ich das letzte Mal ein so faszinierendes Geschöpf in meinen Armen gehabt hatte. So empfindsam, so neugierig, so hemmungslos. Dabei kostete es Mut, sich einem Dämon hinzugeben – selbst wenn Cassia keine Jungfrau mehr gewesen wäre. Aber trotz ihrer Unschuld war sie mir vollkommen unerschrocken entgegengetreten. Mehr noch. Sie hatte meinen einschüchternden Erfahrungen nicht nur die Stirn geboten, sie hatte sie bis an ihre Grenzen ausgereizt. Immer wieder, bis ihr menschlicher Körper irgendwann kapitulieren musste und sie auf mir eingeschlafen war. Es erfüllte mich mit tiefer Befriedigung, dass Cassia mir dieses Geschenk gemacht hatte. Und ja, sie würde diese Nacht nie vergessen – nicht nur, weil es ihr erstes Mal gewesen war, sondern auch, weil sich ihre späteren Liebhaber schwer damit tun würden, an die sinnliche Kunstfertigkeit heranzureichen, die ich jahrhundertelang perfektioniert hatte. Doch meine Genugtuung wurde von etwas anderem abgelöst, das dunkel und unheilvoll aus den Abgründen meiner Essenz heraufkroch: wilde Besitzansprüche. Die Vorstellung, Cassia würde einem anderen Mann dieselbe Leidenschaft und Hingabe entgegenbringen, die sie mir gewährt hatte, weckte eine solch düstere Eifersucht in mir, dass ich vor mir selbst erschrak. Derartige Gedanken lagen mir normalerweise fern. Monogamie war noch nie mein Fall gewesen und ich räumte allen meinen Gespielinnen stets dieselben Freiheiten ein, die ich mir herausnahm. Aber bei Cassia … bei Cassia schrie alles in mir danach, Tod, Schmerz und Vergeltung über jeden zu bringen, der es wagte, sie anzufassen.

Ich drängte diese besorgniserregenden Schatten zurück in die Tiefen, aus denen sie stammten. Cassia gehörte nicht mir. Es stand mir nicht zu, so zu denken. Außerdem war ihr Schicksal längst entschieden – durch mein eigenes Verschulden. Vielleicht, nur vielleicht, konnte ich – wenn mir erst Cassias Seele gehörte – mit Ianus über ihre Freigabe verhandeln. Obwohl sie seine Sklavin war, wäre sie dann doch meine Gezeichnete. Nach dem Recht der Liga wäre es mir möglich, sie für mich einzufordern. Das würde sicherlich weder einfach noch billig werden, aber einen Versuch wäre es wert. Falls Ianus sie so lange am Leben ließ.

Cassia schlang mit einem leisen Seufzen ihren Arm um meinen Bauch. Sie schien wirklich Gefallen daran zu finden, mich als Kissen zu benutzen, und ich konnte nicht behaupten, dass es mir unangenehm wäre. Im Gegenteil. Ich genoss es sogar so sehr, dass ich dem Drang widerstand, sie zärtlich wach zu küssen, ihr das Laken von ihrem Körper zu schieben und sie erneut nach allen Regeln der Kunst zu verwöhnen. Es blieb ohnehin nicht mehr viel Zeit. Die ersten Sonnenstrahlen färbten den Himmel bereits violett.

Die Nacht war vorüber und damit auch das kurze Zeitfenster, das sie zur Bedingung ihres Angebots gemacht hatte. Natürlich hatte ich nie offiziell in diesen Handel eingewilligt, aber ich ahnte, dass Cassia es mir dennoch übel nehmen würde, wenn ich dagegen verstieß. Also strich ich nur sanft über ihr seidiges, fast schwarzes Haar und wartete geduldig darauf, dass sie die Augen öffnete. Ihr langsam steigender Puls verriet, dass es bald so weit sein würde. Etwa hundert Herzschläge später spürte ich, wie ihre Wimpern meine Brust kitzelten. Sie schreckte nicht auf, aber eine kaum merkliche Anspannung verhärtete ihren weichen Körper. Dann zog sie ihre Mauern hoch, die sie seit gestern vollkommen vernachlässigt hatte. Das war ihr gutes Recht, und dennoch fühlte sich die gekappte Verbindung an, als würde plötzlich ein Teil von mir fehlen.

»Guten Morgen, namenloses Mädchen«, murmelte ich.

Sie stützte sich auf mir ab und sah mich schlaftrunken an. Ich musste schmunzeln. Das war genau der Anblick, den ich mir gestern in allen Details ausgemalt hatte.

»Guten Morgen«, erwiderte sie mit kratziger Stimme. Keine Spur von Reue, keine Verlegenheit. Dabei wäre ich jede Wette eingegangen, dass sich zumindest eine hübsche Schamesröte über ihre Wangen legen würde, wenn ihr bewusst wurde, was ich letzte Nacht alles mit ihr angestellt hatte. Wieder einmal hatte ich mich in ihr getäuscht.

Ihre großen dunkelblauen Augen schweiften über mein Gesicht, als würde sie sich meine Züge genau einprägen wollen. Dann sah sie zu ihrer Hand, die noch auf meinem Brustkorb ruhte. Zögernd löste sie sie von mir und seufzte leise. Es wirkte fast wie ein Abschied. Kurz darauf hatte sie sich wieder in ihr Schneckenhaus zurückgezogen, weit außerhalb meiner Reichweite. Ohne ein weiteres Wort stand sie auf, tapste um das Bett herum, hob ihr Kleid auf und verschwand im Baderaum.

Ich sah ihr beeindruckt nach. Cassia hatte nicht zu viel versprochen. Sie stellte keinerlei Erwartungen, machte mir keine Vorwürfe oder behelligte mich sonst irgendwie. Und ganz nebenbei erteilte sie mir und meinem Hochmut eine gepfefferte Lektion in Sachen Selbstbeherrschung und Bescheidenheit. Sie war wie eine dornige Wüstenblume, die nahm, was sie brauchte, um überleben zu können. Doch hin und wieder, wenn die Umstände stimmten, blühte sie für ein paar atemberaubende Momente auf und bezauberte die Welt.

Einem spontanen Impuls folgend, wandte ich mich mental an Grim und ließ sie ein üppiges Frühstück ordern. Schon bald darauf trug ein Sklave ein voll beladenes Tablett in meine Gemächer. Ich wies ihn an, es neben mich aufs Bett zu stellen. Da Cassia noch nicht fertig war, schnitt ich mir eine Feige auf und biss in das Fruchtfleisch. Seit einigen Jahrhunderten reizte mich Essen nicht mehr sonderlich. Ich aß und trank hauptsächlich, um Desinteresse zu signalisieren oder den Anschein von Menschlichkeit zu erwecken. Doch durch Cassia fühlte ich mich inspiriert, auch den kleinen Genüssen wieder mehr Aufmerksamkeit zu schenken.

Als sie aus dem Baderaum kam, war ich bereits bei der dritten Feige angekommen. Verblüfft hielt ich im Kauen inne. Cassia trug ein dunkelrotes Kleid, das ihre helle Haut zum Strahlen brachte und ihre vollen Lippen betonte. Die Haare hatte sie streng zurückgekämmt und am Hinterkopf hochgesteckt. Sie sah nicht mehr aus wie das Sklavenmädchen, das sich bevormunden ließ. Sie sah aus wie eine Frau, die sich ein Ziel gesetzt hatte und entschlossen war, es zu erreichen.

In einiger Entfernung blieb sie stehen und starrte mich ausdruckslos an.

»Was hast du heute vor?«, wollte sie wissen.

»Keine Ahnung«, erwiderte ich und biss sinnlich von meiner Feige ab. Danach ließ ich mich in die Kissen sinken und präsentierte mich ganz beiläufig von meiner besten Seite. »Eigentlich wollte ich den Tag im Bett verbringen.«

Da. Endlich ein leichter Hauch von Röte auf ihren Wangen. Aber kein Lächeln. Ihr Blick zuckte in Richtung Garten.

»Darf ich zu den Circus-Arkaden gehen?«

Jetzt erst fiel mir auf, dass sie einen Lederbeutel in ihren Händen knetete. Für den Rosinenkuchen – oder was immer sie sonst im Schilde führte. So neugierig ich auch war, es herauszufinden, das musste warten.

»Wenn du etwas gegessen hast«, meinte ich und deutete auf das Tablett vor mir.

Wieder flog Cassias Blick Richtung Garten. Sie zögerte einen winzigen Moment, doch dann kam sie zu mir und setzte sich an die Bettkante. Sittsam und mit dem größtmöglichen Abstand zu mir. Amüsiert schüttelte ich den Kopf. In der vergangenen Nacht war dieses Bett zu ihrem Königreich geworden. Cassia musste genau spüren, dass sie sich so viel Platz hätte nehmen können, wie sie wollte. Aber ihre niedlichen Versuche, das zu verleugnen, waren äußerst unterhaltsam.

»Möchtest du mir nicht wenigstens jetzt deinen Namen verraten?«, erkundigte ich mich und schob einen Arm unter den Kopf.

Cassias Miene verdunkelte sich. Um nicht antworten zu müssen, begann sie zu essen. Unter anderen Umständen hätte ich ihr stundenlang dabei zusehen können, nur rann mir dafür die Zeit zu schnell durch die Finger.

»Dann erzähl mir zumindest, wie du zur Sklavin geworden bist.«

»Ich bin das Mädchen ohne Namen und ohne Erinnerung, schon vergessen?«, murmelte sie verdrießlich.

Nein, das hatte ich nicht vergessen, genauso wenig wie die Tatsache, dass ein unbekannter Primus in den Gedächtnissen der Hohepriesterin und des Sklavenhändlers herumgespielt hatte. Blieb also die Frage, ob Cassia davon verschont geblieben war. Und wenn ja, warum.

»Möchtest du es mir nicht erzählen oder kannst du dich wirklich nicht mehr erinnern?«

Sie zerriss das Stück Brot in ihrer Hand, schob es aber nicht in den Mund. Man konnte ihr ansehen, wie unwohl sie sich fühlte.

»Mir gehört nichts auf dieser Welt«, sagte sie nach einer Weile, »also lass mir wenigstens meine Erinnerungen.«

Da fiel es mir wie Schuppen von den Augen. Deswegen redete sie so ungern über sich. Deswegen die starken Mauern. Deswegen hatte sie Ianus nicht erzählt, was mit ihrem Sklavenreif geschehen war. Und deswegen schloss sie auch die gestrige Nacht so hartnäckig in ihrem Kopf ein. Sie beschützte ihre Erinnerungen wie einen Schatz und wollte sie nicht in Gefahr bringen, nicht beschmutzen, indem sie sie leichtfertig mit jemandem teilte.

Nun, diesen Instinkt konnte ich verstehen. Auch wenn es eine Schande war, dass noch niemand diesem umwerfenden Geschöpf das Gefühl von Sicherheit geschenkt und ihr die Welt zu Füßen gelegt hatte.

»In Ordnung«, meinte ich und bemühte mich, keinen Vorwurf in meiner Stimme mitklingen zu lassen. »Wie wäre es dann, wenn ich ein paar meiner Erinnerungen mit dir teile? Frag mich etwas, das dich interessiert.«

Sie schien weiterhin keine große Lust auf ein Gespräch zu haben, aber zumindest wich die Anspannung aus ihrem Körper. Versonnen knabberte sie an ihrem Brot herum. Ich hätte zu gerne ihre Gedanken lesen können. Erstaunlicherweise reizte es mich nämlich zu erfahren, was sie von mir dachte.

Irgendwann schien sie sich für eine Frage entschieden zu haben. Ich war gespannt.

»Wenn dein Herz nicht schlägt, warum musst du dann atmen?«

Belustigt hob ich meine Brauen. Sie hätte sich jedes Thema aussuchen und all meinen Geheimnissen auf den Grund gehen können, aber DAS beschäftigte sie? Hielt sie das etwa für am wenigsten verfänglich?

»Muss ich nicht«, antwortete ich lachend.

»Aber du tust es trotzdem.«

Ich zuckte mit den Schultern, zumindest so weit es meine gemütliche Position zuließ. »Eine alte Angewohnheit, um menschlicher zu wirken. Außerdem ist Luft durchaus nützlich, beim Sprechen … und um die Gerüche wahrzunehmen, die zu genießen es wert sind.«

Bei den letzten Worten hatte ich meiner Stimme absichtlich einen unanständigen Unterton verliehen und wurde prompt mit wildem Herzklopfen belohnt. Cassia erinnerte sich wohl sehr gut daran, wie gierig ich gestern ihren Duft in mich aufgesogen hatte. Ich konnte es nicht lassen und atmete auch jetzt demonstrativ ein, woraufhin ihr Herz gleich noch ein wenig schneller schlug. Wie ich dieses Geräusch liebte – genau wie das süße Verlangen, das ihrer Haut entströmte.

»Frag mich noch etwas!«, forderte ich sie grinsend auf, um ihre Geduld nicht überzustrapazieren.

Dankbar für den Ausweg, den ich ihr bot, räusperte sie sich. »Warum hasst du Ianus?«

Oha. Was für ein Themenwechsel. Vermutlich sogar mit Absicht, um uns beide möglichst weit weg von jedem lüsternen Gedanken zu bringen. Das war ihr definitiv gelungen.

»Dafür gibt es so viele Gründe«, seufzte ich, »dass wir morgen noch hier säßen, wenn ich sie dir aufzählen würde.«

Cassia nahm sich ein weiteres Stück Brot. »Warum bist du dann hier, in Rom? Ich meine, als sein Gast?«

»Er hat mir etwas weggenommen, das mir sehr viel bedeutet«, erklärte ich wahrheitsgetreu. »Ich bin hier, um es mir zurückzuholen.«

»Und was?«

Eine Insel. Malta. Meinen liebsten Wohnsitz. Aber das würde nicht einmal annähernd beschreiben, worum es ging.

»Mein Zuhause.«

Cassia hob den Kopf und blinzelte mich aus großen erstaunten Augen an. Entweder sie hatte nicht erwartet, dass ich einen Ort besaß, der mir genug bedeutete, um ihn Zuhause zu nennen. Oder sie war von Ianus' Herzlosigkeit schockiert.

»Wieso kann Ianus dir einfach so dein Zuhause wegnehmen?«

Das Mitgefühl in ihrer Stimme zeigte, dass sie genau wusste, wie es sich anfühlte, wenn einem ein solcher Ort entrissen wurde. Das wunderte mich nicht. Hatte Hiro nicht erzählt, dass ihre Mutter mit elf gestorben war und sie sich danach auf der Straße hatte durchschlagen müssen? *Mir gehört nichts auf dieser Welt …* das waren ihre Worte gewesen.

»Ianus bekleidet zurzeit leider eine Position, die ihm das erlaubt.«

Sie schluckte. Ihre Stimme war kaum mehr als ein trauriges Flüstern. »Und was ist …« Sie geriet ins Stocken. Etwas schwer zu Deutendes umgab sie. Schuldgefühle? Oder Sorge? »Was ist, wenn du dein Zuhause nicht wiederbekommst?«

Allein die Vorstellung, Malta für immer zu verlieren, ließ alles in mir erkalten.

»Das wird nicht passieren«, erwiderte ich hart.

Das *durfte* nicht passieren.

Ohne ersichtlichen Grund verwandelte sich Cassias Gesicht in eine starre Maske. Es war, als hätte meine Antwort graue Sturmwolken vor die Sonne geschoben und alles Licht mitgenommen. In ihrer Stimme klang das eisige Echo meines eigenen Tonfalls mit.

»Was macht dich da so sicher?«

Auch ungeachtet ihrer seltsamen Reaktion war mir klar, dass ich mich mittlerweile auf sehr gefährlichem Terrain bewegte. Ich hatte Ianus geschworen, Cassia nichts über die Wette mit ihm zu verraten. Bei ihrem scharfen Verstand war ich vielleicht schon zu weit gegangen. Also stemmte ich mich aus den Kissen hoch und setzte ein charmantes Lächeln auf.

»Ich habe ein Angebot für dich.«

Cassia ging nicht darauf ein. Plötzlich kam sie mir so abweisend vor wie bei unserem ersten Treffen. Sie sah mich noch nicht einmal mehr an.

»Ich will jetzt nicht verhandeln!«

Wider besseres Wissen ignorierte ich die Warnung in ihrer Stimme und jeden meiner Instinkte, der mir riet, sie in Ruhe zu lassen. Mir lief die Zeit davon.

»Morgen, wenn die Lucarien-Feierlichkeiten beginnen,

werde ich abreisen«, teilte ich ihr mit. »Dann wird dich niemand mehr vor Ianus beschützen.«

»Ich kann mich um mich selbst kümmern«, zischte sie ohne jede Spur von Überraschung oder Angst. Es schien ihr völlig gleichgültig zu sein, dass ich den Palast verließ und sie hier zurückbleiben musste.

Aus schmalen Augen musterte ich sie. »Du würdest lieber Ianus' Sklavin bleiben, als meine Hilfe anzunehmen?«

»Es liegt nicht in deiner Macht, mich von Ianus zu befreien.«

»Wenn mir deine Seele gehören würde, dann schon.«

Kaum waren die Worte über meine Lippen gekommen, wusste ich, dass ich verloren hatte. Etwas in Cassia zerbrach. Ich kannte diesen Ausdruck nur zu gut. So sah es aus, wenn man einem Menschen die Hoffnung nahm. Aber welche Hoffnung hatte ich zerstört? Eigentlich hätte mein Angebot das genaue Gegenteil bewirken sollen. Ich ballte meine Hände zu Fäusten, weil ich sonst nach ihrem Gesicht gegriffen hätte. Zu groß war der Drang, ihr in die Augen zu sehen, um zu retten, was nicht zu retten war. Doch ich wollte es nicht noch schlimmer machen. Jede weitere Grenze, die ich überschritt, würde Cassia definitiv als Angriff deuten.

»Natürlich«, presste sie hervor.

So wenige Silben und so viel Ernüchterung und Bitterkeit. Sie glaubte mir nicht. Zu Recht. Ich hätte umsichtiger sein müssen und sie nicht mit einer Halbwahrheit ködern sollen. Das hier lief ganz und gar nicht so, wie es sollte.

Cassia stand auf und strich ihr Kleid glatt. Sie drehte sich nicht zu mir um.

»Ihr Dämonen könnt mir meine Freiheit nehmen, meinen Namen und sogar mein Leben. Aber meine Seele gehört mir.«

Ein klarer Standpunkt, der sich wie eine Ohrfeige anfühlte. *Ihr Dämonen ...* Offenbar machte sie keinen Unterschied mehr zwischen jemandem wie Ianus und mir. Alles, was ich in den letzten Tagen so mühsam versucht hatte aufzubauen, war mit einem Mal wie weggefegt.

»Ich gehe jetzt zur Backstube in den Arkaden«, informierte sie mich. »Das heißt, falls du zu deinem Wort stehst und mich gehen lässt.«

Noch ein Schlag ins Gesicht. Ich spürte kalten Zorn in mir aufsteigen.

»Ich stehe immer zu meinem Wort«, sagte ich gefährlich leise. Einen Wimpernschlag später stand ich vor ihr. Ich war es leid, dass sie meinen Blicken auswich. Um ihretwillen hatte ich mir das Laken um die Hüften geschlungen, aber das war auch schon alles Entgegenkommen, das sie von mir erwarten konnte. Ohne Rücksicht auf den Schrecken, den ich ihr mit meinem plötzlichen Auftauchen eingejagt hatte, griff ich mir ihre Hand und drückte ein paar Sesterzen hinein. Danach materialisierte ich eine Kette mit einem Beschwörungssiegel und ließ sie vor Cassias Gesicht baumeln.

»Das ist –«

»Die feinere Variante eines Sklavenreifs?«, unterstellte sie mir.

Ich presste die Zähne aufeinander. Sie legte es offenbar wirklich darauf an, mich auf Biegen und Brechen bis zur Weißglut zu reizen, damit ich ihr ihre Vorurteile mit einem Wutausbruch bestätigte. Den Gefallen würde ich ihr nicht tun.

»Nein«, antwortete ich bemüht ruhig und legte ihr die Kette um. »Damit werden die Wachen wissen, dass du mit meiner Erlaubnis unterwegs bist. Außerdem kannst du mich so jederzeit rufen – falls du Sehnsucht hast oder dich wieder jemand töten möchte.«

Cassia quittierte meinen Spott mit einem zynischen Lächeln. Es war eine schale Imitation dessen, was ihr Gesicht in sonst so seltenen Momenten zum Strahlen brachte.

»Und du kannst mich damit natürlich jederzeit finden«, mutmaßte sie.

»Auch das«, bestätigte ich trocken.

Als mein Siegel in ihrem Ausschnitt ruhte, fühlte ich mich so weit besänftigt, dass Cassias anklagende Blicke mich nicht mehr aus der Ruhe bringen konnten. Ich wollte nicht, dass sie ging, bevor ich mich nicht hatte erklären können. Behutsam strich ich ihr eine verirrte Haarsträhne aus der Stirn.

»Ich möchte dir helfen. Schenke mir deine Seele und ich kann dich ganz formell von Ianus einfordern. Ich schwöre, alles in meiner Macht Stehende zu tun, um dich hier rauszuholen. Und dann«, sagte ich sanft und sah ihr dabei mit voller Aufrichtigkeit in die Augen, »hebe ich die Seelenbindung wieder auf, wenn du das möchtest.«

Cassia stutzte. Zum ersten Mal, seit unser Gespräch so fürchterlich schiefgelaufen war, schienen meine Worte zu ihr durchzudringen. Sie wusste offensichtlich, wie selten ein solches Angebot war. Verwundert musterte sie mich – vier, fünf Atemzüge lang.

»Wenn du mir wirklich nur helfen willst, dann beantworte mir eine Frage«, bat sie mich schließlich.

All meine Sinne waren bis aufs Äußerste gespannt. Ich hatte das Gefühl, eine letzte Chance zu bekommen.

»Welche Frage?«

»*Warum* willst du meine Seele haben?«

Meine Kehle schnürte sich zu und sperrte einen Schrei

darin ein, der den ganzen Palast hätte erschüttern können. Ich wollte ihr antworten, ihr die Wahrheit sagen, ihre Zweifel an mir beseitigen, sie zu meiner Komplizin machen und sie davon überzeugen, dass ich ihr Vertrauen verdient hatte. Aber ich konnte es nicht. Mein Schwur hinderte mich daran.

»Das dachte ich mir«, murmelte Cassia resigniert. Sie wandte sich ab, nur um sich dann doch noch einmal zu mir umzudrehen. Müde. Bedrückt. Unglücklich.

»Mein Kompliment. Du hättest es wirklich fast geschafft.«

»Was?«, presste ich hervor.

»Dass ich dir all das abkaufe.« Mit einer unbestimmten Geste deutete sie in meine Richtung. »Deine Nettigkeit. Dein Charme.« Sie senkte die Stimme. »Dein Herz.«

Frustriert schüttelte ich den Kopf.

»Warum siehst du nicht, dass ich dir helfen will?«

Sie mochte ja mit all ihren Zweifeln recht haben, aber das änderte nichts daran, dass ich ihr den einzigen Weg anbot, der sie aus Ianus' Fängen befreien konnte. Jemand, der so klug war wie sie, sollte das eigentlich erkennen.

»Du willst nur *dir* helfen«, berichtigte sie mich und marschierte aus meinen Gemächern.

Als die Tür ins Schloss fiel, konnte ich meinen Ärger nicht länger zurückhalten. Meine Macht brach aus mir heraus und hüllte alles um mich herum in ein Flammeninferno. Stoffe schmolzen, Möbel brannten, Wände verkohlten.

Grim!, rief ich mit so viel Nachdruck, dass sie es am anderen Ende der Welt noch gehört hätte. Entsprechend schnell kam meine Gezeichnete herbeigeeilt. Als sie hereinstolperte, wob sie sofort einen Kokon aus grüner Hexenmagie um sich. Andernfalls wäre sie unter meiner Wut zu Asche verglüht.

Das Frühstück ist wohl nicht so gut verlaufen? Ihr Tonfall war für ihre Verhältnisse ziemlich besonnen. Kein Wunder, bedachte man, dass ich auch ihren Schutzschirm hätte zermalmen können, wenn mir danach gewesen wäre. Ich rief meine Macht zurück und beseitigte im gleichen Atemzug die Schäden, die ich angerichtet hatte. Anschließend setzte ich mich an meinen Schreibtisch und ließ das Gespräch mit Cassia in allen Einzelheiten Revue passieren.

Grim wartete noch ein paar Augenblicke ab, ob ich mich auch wirklich unter Kontrolle hatte. Dann löste sie ihre Magie auf und sah mich besorgt an. Sie sagte nichts. Besser so.

»Kennst du einen Weg, einem Menschen die Seele zu nehmen ohne dessen Einwilligung oder mentale Manipulation?«, fragte ich die Hexenmeisterin. Ich hatte vage Gerüchte gehört, dass es einigen Zirkeln gelungen war, das uralte Wissen dämonischer Blutmagie auf Rituale mit Menschenblut zu übertragen und sich so die Kraft von Seelen zunutze zu machen. Vielleicht würde ich ja dort eine Lösung für mein Problem finden.

»Keinen, den der Mensch überleben würde«, entgegnete Grim, ohne zu zögern.

Mit ausdrucksloser Miene nahm ich ihre Antwort zur Kenntnis. Das war bedauerlich, aber ... »Danach habe ich nicht gefragt.«

Grim starrte mich entgeistert an. Sie besaß genug Selbsterhaltungstrieb, um ihren Unmut für sich zu behalten. Stattdessen bemühte sie sich um einen sachlichen Tonfall, als sie sich erkundigte: »Du nimmst den Tod des Mädchens in Kauf?«

Das war das Letzte, was ich wollte, aber nach meinem Gespräch mit Cassia existierte nun durchaus die reelle Chance, dass sie halsstarrig bleiben und mein Angebot nicht noch einmal überdenken würde. Das bedeutete nicht, dass ich aufgab, doch womöglich würde sie mir am Ende keine Wahl lassen. Dabei ging es nicht nur um Malta. Cassia verstand nicht im Geringsten, was für sie auf dem Spiel stand. Sie klammerte sich an ihren Stolz, aber Stolz konnte gebrochen werden. Und Ianus war auf diesem Gebiet nicht bloß versiert, sondern der perfideste Sadist, den ich kannte. Hatte er sich einmal auf ein Lieblingsopfer eingeschossen, ließen seine Praktiken sogar mich sprachlos zurück, und das mochte was heißen. Er würde Cassia mehr als körperliche und seelische Schmerzen bereiten, er würde ihren Willen brechen, ihren Geist zerfetzten und ihr jede Würde nehmen. Am Ende wäre sie nur noch eine atmende Hülle, die nicht einmal genug Selbstwert hätte, um sich zu verachten.

»Wenn sie mir ihre Seele nicht verspricht, wäre der Tod das gnädigere Schicksal.«

Grim nickte bedächtig. Ihr war bewusst, dass ich die Wahrheit sagte. Obwohl es ihr missfiel.

»Und der Schwur, den du mir geleistet hast?«

Ein leises Knurren entstieg meiner Kehle. Was war das für ein verfluchter Tag, dass heute alle glaubten, mein Wort infrage zu stellen?

»Ich werde ihre Seele freigeben«, stellte ich unmissverständlich klar. »Auch wenn ihr Körper dann nicht mehr lebt. Dann kann sie zumindest Frieden finden.«

Die Hexe schwieg, aber die Enttäuschung und die Abscheu in ihrem Blick sprachen eine deutliche Sprache.

»Grim!«

»Geh zu Sotírios«, meinte sie barsch. »Da du Rom nicht verlassen kannst, ohne Verdacht zu erregen, ist er wohl der Einzige, der dir geben kann, was du brauchst.«

Ich runzelte die Stirn. Den Namen kannte ich. Sotírios war einer der mächtigsten Hexenmeister, die zurzeit lebten, aber er war ebenso ein Gauner und ein raffgieriges Scheusal. Ich hatte nicht gewusst, dass er sich momentan in Rom aufhielt. Tja, dafür gab es sicherlich einen guten Grund – und der trug sehr wahrscheinlich den Namen Ianus. Ich konnte nur hoffen, dass Sotírios so käuflich und wenig loyal war, wie sein Ruf von ihm behauptete.

»Wo finde ich ihn?«

»Bist du dir sicher, dass du diesen Weg beschreiten willst?«, fragte mich Grim ernst.

Nein, das war ich nicht.

Aber ich würde nicht alles auf eine Karte setzen. Ganz besonders nicht, wenn diese Karte lieber starb, als mir zu vertrauen.

Böses Blut

Ich zog mich noch ein wenig tiefer in die Schatten der ausladenden Palme zurück und hoffte, dass mich niemand entdecken würde. Die Wand in meinem Rücken gab mir Halt, während ich wartete. Unglücklicherweise war ich von Bels hartnäckigen Versuchen, seine Wette zu gewinnen, aus den Gemächern vertrieben worden, bevor ich mir den Hexenharass hatte holen können. Jetzt blieb mir nichts anderes übrig, als mich hier im nächstgelegenen Atrium zu verstecken, bis er ebenfalls ging und ich zurückschleichen konnte.

Verdrossen betrachtete ich die Kette mit Bels Siegel. Es sah aus wie eine alte Goldmünze, doch darauf prangte dasselbe fünfzackige Symbol, das ich schon von seinem Rücken kannte. Ich war versucht, es an die erstbeste Töle, Katze oder Ratte zu binden, damit er sein blaues Wunder erlebte, wenn er mich darüber finden wollte. Aber leider würde ich es noch brauchen, um an den Wachen vorbei aus dem Palast rauszukommen. Frustriert ließ ich meinen Kopf gegen die Wand hinter mir fallen. Bel tat genau das, was ich von ihm erwartet hatte. Warum also war ich derart enttäuscht von ihm? Warum hatte ich so feindselig und emotional reagiert, anstatt ihm einfach eine trockene Abfuhr zu erteilen?

Je länger ich darüber nachdachte, desto klarer wurde mir, dass nicht Bel für meine Aufgewühltheit verantwortlich war. Nicht wirklich. Die verfahrene Situation, in der wir steckten, zerrte an meinen Nerven. Letztendlich wollten er und ich dasselbe: Ianus ein Ende bereiten. Aber das Schicksal machte es uns unmöglich, gemeinsam an einem Strang zu ziehen. Durch seinen Schwur konnte er mich nicht einweihen und ich konnte ihm einfach nicht genug vertrauen, um mein Leben in seine Hände zu legen. Das war traurig, aber die Wahrheit. Ich wünschte, dass es anders wäre. Tatsächlich glaubte ich nämlich nicht, dass er kein Herz besaß, so wie ich es ihm in meiner Wut vorgeworfen hatte. Niemand, der zu einer solchen Rücksicht, Fürsorge und hingebungsvollen Zärtlichkeit fähig war, konnte wahrhaft herzlos sein. Ich hatte es in seinen Blicken gesehen und in seinen Berührungen gespürt. Nicht in den Momenten, in denen er wusste, dass er meine Aufmerksamkeit hatte. Es waren eher Kleinigkeiten, die ihn verrieten. Der Anstand, aus dem er mich gestern Nacht hatte bremsen wollen. Die Art, wie er trotz aller Leidenschaft seine Kraft gezügelt hatte, um mir nicht wehzutun. Oder die versteckte Sorge unter all seiner Wut, als er mir eben das Siegel angelegt hatte. Ja, Bel verfolgte seine Ziele und konnte grausam und brutal sein, aber ich war mir inzwischen sicher, dass er nicht grundlos oder aus einem boshaften Vergnügen heraus so handelte. Nein, er wollte nur sein Zuhause zurück. Dass er dabei das Schicksal anderer hintanstellte, durfte gerade ich ihm nicht vorwerfen. Ich tat gewisserweise genau dasselbe, indem ich ihm in vollem Bewusstsein die Chance auf Malta verwehrte. Wer wusste schon, ob er die Insel wiederbekommen würde, wenn ich Ianus erst zu Fall gebracht hatte?

So war es eben.

Er würde meine Seele nicht bekommen. Niemals. Und ich sollte froh sein, dass ich bereits über alle Berge wäre, wenn er das begriff.

Aber ich war nicht froh. Ich fühlte mich schlecht. Mein Gerechtigkeitssinn kratzte unnachgiebig an meinen Gedanken. Seit wann gehörte ich zu den Menschen, die sich dem Schicksal ohne Widerstand fügten? Seit wann wählte ich den einfacheren Weg auf Kosten derjenigen, die mich nett behandelten?

Die Frage war nur, ob ich mich nicht irrte, ob mein jetziges Zögern nicht genau das war, was Bel beabsichtigt hatte.

Ich atmete tief durch und fällte eine Entscheidung. Inzwischen war ausreichend Zeit verstrichen. Falls Bel seine Gemächer hätte verlassen wollen, wäre er mittlerweile fort. In diesem Fall würde ich mir den Hexenharass schnappen und ihn zu Thanatos bringen. Sollte Bel jedoch noch da sein, würde ich mit ihm reden und herausfinden, ob er es vielleicht doch verdient hatte, ihn einzuweihen.

Zielstrebig stieß ich mich von der Wand ab und marschierte zurück. Niemand begegnete mir, niemand hielt mich auf. Ich betrat die Gemächer, schloss die Tür hinter mir und spürte unmittelbar eine Welle der Enttäuschung über mich hinwegschwappen. Kein Bel.

Somit war es also entschieden. Oder? Vorsichtshalber schaute ich auch im Baderaum nach. Nichts. Da verstand ich, wie sehr sich ein kleiner Teil von mir gewünscht hatte, ihn anzutreffen.

Sei's drum. Warten konnte und wollte ich nicht. Die Verantwortung, die auf meinen Schultern lastete, war zu groß. Ich würde das Kupferkästchen mit der Phiole jetzt zu Thanatos bringen. Aber ganz vielleicht, wenn meine Aufgabe erledigt war, würde ich es mir doch noch einmal überlegen, zurückzukehren. Vielleicht ...

Ich lief in den Garten und kniete mich vor das Blumenbeet mit dem Begrenzungsstein, unter dem der Hexenharass versteckt war. Dort legte ich den Lederbeutel neben mich, als sich plötzlich eine Hand auf meinen Mund presste. Meine Schreie wurden von etwas Weichem und Feuchtem gedämpft. Ein beißender Geruch. Weingetränkter Atem. Schweiß. Eine Rüstung an meinem Rücken. Grobe Arme. Meine Muskeln gehorchten mir nicht mehr. Das Licht wich zurück und machte der Dunkelheit Platz. Ich verlor das Bewusstsein.

Als ich wieder erwachte, spürte ich straffe Lederriemen an meinen Handgelenken und Knöcheln. Große Lichtquadrate blendeten mich ... ein heller Raum ... ich roch Blut, altes und neues ... und Rauch. Ein Stuhl unter mir ... Wasserplätschern ... verschwommene Hände, die meine Arme schrubbten.

Warum taten sie das?

Grün leuchtende Augen. Leises Gemurmel. Das faltige Gesicht einer Frau nahm Form an ... Marcella. Die alte Sklavin war eine Hexe? Rote Farbe tränkte den Schwamm. Sie wusch sie von meinem Körper. Es war keine Farbe. Blut. Überall. Symbole auf meiner Haut.

Wie lange war ich ohnmächtig gewesen? Mein Kopf dröhnte. Es hatte sich nach wenigen Momenten angefühlt, aber wenn jemand die Zeit gehabt hatte, mich so gewissenhaft zu bepinseln, musste die Lücke in meinen Erinnerungen doch größer sein als gedacht. Sehr viel größer. Ich stöhnte leise und versuchte, den Nebel aus meinem Verstand zu drängen. Je mehr mir das gelang, desto drückender wurden die dumpfen Schmerzen, die meinen Schädel zu zerquetschen drohten.

»Wo bin ich?«, flüsterte ich, als ich mich endlich daran erinnerte, wie Sprechen funktionierte.

Die Sklavin antwortete nicht. Sie beendete ihre Arbeit und verschwand. Wohin wusste ich nicht.

Plötzlich hörte ich Holz auf Stein schaben. Jemand rückte einen Stuhl zurecht. Eine schemenhafte Gestalt spazierte in mein Sichtfeld und setzte sich mir gegenüber. Ich blinzelte ein paar Mal und stellte erleichtert fest, dass sich die Umrisse nach und nach schärften. Doch der Erleichterung folgte sehr schnell blanke Panik. Der Dämon, der vor mir saß, war Ianus. Sein schwarzer Blick durchbohrte mich. Es war keine Begutachtung, kein Interesse an mir, meinen Reaktionen oder Gefühlen. Nein, er sah mich einfach nur an wie ein Raubtier auf der Jagd, das seine Beute fixierte, bis die perfekte Gelegenheit gekommen war, um über sie herzufallen.

»Lass uns für den Anfang festhalten: Ich habe weder deinen Verstand angetastet noch dir körperliche Gewalt angetan oder geplant, es zu tun. Ich möchte nur ein wenig mit dir plaudern. Danach darfst du unversehrt zu Bel zurückkehren.«

Seine Worte konnten die Angst, die durch meinen Körper raste, nicht besänftigen. Instinktiv rüttelte ich an den Lederriemen, doch das verstärkte meine Kopfschmerzen so sehr, dass ich den Widerstand aufgab.

»Du hast mich betäubt, entführt und gefesselt«, krächzte ich gereizt. »Das fühlt sich ziemlich nach Gewalt an.«

Im selben Moment ließ der Druck an meinen Handgelenken und Knöcheln nach. Die Riemen fielen von mir ab. Sofort zog ich meine Arme an die Brust und rieb mir die Handgelenke.

»Vergebung«, sagte Ianus und bewies mit einem mitleidlosen Lächeln, dass er die wahre Bedeutung dieses Worts nicht kannte. »Die Sorge um dich trieb mich dazu. Ohne die Fesseln und die Betäubung hättest du dich vielleicht gewehrt und dabei selbst verletzt. Das konnte ich doch nicht zulassen. Dir soll ja kein Leid geschehen. Ich habe Tigellinus sogar ausdrücklich angewiesen, dir kein Haar zu krümmen.«

Falsch. Jede einzelne seiner Behauptungen fühlte sich falsch an. Ich war seine Sklavin. Hätte er mich zu sich befohlen, hätte ich gehorchen müssen. Irgendetwas stimmte hier nicht. Ich drehte den Kopf, um mich umzusehen, und erstarrte. Mein Stuhl stand in der Mitte eines Wohnraums, der über und über mit Blut besudelt war. Der Boden, die Wände, die Möbel – überall prangten Blutspritzer. Selbst auf Ianus' strahlend weißer Toga. Und seinen Händen. So viel Blut. Frisches Blut. War es meines? Außer meinem dröhnenden Schädel waren da keine Schmerzen. Glaubte ich zumindest. Aber das musste nichts heißen. Das Betäubungsmittel pumpte mir noch immer durch die Adern. Vielleicht spürte ich einfach nicht, dass ich am Verbluten war? Andererseits wäre ich vermutlich längst tot, wenn all dieses Blut von mir stammen würde. Wenn es aber nicht meines war, wessen dann?

Aus der Blutlache führte eine Spur heraus. Eine Schleifspur. Sie endete wohl irgendwo schräg hinter dem Stuhl, auf dem ich saß. Alles in mir sträubte sich, mich umzudrehen, aber ich musste es einfach wissen. Ich riskierte einen Blick und erstarrte. Dort in der Ecke lag der tote Körper einer Frau. Mein Herz begann zu rasen. Mein Magen revoltierte. Ich kannte sie. Es war die nette Sklavin, die mir am ersten Tag versucht hatte, die Angst zu nehmen. Jetzt stierten mir ihre Augen kalt und leer entgegen. Ihr Gesicht hatte den Schrecken im Moment ihres Todes eingefangen und ihre Kehle war eine aufgerissene Wunde, als hätte ein Tier sie mit seinen Klauen zerfetzt. Hastig sah ich weg, aber es half nicht.

Das Bild hatte sich bereits in meinem Kopf festgekrallt. Ich musste hier raus!

Nicht durchdrehen, redete ich auf mich ein. Einfach weiteratmen ...

Leicht gesagt, wenn das Monster, das für dieses Blutbad verantwortlich war, einem gegenübersaß. Ianus taxierte mich noch immer, aber jetzt glänzte in seinen Augen ein Hauch von Fanatismus. Er erfreute sich am Anblick seines Werks. Mit Sicherheit hatte er die junge Sklavin nicht nur wegen ihres Bluts umgebracht, er hatte Freude daran gehabt.

Einfach weiteratmen! Mit etwas Glück würde mir nichts passieren. Wüsste Ianus von der Phiole, wäre er bestimmt nicht so ... zurückhaltend mit mir gewesen. Nein, das hier, was auch immer es war, hatte andere Gründe.

»Wogegen«, presste ich mühsam hervor, »hätte ich mich denn gewehrt?«

Ianus' Grinsen verwandelte sein Gesicht in eine gefährliche Fratze. »Nenn es eine nicht-körperliche Intervention. Eine Rückversicherung, damit du Belial deine Seele nicht versprichst.«

Eine was?!

»Ich werde niemandem meine Seele versprechen.«

»Das glaube ich dir sogar«, meinte er fast freundlich und stand auf. Instinktiv drängte ich mich tiefer in den Stuhl. »Aber ich kann mich darauf leider nicht verlassen, Aurora.«

Ohne das Blut auf dem Boden zu beachten, kam er auf mich zu. Ich klammerte mich an den Gedanken, dass sein Schwur ihn davon abhalten würde, auch mir die Kehle aufzureißen. Etwas anderes konnte ich nicht tun. Ich war starr vor Angst, als er sich auf die Armlehnen meines Stuhls stützte und sich zu mir herunterbeugte. »Belial scheint unglückseligerweise sehr erfolgreich zu sein.« Er fasste nach meinem Hals und pflückte Bels Siegel von meiner Haut. Bedächtig drehte er es zwischen den Fingern. »Versuch gar nicht erst, es zu leugnen. Ich kann ihn an dir riechen. In jeder Pore.«

Sein Blick wanderte über meinen Körper. Er leckte sich die Lippen. »Verübeln kann ich es ihm nicht, schließlich gedenke ich, seinem Beispiel zu folgen, wenn es so weit ist.«

»Eher sterbe ich!«, fauchte ich. Dabei war mir völlig gleichgültig, was ich damit gerade zugab oder nicht. Allein die Vorstellung, diesem Monster ausgeliefert zu sein, war so unerträglich, dass mir verzweifelte Tränen in die Augen schossen.

Ianus lachte. »Oh, das wirst du *nicht*, Aurora. Ich werde dich sehr lange am Leben lassen.« Mit diesem unheilvollen Versprechen gab er Bels Siegel frei. Schwer fiel es zurück auf meine Brust, während er sich abstieß und zu seinem Stuhl spazierte. »Wer weiß, vielleicht töte ich dich ja auch gar nicht. Ich ziehe in Erwägung, dich irgendwann, wenn erst das Licht in deinen Augen erloschen ist und es mir keinen Spaß mehr macht, mit dir zu spielen, Belial wieder zum Geschenk zu machen. Lebendig und doch tot. Leer. Gebrochen. Dann kann er dich ja von deinem Leid erlösen, wenn er den Anblick nicht mehr erträgt.«

Als Ianus sich setzte und ich seinen zufriedenen Gesichtsausdruck sah, wusste ich, dass es genau so geschehen würde. Ich durfte keinen Tag länger hierbleiben. Nicht nur um meinetwillen, sondern auch wegen all der Menschen, die ihm bereits zum Opfer gefallen waren oder es noch würden, wenn ich die Phiole nicht zu Thanatos brachte.

»Bevor du jetzt aber auf die Idee kommst, Bel zu deiner Rettung herbeizubeschwören: Meine Gemächer sind gegen fremdes Eindringen geschützt. Außerdem solltest du dir noch eine kleine Geschichte anhören«, teilte er mir mit. »Ich weiß, du bist damit beschäftigt, dir deine düstere Zukunft auszumalen, aber ich verspreche dir, dass diese Geschichte äußerst aufschlussreich für dich sein wird.«

Er faltete seine blutigen Hände auf dem Schoß und lächelte mich voller Vorfreude an. »Vor langer Zeit, als Dämonen noch ohne all unsere strengen Gesetze unter den Menschen wandelten, lebte ein mächtiger Hexenmeister. Er hatte eine wunderschöne junge Frau, doch die interessierte sich nicht im Geringsten für ihren Gemahl. Stattdessen fand sie Gefallen an Dämonen, deren körperlichen Vorzügen und deren Macht. Sie ließ sich von ihnen zeichnen, sammelte Siegel wie andere Schmuck und war sogar gewillt, ihre Seele einzutauschen. Als der Hexenmeister von dem Treiben seiner Frau erfuhr, wurde er unendlich zornig. Er hätte sie am liebsten umgebracht, aber er konnte es nicht, denn er liebte sie. Also erschuf er einen Fluch. Es war der erste seiner Art. Die erste Blutmagie, die je von einem sterblichen Hexer ausgeführt wurde. Er verfluchte die Seele seiner Frau und infizierte sie mit einer dunklen Macht, die auf Dämonen wirkt wie Gift. Daraufhin wandten sich all ihre Verehrer von ihr ab, zogen ihre Siegel zurück und wagten es auch nicht, eine Seelenbindung einzugehen.« Noch während sich die Bedeutung dieser Geschichte in meinem Verstand zusammensetzte, griff Ianus in seine Toga und zog eine kleine, verblichene Schriftrolle hervor. »Dieser Fluch geriet leider in Vergessenheit, denn weil er eine Gefahr für Dämonen darstellte, hielt der Hohe Rat ihn sehr lange unter Verschluss. Fast niemand weiß heute noch davon und nur in einer einzigen Aufzeichnung unserer Chroniken ist das entsprechende Ritual dokumentiert. Diese hier.«

Mit triumphierend glitzernden Augen tippte er gegen die Schriftrolle und genoss die Erkenntnis, die sich auf meinem Gesicht breitmachte.

»Du hast meine Seele verflucht?«, hauchte ich erschüttert.

»Kein Grund zur Besorgnis«, kicherte er. »Außer einem recht hübschen Mal an deinem Nacken, wirst du gar nichts davon bemerken.«

Panisch griff ich mir an den Hals. Tatsächlich. Ich spürte eine leichte Erhabenheit. Dort war irgendetwas, das ich zuvor nicht gehabt hatte.

Plötzlich verschwand jede Erheiterung aus Ianus' Zügen. »Sollte aber ein Dämon so dumm sein, deine Seele zu verlangen und du sagst Ja, dann wird das Gift direkt in seine Essenz gelangen und seine Macht befallen wie eine Krankheit. Er wird kaum noch seine Hülle aufrechterhalten können und nicht einmal mehr genug Kraft besitzen, die Seelenbindung zu unterbrechen, die ihn verpestet. Aber selbst das wird nichts im Vergleich dazu sein, was passiert, wenn du stirbst und deine Seele vollständig in den Primus übergeht.«

Atmen.

Atmen!

Ich fühlte mich beschmutzt. Geschändet. Beraubt.

Es war meine Seele.

Er hatte kein Recht dazu!

Hilflose Wut pumpte durch meine Adern.

Ianus grinste mich an.

»Falls du gerade mit dem Gedanken spielst, meinen eigenen Fluch gegen mich einzusetzen, solltest du wissen, dass er auf mich keine Wirkung hätte. Ich habe Vorkehrungen getroffen, um mich davor zu schützen. Das gilt jedoch nicht für Bel. Natürlich würde er nicht sterben. Allerdings bräuchte er Jahrhunderte, um sich von der Vergiftung zu erholen. Angesichts der fürchterlichen Qualen, die er erleiden müsste, wird er sich den Tod jedoch ganz bestimmt herbeisehnen.«

Vergnügt funkelte er mich an.

»So oder so – ich gewinne.«

Schweigen ist Gold

Und wie ich Rom hasste. Wäre Sotírios' Geschäft nicht mitten auf dem Forum Romanum gewesen, hätte ich Hiro hingeschickt und mich von ihm beschwören lassen. Zu meinem Bedauern fehlte es den Illusionen meines jungen Leibwächters an Raffinesse. Etwas, das mein Gastgeber leider zuhauf besaß. Das Risiko, dass Ianus meine Energie zu Sotírios verfolgen oder irgendeiner seiner Dämonenfreunde meine Ankunft hier mitbekommen könnte, war einfach zu groß. Nein, um diese Angelegenheit musste ich mich wohl oder übel alleine kümmern. Und zu Fuß.

Hatte ich schon einmal erwähnt, wie sehr ich Rom hasste?

Wenigstens schien man mir meine Laune anzusehen, weswegen mir die meisten Menschen aus dem Weg gingen. So marschierte ich schnurstracks aufs Forum. Das pulsierende Herz des Imperiums. Seit meinem letzten Besuch hatte sich einiges verändert und dennoch war alles beim Alten geblieben. Die Gebäude waren größer, die Kleidung bunter, aber die Nasen trug man noch immer so hoch wie eh und je.

Ich hielt auf die Tabernae an der Nordseite zu. Dort reihte sich ein elitäres Geschäft an das nächste. Es wunderte mich nicht, dass jemand wie Sotírios sich genau da niedergelassen hatte, wo alles nach Geld stank.

Sein Laden war einfach zu finden. Es gab nur eine einzige

Eingangstür, die von so mächtiger Magie umgeben war, dass meine Essenz zu prickeln begann. Bevor ich mich jedoch damit auseinandersetzen wollte, folgte ich dem spontanen Impuls, nach Cassias Beschwörungssiegel zu suchen. Überraschenderweise war sie wieder im Palast. Oder immer noch. Wo genau, konnte ich nicht sagen, weil Ianus' Schutzzauber meine Wahrnehmung verzerrten.

Bist du bei dem Mädchen?, wollte ich von Hiro wissen. Er hatte den Auftrag, sie nicht aus den Augen zu lassen.

Nein, informierte mich mein Leibwächter sofort. *Ich bewache die Tür zu deinen Gemächern. Sie ist dorthin zurückgekehrt, kurz nachdem du gegangen bist.*

Ich runzelte die Stirn. *Zurückgekehrt von wo?*

Hiros Antwort klang sachlich wie immer, was den Inhalt seiner Worte jedoch noch seltsamer machte. *Sie hatte sich hinter einer Palme versteckt und geschmollt.*

Cassia hatte ... geschmollt? Hinter einer Palme? Ich musste schmunzeln. Wieso konnte ich mir das nur so gut vorstellen? Sie schaffte es irgendwie immer, das Gegenteil dessen zu machen, was ich von ihr erwarten würde. Nun gut, wenn Hiro die Wahrheit sagte – woran kein Zweifel bestand –, gab es vielleicht doch noch Hoffnung. Warum sollte sie sonst zurückgekehrt sein? Sie konnte ja nicht wissen, dass ich den Palast über einen anderen Ausgang verlassen hatte.

Sorg dafür, dass sie dortbleibt, wies ich Hiro an. *Ich komme so schnell ich kann zurück.*

Meine plötzlich gestiegene Laune hielt jedoch nicht lange an. Als ich meine Hand auf den magisch geschützten Türknauf legte, riet mir mein Bauchgefühl vehement davon ab, diesen Weg zu beschreiten. Aber ich brauchte eine Absicherung, falls Cassias scheinbarer Umschwung doch nichts zu bedeuten hätte. Also stieß ich die Tür auf und betrat das Geschäft mit dem offiziellen Namen *Kräuter und Arzneien.*

Ein enger düsterer Raum verschluckte mich. Bündel von getrockneten Pflanzen hingen so tief von der Decke, dass ich den Kopf einziehen musste, um sie nicht zu streifen. Überall standen Regale, Kisten und Truhen herum.

»Ich habe mich schon gefragt, wann es den berühmten Belial in meinen bescheidenen Laden verschlägt«, hieß mich eine tiefe Stimme willkommen. »Als ich hörte, Diabolus höchstpersönlich wäre in Rom, wollte ich meinen Ohren kaum trauen.«

Sotírios tauchte hinter dem Tresen auf. Soweit ich wusste, war er Grieche, aber seine Vorfahren stammten eindeutig aus Afrika. Sein Hautton wirkte so dunkel, dass er mit den tiefen Schatten im Inneren des Ladens beinahe verschmolz. Ein weißes Lächeln blitzte auf. Darüber glühten von grünen Hexenringen umrandete Augen. Magie floss durch den Raum, zog sich über die Wände und ließ die Tür zufallen. Eine magische Abriegelung. Sie war mächtiger als alles, was ich bislang von einem Sterblichen erlebt hatte. Offensichtlich verfügte dieser Hexenmeister tatsächlich über außergewöhnliche Kräfte – vermutlich sogar stark genug, um mir Schwierigkeiten zu machen, falls er es darauf anlegte.

»Du bist gut informiert«, bemerkte ich. Kaum jemand wusste, dass ich hier war. Sotírios besaß also neben seiner Magie auch noch hervorragende Kontakte. Möglich, dass sogar Ianus selbst ihm von mir erzählt hatte.

»Wissen ist Teil meines Erfolgskonzepts«, erwiderte der Hexenmeister mit falscher Bescheidenheit. »Was also kann ich für dich tun?«

Ich ging zum Tresen und ließ einen Beutel mit Goldmünzen darauf fallen. »Mir zunächst einmal dein Schweigen zusichern.«

Sotírios griff nach dem Gold, doch ich packte seine Hand, bevor er den Beutel einstecken konnte.

»Loyalität, die käuflich ist, gerät schnell ins Wanken, wenn jemand anderes mehr bietet«, meinte ich kühl. »Mir ist allerdings sehr daran gelegen, dass niemand von meinem Besuch hier erfährt. Auch nicht jene, die sonst zu deinen besten Kunden zählen.«

»Aaah.« Sotírios grinste wissend, aber kein bisschen eingeschüchtert. »Dann musst du mir wohl so viel bieten, dass nicht einmal Ianus dich überflügeln kann.«

Ich musterte den Hexenmeister finster. Das Gold war mir egal, nur misstraute ich grundsätzlich jedem, dessen Schweigen einen Preis hatte. Besonders jenen, die neben ihrer Habsucht auch noch über einen wachen Verstand verfügten. So jemandem musste man von Anfang an eine Grenze aufzeigen oder man würde ganz schnell übers Ohr gehauen werden.

»Also gut«, zischte ich. »Wenn du bis morgen Stillschweigen bewahrst, komme ich zurück und verdopple, was auch immer du verlangst. Mein Wort darauf. Solltest du mich jedoch hintergehen, werde ich dich finden und dich all das schöne Gold schlucken lassen.«

Unter dem gierigen Glanz in Sotírios' Augen schimmerte nun doch so etwas wie Vorsicht. Gut. Langsam schien ihm klar zu werden, dass man sich jemanden wie mich nicht zum Feind machen sollte.

»Klingt akzeptabel«, entschied er. »Wie kann ich dir also zu Diensten sein?«

Widerwillig gab ich die Hand des Hexenmeisters frei. Der Beutel voll Gold verschwand sofort in den Untiefen seines faltenreichen Gewands. Dann sah Sotírios mich erwartungsvoll an.

»Ich interessiere mich für eine Möglichkeit, eine menschliche Seele in Besitz zu nehmen. Unglücklicherweise verwehren mir äußere Umstände die herkömmlichen Methoden.«

»Verstehe.« Der Hexenmeister schlug einen geschäftigen Tonfall an. Er schien weder Einwände noch Skrupel zu haben. »Ohne Seelenbindung benötigst du ein Gefäß, das die Seele vorübergehend aufnimmt.«

Ich nickte. Das wusste ich bereits von Grim.

Sotírios bückte sich, kramte unter dem Tresen herum und stellte schließlich eine in Kupfer gefasste gläserne Phiole vor mir ab. »Etwas in dieser Art hat sich bewährt.«

Skeptisch betrachtete ich das hochwertig geschliffene Glasfläschchen. Dieses Ding wurde ganz offensichtlich nur zu dem Zweck erschaffen, Seelen zu beherbergen. Dass Sotírios so etwas auf Lager hatte, bedeutete wohl, er produzierte und verkaufte diese Phiolen reihenweise. Wahrscheinlich sogar an Ianus.

»Ich überlasse sie dir gerne. Allerdings wirst du Hexenmagie benötigen, um das Ritual durchzuführen. Dabei könnte ich dir behilflich sein oder einer Hexe deiner Wahl die erforderlichen Rituale lehren.«

»Mir fehlt es an Geduld für langwierige Rituale und die Beteiligung Dritter«, klärte ich ihn auf und schob die Phiole von mir weg. »Sagen wir einfach, ich möchte dieses Vergnügen ganz für mich alleine.«

Mit ausdrucksloser Miene legte ich einen umwickelten Gegenstand auf den Tresen und schlug den Stoff zurück. Darunter kam ein kupferner Dolch mit einem Rubin im Knauf zum Vorschein. Ich hatte ihn auf dem Weg hierher erstanden. Die

Blutmagie von Hexen mochte Neuland für mich sein, doch da sie eine Abwandlung dämonischer Blutmagie war, kannte ich mich gut genug aus, um zu wissen, was ich wollte.

»Ich möchte, dass du die erforderlichen Rituale darin verankerst«, forderte ich. »Wie bei einem Aziam.«

Sotírios starrte mich sprachlos an. »Das … das hat noch niemals jemand versucht.«

Verständlicherweise hatte das noch niemand versucht. Die tödlichen Brachion-Klingen waren nicht umsonst die seltensten Waffen auf dieser Welt. Sie konnten in dämonische Essenzen eindringen und deren Macht heraussaugen. Doch wenn man dieses Prinzip auf Hexenmagie übertrug, sollte das mit einer menschlichen Seele ebenfalls möglich sein.

»Dann wird es Zeit, findest du nicht?«

Nachdem er seinen ersten Schock überwunden hatte, schlich sich ein ambitioniertes Funkeln in die Augen des Hexenmeisters. Die Vorstellung, der Erste zu sein, der so etwas wagte, schien ihn zu reizen. Fasziniert nahm er den Dolch in die Hände.

»Du hast Glück. Ich bin wohl der einzige Hexenmeister, der über die Macht und die Mittel verfügt, dir eine solche Klinge zu erschaffen«, murmelte er. »Allerdings muss ich dich warnen: Derartige Artefakte können unberechenbar sein. Ja, es wird die Seele deines Opfers in sich aufsaugen. Aber ich kann dir nicht sagen, ob das erst im Moment des Todes geschieht oder schon davor. Unter Umständen ist es auch möglich, dass der Körper überlebt, sein Bewusstsein jedoch zerfetzt wird. Dann bleibt eine lebendige, aber leere Hülle zurück. Oder aber die Klinge kann nicht zwischen Seele und Geist trennen und saugt alles in sich auf. Oder …«

Sotírios sinnierte weiter über die potenziellen Auswirkungen, die der Dolch haben könnte. Ich hörte ihm nur halbherzig zu. Solange ich Cassias Seele besitzen würde, hatte ich erreicht, was ich wollte. Um den Rest würde ich mich kümmern, wenn es so weit war. Das schloss mit ein, ihr Leiden so gering wie möglich zu halten. Es gab nur eine Sache, die mir dabei wichtig war.

»Lässt sich die Seele anschließend wieder befreien?«

Der Hexenmeister schürzte die Lippen. »Natürlich. Allerdings wird der Dolch dann unwiederbringlich zerstört sein. Und es würde dich sehr, sehr viel Macht kosten, denn dieser Zauber wird einer der mächtigsten sein, die ich je gesprochen habe.«

Ich bedachte ihn mit einem abfälligen Blick.

»Hast du den Eindruck, mir würde es an Macht fehlen?«

»Selbstverständlich nicht«, beeilte er sich zu sagen. »Ich wollte damit nur verdeutlichen, wie besonders aufwendig und beschwerlich die Herstellung dieses einzigartigen Artefakts sein wird.«

Natürlich. Ich verdrehte die Augen. Sotírios war durch und durch Geschäftsmann und begann gerade zu verhandeln. So viel ich auch fürs Feilschen übrighatte, im Moment mangelte es mir an der nötigen Lust. Ich wollte zurück in den Palast. Also seufzte ich und kürzte die Sache ab.

»Nenn deinen Preis!«

Der Hexenmeister lächelte breit.

»Ich will einen Gefallen.«

Meine Brauen wanderten in die Höhe. Lebensmüde war er also auch noch.

»Einen angemessenen Preis«, verlangte ich.

Doch Sotírios blieb hartnäckig. »Ich tue das nur, wenn du mir danach einen Gefallen schuldest.«

Er ahnte offenbar, dass ich auf ihn angewiesen war, und nutzte das gnadenlos aus. Ich lehnte mich über den Tresen und ließ meine Augen schwarz werden.

»Jeder, der so kühn war, einen Gefallen von mir zu fordern, hat es anschließend bereut«, warnte ich ihn gefährlich leise.

»Ich bin nicht jeder«, konterte Sotírios ohne jede Spur von Angst. Seine entschlossenen Züge ließen keinen Zweifel daran, dass er nicht nachgeben würde.

»Also gut.« Wenn er mich unbedingt herausfordern wollte, dann würden wir eben miteinander Spielchen spielen. »Mein Wort, dass ich dir einen Gefallen schulde. Doch ich behalte mir vor, meine Dienste zu verweigern, sollte sich daraus ein Nachteil für mich ergeben.«

Sotírios nickte hastig. »Einverstanden.«

In seiner Habgier übersah er ein entscheidendes Detail: Nachteile ließen sich wie Sand am Meer finden.

»Dann fang an!«, befahl ich schroff und zog mich ein paar Schritte zurück. Falls er damit gerechnet hatte, dass ich verschwand und später zurückkehren würde, musste ich ihn enttäuschen. Ich war nicht so dumm, ihn aus den Augen zu lassen, solange ich nicht in Händen hielt, weswegen ich gekommen war.

Sotírios schien sich jedoch nicht im Mindesten über mein Verhalten zu wundern. Er zuckte mit den Schultern und ließ die Hexenringe in seinen Augen aufflammen.

»Wärst du so nett?«, fragte er und deutete auf die Wände.

Ich verstand. Die Magie, die er gleich beschwören würde, besaß das Potenzial, das komplette Forum dem Erdboden gleichzumachen. Daran würde auch sein Abriegelungszauber nichts ändern. Wenn ich Aufsehen vermeiden wollte, musste ich der Bitte des Hexenmeisters wohl oder übel nachkommen.

Also schuf ich einen Schutzschirm, eine Art Kuppel – groß genug, um Sotírios die Arbeit zu ermöglichen, und klein genug, um den Rest des Ladens und den Rest Roms vor der zerstörerischen Energie zu schützen, die er soeben entfesselte.

Grünes Feuer schoss aus seinen Händen in den Dolch. Gemurmelte Worte. Eine längst vergessene Sprache. Die Luft füllte sich mit massiver unverfälschter Macht. Meine Kuppel erzitterte. Sotírios schnitt sich mit dem Dolch in die Handfläche. Es war ein Preis, den Blutmagie immer forderte. Seine Stimme erhob sich. Der Dolch begann zu glühen. Magie wurde zu Metall, Metall zu Magie. Worte nahmen Form an und gruben sich in das Kupfer. Sogar die Zeit innerhalb meiner Kuppel verzerrte sich unter der Gewalt des Zaubers.

Beeindruckt beobachtete ich den Hexenmeister. Die Macht, über die dieser Sterbliche verfügte, war nicht nur einzigartig, sondern auch der Vorbote einer düsteren Zukunft. Talente wie Sotírios stellten die Ausnahme dar, doch noch vor hundert Jahren hatte es derartige Ausnahmen überhaupt nicht gegeben. Sollten die Hexen in ihrer Entwicklung weiterhin solche Sprünge machen, würden sich die Dämonen irgendwann gezwungen sehen, etwas dagegen zu unternehmen. Ein Krieg würde kommen. Nicht heute. Nicht morgen. Aber eines war sicher: Die Hexen würden ihn nicht überleben.

Ich verdrängte die unheilvolle Vorahnung. Im Moment hatte ich eigene Sorgen. Zum Beispiel meine schwindende Geduld. Hier drinnen fühlte sich die verstrichene Zeit angenehm kurz an. Aber ich spürte, dass mein Schutzschirm mehr Energie zog, als er üblicherweise sollte. Das hieß, dass außerhalb der Kuppel die Stunden nur so dahinschmolzen. Ich vergeudete gerade meinen letzten Tag mit Cassia. Und womit? Mit der Planung ihrer Ermordung. Das passte nicht zu mir.

Ich sollte meine Energie nicht an die Möglichkeit verschwenden, dass sie uneinsichtig bleiben könnte, sondern stattdessen meine ganze – nicht unerhebliche – Überzeugungskraft darauf verwenden, sie umzustimmen. Immerhin war ich nicht irgendwer. Ich hatte schon Könige dazu gebracht, ihre Reiche aufzugeben, ich konnte Winzern Wein verkaufen, Kapitänen ihre Schiffe abschwatzen und die Sittsamsten zur Sünde anstiften. Man nannte mich nicht ohne Grund den Teufel. Und doch besaß Ianus dieses enervierende Talent, mich an mir zweifeln zu lassen. Er hatte mich über die Jahrhunderte hinweg immer wieder in Zwangslagen gebracht, aus denen ich nur herauskam, wenn ich mir selbst schadete. Deshalb verspürte ich den Drang, auf Nummer sicher zu gehen, und hatte dabei leider oft genug das Ziel aus den Augen verloren.

Unruhe befiel mich. Cassia hatte den Palast nicht verlassen, sondern war umgekehrt. Zu mir. Sie wollte mit mir reden und ich war nicht da.

Gereizt versuchte ich, Hiro zu erreichen. Ich wollte wissen, was Cassia gerade trieb. Aber die Kuppel und Sotírios' magische Abriegelung waren undurchdringlich. Für einen Moment spielte ich mit dem Gedanken, Sotírios' Zauber zu unterbrechen, doch die verheerenden Folgen, die das für die Stadt und vermutlich auch für weite Teile des Umlands haben würde, hielten mich davon ab. Also blieb mir nichts anderes übrig, als weiterhin dem grünen Flammenspektakel zuzugucken. Es dauerte lange. Unerträglich lange. Irgendwann schwankte Sotírios und ich befürchtete, ihm würde die Kraft ausgehen, bevor er den Zauber beenden konnte. Doch dann traf mich eine gewaltige Explosion. Grünes Feuer. Licht. Hitze. Meine Hülle verbrannte, mein Schutzschirm zerbarst und Sotírios fiel erschöpft zu Boden. Es war vorbei.

Ich heilte mich und umrundete den Tresen. Überraschenderweise war der Hexenmeister nicht bewusstlos. Ein weiterer Beweis für seine enorme Begabung. Er kniete, den Blick fest auf den Dolch in seinen Händen gerichtet.

»Ein Meisterwerk.« Stolz schwang in seiner müden Stimme mit. Dann streckte er die Arme aus und präsentierte mir seine Schöpfung. »Eine Klinge für den Teufel. Sie wird in ihren Opfern wüten und nichts als verbrannte Erde zurücklassen. Und so werde ich ihn nennen. *Kamenæ gæ. Verbrannte Erde.*«

Mit Respekt nahm ich den Dolch entgegen. Der Name, den Sotírios ihm gegeben hatte, gefiel mir nicht, aber das musste er auch nicht, solange die Waffe ihren Zweck erfüllte. Magie prickelte durch meine Finger, als ich über das Kupfer und die frischen Gravuren darin strich. Wunderschön. Der Hexenmeister hatte gute Arbeit geleistet. Ich nickte ihm anerkennend zu.

»Wir sehen uns morgen.«

Sotírios lächelte matt. Zweifellos malte er sich jetzt schon aus, was für einen Gefallen er von mir einfordern könnte. »Das werden wir. Das werden wir.«

Als er mit einem beiläufigen Wink die Abriegelung aufhob, wusste ich sofort, dass etwas nicht stimmte. Jemand wollte mich beschwören. Hiro und Grim. Keinen Augenblick später hörte ich ihre Stimmen in meinem Kopf. Sie redeten aufgeregt durcheinander, doch ein Satz war deutlich zu verstehen.

Das Mädchen ist weg.

Ein Hauen und Stechen

Benommen torkelte ich durch den Palast. Ich wollte weinen, aber es kamen keine Tränen. Ianus hatte mir den letzten Ort genommen, an den ich mich zurückziehen konnte. Meine eigene Haut. Er hatte recht, ich spürte nichts von diesem Fluch, doch ich *wusste* es. Und das Wissen allein war so unerträglich, dass ich mich vor mir selbst ekelte. Dieses dunkle Gift war in meinem Inneren. Meine Seele war befleckt, befallen, verunreinigt. Und obwohl Ianus alle Blutspuren von meiner Haut und meinem Kleid entfernt hatte, fühlte ich den unbändigen Drang, mich waschen zu wollen. Nur würde es nichts nützen. Nichts würde etwas nützen. Ich hätte niemals herkommen dürfen. Aus reiner Ohnmacht flüchtete ich mich in Rachegedanken. Ianus würde damit nicht durchkommen. Ich hatte einen Beweis für seine Verbrechen und ich würde ihn Thanatos geben – unter der Bedingung, dass ich bei Ianus' Tod dabei sein durfte. Er sollte wissen, dass ich es war, die ihn zu Fall gebracht hatte. Und ich würde sein Ende genießen.

Nachdem ich eine Weile herumgeirrt war, fand ich irgendwann den Weg zu Bels Gemächern. Er war noch immer fort. Das erleichterte es. Ich hätte keine Kraft gehabt, ihn anzulügen. Zielstrebig betrat ich den Garten. In der Sonne strahlten die Farben der vielen Blüten um die Wette. Die Friedlichkeit und Schönheit der Natur inmitten dieses schrecklichen Palasts kamen mir wie blanker Hohn vor.

Meine Tasche lag dort, wo ich sie zurückgelassen hatte: im Kies neben dem Oleanderbusch. Ich kniete mich hin und schob den Begrenzungsstein zur Seite, unter dem ich den Hexenharass versteckt hatte. Das Blut gefror mir in den Adern. Da war nichts. Ich wühlte in der Erde. Nichts.

Hatte Tigellinus das Kästchen doch gefunden?

Eine heftige Windböe erfasste die Sträucher und zerrte auch an meiner Kleidung. Sie wehte eine Stimme zu mir – so frostig, dass ich selbst in der drückenden Sommerhitze erschauerte.

»Wo warst du?«

Bel.

Ich sprang auf und sah mich um. Gleichzeitig versuchte ich, meine dreckigen Hände in den Falten meines Kleides zu verstecken. Erst nach einigem Suchen entdeckte ich den blonden Dämon im Inneren der Gemächer.

»Ich ...«, stammelte ich gegen meinen Schreck an. »Ich ... habe nachdenken müssen.«

Etwas zu schnell flüchtete ich aus dem Garten, weg von dem Beet, in dem ich eben noch gegraben hatte, und hinein in die gnädigen Schatten. Sie konnten mein verdächtiges Verhalten vielleicht ein wenig verdecken. Bel stand vor seinem Schreibtisch. Er wirkte distanziert. Seine türkisen Augen glitzerten kalt und hart, als wären sie Edelsteine. So hatte er mich noch nie angesehen. Diesen Ausdruck kannte ich nur von seinen Begegnungen mit Ianus. Auch der Dolch, der in seinem Gürtel steckte, machte mir Sorgen. Bel trug keine Waffen – schon gar keine, die er mit einer mächtigen Illusion vor der Außenwelt verbarg.

Er tat ein paar scheinbar gelassene Schritte in meine Richtung, aber jede seiner Bewegungen strahlte Gefahr aus. Das hier war nicht mehr der Mann, dem ich gestern so nah gekommen war. Er behandelte mich wie eine Fremde. Nein, wie den Feind. Ein liebloses Lächeln erschien auf seinen Lippen.

»Suchst du das hier?«, fragte er und zog hinter seinem Rücken ein kupfernes Kästchen hervor.

Der Anblick des Hexenharass in seinen Händen traf mich wie ein Peitschenhieb und ließ all meine Hoffnungen mit einem Schlag in tausend Stücke zerspringen. Ich versteifte mich und versuchte, meinen Puls und meine Atmung unter Kontrolle zu bringen. Verzweiflung drängte von innen gegen meine Mauern, während mein Verstand sich überschlug, einen Ausweg zu finden. Eine Ausrede. Eine Rechtfertigung. Irgendetwas. Aber an Bels Blick erkannte ich, dass es dafür zu spät war. Er hatte die Wahrheit längst aus meiner Reaktion herausgelesen. Enttäuscht schüttelte er den Kopf.

»Weißt du ...«, begann er in einem sanften Tonfall, in dem Tod und Vergeltung mitschwangen. Mir stellten sich die Nackenhaare auf. »Ich habe mich gefragt, warum ein Mädchen, das vor ein paar Tagen noch keine Sklavin war, plötzlich hier auftaucht. Ich hatte anfangs sogar Ianus in Verdacht, mir mit dir eine Falle stellen zu wollen. Aber jetzt ...« Er funkelte mich grimmig an. »Jetzt weiß ich, dass du einfach nur eine Diebin bist.«

»Ich bin keine Diebin!«, platzte es aus mir heraus, bevor mir auffiel, dass das nicht so ganz stimmte. Allerdings schien ich nicht die Einzige mit Geheimnissen zu sein. Woher hatte er erfahren, wie lange ich schon Sklavin war? Spionierte er mir nach? Was hatte er noch über mich in Erfahrung gebracht?

»Keine Diebin?« Bel hielt den Hexenharass hoch. »Und was ist das?«

Natürlich kannte er die Antwort. Ein uralter Dämon wie er wusste sicherlich, wozu man dieses Kupferkästchen benutzte. Dennoch gab er mir die Gelegenheit, mich zu erklären – oder mich tiefer in Lügen zu verstricken. Beides keine gute Idee, solange ich nicht verstand, was hier gespielt wurde und wie viel er über mich wusste. Also schwieg ich.

Bel drehte und wendete das Kästchen behutsam in seinen Händen. »Sag mir, was ist wohl so profitabel, dass du dafür dein Leben aufs Spiel setzt? Ein Prisma? Ein Artefakt?«

»Öffne es doch und schau nach«, murrte ich pampig.

Keinen Wimpernschlag später stand Bel vor mir. Ich wollte zurückweichen, aber er packte mich und zog mich an sich. »Du weißt genau, dass ich das nicht kann. Dazu braucht man den Schlüssel.« Seine Hände begannen mich abzutasten. Sie gingen systematisch vor, suchten nach versteckten Taschen, verborgenen Nähten oder Fächern in meinem Gürtel. Obwohl ich wusste, dass er nichts finden würde, wehrte ich mich, so gut ich konnte. Mir war klar, dass ich gegen ihn nicht den Hauch einer Chance hatte, aber das bedeutete nicht, dass ich eine so respektlose Behandlung still ertragen musste.

»Lass mich los!«, fauchte ich und stemmte mich ihm entgegen, doch Bel setzte seine Durchsuchung unbeeindruckt fort.

»Verrat mir, wo du den Schlüssel versteckt hast, und ich höre sofort auf.«

»Ich hab den Schlüssel nicht!«, schrie ich.

Schlagartig hielt er inne. Erkenntnis machte sich auf seinem Gesicht breit. »Nein, den hat dein dämonischer Verbündeter.«

Ach du Scheiße. Davon wusste er auch?!

Bel zog mich noch ein Stück enger an sich und maß mich aus schmalen Augen.

»Wer ist es? Wer ist dieser Dämon, der ein Menschenmädchen vorschickt, weil er selbst nicht den Mut besitzt?«

Ich konnte es ihm nicht sagen. Nicht so. Nicht jetzt. Wer wusste schon, wie er in seiner aktuellen Stimmung reagieren würde? Außerdem hatte er nach dem, wie er gerade mit mir umgesprungen war, mein Vertrauen nicht verdient.

»Was hat er dir für deine Dienste geboten? Geld? Einen Gefallen?« Bei jeder neuen Vermutung studierte Bel meine Mimik in allen Einzelheiten, als könnte er seine Antworten darin finden. Wahrscheinlich konnte er das sogar. »Oder hast du dir den Dämon angelacht und zahlst für *seine* Dienste?«

»Da ist niemand, der mir hilft«, zischte ich, bevor er vielleicht durch Zufall auf die Wahrheit stieß.

Er schnaubte abfällig. »Immer noch eine miserable Lügnerin.«

»Besser als ein übergriffiger Mistkerl.«

Ärger loderte in Bels Augen auf. Trotzdem ließ wider Erwarten der Druck nach, mit dem er meinen Oberarm und mein Handgelenk umklammert hatte. Er gab mich frei und trat ein paar Schritte zurück, als würde er beweisen wollen, dass er nicht war, wofür ich ihn hielt. Seine Gereiztheit verschwand hinter einer unterkühlten Maske. Ehrlich gesagt, war ich mir nicht sicher, ob ich diesen Bel dem anderen vorzog. Mit Verärgerung konnte ich umgehen, aber nicht mit dieser Kaltblütigkeit.

»Mein Kompliment«, verkündete er nüchtern. Dabei schlug er denselben Ton an wie ich heute Morgen. »Du hast mich manipuliert, benutzt und um deinen hübschen Finger gewickelt.«

Mit einem verächtlichen Kopfschütteln sah er zum Hexenharass auf dem Bett. Er hatte ihn wohl dort hingeworfen. »Dein Interesse am Palast ... die Stadtführung ... der Freigang, den du dir ausgehandelt hast ... das Wagenrennen ...«

Zielsicher fand er all die Momente, in denen ich ihn angelogen hatte, und er kam letztlich zum richtigen Schluss.

»Wäre der Othoss-Trank nicht gewesen, wärst du schon längst über alle Berge, nicht wahr?«

Ich wollte ihm Kontra geben, doch meine Stimme versagte. Nicht einmal ein Nicken brachte ich zustande. Wieso fühlte ich mich gerade so, als hätte ich Bel verraten? Als wäre die Bitterkeit, mit der er mich bedachte, vollkommen berechtigt?

»Dumm nur, dass ich dich danach nicht mehr aus den Augen gelassen habe. Deshalb hast du dich mir an den Hals geworfen wie eine Straßendirne, oder? Du musstest mich loswerden, mich ablenken, damit du anschließend flüchten kannst. Dachtest wohl, nach einer kleinen Nummer würde ich nachlässig werden.«

Ich wusste, dass er seine Worte absichtlich harsch wählte, um mich zu verletzen. Dennoch gelang es mir nicht, sie an mir abprallen zu lassen. Seine emotionslosen Vorwürfe trafen mich härter, als es ein Schlag ins Gesicht gekonnt hätte. Nicht nur, weil Bel damit die Erinnerung an unsere gemeinsame Nacht in den Dreck zog, sondern auch, weil er tatsächlich zu glauben schien, was er da von sich gab.

»Was immer in diesem Hexenharass ist, muss dir ja wirklich viel bedeuten, wenn du dafür sogar die Beine für einen Dämon breitmachst«, fuhr er unbeirrt fort. Mit jeder Silbe wurde seine Stimme boshafter und sein Blick gnadenloser. Es war, als würde er wieder und wieder auf mein Herz einstechen. »Du hast sogar deine Unschuld dafür geopfert. Sag, war es das wert? Hat dein Dämonenfreund von dir verlangt, dass du mit mir schläfst? Oder bin ich auch da nur einem Trick von euch beiden aufgesessen? Dachtet ihr, eine unberührte Jungfrau könnte mein Herz eher erweichen als ein Flittchen, das sich schon durch halb Rom gevögelt hat?«

Wütend ballte ich meine Hände zu Fäusten. Ich hatte ihm nicht in der letzten Nacht meine Gefühle offengelegt, damit er jetzt darauf herumtrampelte.

»Mit was für einem Recht erlaubst du dir, über mich zu urteilen? Dir konnte es doch gar nicht schnell genug gehen, mich ins Bett zu kriegen, um deine Scheißwette zu gewinnen!«

Schlagartig fiel die Temperatur zwischen uns. Fassungslosigkeit machte sich auf Bels Gesicht breit, dicht gefolgt von unbändigem Zorn. Da erkannte ich meinen Fehler. Aber es war zu spät. Ich wurde zurückgeschleudert und prallte mit dem Rücken gegen etwas Hartes. Bels Körper drängte mich gegen die Wand. Von dem Türkis seiner Augen war nichts mehr übrig. Pechschwarz durchbohrten sie mich.

»Woher weißt du von der Wette?« Seine Stimme bebte unter seinen mühsam kontrollierten Aggressionen.

Diesmal würde er mir Schweigen als Antwort sicher nicht durchgehen lassen, also sagte ich das Erstbeste, das mir einfiel. »Ianus hat es mir erzählt.«

Bel packte mein Gesicht. Zum ersten Mal hatte er wirklich etwas Teuflisches an sich. Und zum ersten Mal fürchtete ich mich wirklich und wahrhaftig vor ihm.

»Du lügst.« Seine Macht, bittersüß, schwer, bedrohlich, legte sich über meine Sinne. »Sag mir die Wahrheit oder ich werde dich dazu zwingen«, warnte er mich. Ich hatte keine Zweifel, dass er diese Drohung wahr machen würde. Seine Essenz umschloss meine Mauern und drückte zu. Panik überrollte mich. Er bedrohte alles, was mir noch geblieben war. Mein Verstand setzte aus und wurde von dem blanken Instinkt zu überleben ersetzt. Ich schlug zu, trat um mich, kratzte, biss. Kämpfen oder sterben. Eine andere Möglichkeit gab es in diesem Moment nicht. Doch Bel kümmerte sich nicht um die Treffer, die ich landete. Zähes, dunkles Blut floss. Auch das war ihm egal. Er fing meine Hände ein und verstärkte den Druck auf meine Mauern. Verzweifelte Tränen stiegen mir in die Augen, als ich die ersten Risse spürte. Ich durfte nicht zulassen, dass sie brachen, dass ein Dämon in meine Gefühle eindrang, in meine Gedanken, in meine Erinnerungen. Niemals. Ich hatte schon meine Seele nicht verteidigen können. Noch einmal würde ich das nicht durchstehen. Irgendwie gelang es mir, eine Hand freizubekommen. Und ich tat, was nötig war, um Bel aufzuhalten. Ich griff nach seinem Dolch und stieß ihm die Klinge bis zum Anschlag zwischen die Rippen.

Undank ist der Welten Lohn

Als das Metall in meinen Körper drang, hätte ich beinahe gelacht. Sie musste doch wissen, dass sie mich mit so etwas Lächerlichem nicht aufhalten konnte, dass sie mich damit nur weiter reizen würde. Aber ein Blick in ihre großen dunkelblauen Augen genügte, um die Leere darin zu erkennen. Kein wütend blitzender Widerstand, kein Stolz, kein Triumph. Cassias Persönlichkeit war verschwunden. Sie folgte nur noch dem animalischen Trieb, zu überleben. Wenn ich nicht von ihr abließ, würde sie nicht eher aufgeben, bis sie sich bei dem Versuch, sich zu befreien, selbst umgebracht hatte.

Ich trat einen Schritt zurück. Ihre zitternde Hand glitt vom Griff des Dolchs ab. Sie kreuzte schützend ihre Arme vor der Brust, atmete flach und heftig. Auch ohne ihre Gefühle lesen zu können, roch ich ihre Angst. Berechtigte Angst. Ich mochte keinen Gefallen an ihrem Leid finden, doch ich war so wütend wie schon seit Jahrhunderten nicht mehr. Sie hatte mich nicht nur für dumm verkauft, nein, sie tat es noch immer. Cassia war nicht die, die sie vorgab zu sein. Und niemand … NIEMAND hielt mich so zum Narren.

»Wie konntest du meine Illusion durchschauen?«, fragte ich scharf, während ich die Klinge aus meinen Rippen zog. Sie hatte ohne das kleinste Zögern danach gegriffen, obwohl sie eigentlich überhaupt nicht in der Lage sein dürfte, sie zu sehen. Eventuell würde das Siegel eines mächtigen Primus so etwas ermöglichen. Nur besaß Cassia keine Siegel – zumindest bis gestern Nacht nicht. War sie vorhin vielleicht bei Ianus gewesen?

Meine Worte sickerten durch das Bewusstsein des Mädchens, zeigten jedoch keinerlei Wirkung. Sie schien noch immer in ihrer Panik gefangen zu sein. Mit einem frustrierten Knurren vergrößerte ich den Abstand zwischen uns und rief meine Macht zurück. Ich brauchte Antworten und würde ihr eine letzte Chance gewähren, sie mir freiwillig zu geben.

»Sollte das hier irgendein krankes Spiel sein, das du und Ianus ausgeheckt habt, dann wird dir der Preis, den du dafür zahlen wirst, ganz bestimmt nicht zusagen.«

Endlich hob sie ihren Blick. Und ja, jetzt war es wieder Cassia, die mich ansah. Eine wachsame, trotzige, enttäuschte Cassia. Als sie die blutigen Kratzspuren auf meinem Gesicht bemerkte und Zeugin wurde, wie sie verheilten, weiteten sich ihre Augen erschrocken, doch diesmal gelang es ihr, ihre Angst zu kontrollieren.

»Droh mir, so viel du willst, aber unterstell mir nie wieder, ich könnte mit Ianus unter einer Decke stecken!«

In ihrer Stimme schwang eine derart aufrichtige Abscheu mit, dass ich ihr sofort glaubte. Nur wie konnte sie dann –

Oh, Scheiße!

Verdammte Scheiße!

Es gab da tatsächlich noch eine Möglichkeit, die ich nicht in Betracht gezogen hatte.

»Du bist immun?«

Ihr betroffenes Gesicht war Bestätigung genug.

Wie hatte ich das nur übersehen können? Ja, die Immunität gegen Dämonenkräfte war ein äußerst rares Phänomen. Cassias Vater musste bei der Zeugung von einer Prima besessen gewesen sein. Nur auf diese Weise konnten Dämoninnen Hexenkinder in die Welt setzen. Allerdings entsprangen solchen Verbindungen normalerweise ausschließlich männliche Nachkommen. Hexer. Ich hatte jedoch von Ausnahmen gehört – von Töchtern ohne magische Fähigkeiten, dafür aber mit einer angeborenen Unempfindlichkeit gegenüber dämonischen Kräften. Das kam so selten vor, dass man sich noch nicht einmal bemüht hatte, einen Namen für diese Kuriosität zu finden.

Fluchend rieb ich mir den Nacken. Jetzt ergab alles einen Sinn. Deswegen hatte sich Cassia so dagegen gesträubt, sich von mir heilen zu lassen. Es hätte nicht funktioniert. Und deshalb benutzte dieser unbekannte Primus sie auch als Diebin. Ianus' Illusionen, seine Schutzzauber und Bannsprüche stellten für sie kein Hindernis dar. Sie hatte uns alle hinters Licht geführt. Ianus *konnte* ihr ihre Erinnerungen gar nicht nehmen. Dem Mädchen musste also von Anfang an und bei jedem meiner Schritte klar gewesen sein, dass ich es auf ihre Seele abgesehen hatte.

Ich hatte große Lust, das Zimmer ein zweites Mal in Schutt und Asche zu legen. Es war wirklich lange her, dass mich jemand so getäuscht und bloßgestellt hatte. Trotzdem kam ich nicht umhin, eine gewisse Anerkennung für Cassias Vorgehensweise zu empfinden. Trug und Verführung waren mein Spiel und dennoch hätte sie mich beinahe darin geschlagen. Beinahe.

Mein Zorn legte sich. Das hier war weit weniger schlimm als alles, was ich mir ausgemalt hatte. Cassia gehörte keiner Verschwörung gegen mich an. Sie verfolgte eigene Pläne. Pläne, die nichts mit mir zu tun hatten, mir noch nicht einmal schaden würden. Wir waren uns nur versehentlich in die Quere gekommen. Und ganz ehrlich, hätte ich *vor* meinem Besuch in Rom von ihr und ihren Fähigkeiten erfahren, wäre ich vermutlich selbst auf die Idee gekommen, sie für die ein oder andere illegale Beschaffung zu rekrutieren. Zufall? Schicksal? Glück? Pech? Wie auch immer. Ich stand ihren Zielen im Weg. Und dort würde ich bleiben, bis ich bekommen hatte, was ich wollte. Zeit für einen neuen Handel.

Ich setzte mich auf eine der Polsterliegen und legte den Dolch vor mich auf den Tisch. So wie es aussah, würde ich ihn nicht benötigen.

»Also gut, kleine Diebin«, meinte ich, »hier mein Angebot für dich: den Hexenharass und mein Schweigen für deine Seele.« Mit einem selbstgefälligen Lächeln lehnte ich mich in die Kissen zurück und musterte das Mädchen, das noch immer betreten an der Wand herumstand. »Bedenkt man, dass du mich gerade abgestochen hast, ist das ein sehr großzügiges Angebot von mir.«

Cassia rührte sich nicht. Sie schien über meinen Vorschlag nachzudenken. Natürlich zeigte sich Widerstreben auf ihrem Gesicht, aber sie würde dennoch gleich in den Handel einwilligen – oder zumindest eigene Bedingungen stellen, falls sie mutig genug war.

Meine Siegesgewissheit schwand jedoch, als Cassia auch nach einer Weile nichts sagte. Aller Glanz wich aus ihren Augen. Ihre Lippen waren fest zusammengepresst. Es wirkte fast so, als würde sie sich mit dem Gedanken an das Ende anfreunden.

»Du zögerst noch immer?«, erkundigte ich mich fassungslos. »Weißt du, was Ianus mit dir anstellen wird, wenn ich ihm von deinem kleinen Diebeszug erzähle?«

Große Augen fanden meine. Aufgewühlte Augen in der

Farbe einer stürmischen See. Darin lag so viel Leid und Bitterkeit, dass es mir die Sprache verschlug. Irgendetwas entging mir. Cassia kämpfte mit mehr als mit gekränktem Stolz.

»Du würdest mich an ihn verraten?«, fragte sie leise. Ich erkannte die Verletzlichkeit hinter ihren Worten, obwohl ihr Tonfall nichts davon preisgab.

Würde ich sie verraten?

Natürlich juckte es mich in den Fingern, Ianus mit dem Wissen um diesen Diebstahl zu demütigen. Vielleicht war das, was sich im Hexenharass befand, sogar genug wert, um ihn damit zu erpressen. Unter anderen Umständen hätte ich nicht gezögert, meinen Vorteil aus dieser Situation zu ziehen, aber irgendetwas in mir wollte nicht, dass die Geschichte zwischen mir und Cassia so endete. Also nein, ich würde sie nicht verraten, doch das musste sie ja nicht wissen. Schließlich war es mein letztes Druckmittel gegen sie. Und auch eine letzte Gelegenheit, um ihr Leben zu retten.

»Wenn du mich dazu zwingst«, gab ich sanft zurück.

Cassia starrte mich ausdruckslos an. Dennoch bemerkte ich die Tränen, die sich in ihren Wimpern verfingen. »Niemand kann dich zu etwas zwingen. Du hast keine Ahnung, was es bedeutet, *gezwungen* zu werden. Hilflos zu sein. Ausgeliefert. Dir geht es bei all dem hier doch nur um dich.«

Sie bemühte sich so sehr, die Fassung zu bewahren, dass sie dabei die Angst vergaß, die sie vor mir hätte haben sollen. Ich beschloss, sie diesmal nicht daran zu erinnern. Trotzdem konnte ich ihren Vorwurf nicht unbeantwortet lassen. Es mochte stimmen, dass ich längst vergessen hatte, wie sich Hilflosigkeit anfühlte, aber es widerstrebte mir zutiefst, dass sie mich darauf reduzierte.

»Wenn es wirklich so wäre, hätte ich Ianus am ersten

Abend nicht aufgehalten, als er sich deine Seele holen wollte. Ich hätte ihn einfach weitermachen lassen können, ihn anschließend für sein Vergehen angeklagt und Malta zurückbekommen.«

Verwirrt runzelte Cassia die Stirn. Aus dieser Perspektive schien sie den Vorfall wohl noch nie betrachtet zu haben.

»Er hätte meine Seele nie bekommen«, verteidigte sie sich halsstarrig.

»Das wusste ich damals aber nicht.«

Eine schlichte Wahrheit, mit der ich Cassias Theorie gerade auf den Kopf stellte. Die perfekte Gelegenheit, nachzulegen. Ich stand auf und ging ihr entgegen. Nur ein Stück, um möglichst nicht bedrohlich zu wirken.

»Wenn ich so selbstsüchtig wäre, wie du sagst, hätte ich dann wirklich ständig Rücksicht auf dich genommen? Bestimmt nicht. Ich hätte dir nicht angeboten, deine Wunden zu heilen, und ganz gewiss niemals akzeptiert, dass du meine Hilfe ablehnst. Ich hätte dir nicht aus deinem Othoss-Rausch rausgeholfen, sondern ihn gewissenlos ausgenutzt. Außerdem hätte ich sicherlich nicht einen Moment lang gezögert, als du dich mir so willig angeboten hast. Nein, wäre es mir nur um mich gegangen, hätte ich dich schon am ersten Morgen gleich dort an dieser Säule genommen.«

Cassia hörte meine Worte, aber anstatt sich davon erweichen zu lassen, schien sie plötzlich verärgert zu sein. Mit geballten Fäusten stieß sie sich von der Wand ab und ging auf mich los. »Oh, wie redlich und ritterlich der einzigartige Belial doch ist!«, höhnte sie. »Dabei vergisst du leider nur, dass ohne dein Zutun nichts davon passiert wäre. Wegen *deiner* irrsinnigen Gebote auf der Auktion bin ich überhaupt erst in Ianus' Fokus gerückt. Wegen *dir* bin ich in diese Wette hineingezogen geworden. *Du* hast mir den Sklavenreif abgenommen, woraufhin Mirabelle mich verprügelt hat. *Du* bist schuld, dass Apolls Hexer mich töten wollten. Ohne *dich* hätte es weder einen Othoss-Trank noch einen Othoss-Rausch gegeben. Von deinen permanenten Bemühungen, mich zu verführen, ganz zu schweigen.« Inzwischen hatte sie sich wie eine wutentbrannte Rachegöttin vor mir aufgebaut. Bildschön in ihrer Rage, aber getrieben von tiefem Kummer. »Glaubst du wirklich, ich wäre dir auf irgendeine Weise nähergekommen, wenn du nicht ständig dieses Verlangen in mir provoziert hättest?«

Erschüttert nahm ich zur Kenntnis, wie wirkungsvoll mir diese Sterbliche gerade den Kopf wusch. Ich konnte Cassia in keinem Punkt widersprechen. Sie traf den Nagel auf den Kopf. Selbst diese außergewöhnliche Anziehung, die sie mir von Anfang an entgegengebracht hatte, wäre niemals außer Kontrolle geraten, wenn ich ebendiese Kontrolle nicht so kontinuierlich untergraben hätte.

»Ja, ich bin hier, um Ianus zu bestehlen«, fuhr sie fort und tat sich plötzlich schwer damit, mir in die Augen zu schauen. Dennoch blieb ihr Ton entschieden und kompromisslos. »Von mir aus nenn mich eine Diebin und eine Lügnerin, aber bei einer Sache irrst du dich. Ich habe nicht mit dir geschlafen, um dich abzulenken. Ich habe mit dir geschlafen, weil ich es wollte.« Sie schlang die Arme um ihren Oberkörper und fügte leise hinzu: »Weil ich *dich* wollte.«

Instinktiv spürte ich, wie wichtig es Cassia war, diese Tatsache richtigzustellen. Jetzt bereute ich es, ihr jemals etwas anderes unterstellt zu haben. Natürlich kannte ich die Wahrheit, schließlich hatte sie mir in dieser Nacht ihre Gefühle preisgegeben. Ich war mit meinen Unterstellungen nur so weit gegangen, weil ich sie in meinem Zorn hatte verletzen wollen. Dazu hatte ich kein Recht gehabt. Nicht, wo ich doch wusste, wie viel ihr diese Erinnerung bedeutete. Ich fand keine Worte, um mein Bedauern auszudrücken, zumal mir in diesem Moment selbst bewusst wurde, dass die letzte Nacht auch für mich nicht belanglos gewesen war. Ganz im Gegenteil. Ich erinnerte mich nicht daran, wann mir zum letzten Mal etwas so unter die Haut gegangen war. Vielleicht hatte ich deshalb so ungehalten reagiert. Weil es Cassia irgendwie gelang, mich verwundbar zu machen, und ich mochte es nicht, verwundbar zu sein.

»Ich wäre zurückgekommen, um dir alles zu erklären«, offenbarte sie mir plötzlich und stürzte mich damit vollends in einen Abgrund wilder widersprüchlicher Gefühle. Sie wäre zurückgekommen? An einen Ort, der für sie nur Gefahr mit sich brachte? Für mich ...

»Dann erkläre es mir jetzt«, bat ich sie heiser.

Sie rang mit sich. Es kostete sie sichtlich Überwindung, auch nur ein einziges Wort herauszubringen.

»Ianus ist ein Mörder.« Ihre Stimme bebte. »Er tötet wahllos Menschen und sperrt ihre Seelen ein. Er hat da diese Phiolen und ...« Verzweifelt sah sie mich an. »Kannst du dir vorstellen, wie schrecklich es sein muss, darin gefangen zu sein?«

Seelen? Phiolen? Also stimmte meine Vermutung, dass Ianus bei Sotírios Blutmagie einkaufte. Aber ich verstand nicht, was das alles mit Cassia zu tun hatte, und woher sie davon wusste.

»Hat Ianus dir damit gedroht?«, wollte ich wissen.

»Nein, er hat ...« Sie verstummte. Die Tränen, die schon seit einer Weile hervorzubrechen drohten, quollen nun ungehindert heraus. Hastig senkte sie den Kopf, um sie vor mir zu verbergen. Sinnlos. Ihr herzzerreißender Anblick brannte sich wie eine glühende Klinge in meine Essenz. »Das ist jetzt nicht wichtig. Du solltest erfahren, dass ich –«

»Doch es ist wichtig«, unterbrach ich sie. Sanft schob ich meine Finger unter ihr Kinn und brachte sie dazu, mich anzusehen. »Was hat er dir angetan?«

Die Frage kam mir scheinheilig vor, nachdem ich Cassia gerade selbst so zugesetzt hatte, aber ich musste es wissen. Ich musste den Grund für ihre Tränen erfahren. Irgendetwas war mit ihr geschehen, als ich den Palast verlassen hatte. Mein Beschwörungssiegel war nicht aufzufinden gewesen. Wegen des Hexenharass hatte ich es für einen weiteren ihrer Tricks gehalten. Aber jetzt vermutete ich mehr dahinter. Das hier trug eindeutig Ianus' Handschrift. Ich glaubte zwar nicht, dass er so weit gegangen war, seinen Schwur zu brechen, doch letztlich konnte man bei ihm nie sicher sein.

»Sag es mir.«

Ich legte so viel Wärme und Verständnis in meine Aufforderung, wie mir möglich war, um Cassia begreiflich zu machen, dass sie sich mir anvertrauen konnte. Zu oft hatten ich und alle anderen das Leid hinter diesen wunderschönen Augen ignoriert. Zu spät erkannte ich, dass ich mit meinem beharrlichen Drängen jedoch nur den Schrecken in ihrem Inneren befreite, den sie zu unterdrücken versucht hatte. Wie gelähmt blinzelte sie mich an, während ihr die Tränen über das Gesicht liefen. Sie zitterte am ganzen Körper. Selbst wenn sie gewollt hätte, sie war nicht mehr dazu imstande, mir irgendetwas zu erklären. Und ich bat sie nicht noch einmal darum, sondern zog sie an mich.

In meinen Armen brachen alle Dämme. Stumme Schluchzer erschütterten ihren zierlichen Körper. Ihre Knie gaben unter ihr nach und ich ging mit ihr zu Boden. Sie weinte so bitterlich, dass alles in mir danach schrie, etwas zu zerstören, zu zerfetzen, zu töten. Aber ich kontrollierte diesen Impuls und hielt sie einfach nur fest – fester als jemals zuvor. Cassia wehrte sich nicht gegen den Trost, den ich ihr spendete. Sie brauchte ihn. Und verflucht noch mal, ich brauchte es gerade genauso, für sie da zu sein. Zärtlich strich ich ihr über die Haare, bis sie sich so weit beruhigt hatte, dass ein einziger Satz über ihre Lippen kam.

»Er *muss* aufgehalten werden.«

Das wusste ich. Ich wusste es schon seit einer Ewigkeit. Nur hatte es mich nie gekümmert, was Ianus anderen antat, solange er mich in Ruhe ließ. Bis jetzt.

»Dann gib mir die Gelegenheit dazu!«, forderte ich inständig. Es ging mir nicht mehr um diese verdammte Wette oder meinen Stolz oder Malta. Aber wenn ich vor Ianus knien und ihn als Ratsmitglied akzeptieren musste, würde ich so gut wie nichts mehr gegen ihn ausrichten können. »Schenk mir deine Seele und ich schwöre bei allem, was mir heilig ist, dass ich ihn aufhalten werde. Vertrau mir bitte, dann verspreche ich, dass du es nicht bereuen wirst!«

Cassia wurde ganz still in meinen Armen.

»Ich kann nicht«, flüsterte sie.

Ihre Ablehnung fühlte sich wie ein Todesstoß an. Ich schloss die Augen und versuchte die verzweifelte Wut in mir zu beherrschen. Widerwillig entließ ich sie aus meinen Armen und nahm ihr Gesicht in beide Hände.

»Warum nicht?«, fragte ich – zum ersten Mal. Ich wollte es ja begreifen, aber Cassia machte es mir verflucht schwer.

Dann sah ich die Niedergeschlagenheit in ihrem Blick und wusste plötzlich, dass nicht *ich* es war, gegen den sie sich sperrte. Nicht mehr. Auf ihren Zügen lag sogar ein

Hauch von Zuneigung – und noch etwas anderes. Beschützerinstinkt?

»Weil ich dir das nicht antun kann«, gestand sie mir.

Was?!

Verständnislos starrte ich Cassia an, als könnte ich irgendwo unter ihren energisch geschwungenen Wimpern die Zusammenhänge finden, die mir entgingen. Sie griff nach meinen Handgelenken. Stumm bat sie mich darum, ihr Gesicht freizugeben. Ich ließ die Arme sinken und glaubte schon, sie würde sich von mir zurückziehen. Doch sie drehte mir den Rücken zu und strich die wirren Haarsträhnen aus dem Nacken, die sich aus ihrer Frisur gelöst hatten. Was darunter zum Vorschein kam, entsetzte mich so sehr, dass ich das Atmen vergaß. Drei zu einem Kreis angeordnete Tropfen, deren dunkelrote Farbe an Blut erinnerte. Dieses Symbol, ich kannte es – jedoch nur aus Aufzeichnungen.

Das konnte nicht sein ...

Das würde er nicht wagen! Ianus hatte doch nicht wirklich den ersten Blutbann aus den Untiefen der Chroniken ausgegraben? Der Hohe Rat hielt dieses Wissen nicht ohne Grund unter Verschluss.

Ich schluckte die derben Flüche herunter, die mir auf der Zunge lagen. Cassia zuliebe. Wenn das hier tatsächlich war, wofür ich es hielt, dann wären all ihre Tränen nicht annähernd genug gewesen. Vorsichtig berührte ich das Mal. Hexenmagie prickelte unter meinen Fingern. Jetzt stieß ich doch einen Fluch aus.

»Zeig es mir!«, bat ich rau. »Zeig mir die Erinnerung dazu.« Ich musste sichergehen, dass das hier keine Finte war, keines von Ianus' berühmten Täuschungsmanövern.

Cassia wandte sich nicht um. Sie bewegte sich nicht einmal. Aber sie riss ohne jeden Protest ihre Mauern ein und gewährte mir meine Bitte. Ich war sprachlos. Ihr Vertrauen hätte mich geehrt, wenn ich nicht in diesem Moment von ihren Emotionen geflutet worden wäre. Jetzt erst wurde mir bewusst, wie tief der Schaden wirklich ging, den sie hatte erleiden müssen. Durch Ianus. Durch unsere Wette. Durch mich. Cassia hatte aufgegeben. Ihr Stolz war verblasst, ihr Widerstand gebrochen. Alles an ihr war von unerträglicher Resignation überschattet. Ihr blieb gar nichts anderes übrig, als sich mir zu öffnen, weil sie wusste, dass ihr Leben von meinem Wohlwollen abhing.

Sanft und voller Respekt schickte ich meine Macht in ihren Geist. So hatte ich das eigentlich nicht gewollt, aber ich musste mir Gewissheit verschaffen.

Bilder tauchten auf, wie Cassia betäubt wurde, wie sie voller Angst aufwachte, wie eine mächtige Hexe Blutrunen von ihrer Haut wusch. Ich sah die Leiche einer Sklavin, die Cassia offenbar kannte. Und ich sah Ianus. Gehässig. Selbstherrlich. Brutal. Ich sah sein widerliches Begehren, hörte die Pläne, die er mit Cassia hatte, und erlebte hautnah, wie hilflos, erniedrigt und beschmutzt sie sich fühlte.

So oder so – ich gewinne.

Ianus' Stimme hallte in meinem Geist nach. Die Magie, die Schriftrolle, die Runen ... alles war echt. In diesem Moment wusste ich mit absoluter Sicherheit, dass ich ihn irgendwann umbringen würde. Ob ich dazu einen Brachion bestechen oder selbst zu einem werden musste, war mir gerade ziemlich egal. Er hatte eine Grenze überschritten und Cassias Seele in pures Gift verwandelt. Eine Bindung zu ihr würde ähnlich zerstörerisch wirken wie die *Stillen Wasser* – und ich hatte erlebt, was sie mit einem Primus anstellen konnten. Besäße Cassia auch nur einen Deut weniger Ehrgefühl, würde ich nun auf dem Boden liegen und mich vor Qualen winden.

Sorgsam zog ich mich aus ihrem Geist zurück, ohne eine ihrer anderen Erinnerungen anzutasten. Ich hatte mich geirrt. Nicht Cassias Leben lag in meinen Händen, sondern meines in ihren. Es war allein ihre Entscheidung, mich nicht außer Gefecht zu setzen und mit dem Hexenharass abzuhauen. Dieses zerbrechliche und doch so unendlich starke Geschöpf weigerte sich, mir ein Leid anzutun.

Und wie dankte ich es ihr?

Mein Blick fiel auf den Tisch neben uns und den Dolch darauf. Ich hatte ihn als letzten Ausweg angesehen, als Notfallplan. Aber dank Ianus war dieser Notfallplan gerade zu meiner einzigen Option geworden.

Er durfte nicht gewinnen und Cassia all das antun, was er angekündigt hatte!

Der Drang, sie einfach von hier fortzubringen, sie vor Ianus zu verstecken und ihr das Leben zu ermöglichen, das sie verdient hatte, wurde so übermächtig, dass ich die Hände zu Fäusten ballte, bis die Knöchel weiß hervortraten. Ich konnte es nicht tun. Ich konnte sie nicht fortbringen, denn es hätte noch schlimmere Konsequenzen als die verlorene Wette. Ianus würde mich vor dem Hohen Rat anklagen. Elias ebenso. Die Missachtung unserer Abmachung und die Entführung von Eigentum eines Ratsmitglieds würden harte Strafen nach sich ziehen. Und falls ich mich weigerte, Cassia zurückzugeben, würde man mich zu einem Abtrünnigen erklären. Mir selbst könnte das nicht gleichgültiger sein, aber ich trug auch die Verantwortung für meine Leute. Grim, Hiro und all jene, die mir die Treue geschworen hatten, würden meinen Schutz verlieren und zu Freiwild werden. Ihr Leben durfte ich nicht riskieren. Nicht für eine Sterbliche, die ich erst seit ein paar Tagen kannte.

Es gab nur eine vernünftige Lösung. Ich musste Cassia opfern.

Dieser Gedanke fühlte sich an, als würde mir das Herz aus der Brust gerissen werden. Nein, es fühlte sich schlimmer an. Das wusste ich aus eigener Erfahrung. Mein Herz konnte nachwachsen, aber Cassias Leben auszulöschen, würde etwas in mir zerstören, das selbst die Ewigkeit nicht heilen konnte.

Da saßen wir nun, auf dem Boden der Tatsachen. Ich hauchte einen zarten Kuss auf ihre Schulter und griff unbemerkt nach dem Dolch. Es wäre besser, es gleich hinter sich zu bringen.

»Sieh mich an.«

So schwer es mir fiel, ich wollte wenigstens den Anstand besitzen, ihr dabei in die Augen zu schauen. Ich würde sie nicht hinterrücks erstechen. Cassia war ihr ganzes Leben lang allein gewesen. In ihrem Tod sollte sie es nicht sein. Ich würde sie halten und ihr die Angst nehmen, bis der letzte Atemzug aus ihrem Körper gewichen war.

Langsam hob sie den Kopf. Ihr Blick fand meinen und ließ mich in unendlichem Mitternachtsblau ertrinken. Sie ahnte nichts. Alles, was sie empfand, war Kummer, Scham und nun ein Hauch von Hoffnung. Letzteres war ihr noch nicht einmal bewusst, aber ich spürte ihre Gefühle, als wären sie meine eigenen. Sie vertraute darauf, dass ich ihr helfen würde, dass ich Ianus so sehr hasste wie sie, und darauf, dass sie bei mir sicher war. Sie vertraute mir.

»Es tut mir leid«, sagte ich leise. Eine Entschuldigung für alles, was geschehen war, und das, was gleich geschehen würde. Noch nie zuvor hatte ich mich so gehasst wie in diesem Moment. Ich hatte ihr Vertrauen nicht verdient.

Cassia berührte meine Wange und hauchte: »Mir auch. Ich würde dir so gerne helfen können.«

Unter ihrer Zärtlichkeit schien meine ganze Existenz vor Schmerzen zu zersplittern. Der Dolch wog schwer in meiner Hand. Ich hätte sie nie schutzlos zurücklassen dürfen. Mein Fehler. Alles war mein Fehler gewesen. Verzweifelt lehnte ich meine Stirn an ihre und versuchte, mir ihr Gesicht einzuprägen, ihren Geruch, ihre Stimme ...

»Aber vielleicht«, murmelte sie und lächelte mich gequält an, »kann ich dir trotzdem helfen, wenn du mich ausnahmsweise dich retten lässt. Ich habe –«

Ihr Lächeln gab mir den Rest. Ich musste sie noch einmal schmecken. Wie von Sinnen zog ich sie an meine Lippen. Sie hatte nicht die geringste Ahnung, auf wie viele Arten sie mich bereits gerettet hatte. Sie tat es sogar in diesem Moment, als sie ihre Arme um mich schlang und meinen Kuss annahm – mich annahm, wie ich war. Als sie mit rauer Stimme ein leises Seufzen ausstieß, verlor ich die Selbstbeherrschung. Mir war klar, wie egoistisch ich mich gerade verhielt. Ich machte ihr Hoffnung, wo es keine Hoffnung gab. Aber das spielte ohnehin keine Rolle mehr. Den Dolch noch immer in der Hand hob ich sie hoch und trug sie zum Bett. Ich war süchtig nach dieser Frau. Ja, sie war eine Diebin. Sie hatte sich in meinen Verstand geschlichen und mir das Herz gestohlen. Das kalte Herz eines Dämons. Dafür würde sie den höchsten Preis zahlen, den ein Mensch aufbringen konnte. Doch vorher würde ich mir selbst noch eine Erinnerung schenken. Eine Erinnerung an sie, die eigentlich schon verloren war. Ein letztes Mal. Nur ein letztes Mal musste ich sie fühlen.

Wie man sich bettet …

Schwer atmend ließ ich den Kopf in die Kissen fallen und spürte den Wellen der Lust nach, die durch meine Sinne brandeten. Bels Arme umschlangen mich so besitzergreifend, dass ich mich kaum noch bewegen konnte, während ich mich meinerseits an ihn klammerte, als würde seine Nähe allein all die tiefen Schatten verdrängen, die in meinen Gedanken lauerten. Wie wir übereinander hergefallen waren, hatte nichts mit der sinnlich lasziven Leichtigkeit von letzter Nacht gemein. Es war besinnungsloses, an Verzweiflung grenzendes Verlangen gewesen, das weit über eine rein körperliche Anziehung hinausging. Ich hatte Angst gehabt, er könnte sich wegen meiner vergifteten Seele von mir abwenden. Doch er hatte mich nicht als mangelhaft betrachtet oder mir die Schuld für seine verlorene Wette gegeben. Im Gegenteil, wenn er mich ansah, fühlte ich mich begehrenswert und kostbar und beschützt. Das hatte ich mehr gebraucht, als mir bewusst gewesen war, mehr als die Luft zum Atmen.

Ich öffnete die Augen, sah direkt in Bels aufgewühltes Gesicht. Die Nachwirkungen unseres Rauschs verdunkelten seinen Blick. Er schien genauso wenig wie ich in der Lage zu sein, etwas zu sagen. Was auch immer das hier war, es hatte uns beide überwältigt.

Mit der Zeit normalisierte sich mein Puls, doch Bel entspannte sich nicht. Seine Schultern bebten und zwischen seinen finster zusammengeschobenen Brauen bildete sich eine steile Falte. Plötzlich sprang er von mir runter und flüchtete in Richtung Garten. Ich sah ihm verwirrt nach, als etwas Glänzendes neben meinem Kopf meine Aufmerksamkeit erregte. Bels kupferner Dolch. Die Klinge war so tief durch Laken, Kissen und Matratze getrieben worden, dass sie sogar im Holz darunter feststeckte.

Ich wusste nicht, wann oder warum Bel das getan hatte, aber ich fürchtete mich nicht. Ich machte mir Sorgen. Sorgen um Bel. Er war ein stolzes Wesen. Ich konnte verstehen, wie schwer es ihm fiel, gegen jemanden wie Ianus zu verlieren. Und ich ahnte, wie sehr ihm der Verlust seines Zuhauses zusetzen musste.

»Zieh deine Mauern hoch«, wehte seine Bitte zu mir herüber. Er sah mich nicht an, doch an seiner belegten Stimme erkannte ich, dass mein Mitleid ihm nicht behagte.

Ich erfüllte ihm seinen Wunsch nicht. Noch nicht. Es war endlich an der Zeit, ihm von Thanatos zu erzählen. Und wenn ich das tat, sollte er wissen, dass ich die Wahrheit sagte. Also rollte ich mich aus dem Bett und versuchte, mich in eines der Laken zu wickeln. Aber der Dolch hatte sie allesamt festgenagelt und steckte so felsenfest im Holz, dass ich ihn selbst beim dritten Versuch nicht herausbekam. Mit einer frustrierten Grimasse gab ich es auf und tapste eben ohne Laken zu Bel. Er lehnte an einer der Säulen und starrte grimmig den Sonnenuntergang an. Wolken türmten sich am Himmel und veränderten im Wind beständig ihre Form.

Als ich Bel von hinten umarmte und mich an seinen Rücken schmiegte, fühlte ich, wie sein kräftiger Körper erschauerte. Ein Lächeln schlich sich auf meine Lippen. Es gefiel mir, ihm eine solche Reaktion entlocken zu können. Gleichzeitig erklärte ich mich höchst offiziell für verrückt. Für vollkommen wahnsinnig. Mein Geheimnis war aufgeflogen, mein Leben stand auf dem Spiel, aber ich konnte nur noch daran denken, wie wundervoll es war, dass in Bels Nähe alle Gefahren ihren Schrecken ein wenig zu verlieren schienen.

Ich hörte ihn seufzen.

»Du irrst dich in mir«, murmelte er unglücklich.

Zweifellos ein Kommentar zu dem, was ich gerade empfand.

»Nein, das tue ich nicht«, widersprach ich ihm leise und sorgte dafür, dass er meine Überzeugung spürte. »Und genau deswegen werde ich dich jetzt darum bitten, mich gehen zu lassen. Mit dem Hexenharass.« Ich hielt ihn unbeirrt fest an mich gedrückt und streichelte zärtlich über seine Bauchmuskeln. Das sollte ihm zeigen, dass nicht er der Grund war, aus dem ich gehen musste. »Erzähl Ianus, dass ich geflohen wäre und du deswegen keine Chance hattest, die Wette zu beenden.«

Keine Überraschung. Keine Wut. Keine Regung.

»Es ist leider etwas komplizierter als das«, teilte er mir mit. »Durch das Mal in deinem Nacken wird Ianus dich überall finden. Und sollte er das nicht können, weiß er, dass ich dir geholfen und dich abgeschottet habe.«

»Du sollst mir auch gar nicht helfen. Ich muss es nur bis zum Circus schaffen, dort wird Tha-«

Ein ohrenbetäubendes Krachen ertönte. Noch bevor ich den kalten Rauch und das Blut roch, reagierte Bel bereits. Seine Macht hüllte mich ein und schuf aus dem Nichts ein dunkelblaues Kleid. Es war keine Illusion, sondern tatsächlich realer Stoff. Ich hatte nicht gewusst, dass so etwas möglich war. Als ich aufschaute, stand Bel zwischen mir und dem Eingang. Auch er war jetzt angezogen und trug eine unheilvoll schwarze Tunika. In seiner Hand blitzte der Kupferdolch. Ich sah zum Bett. Wie …? Mir war klar, dass sich Dämonen schnell bewegen konnten, aber das …? Bel hatte innerhalb eines Wimpernschlags an alles gedacht und sogar eines der Laken über den Hexenharass geworfen, um ihn vor neugierigen Blicken zu schützen. Blicken, wie die von Ianus und der Einheit seiner Prätorianer, die gerade hereinmarschierten.

Mauern!, wies Bel mich an. Ich gehorchte und zog meine Abwehr hoch. *Und bleib hinter mir!*

Nur zu gerne. Ich konnte mich so oder so nicht vom Fleck rühren, als der *Schrecken von Rom* mit wutverzerrter Miene vor Bel stehen blieb.

»Wo ist meine Seele?«, schleuderte Ianus ihm statt einer Begrüßung entgegen. Mir lief es eiskalt den Rücken hinunter.

Er wusste es.

Ianus wusste, dass die Phiole weg war.

»Ich habe keine Ahnung, wovon du redest«, knurrte Bel. »Aber ich schätze es nicht besonders, wenn man meine Privatsphäre stört.«

Ianus trat einen Schritt zur Seite und lugte an seinem Gast vorbei. Schwarze Augen fanden mich und wurden schmal. Ich sah, wie sich seine Nasenflügel blähten. Ohne Zweifel witterte er, was gerade zwischen Bel und mir passiert war. Er stieß ein missbilligendes Schnauben aus, verlor aber kein Wort darüber. Die gestohlene Seele schien ihm wichtiger zu sein als diese Gelegenheit, uns zu verspotten.

»Hör auf, mich für dumm verkaufen zu wollen«, zischte er Bel an. »Du bist der Einzige, der mächtig genug ist, meine Illusionen zu durchschauen und meinen Besitz vor mir zu verbergen. Allerdings würde mich sehr interessieren, wie es dir gelungen ist, die Schutzzauber zu überwinden.«

Jetzt schien auch Bel eins und eins zusammenzuzählen, denn seine Stimme drängte sich in mein Bewusstsein.

Bitte sag mir nicht, du hast ihm eine Seele gestohlen!

Ich kam seiner Bitte ungewollt nach, da mein rasendes Herz es mir unmöglich machte zu antworten. Sofort donnerte Bels Stimme ein zweites Mal durch meinen Geist.

Ist in dem Hexenharass EINE VON IANUS' SEELEN?!

Ja, gab ich kleinlaut zu. *Aber die Seele gehört ihm nicht rechtmäßig. Sie ist ein Beweis für seine Verbrechen. Das wollte ich dir die ganze Zeit erzählen.*

Daraufhin sagte er nichts mehr.

Die Stille in meinen Gedanken war lauter und besorgniserregender als das Schweigen zwischen den Dämonen. Jetzt hing alles – mein Leben, mein Sein, mein Stolz und mein Sterben – von dem blonden Dämon ab, der zwischen mir und Ianus stand. In jedem Sinne.

Bel schnalzte mit der Zunge.

»*Ich* habe dir nichts gestohlen, Ianus«, verkündete er gleichgültig. »Mein Wort darauf.«

Während Ianus fassungslos der Mund aufklappte, flutete mich unendliche Erleichterung. Sie hielt jedoch nicht lange an, denn Bel schien gerade erst warm zu werden.

»Mach dir nichts draus. Viele Dämonen, die sich für die Größten halten, überschätzen sich dann und wann. Wenn du möchtest, gebe ich dir gerne ein wenig Nachhilfe in tatsächlich funktionierenden Schutzzaubern.«

War Bel irre? Er konnte Ianus in dieser Situation doch nicht mutwillig provozieren!

Eine dunkle Energie erhob sich. Das Flüstern von blutigen

Schlachtfeldern und verbrannten Leichen lag in der Luft. Ianus' Augen blitzten jähzornig auf.

»Irgendwer *hat* mich bestohlen – vielleicht ja mit deiner Hilfe«, stellte er frostig fest. Erneut blickte er zu mir. Mein erschrockenes Gesicht schien Ianus misstrauisch zu machen. »Oder sogar in deinem Auftrag.«

Seine Macht setzte sich in Bewegung. Wie die hungrige Klaue eines Monsters kroch sie auf mich zu. Ich verstärkte meine Mauern mit allem, was ich aufbringen konnte, und wappnete mich vor dem ekelerregenden Kontakt mit seiner Essenz. Doch Ianus' Macht erreichte mich nicht. Sie prallte an einer Wand ab, die sich schützend vor mir aufbaute. Stark, unüberwindbar und durchwoben von dem schweren bittersüßen Geruch nach Granatäpfeln und dekadenter Sinnlichkeit.

»Du wirst sie nicht anfassen!«

Bels souveräner Tonfall machte klar, dass er keine Konfrontation suchte, ihr aber keineswegs aus dem Weg gehen würde, falls sein Gastgeber darauf bestand.

»Du wagst es, mir zu sagen, wie ich mit meiner Sklavin in meinem Haus umzugehen habe?« Ianus klang nicht minder bedrohlich.

»Du hast einen Schwur geleistet«, erinnerte ihn Bel.

»Der gilt nur, solange du nicht betrügst.«

»Ich habe nicht betrogen.«

Ein bösartiges Grinsen verzerrte Ianus' Lippen. »Da ist Sotírios anderer Meinung.«

Ich konnte Bels Gesicht nicht sehen, aber ich merkte, wie er sich versteifte und die Temperatur sank. Wer war dieser Sotírios? Der Name kam mir bekannt vor, nur wollte mir beim besten Willen nicht einfallen, wo ich ihn schon einmal gehört hatte.

»Ihre Seele soll in meinem Besitz sein, bevor die Lucarien beginnen«, meinte Bel unterkühlt. »Das ist der genaue Wortlaut deiner Bedingungen gewesen. Ich habe noch bis zum Morgengrauen Zeit.«

Ianus lachte. Es war ein unangenehmes Lachen, bei dem sich mir die Nackenhaare aufstellten.

»*Freiwillig.* Das war doch der Punkt, um den es dir ging, oder etwa nicht? Alles andere wäre ja gegen unsere Gesetze.«

»*Ohne Manipulation.* Das war der Punkt, um den es mir ging. Alles andere hat dich nicht zu interessieren.«

Ich hatte keine Ahnung, wovon die beiden redeten, doch auf einmal kam Ianus mit ausgebreiteten Armen auf mich zugeschlendert. Als Bel kaum merklich sein Gewicht verlagerte, blieb er stehen. Er hatte die stumme Warnung verstanden und schien es nicht darauf ankommen lassen zu wollen. Noch nicht.

»Du hast einen mächtigen Beschützer, Aurora«, erklärte er mir wie einem kleinen Kind. »Aber hat dir dein Held auch erzählt, wofür ein Dämon wie er einen Dolch braucht? Denkst du, er will dich damit verteidigen? Gegen mich?« Wieder dieses Furcht einflößende Lachen. Ein ungutes Gefühl beschlich mich. Ianus hatte recht. Dämonen brauchten keine Waffen. »Nein, meine Schöne ... Bel hat diesen Dolch nur für dich anfertigen lassen. Eine Klinge, die Seelen in sich aufnehmen kann. Das ist die traurige Wahrheit. Bel will dich töten, um an deine Seele heranzukommen. Er wird dich einsperren. Für alle Ewigkeit.«

Eis legte sich um mein Herz.

Ist das wahr?, wollte ich von Bel wissen. Hatte er vor, mich umzubringen und mir meine Seele zu entreißen? War er heute deswegen fort gewesen, lange bevor er den Hexenharass gefunden hatte?

Bel antwortete nicht.

Ich durchbohrte seinen Rücken mit meinen Blicken. War alles eine Lüge gewesen? Ein Spiel, um mir die Wahrheit zu entlocken? Um mich ein letztes Mal flachzulegen, bevor er meine Seele in ein kaltes Gefängnis sperrte? Das Bild des Dolchs kroch in meiner Erinnerung hoch, tief ins Bett gestoßen, direkt neben meinem Kopf. Ich machte ein paar Schritte auf Bel zu. Ich musste es wissen.

STIMMT ES, WAS ER SAGT?

Wieder keine Antwort.

Vergnügt schaute Ianus zu seinem Gast.

»Du hast die Spielregeln geändert«, trällerte er. »Wenn du betrügst, dann betrüge ich auch. So lautet die Abmachung.«

In diesem Moment explodierte etwas. Eine heftige Druckwelle warf mich zu Boden. Dieselbe Energie erfasste Bel. Sein Körper flog über meinen Kopf hinweg und landete mit einem dumpfen Aufprall irgendwo hinter mir. Ich sah Ianus auf mich zustürzen, doch dann wurde auch er zurückgeschleudert und krachte in seine Prätorianer. Keinen Atemzug später waren beide Dämonen wieder auf den Beinen. Aus tiefschwarzen Augen funkelten sie sich an. Ihre Essenzen donnerten aufeinander. Blut und Rauch trafen auf Granatapfel und Sünde – und ich war dazwischen gefangen. Ich wagte nicht, mich zu rühren. Jede Bewegung, die ich in die eine oder in die andere Richtung machte, konnte jemandem einen Vorteil bringen. Oder die Sache eskalieren lassen.

»Ich habe noch bis zum Morgengrauen Zeit«, presste Bel mit mühsam kontrollierter Wut hervor.

»Sie wird dir ihre Seele aber nicht freiwillig versprechen«, fauchte Ianus zurück.

»Weil du mit Blutmagie dafür gesorgt hast!«

»Ich habe weder Gewalt angewendet noch angedroht, um sie zu beeinflussen. Ganz unserer Abmachung entsprechend.«

»Eine Abmachung, die besagt, dass sich bis morgen ihre Seele in meinem Besitz befinden muss. Von einer Seelen*bindung* war nie die Rede.«

»Sie zu töten, verstößt aber gegen unsere Gesetze.«

Bel lachte kalt. »Du weißt selbst nur zu gut, dass das eine Grauzone ist. Wer will mir denn nachweisen, dass das Mädchen mich nicht darum gebeten hat, ihre Seele in den Dolch zu sperren, um dich aufzuhalten?«

Ich bekam kaum noch Luft. Bels Worte, die Wahrheit, meine Erkenntnis und die Energien der beiden drohten mich förmlich zu zerdrücken.

»Was jetzt, Belial?«, erkundigte sich Ianus spöttisch. »Willst du Elias und dem Hohen Rat mitteilen, dass unsere Wette gescheitert ist? Dann werde ich mit Malta und dem Mädchen sehr viel Spaß haben. Womöglich auch *mit* dem Mädchen *auf* Malta.«

Die Dämonen begannen sich zu umkreisen wie zwei Raubtiere, die sich um dieselbe Beute stritten. Vielleicht umkreisten sie auch mich. So genau konnte ich das nicht mehr auseinanderhalten, denn ich war zu sehr damit beschäftigt, keinen der beiden aus den Augen zu verlieren.

»Nein«, entgegnete Bel mit kalter Entschlossenheit. »Wir bringen es heute Nacht zu Ende.«

Ein wilder Ausdruck legte sich auf Ianus' Züge. Er neigte den Kopf, als akzeptierte er die Herausforderung. »Dann läuft es jetzt wohl auf *eine* Frage hinaus«, verkündete Ianus voller Vorfreude. »Wer von uns bringt das Mädchen zuerst um?«

Oh Scheiße!

Ich steckte wirklich in Schwierigkeiten.

»Sieht wohl so aus«, meinte Bel gefährlich leise.

Die Prätorianer traten vor. Sechs Augenpaare flammten in der Dämmerung grün auf. Hexer.

Bel knurrte. Ianus grinste. Und dann ging alles ganz schnell. Grünes Feuer schoss auf mich zu. Ich zog den Kopf ein, doch Bels Macht legte sich um mich und ließ die tödlichen Flammen abprallen. Gleichzeitig zerrte sie mich rückwärts, von den Hexern weg und auf ihn zu. Mit blankem Dolch und zornigen Augen erwartete er mich – um mich zu töten. Ich versuchte vergeblich, auf den glatten Steinfliesen Halt zu finden, aber der Abstand zu Bel schrumpfte unaufhörlich. Da riss Ianus ihn plötzlich zu Boden. Die beiden Dämonen kämpften miteinander und ich war frei. Dafür stand nun nichts mehr zwischen mir und den Prätorianer-Hexern. Sie wollten gerade auf mich losgehen, als unmittelbar vor ihnen schwarzes Licht explodierte. Bels stiller wie tödlicher Leibwächter kam darin zum Vorschein, in der Hand sein blankes Schwert. Ich nutzte die Verwirrung und zwang mich auf die Beine. Der Garten! Von dort aus konnte ich vielleicht aufs Dach gelangen. So musste auch Tigellinus mich rausgeschafft haben …

Der erste Hexer fiel. Hinter mir flog etwas in die Luft. Trümmer prasselten auf mich nieder. Ich musste dringend hier raus. Aber ich konnte nicht ohne den Hexenharass gehen, sonst war alles umsonst! Ich sah mich nach dem Bett um und erstarrte. Dort, wo es eben noch gestanden hatte, klaffte eine riesige Bresche in der Wand. Gütiger Himmel! Jemand packte mich von hinten. Sengende Schmerzen jagten durch meine Arme. Meine Haut verbrannte. Instinktiv stieß ich dem Angreifer meinen Ellbogen in den Bauch, doch ein lederner Harnisch dämpfte die Wucht meines Schlags.

»Finger weg, dreckiger Römer!«, fauchte eine schroffe Frauenstimme.

Grim stapfte durch den Garten herein. Mit ihren roten Haaren, den grün glühenden Augen und den Flammen, die sie umwirbelten, sah die kleine Germanin aus wie eine rachsüchtige Furie. Ihre Magie erfasste den Soldaten hinter mir. Er schrie, ließ von mir ab und verbrannte bei lebendigem Leib. Der Anblick und der Geruch waren so entsetzlich, dass ich mich gern übergeben hätte, aber dafür hatte ich jetzt keine Zeit. Zum Bett! Oder was davon übrig war.

Plötzlich versperrte Ianus mir den Weg. Er war über und über mit Staub bedeckt. Die Hälfte seines Gesichts fehlte. Sie formte sich gerade neu, während er mit Mordlust in den Augen nach meiner Kehle griff.

»Wie ich mich auf diesen Moment gefreut habe!«

Bevor seine Finger mich berühren konnten, wurde ich zur Seite geschleudert. Ich krachte gegen eine Wand, schmeckte Blut, sah Sterne, dann Feuer – und Bels Rücken. Er beschützte mich vor Ianus. Er beschützte mich, weil er mich selbst umbringen wollte.

»Du hast es noch nie mit mir aufnehmen können!«, höhnte der blonde Dämon. Keine Spur von Anstrengung lag in seiner Stimme.

»Für dich hat es immer gereicht!«, spie Ianus ihm entgegen. Eine Kugel aus reiner Energie traf Bel. Ein furchterregendes Brüllen ertönte. Schmerz. Wut. Licht und noch mehr Macht. Viel mehr Macht. »Ich werde Malta niederbrennen!«, hörte ich Ianus lachen.

Mein Körper streikte. Die Luft verdichtete sich so sehr, dass man sie hätte schneiden können. Da wurde ich mir meiner Sterblichkeit bewusst. Ich würde es nie lebend zum Hexenharass schaffen, erst recht nicht aus dem Palast. Das hier waren Dämonen. Zornige Götter, die mich tot sehen wollten. Was konnte ich schon dagegen ausrichten? Selbst wenn diese Unsterblichen es nicht auf mich abgesehen hätten, war die Wahrscheinlichkeit äußerst hoch, dass ich versehentlich von einem Stück Mauer erschlagen oder von einem verirrten Energiestoß verbrannt wurde. Ich hatte nur eine einzige Idee. Eine ziemlich dumme Idee, aber was blieb mir übrig? Kurz entschlossen fasste ich nach der Feuchtigkeit, die mir über die Schläfe rann. Eine Platzwunde. Gut. Das würde sich noch als nützlich erweisen. Ich benetzte die Finger mit meinem Blut und begann, ein Siegel auf den Boden zu malen. Dasselbe Siegel, mit dem ich den Tempel vor übergriffigen Dämonen verteidigt hatte. Es würde sie aus ihren Hüllen verbannen, wonach sie Stunden, wenn nicht sogar Tage brauchen sollten, um zurückzukehren.

Die Kampfgeräusche hinter mir kamen näher. Ein kurzer Blick über die Schulter zeigte mir, dass mehr Prätorianer in die Gemächer strömten. Das war der Haken an der Sache. Ich konnte die Dämonen bannen, aber nicht die Hexen. Mir blieb nur die kleine Hoffnung, dass Grim die Soldaten lange genug aufhalten würde, damit ich fliehen konnte.

Was tust du da? Bels unbeherrschte Stimme eroberte meinen Kopf wie eine Naturgewalt. Ich ignorierte ihn und malte schneller.

Grim tauchte keuchend neben mir auf. Zweifellos hatte Bel sie zu mir geschickt. Blutspritzer verliehen ihrem Gesicht ein kriegerisches Aussehen. Sie riss die Augen auf, als sie erkannte, was ich tat. »Oh Ziegenkacke. Das ist wirklich keine gute –«

Weiter kam sie nicht, denn ein fremder Dämon stürzte sich

auf sie. Ianus hatte offenbar auch übernatürliche Verstärkung gerufen. Ich unterdrückte den Impuls, ihr zu Hilfe zu eilen. Sie gehörte zwar zu Bel, aber ich mochte sie und wollte nicht, dass sie starb. Trotzdem würde mein Siegel nützlicher sein als jede physische Unterstützung, die ich bieten konnte. Wie im Wahn strich ich weiter mein Blut auf den Marmorboden.

»Grim!«, hörte ich Bel donnern.

»Sie ist fast fertig«, röchelte seine Hexenmeisterin.

Das stimmte. Noch ein Symbol.

»Tu es jetzt!« Bels Befehl folgte ein unvorstellbares Schauspiel. Ranken aus grünem Licht brachen aus Grim hervor und verwoben sich zu einem dichten Gespinst. Um den Dämon, der sie zu Boden drückte, kümmerte sich die Hexenmeisterin nicht. Ihre Aufmerksamkeit galt jemand anderem.

In diesem Moment verband ich die letzten blutigen Linien miteinander. Das Siegel glühte auf. Ich erwartete eine leichte Druckwelle, aber ich hatte mich noch nie so geirrt. Die freigesetzte Energie übertraf alles, was ich kannte. Gleißendes Licht umgab mich, drang mir unter die Haut, presste mir die Luft aus den Lungen und erstickte meine Schreie. Danach schlug Dunkelheit über mir zusammen.

Alter vor Schönheit

Durch Grims Schutzschirm hindurch konnte ich erkennen, wie Ianus' Essenz aus seiner Hülle herausgedrängt wurde. Ein Schicksal, dem ich gerade so entgangen war. Ich lächelte boshaft. Genau deshalb hatte ich mir eine Hexenmeisterin mitgebracht, die ihr Handwerk verstand. Man musste wissen, wie weit die eigene Macht reichte und wann man lieber auf loyale Gefolgsleute setzte. Das würde Ianus nie verstehen.

Als die bannende Energie des Siegels verebbt war, zerfiel auch die grün schimmernde Magie um mich herum. Ich steckte den Dolch weg und verschaffte mir einen Überblick. Cassia hatte ganze Arbeit geleistet. Außer mir und Hiro stand niemand mehr aufrecht. Die Primus waren fort und die Hexer hatten durch die Druckwelle das Bewusstsein verloren. Sicherlich war Cassia nicht klar gewesen, welche Folgen es haben würde, wenn man ein derartiges Siegel mit Blut zeichnete. Auf diese Weise verstärkte man nun einmal jede Magie. Ich konnte nur hoffen, dass sie sich in ihrem Irrsinn nicht selbst umgebracht hatte, schließlich war sie dem Siegel am nächsten gewesen.

Während Hiro sich um die ohnmächtigen Prätorianer kümmerte, hielt ich zielstrebig auf die reglose Gestalt neben den blutigen Symbolen zu. Cassias Puls war kaum zu hören, aber sie war am Leben. Ich kniete mich hin und strich ihr die Haare aus dem Gesicht. Sie hatte eine Verletzung am Kopf und schwere Brandwunden an den Armen, die eindeutig von Hexenfeuern stammten. Ansonsten ging es ihr gut.

»Nein danke, ich brauche keine Hilfe«, hörte ich Grim vorwurfsvoll stöhnen. »Ich werde doch gern unter 'ner sackschweren Dämonenhülle vergessen, nachdem ich euch eure unsterblichen Hintern gerettet hab.«

Ich grinste und machte mich daran, Cassias Wunden zu versorgen. »Du würdest mir doch nur wieder eine Standpauke halten wie damals in Antiochia«, stichelte ich. »Schließlich hast du mir ausdrücklich verboten, dir zu helfen, solange dein Leben nicht auf dem Spiel steht.«

»Ich *brauch* deine Hilfe ja auch nicht, aber ein bisschen Dankbarkeit wäre nett«, brummte die kleine Germanin und stemmte missmutig den riesigen leblosen Männerkörper von sich herunter, unter dem sie begraben gewesen war. Dann setzte sie sich auf und griff sich fluchend an den Kopf. »Autsch! Wer hat dem Mädchen diesen Schwachsinn beigebracht? Wusste sie nicht, dass wir sie nur beschützt haben? Und wieso zum Geier haben wir sie überhaupt beschützt, obwohl du sie eigentlich umbringen wolltest? Nicht, dass ich mich über deinen Sinneswandel beschweren würde, aber irgendwie komme ich nicht mehr mit.«

Ich zog den letzten Streifen Stoff um Cassias Arm fest und hob sie behutsam hoch. »Erklär ich dir unterwegs. Wir müssen aus dem Palast raus, bevor unser werter Gastgeber zurückkehrt.«

Cassias Bann-Siegel hatte jeden Dämon in einem gewissen Umkreis an den Ort seiner Geburt geschickt. Unglücklicherweise war Ianus in Rom geboren. Seine Essenz würde also sehr bald wieder hier auftauchen.

»Wunderbar«, murrte Grim und stapfte mit einem Augenrollen Richtung Ausgang. »Wer braucht schon einen Grund zu kämpfen, wenn er einen Meister mit Gemütsschwankungen hat.«

Ich konnte ihren Frust nachvollziehen, schließlich verstand ich mich ja selbst nicht. Es gab nur eines, dessen ich mir inzwischen absolut sicher war: Ich wollte Cassia nicht verlieren. Schon bevor Ianus wie ein tobsüchtiger Zyklop hereingeplatzt war, hatte ich meine Entscheidung getroffen. Und jetzt würde ich sie mit allen Konsequenzen tragen.

Für mein Herz, Grim, sandte ich eine leise Nachricht in ihre Gedanken. Es war an der Zeit, mir das selbst einzugestehen. *Du kämpfst für mein Herz.*

Die Hexenmeisterin drehte sich verdutzt zu mir um. Ihr Blick wanderte zwischen mir und der jungen Frau in meinen Armen hin und her. Sie bekam große Augen und schien zu begreifen, dass ich keinen Witz gemacht hatte. Dann breitete sich ein Grinsen auf ihrem runden Gesicht aus. Ich rechnete fest damit, dass sie mich mit meinem Eingeständnis aufziehen würde, aber ich lag falsch.

Das ist ein sehr guter Grund, ließ sie mich wissen. In ihrer Stimme schwang Wärme und großer Ernst mit. *Sogar der einzige Grund, aus dem es sich wirklich lohnt zu kämpfen.*

Sie zog ihre Kurzschwerter und blitzte mich tollkühn an. »Dann lass uns mal ein bisschen Römerblut vergießen.«

Ich nickte ihr dankbar zu, als mich plötzlich ein scharfer Schmerz durchzuckte. Es fühlte sich an wie glühende Seile, die sich um meine Essenz schlangen. Lähmende Fesseln, die Stück für Stück fester gezogen wurden. Den Schmerz konnte ich ertragen, aber dieses Gefühl von Enge ... Benommenheit ... und Schwäche ... war beängstigend.

Sofort tauchte Hiro an meiner Seite auf. »Was ist los?«

»Dieser Bastard!«, stieß ich hervor. »Sie schränken meine Macht ein.«

Offenbar schien Cassia in diesem Palast nicht die Einzige zu sein, die sich auf den Umgang mit Siegeln verstand. Allerdings galt es unter Dämonen als verpönt, das Primus-Zeichen eines anderen darin einzuweben, um ihn zu schwächen. Ein Tabu, das Ianus gerade gebrochen hatte.

Hiros ohnehin stets ausdruckslose Miene gefror zu Eis. »Für diese Ehrlosigkeit wird er bezahlen!«

»Können wir uns die dramatischen Drohungen für später aufheben?«, mischte sich Grim ungeduldig ein. »Ein paar übereilt angebrachte Siegel würden Bel niemals so zusetzen. Heißt, es müssen Dutzende sein. Heißt, das hier war von langer Hand geplant. Und das wiederum heißt, wir sollten ganz schnell von hier verschwinden.«

Sie hatte recht. Schon jetzt besaß ich über einen Großteil meiner Macht keine Kontrolle mehr. Und mit jedem Atemzug spürte ich weitere Siegel dazukommen, die mir zusetzten. Sollten wir innerhalb dieser Mauern erneut angegriffen werden, würde ich nicht mal einem halbwüchsigen Dämon die Stirn bieten können – geschweige denn Ianus.

»Raus hier!«, befahl ich finster. »So unauffällig wie möglich.«

Ich entschied mich für den Weg durch den Palast. Eine Flucht über die Dächer war so naheliegend, dass Ianus für diesen Fall sicherlich vorgesorgt hatte. Noch einmal würde ich nicht unterschätzen, wie weit zu gehen er bereit war. Wenigstens schien die hereinbrechende Nacht auf unserer Seite zu sein. Auf den Gängen herrschte Stille. Aber das täuschte. Wer tief in die Dunkelheit lauschte, hörte aufgeregtes Flüstern, leise Befehle und eilige Schritte. Noch konnten Ianus'

Leute nicht so richtig einschätzen, was sich in meinen Gemächern abgespielt hatte und warum ihr Meister so plötzlich verschwunden war. Es würde jedoch nur eine Frage der Zeit sein, bis jemand den Mut fand nachzuschauen.

Wir stiegen über etliche bewusstlose Soldaten und leere Primus-Hüllen hinweg. Auch hier draußen hatte Cassias Siegel keine halben Sachen gemacht. Erst einige Gänge weiter stießen wir wieder auf Lebenszeichen. Ein Trupp Prätorianer kam uns entgegen. Es wäre für Hiro kein Problem gewesen, sie auszuschalten, aber noch wollte ich keine Aufmerksamkeit erregen. Also versteckten wir uns und ließen sie vorbeiziehen. Mehrfach wiederholten wir dieses Prozedere, wobei es von Mal zu Mal schwieriger wurde, Ianus' Leuten aus dem Weg zu gehen. Inzwischen wussten sie wohl, was passiert war, und hatten eine weit angelegte Suche gestartet. Die menschlichen Sklaven bereiteten mir dabei weniger Sorgen als die Hexen, deren grüne Feuer immer wieder durch die Gänge strichen. Der Palast war zu einer Falle geworden – einer Todesfalle für Cassia. Meine Macht reichte gerade so aus, um die schwache Signatur ihres Blutmals zu verbergen, aber für eine wirkliche Illusion fehlte es mir an Kraft. Verbissen drückte ich ihren viel zu zerbrechlichen Körper an meine Brust. Ich würde sie hier rausbringen, koste es, was es wolle.

Auf halber Strecke gab Hiro das Zeichen, dass uns wieder jemand entgegenkam. Hexen. Mit Bestürzung realisierte ich, dass ich ihnen ohne die Warnung ahnungslos in die Arme gelaufen wäre. Verdammt! Ich stand so neben mir, dass ich noch nicht einmal mehr die offensichtlichste Magie gespürt hatte.

Grim drängte mich in einen dunklen Seitengang. Genau in diesem Moment regte sich Cassia. Sie schlug die Augen auf.

Ich sah, wie sie mich erkannte und ihre Verwirrung blanker Panik wich. Bevor sie Luft holen konnte, ließ ich ihre Beine los und presste stattdessen eine Hand auf ihren Mund. Doch Cassia wäre nicht Cassia gewesen, wenn sie eine derartige Behandlung einfach dulden würde. Sie begann, wie wild zu strampeln und sich zu winden. Es gelang ihr sogar, mir in die Hand zu beißen. Mit einem leidgeprüften Augenrollen ignorierte ich ihr Herumgezappel und zog sie tiefer in die Schatten einer Nische. Dort drückte ich sie mit dem Bauch voran gegen eine Wand. Ich musste sie ruhigstellen, bevor sie uns alle verriet.

Wenn du weiter so einen Lärm machst, wird bald der ganze Palast wissen, wo wir sind, warnte ich sie in Gedanken.

Cassia hielt inne und erfasste in beeindruckender Geschwindigkeit die Situation. Ihr Widerstand schwand – nicht aber ihre Wachsamkeit. Offenbar begriff sie instinktiv, dass die schweren Stiefel und das grüne Schimmern, das sich uns näherte, eine größere Gefahr für sie darstellten als ich. Meine Rolle in dem Ganzen konnte sie gewiss noch nicht einschätzen, aber im Vergleich zur Alternative schien ich wohl das geringere Übel zu sein.

Einen Moment später marschierten eine Hexe und einige Soldaten in mein Blickfeld. Es war die alte Frau aus Cassias Erinnerungen. Ohne Zweifel suchte sie nach dem Mädchen, dessen Seele sie in Ianus' Namen verflucht hatte. Ich konnte nur hoffen, dass meine Macht noch stark genug war, um Cassia vor ihrem Suchzauber abzuschirmen.

Plötzlich blieb die Hexe stehen und sah mit grün glühenden Augen in den Seitengang, in dem wir uns versteckten. Hatte sie Verdacht geschöpft? Noch verbargen uns die Schatten, aber ich schickte Hiro dennoch einen stummen Befehl.

Würde sie auch nur einen Fuß in unsere Richtung setzen, wäre das ihr Todesurteil. Ich spürte, wie Cassias Herz wie wild pochte, doch sie gab nicht den kleinsten Laut von sich. Die Spannung wurde unerträglich, bis die Hexe sich schließlich wieder abwandte und dem Weg folgte, über den wir hergekommen waren.

Ein paar Augenblicke wartete ich noch, bevor ich mir erlaubte, aufzuatmen.

Wenn ich dich jetzt loslasse, würdest du dann bitte darauf verzichten, mich anzugreifen? Ich möchte dir nicht wehtun.

Cassia schwieg. Sie schien zu überlegen. Schließlich nickte sie, knapp, trotzig und keineswegs vertrauenswürdig.

Mit einem amüsierten Seufzen gab ich sie frei. Allerdings rückte ich vorerst nur ein kleines Stück von ihr ab. Zu groß war meine Sorge, dass sie versuchen würde, vor mir zu fliehen. In meinem Zustand hatte sie gute Chancen, dass es ihr gelang.

Misstrauisch drehte Cassia sich zu mir um. Ihre Augen suchten sofort nach dem Dolch und fanden ihn an meinem Gürtel. Sie hätte jedes Recht der Welt gehabt, mir Vorwürfe zu machen, Beleidigungen an den Kopf zu werfen oder ihre Enttäuschung an mir auszulassen, doch sie tat nichts dergleichen. Ihr Gesicht hatte sich in eine starre Maske verwandelt, hinter der sich vor allem eines verbarg: Angst.

Wenn ich dich hätte töten wollen, wärst du längst tot, versuchte ich, sie zu beruhigen.

Aber Cassia glaubte mir nicht. Mit einer Gefasstheit, die einer Königin würdig gewesen wäre, hob sie den Blick. Darin glänzte tiefe Traurigkeit.

Manchmal muss man etwas tun, auch wenn man es nicht tun will.

Unwillkürlich schlich sich ein Lächeln auf meine Lippen. Der Drang, sie zu berühren, wurde unwiderstehlich. Ich hob meine Hand, um ihr über die Wange zu streichen.

Und manchmal will man etwas so sehr, sagte ich sanft, *dass man seine eigenen Regeln bricht und die Konsequenzen in Kauf nimmt.*

Cassia schluckte. Ihre Brauen schoben sich zusammen. Sie war verwirrt. Von meiner Andeutung. Von meiner Zärtlichkeit. Und davon, dass sie noch lebte und ich offensichtlich nicht plante, das zu ändern.

Du gibst Malta auf … um mir zu helfen?, stammelte sie.

Das habe ich nicht gesagt. Aus meinem Lächeln wurde ein Grinsen. *Ich improvisiere.*

Irgendwann während dieser unleidigen Wette und meiner inneren Zerrissenheit hatte ich vergessen, dass genau das meine Art war, die Dinge zu regeln. Ich hielt mich nicht an Vorschriften, ich spielte nicht fair und fand immer einen Weg, um zu bekommen, was ich wollte – *alles,* was ich wollte. Sotírios' Verrat hatte mich freundlicherweise daran erinnert. Abgesehen davon beabsichtigte ich weit mehr zu tun, als Cassia *nur* dabei zu helfen, diese Nacht zu überleben. Ich beabsichtigte, sie zu erobern und mir ihr Herz zu stehlen, so wie sie meines gestohlen hatte. Ich wollte ihr die Welt zu Füßen legen, sie zum Lächeln bringen und ihr so viele wundervolle Erinnerungen schenken, dass alles Leid darunter begraben werden würde.

Außerdem schuldest du mir noch einen Kuss, rief ich ihr ins Gedächtnis. *Und ich werde dich ganz bestimmt nicht sterben lassen, bevor ich diese Schuld nicht eintreiben konnte.*

Damit schnappte ich mir ihre Hand und zog sie aus der Nische. Hiro hatte die Gänge kontrolliert. Die Luft war rein.

Warte!

Cassia stemmte sich mit ihrem ganzen Gewicht gegen mich. Noch vor einer Stunde hätte mich das so beeinträchtigt wie ein Mückenstich, doch jetzt bremste sie mich tatsächlich aus.

Ich muss den Hexenharass holen!

Vergiss die Seele, brummte ich und zerrte sie weiter. *Ich schenk dir eine andere, wenn dir das so wichtig ist. Aber zuerst bring ich dich hier raus.*

Sie entriss mir ihre Hand.

Du verstehst es nicht. Die Seele in dem Hexenharass ist der Beweis für Ianus' Verbrechen, rief sie. *Ich muss sie zu Thanatos bringen.*

Völlig entgeistert stoppte ich.

Thanatos?!

Meine Augenbrauen verschwanden beinahe unter meinem Haaransatz. ER war der mysteriöse Primus, der hinter all dem steckte?!

Himmel noch mal! JETZT endlich ergab alles ein vollständiges Bild – auch wenn ich mir im selben Moment wünschte, dieser Name wäre nie gefallen. Thanatos war nicht nur ein Brachion und damit in der Lage, andere Primus umzubringen. Er war darüber hinaus der gefürchtetste Vollstrecker, über den die Liga zur Zeit verfügte. Wo er auftauchte, folgte der Tod. Wenn Thanatos es auf Ianus abgesehen hatte, war diese Sache weitaus größer und gefährlicher als gedacht. Und das bedeutete, dass Ianus bereit sein würde, bis zum Äußersten zu gehen.

Ich packte Cassia an den Schultern, wobei ich sorgsam darauf achtete, ihre Brandwunden nicht zu berühren.

Woher kennst du Thanatos?, wollte ich wissen, doch eine

andere Frage war noch viel drängender: *Hast du einen Handel mit ihm abgeschlossen?*

Cassia erschrak vor meiner heftigen Reaktion. Sie schüttelte den Kopf. *Nein, ich habe keinen Handel mit ihm. Er ist vor ein paar Tagen in den Tempel gekommen und hat mich um Hilfe gebeten. Ianus stiehlt Seelen und ich sollte ihm einen Beweis liefern.*

Dieser Dreckskerl benutzte sie wegen ihrer Immunität.

Ungestüm zog ich Cassia in meine Arme. Grundgütiger ... sie war noch viel unschuldiger, als ich bislang angenommen hatte. Sie war keine Diebin, sondern eine verfluchte Heilige, die sich mit Dämonen anlegte, um die Welt zu retten! Sie sollte nicht hier sein an diesem niederträchtigen Ort. Sie sollte Bestien wie Ianus oder Thanatos überhaupt nicht kennen. Sie war zu gut für sie. Zu gut für uns alle.

Warum hast du mir das nicht gleich gesagt?, flüsterte ich in ihren Gedanken. Es hätte nie so weit kommen müssen. *Ich hätte dir geholfen – von Anfang an.*

Cassia ließ meine Umarmung überfordert zu.

Das stimmt nicht, rechtfertigte sie sich verunsichert. *Du hast gleich zu Beginn recht deutlich gemacht, wie klug es ist, vor dir Angst zu haben. Außerdem ... kenne ich dich doch gar nicht.*

Damit entlockte sie mir ein leises Lachen. Ein berechtigter Einwand. Ich konnte es nicht fassen, dass es nicht einmal fünf Tage her war, seit ich sie zum ersten Mal auf dieser schäbigen Bühne in den Höhlen gesehen hatte. Seitdem war so viel passiert ...

Wenn du mich lässt, werde ich das ändern.

Mit einem kleinen Seufzen vergrub Cassia ihre Nase in meiner Tunika. Ich hätte zu gerne gewusst, was ihr gerade durch den Kopf ging, doch Grims energisches Flüstern unterbrach uns.

»Ich störe nicht gern, aber wir sollten los.«

Cassia richtete sich alarmiert auf. »Wir können noch nicht weg, ich muss erst –«

»Du gehst mit Hiro und Grim«, unterbrach ich sie leise, aber bestimmt. »Sie werden dich über ein Portal aus Rom rausschaffen. Ich hole den Hexenharass.«

Cassias und Grims Gesichter verfinsterten sich gleichzeitig, wenn auch aus unterschiedlichen Gründen.

Das ist eine hirnrissige Idee, schimpfte die Germanin, während Cassia energisch ihren Kopf schüttelte.

»Ich werde nicht einfach so wegrennen, bevor ich nicht meine Aufgabe erfüllt habe.«

Die Siegel schwächen dich zu sehr, legte Grim nach.

»Ich bin klein und schnell«, meinte Cassia. »Niemand wird mich bemerken.«

Gereizt sah ich die beiden Frauen an, die unabhängig voneinander meine Entscheidung infrage stellten. Eine Entscheidung, für die ich, nebenbei bemerkt, gute Gründe hatte. Natürlich gefiel es mir nicht, von Cassias Seite weichen zu müssen. Aber mit dem Hexenharass konnte ich nicht nur ihr Vertrauen gewinnen, sondern auch Ianus ein für alle Mal ans Messer liefern. Abgesehen davon war Cassia in Gefahr, nicht ich. Sie zu beschützen, hatte oberste Priorität. Deswegen mussten Hiro und Grim in ihrer Nähe bleiben. Mit meiner eingeschränkten Macht war ich im Moment am wenigsten von Nutzen.

»Ich bin unsterblich, ich gehe!«, stellte ich unmissverständlich klar. »Außer Ianus wird keiner es wagen, mich anzugreifen, und der ist grade etwas indisponiert.«

Grim erkannte an meinem Tonfall, dass es keine weitere Diskussion darüber geben würde. Cassia jedoch scherte sich nicht um meine Laune.

Du kannst nicht einfach so über mich bestimmen!, fauchte sie. *Ich bin nicht deine Sklavin.*

Ihre mitternachtsblauen Augen funkelten mich so aufgebracht an, dass ich die nächsten Worte mit großem Bedacht wählte.

Nein, das bist du nicht und wirst es auch nie sein, bestätigte ich ihr und nahm sacht ihr Gesicht in meine Hände. *Ich weiß, dass du an mir zweifelst. Dafür habe ich dir ausreichend Gründe geliefert. Du denkst, ich würde den Hexenharass und das Wissen über Thanatos zu meinem Vorteil nutzen wollen. Aber die Wahrheit ist …*

… ich durfte sie nicht verlieren. Nicht jetzt, wo ich nach unendlich vielen Jahren zum ersten Mal begriffen hatte, dass mein Herz doch schlagen konnte.

Nur wie sollte ich Cassia das sagen, ohne ihre Zweifel zu schüren oder sie zu verschrecken?

Wage es, mir zu vertrauen! Bitte. Ich will dein Leben nicht aufs Spiel setzen.

Cassia musterte mich noch immer skeptisch, aber zumindest hatte ich ihrer Empörung den Wind aus den Segeln genommen.

Es ist mein *Leben*, wehte ihre trotzige Stimme durch meinen Geist.

Natürlich, erwiderte ich ernst. *Ich erlaube mir nicht, darüber zu entscheiden. Ich folge nur einem einfachen Grundsatz.*

Welchem?

Ich grinste. *Alter vor Schönheit.*

Mit einer hinreißenden Grimasse boxte Cassia mir in die

Brust, doch ich ließ mich davon nicht aus der Ruhe bringen. Zärtlich legte ich meine Lippen auf ihre und stahl mir einen Abschiedskuss. Dann machte ich auf dem Absatz kehrt und verschwand, entgegen jeden meiner Instinkte, in den unheilvollen Tiefen des Kaiserpalasts.

Passt gut auf sie auf!, warnte ich Grim und Hiro. *Ianus wird sich nicht so leicht geschlagen geben.*

Den Teufel an die Wand gemalt

Mein Verstand kam nicht mehr hinterher. Gefühlt stand ich noch vor Bel und hörte die unbegreiflichen Dinge, die seine Stimme in meinem Kopf sagte. In Wirklichkeit lief ich jedoch an der Hand einer Hexe durch die Dunkelheit. Mein Pflichtgefühl schrie mich förmlich an, umzukehren. Gleichzeitig durchströmte mich unendliche Erleichterung, weil ich endlich diesen schrecklichen Ort für immer verlassen würde.

Plötzlich wurden wir langsamer. Das flackernde Licht einiger Laternen beleuchtete die nächste Weggabelung. Lange Schatten bewegten sich darin. Ein Wachposten. Der Ausgang lag unmittelbar vor uns. Grim ließ meine Hand los und gab mir mit einer geübten Geste zu verstehen, dass ich hinter ihr bleiben sollte. Wir schlichen uns an den Wänden entlang bis zur Ecke. Danach ging alles rasend schnell. Lautlos stürzte sich Hiro auf die Wachen. Sein Schwert blitzte auf. Gedämpftes Gurgeln erklang. Die menschlichen Soldaten hatten nicht die geringste Chance. Als Grim und ich sie erreichten, bildeten sich bereits glänzende Blutlachen um ihre toten Körper. Mit finsterer Miene stand Hiro über ihnen. Der Blick, den er Grim zuwarf, verhieß nichts Gutes. Die beiden schienen sich mental zu unterhalten. Es hätte mich gestört, nicht involviert zu werden, wenn nicht etwas anderes meine Aufmerksamkeit auf sich gelenkt hätte. An der Mauer neben der Laterne prangte ein großes Siegel. Nicht aus Blut. Man hatte es in die Wand gemeißelt. Ich wusste nicht, wofür es gut war, aber etwas daran ließ mich stutzig werden. In den Mustern und Linien war ein Symbol eingearbeitet, das ich nur zu gut kannte. Bels fünfzackiges Primus-Zeichen. Ein mulmiges Gefühl machte sich in mir breit.

»Was ist das?«, fragte ich mit gedämpfter Stimme.

Grim kam zu mir und griff sich erneut meine Hand, während Hiro das große Eisentor aufstemmte.

»Ein Siegel, um Bels Macht einzuschränken.«

Ich riss die Augen auf. So etwas ging?! Aber wieso war Grim dann nicht im Mindesten überrascht oder beunruhigt? Hatte sie davon gewusst? Und wenn ja, wie lange schon?

»Bel ist da drinnen? Ohne seine volle Macht?!«, stammelte ich entsetzt. »Wir müssen irgendwas tun! Können wir das Siegel nicht zerstören?«

»Es würde nichts nutzen«, brummte Grim und zog mich zum Tor. »Dieses Siegel ist nur eines von vielen und sie sind alle miteinander verbunden. Solange wir nicht das Artefakt finden, in dem sie verankert sind, können wir nichts dagegen ausrichten.«

»Aber Bel –«

»Bel ist unsterblich!«, unterbrach sie mich rabiat. »Du solltest dir weniger Sorgen um ihn machen als um uns.«

Für weitere Proteste ließ sie mir keine Gelegenheit, denn schon wurde ich in die Nacht hinausgedrängt. Die bedrückenden Gemäuer mit all ihren Schutzzaubern zu verlassen, hätte sich befreiend anfühlen sollen, doch ich konnte nur daran denken, dass Bel meinetwegen umgekehrt war und sich in Gefahr begeben hatte. Er mochte ja vielleicht nicht sterben können, aber das machte ihn weder unverwundbar noch unbesiegbar.

Erbarmungslos trieb Grim mich den steinigen Weg vom Palatin hinunter. Heftige Windböen rissen an meinem Kleid und sorgten dafür, dass der Mond immer wieder von dunklen Wolken verschluckt wurde. Das machte es sehr viel schwerer, nicht zu stolpern – ganz besonders, da meine beiden Begleiter ein halsbrecherisches Tempo vorlegten.

Als wir endlich ebenen Boden unter den Füßen hatten, spürte ich meine Unruhe wachsen. Hier stimmte etwas nicht. Ich war in diesem Viertel aufgewachsen und kannte es zu jeder Tageszeit. Normalerweise sollten so kurz nach Sonnenuntergang noch etliche Menschen unterwegs sein. Aber jetzt schien alles wie ausgestorben. Selbst vor den Tavernen und Bordellen trieb sich niemand herum, nicht mal die üblichen zwielichtigen Gestalten. Wie spät war es? Wie lang war ich bewusstlos gewesen?

Und warum sträubte sich alles in mir, obwohl mich doch eigentlich jeder Schritt meiner Rettung näher bringen sollte?

Gerade als die Fassade des Circus mit seinen Statuen und Torbögen vor uns auftauchte, befreite der Westwind den Mond von den sich wälzenden Wolkenbergen. Fahles Licht ergoss sich über das Gebäude, doch seine Umrisse verschwammen vor meinen Augen.

Heiße und kalte Schauer überliefen mich gleichermaßen. Ich blieb so abrupt stehen, dass ich Grim beinahe umgerissen hätte.

»Was ist?«, wollte die Hexe wissen. Mein Gesichtsausdruck hatte sie sofort in Alarmbereitschaft versetzt. Sie folgte meinem Blick, konnte aber nicht sehen, was ich sah. Natürlich nicht, sie war nicht immun. Und Hiro schien nicht mächtig genug zu sein, um die Illusion zu durchschauen, die über einem Teil der Arkaden und dem Vorplatz lag.

»Wir müssen hier weg!«, flüsterte ich panisch.

In genau diesem Moment löste sich die Illusion auf und enthüllte für alle Welt sichtbar, was darunter verborgen gewesen war: bewaffnete Prätorianer in schwarzen Rüstungen. Sie besetzten jeden Durchgang, jede Gasse, jedes Stockwerk und sogar die Dächer. Bestimmt hundert Augenpaare starrten uns an. In etlichen davon glühten grüne Hexenringe. Das allein war schon einschüchternd genug, doch als sich die Reihen der Soldaten teilten und die Anführer dieser kleinen Armee vortraten, erstarrte ich vor Angst. Tigellinus, Ianus' Mann fürs Grobe. Die brünette Mirabelle, diesmal ohne Rohrstock. Und ein weiterer Dämon im Körper eines blonden Jünglings, der Apolls alter Hülle verdächtig ähnlich sah. Alle drei hatten aus den ein oder anderen Gründen mit Bel und mir noch eine Rechnung offen.

Wortlos zog Hiro eine zweite, kürzere Klinge, während Grim verächtlich mit der Zunge schnalzte und etwas wie »elende Römer« murmelte. Sie schienen nicht besonders besorgt zu sein, als wäre es nicht das erste Mal, dass sie einer solchen Übermacht gegenüberstanden.

»Versuch, Bel zu beschwören«, forderte mich die Hexe leise auf, ohne die Dämonen aus den Augen zu lassen. »Wir erreichen ihn nicht.«

Hastig griff ich nach meiner Kette. Ich hatte zwar keine Ahnung, wie eine Beschwörung funktionierte, aber ich ging davon aus, dass es ähnlich wie bei einem mentalen Gespräch ablaufen würde.

Bel!, rief ich mit der ganzen Kraft meiner Gedanken.

Nichts geschah. Weder bekam ich Antwort noch erschien ein zorniger blonder Dämon neben mir. Ich schüttelte den Kopf und gab Grim so zu verstehen, dass ich keinen Erfolg gehabt hatte. Die rothaarige Germanin schnitt eine unwirsche Grimasse, sah sich aber offenbar nicht veranlasst, etwas zu unternehmen.

»Sollten wir nicht weglaufen?«, flüsterte ich. »Gegen so viele haben wir doch keine Chance.«

»Glaub mir, Dämonen laufen schneller als du«, erwiderte sie trocken. Plötzlich spannte sie sich an. Bei unseren Gegnern tat sich etwas. Tigellinus kam uns gemächlich entgegen. Allein.

Nach einem guten Dutzend Schritte blieb er stehen. Jetzt befand er sich genau zwischen uns und seinen Soldaten. Im Mondlicht konnte ich gerade so erkennen, dass weder Triumph noch Überheblichkeit auf seinen Zügen lagen. Vielmehr machte der gedrungene Mann einen vollkommen emotionslosen Eindruck. Sein kalter Blick richtete sich auf Grim.

»Gebt uns das Mädchen, dann könnt ihr gehen.«

Es war das erste Mal, dass ich Tigellinus sprechen hörte. Die helle, scharfkantige Stimme passte irgendwie nicht zu dem bulligen Aussehen von Ianus' Präfekten. Sein Angebot dagegen schon. Beklemmung lähmte meine Glieder. Grim würde keine andere Wahl haben, als mich auszuliefern. Wir waren nur zu dritt, wobei meine Hilfe in einem Kampf wohl kaum ausschlaggebend wäre.

Die Germanin neben mir schnaubte. »Steck dir deinen 💣⌘☠Ωø₢Δƒ∂Θ∞ in dein ¥💣ç♑† und ∫¥∞Σø?💣ȸ, du aufgeblasener ☠φ☠Δƒ₩ɣ∂🐉 von einem ΔøЖΘ💣Δ☠🐉 Römer.«

Mir klappte die Kinnlade herunter. Die Hälfte ihrer Schimpfworte hatte ich noch nie gehört – *obwohl* ich zwischen Gossensprachen aus aller Herren Länder groß geworden war. Die andere Hälfte und deren fantasievolle Kombination verstörte mich auf so viele Arten, dass ich sie sofort wieder aus meinem Kopf verdrängte. Ich wäre nicht verwundert gewesen, wenn Tigellinus direkt den Befehl zum Angriff gegeben hätte. Doch der Präfekt zuckte nicht einmal mit der Wimper.

»Wo ist euer Meister?«, erkundigte er sich stattdessen. »Ist ihm nicht wohl?« Er fasste nach einem Ring, den er am kleinen Finger trug und drehte ihn ein paar Mal. Der Stein darin blitzte grünlich auf.

Grim stieß ein gefährliches Grollen aus, das ich eher einem wilden Tier oder einem rauen Krieger zugeschrieben hätte, aber ganz bestimmt nicht einer so kleinen rundlichen Frau.

»Dann bist *du* also für die Siegel verantwortlich!«

Keine Frage. Eine Feststellung, der Tigellinus nicht widersprach. Ein winziges Lächeln schlich sich auf seine unförmigen Lippen. Es erreichte seine Augen nicht.

»Ihr bekommt noch eine letzte Gelegenheit, mir das Mädchen zu übergeben. Sie ist eine entflohene Sklavin und Ianus' Eigentum. Weigert ihr euch, werden wir sie uns holen.«

»Und ich gebe dir eine letzte Gelegenheit, die Siegel zu brechen, die meinen Meister binden«, schleuderte Grim ihm entgegen. »Dann lege ich eventuell ein gutes Wort für euch ein, bevor sein Zorn euch zu Staub zermalmt.«

Ohne ein weiteres Wort wandte Tigellinus ihr den Rücken zu und spazierte zurück. Ein paar Herzschläge später hob er die Hand und seine Soldaten stürmten los.

Grim reagierte schneller, als ich nach Luft schnappen konnte. Grün glühende Ranken schossen aus dem Boden und woben ein dichtes Netz um mich herum.

»Hiro! Ruf die Hadir-Geschwister«, hörte ich sie befehlen. Dann wandte sich die Hexe mir zu. »Keine Sorge, sie werden nicht an dich rankommen.«

»Ihr könnt doch nicht kämpfen!«, rief ich ängstlich, als ich begriff, was Grim vorhatte. Sie riskierte ihr Leben für mich. Das durfte ich nicht zulassen. »Es sind zu viele!«

Ein amüsiertes Kichern drang durch das immer dichter werdende Geflecht. »Ich hab schon aussichtslosere Schlachten gefochten«, ließ sie mich wissen. »Aber falls mein Lebensfaden heute doch durchgeschnitten werden sollte, tu mir einen Gefallen: Hab Geduld mit Bel. Er ist einer von den Guten, auch wenn er das manchmal ganz hervorragend verbirgt.«

Zu einer Antwort kam ich nicht mehr, denn in diesem Moment schloss sich die grün schimmernde Kuppel über meinem Kopf und eine Welle aus schwer bewaffneten Prätorianern rollte über uns hinweg. Ich hörte die Schmerzensschreie all jener, die Grims Schutzschirm zu nahe kamen. Grünes Feuer verbrannte ihr Fleisch bis auf die Knochen. Schwerter hackten darauf ein und zerbrachen. Gehetzt drehte ich mich mehrmals um die eigene Achse. Grims Barriere wurde von allen Seiten angegriffen, doch sie hielt stand. Ich versuchte einen Blick auf die Germanin oder Hiro zu erhaschen, aber ich sah nur, wie eine doppelte Explosion aus schwarzem Licht einige der Soldaten durch die Luft schleuderte. Zwei weitere Dämonen nahmen Gestalt an. Vielleicht waren das diese Hadir-Geschwister, von denen Grim geredet hatte? Jedenfalls kämpften sie auf unserer Seite und schlugen empfindliche Breschen in die Reihen der Gegner. Nach und nach entfernte sich die Schlacht von der magischen Kuppel, die mich abschottete. Jetzt konnte ich auch erkennen, dass Grim versuchte, zu Tigellinus durchzubrechen, während Hiro sich Apoll vorgeknöpft hatte. Nur wo war …?

Ein schrilles Geräusch drängte sich in mein Bewusstsein, als würden scharfe Fingernägel über eine glatte Oberfläche kratzen. Ich fuhr herum und starrte direkt in Mirabelles Gesicht. Die brünette Dämonin war mir so nah, dass sie mühelos nach mir hätte greifen können, wenn zwischen uns nicht die Wand aus grünem Licht gewesen wäre.

»Du gehörst mir!«, zischte die Prima.

Wieder grub sie ihre Fingernägel in Grims Magie und zu meinem Entsetzen sprühten diesmal Funken. Tiefe Risse durchzogen den magischen Schutzschirm. Die grüne Kuppel reagierte sofort und reparierte sich von selbst. Trotzdem wusste ich nun, dass ich hier drinnen nicht wirklich sicher war. Panisch sah ich mich nach etwas um, mit dem ich mich verteidigen konnte. Der Bereich, der mir zur Verfügung stand, war nicht besonders groß und komplett gepflastert. Keine losen Steine. Mist. Mirabelle wagte einen neuen Vorstoß. Jetzt konzentrierte sie sich auf einen einzigen Punkt. Sie bohrte ihre Finger durch die Kuppel und schaffte es tatsächlich, ein kleines Loch in der Hülle zu verursachen. Ein hohes Sirren ertönte. Grims Schutzschirm wollte die offene Stelle schließen, doch Mirabelle griff nach den Rändern und schob die Lücke wie einen äußerst widerspenstigen Vorhang Stück für Stück auf. Mein Fluchtinstinkt setzte so vehement ein, dass ich meinen eigenen Puls in den Ohren rauschen hörte. Ich musste hier weg und konnte es nicht. Was jetzt? Aufgeben? Bestimmt nicht! Mirabelle streckte ihren Arm durch das Loch und schnappte nach mir. Ich wich zurück, so gut es ging, dennoch rissen mir ihre Nägel die Schulter auf. Die Dämonin lachte.

»Ich kannte mal eine Menschengöre, die genauso nervig war wie du.«

Erneut versuchte sie, mich zu fassen zu kriegen. Da öffnete ich kurzerhand den Gürtel, der zu meinem Kleid gehörte.

Er besaß glücklicherweise eine schwere Schnalle. Keine besonders gute Waffe gegen eine Unsterbliche, aber besser als nichts.

»Weißt du, was aus ihr geworden ist?«, fragte Mirabelle kichernd.

In diesem Augenblick traf sie mein erster Schlag. Er brach ihr die Nase. Zähes dunkelrotes Blut lief ihr über den Mund. Anschließend gab es kein Halten mehr. Wieder und wieder hieb ich mit der Metallschnalle auf sie ein. Ich musste sie nur so weit aus dem Konzept bringen, dass ihre Konzentration gestört war und sie das Loch in Grims Kuppel nicht länger offen halten konnte.

»Ich hoffe«, presste ich zwischen zwei Hieben hervor, »sie hat deine hübsche Visage ...« Ich landete einen weiteren hervorragenden Treffer. »... genauso liebevoll behandelt wie ich.«

Mirabelle kreischte auf. Doch anstatt die Kontrolle zu verlieren, nutzte sie ihre Wut, um sich noch energischer gegen den Schutzschirm zu stemmen. Plötzlich gab es einen gewaltigen Knall. Ich wurde zu Boden geschleudert und war von einem Moment auf den anderen lediglich von den Schatten der Nacht umgeben. Grims Magie war fort.

Mit blutüberströmtem Gesicht baute sich Mirabelle über mir auf. Ihre Wunden schlossen sich wie von Geisterhand und einen Wink später verschwand auch das Blut.

»Diese *hübsche Visage* hat ihr gehört«, setzte Mirabelle mich in Kenntnis. Ein eisiger Schauer lief mir über den Rücken, als mir die Bedeutung ihrer Worte klar wurde. Ich wollte aufspringen und wegrennen, doch sie trat mir in den Bauch. Vor Schmerz krümmte ich mich. »Wer weiß, vielleicht mache ich dasselbe mit dir? Mir gefällt dein Körper.«

Lachend stellte die Dämonin mir einen Fuß auf die Kehle und verlagerte ihr Gewicht, sodass ich keine Luft mehr bekam.

»Ich bin gespannt, was Bel sagt, wenn ich ihm darin entgegentrete.«

Alles wurde schwarz. Helle Lichter tanzten vor meinen Augen. Aber dann ertönte eine rauchige Stimme, gemischt mit dem Geruch nach Regen, Meer und dunklen Wolken.

»Wenn du das tust, bringe ich dich um!«

Auf einmal verschwand der Druck von meinem Hals. Gierig atmete ich ein und hörte Mirabelle einen Namen hauchen.

»Lucian?!«

Auge um Auge

Die verschachtelten Gänge des Palasts schienen kein Ende nehmen zu wollen und wegen der Patrouillen kam ich nur langsam voran. Deshalb entschied ich mich nach einer Weile, meine Deckung aufzugeben. Inzwischen war ich weit genug von Cassia und den anderen entfernt, um sie nicht zu gefährden. Prompt lief ich einer Einheit Prätorianer in die Arme. Waffen wurden gezogen. Grüne Hexenringe glühten in der Dunkelheit auf. Ich marschierte ihnen schnurstracks entgegen.

»Aus dem Weg oder ihr werdet es bereuen«, warnte ich leise. Spätestens jetzt hätte jeder normale Sterbliche die Flucht ergriffen, doch unglücklicherweise ließen sich diese Soldaten nicht so leicht einschüchtern. Sie wussten offenbar, dass meine Macht gebunden war, und wollten ihrem Meister einen dicken Fisch liefern. Tja, Ehrgeiz und Selbstüberschätzung – eine lebensgefährliche Kombination.

Dem Ersten, der angriff, nahm ich sein Schwert ab. Damit tötete ich den Zweiten und den Dritten, bevor sie überhaupt mitbekamen, wie ihnen geschah. Dann packte ich erneut den Ersten und verwendete ihn als Schutzschild gegen das Hexenfeuer der Übrigen. Ich wartete ein paar Augenblicke. Die jungen Hexer waren zu panisch und nicht erfahren genug, um überlegt vorzugehen. Dementsprechend würden ihnen schon bald die Kräfte ausgehen. Kaum erloschen die grünen Flammen, schleuderte ich ihnen ihren verkohlten Kumpan entgegen. Danach hatten sie mir nichts mehr entgegenzusetzen. Geschmeidig wich ich ein paar vorhersehbaren Hieben und Schlägen aus, während meine Klinge einen nach dem anderen niederstreckte. Mir war jede Kampftechnik der letzten Jahrtausende bekannt. Ich brauchte meine Macht nicht, um mit ein paar Sterblichen fertig zu werden.

Finster stieg ich über die Leichen hinweg und setzte meinen Weg fort. Das Schwert behielt ich. Ich erwartete noch ein oder zwei weitere solcher Zwischenfälle, ehe ich mein Ziel erreichen würde. Doch zu meiner Überraschung kam es nicht dazu. Ich begegnete keiner Menschenseele mehr – nicht einmal unmittelbar vor meinen Gemächern. Das stank zum Himmel und versetzte all meine Sinne in höchste Alarmbereitschaft. Hier hätte es eigentlich vor Soldaten nur so wimmeln müssen …

Vorsichtig stieß ich die Tür auf und trat ein. Ich fand alles genau so vor, wie wir es hinterlassen hatten. Mein erster Blick galt der Stelle, an der Ianus' Hülle lag. Sie war noch dort. Da ich davon ausging, dass er auf jeden Fall zu seiner Lieblingshülle zurückkehren würde, schien ich ausnahmsweise einmal Glück zu haben. Ich warf mein blutiges Schwert fort und stapfte auf das zerstörte Bett zu. Irgendwo in den Trümmern musste der Hexenharass liegen. Gerade wollte ich zu graben anfangen, als mir ein kaum merklicher Hauch von Rauch und Blut in die Nase stieg. Das allein wäre nach dem Kampf, der hier stattgefunden hatte, nicht weiter verdächtig gewesen, doch meine Instinkte sagten etwas anderes.

Ich schloss die Augen und seufzte.

So viel also zu meinem Glück …

»Zeig dich!«, flüsterte ich, ohne mich umzudrehen.

Ein leises Lachen hallte von den Wänden wider, während

Ianus' scheußlicher Geruch so intensiv wurde, dass ich freiwillig das Atmen einstellte. Seine Hülle war nicht leer gewesen. Er hatte es mich nur glauben lassen.

»Dass ich es noch einmal erlebe, dich mit einer Illusion täuschen zu können«, ertönte Ianus' äußerst vergnügte Stimme. »Allerdings war ich wirklich überrascht, als ich gehört habe, du seist auf dem Weg hierher. Ich dachte, meine Siegel würden das Ungeziefer zuverlässiger aus dem Palast vertreiben.«

»Was soll ich sagen«, murmelte ich, »das Naheliegende ist mir schon immer zu langweilig gewesen.«

Verdrießlich drehte ich mich zu Ianus um. Mir war sehr bewusst, was gleich geschehen würde, aber ich hatte nicht vor, um Gnade zu betteln. Also schaute ich in die schwarzen Augen meines Erzfeindes und meinte: »Apropos naheliegend ...«

Ianus grinste.

Drei. Zwei. Eins.

Seine Macht legte sich wie eine unsichtbare Hand um meine Kehle und hob mich in die Luft. Kurz darauf krachte ich mit dem Rücken gegen die Wand hinter mir. Ich spürte meine Knochen brechen. Mein Rückgrat wurde regelrecht zermalmt. Schmerzen fluteten mich. Dann wurde ich abrupt freigegeben, woraufhin der Sturz zu Boden mir noch ein paar zusätzliche Verletzungen bescherte. Als sich der gröbste Staub gelegt hatte, versuchte ich stöhnend, mich zu bewegen. Keine Chance. Mein Körper gehorchte mir nicht mehr, und da ich ihn dank Ianus' Siegel weder heilen noch verlassen konnte, war ich wohl oder übel darin gefangen.

»Wie gesagt«, krächzte ich. »Langweilig.«

Ianus ließ sich von meinem Hohn die Stimmung nicht verderben. Er war mir im Moment haushoch überlegen und beabsichtigte, das in vollen Zügen auszukosten.

»Sag bloß, dir gefallen meine Siegel nicht«, spottete er und schnappte sich ein abgebrochenes Stück des Bettrahmens. Resigniert verdrehte ich die Augen. Ohne Frage würde das Ding gleich in meiner Brust stecken.

»Doch, doch. Sie sind großartig«, brummte ich. »Eine völlig neue Erfahrung. Erinnere mich daran, dir diesen Gefallen unbedingt zu erwidern.«

Keinen Wimpernschlag später tat Ianus, was ich vorausgesagt hatte. Das Holzstück bohrte sich durch mein Herz und blieb tief in der Wand hinter mir stecken. Ich keuchte auf. Ein metallischer Geschmack füllte meinen Mund, während Ianus erneut lachte. Verächtlich spuckte ich ihm mein Blut vor die Füße. Sollte er sich ruhig an mir austoben. Jeder Augenblick, den er sich mit mir beschäftigte, war ein Augenblick mehr, der ihn von Cassia fernhielt. Dafür nahm ich sogar in Kauf, von Ianus gedemütigt zu werden.

»Ach, Bel. Dir würden deine lockeren Sprüche vergehen, wenn du wüsstest, wie hingebungsvoll sich Apoll und Mirabelle gerade um die kleine Sklavin kümmern.«

Er bluffte. Er musste bluffen. Ianus würde eine so wichtige Angelegenheit nicht einfach jemand anderem überlassen. Oder doch? Eine kalte Angst ergriff von mir Besitz. Ich verdrängte sie sofort wieder. Wenn Cassia tot wäre, hätte Ianus mir das unter die Nase gerieben. Also lebte sie. Und solange sie lebte, gab es Hoffnung.

Voller Genugtuung grinste Ianus mich an.

»Du solltest wirklich aufhören, herumzulaufen und Leute zu verärgern«, riet er mir süffisant. »Irgendwann rächt sich das.«

Frostig erwiderte ich seinen Blick. Er konnte mich nicht ewig hier festhalten und ich wusste schon jetzt, was ich als

Erstes tun würde, sobald die Siegel gebrochen wären. »Irgendwann rächt sich alles, mein Lieber.«

Mit einer gleichgültigen Geste wische Ianus meine Drohung beiseite. Er setzte sich neben mich an die Wand, streckte seine Beine aus und stützte dreist seinen Ellbogen auf meiner Schulter ab. Die Situation wirkte auf eine bizarre Weise wie der vertraute Plausch alter Freunde auf einer Parkbank. Etwas, das ich nie zugelassen hätte, wenn ich auch nur zu der kleinsten Bewegung fähig gewesen wäre.

»Eine Sache interessiert mich dann doch, Bel«, eröffnete mir Ianus. Nun, nachdem sein anfänglicher Blutdurst gestillt schien, schwang in seiner Stimme tatsächlich etwas wie echtes Interesse mit. »Warum hast du das Mädchen nicht umgebracht, als du die Gelegenheit dazu hattest? Und warum bist du zurückgekehrt?«

Ich ließ meinen Kopf an die Mauer hinter mir sinken und wehrte mich nicht länger gegen die Schmerzen oder meinen brodelnden Zorn. Es war ohnehin sinnlos. Stattdessen konzentrierte ich mich auf das, was ich tun *konnte*: Ianus so lange wie möglich hinhalten. Allerdings würde ich ihn dafür wohl noch ein wenig mehr provozieren müssen.

»Ich bin zurückgekommen«, seufzte ich und imitierte dabei den vertraulichen Tonfall, den auch Ianus angeschlagen hatte, »weil mir klar geworden ist, dass dieser Hass, den du mir entgegenbringst, in Wirklichkeit eine völlig andere Bedeutung hat. Wie Schuppen ist es mir von den Augen gefallen: unerfüllte Liebe. Dieser ganze Streit und alles, was du mir antust, ist nur deine Methode damit umzugehen, dass ich für dich nicht dasselbe empfinde, wie du für mich. Und nun, da ich es endlich begriffen habe, bin ich zurückgekehrt, um dich einfach in den Arm zu nehmen und dir zu sagen, dass alles gut wird. Es gibt noch so viele andere Dämonen auf dieser Welt. Sie mögen dir nicht so umwerfend vorkommen wie ich, aber vielleicht solltest du deine Ziele ein wenig tiefer stecken. Der Richtige ist da draußen und du wirst ihn finden. Daran glaube ich ganz fest.«

Zum großen Finale ließ ich meinen Kopf in seine Richtung kippen und strahlte ihn mit meinem schönsten Lächeln an. Bei all dem Blut in meinem Gesicht war das bestimmt ein herzallerliebster Anblick.

Was Ianus dann tat, machte mich sprachlos. Er lachte. Herzlich und aufrichtig. Es war das allererste Mal, seit wir uns kannten, dass er so etwas wie Humor bewies.

»Ach, Bel«, sagte er und veränderte seine Position, um mich besser ansehen zu können, »ich glaube *tatsächlich*, dass Gefühle bei deinen Entscheidungen eine Rolle gespielt haben.« Ein gefährliches Grinsen legte sich auf seine Lippen und schon wusste ich wieder, warum ich seine Fratze so verabscheute. »Ich glaube, dass der berüchtigte Belial etwas für die kleine Aurora übrighat. Ich glaube, dass du dich verliebt hast. Unter meinem Dach. Ist das zu fassen?«

»Du denkst, ich würde wegen einer Sterblichen Malta aufgeben?«, erkundigte ich mich amüsiert. »Da kennst du mich aber schlecht.«

Nicht mein bester Schwindel. Trotzdem schien Ianus sich seiner plötzlich nicht mehr so sicher zu sein.

»Weißt du, ich war auch mal verliebt in eine Sterbliche«, erinnerte er mich. »Ich musste sie umbringen. Deinetwegen.«

»Himmel noch mal!«, fluchte ich unleidig. »Wieso musst du immer auf dieser uralten Geschichte herumreiten?«

Da sprang Ianus auf und funkelte mich zornig an. »Ganz einfach. Weil du *auf meiner Frau* herumgeritten bist!«

»Konkubine«, verbesserte ich ihn.

»Das macht keinen Unterschied!«, brüllte er mich an. »Ich habe sie geliebt!«

»Sie dich aber nicht«, hielt ich dagegen, »was mich nicht wundert, so wie du sie behandelt hast. Liebe kann man das wirklich nicht nennen.«

Schlagartig brach Ianus' Macht aus ihm hervor und erfüllte den kompletten Raum. In seinem Blick glänzte klirrende Feindseligkeit. Doch er griff mich nicht an. Stattdessen kniete er sich neben mich und zog den Dolch aus meinem Gürtel.

»Hübsches Spielzeug«, zischte er und musterte die Klinge. »Ich denke, er wird noch besser in meine Sammlung passen, wenn die kleine Aurora darin gefangen ist.«

Alles in mir lief Sturm. Ich wollte ihn aufhalten, ihn die schlimmsten Qualen leiden lassen, ihn töten, aber ich schaffte es gerade mal, meinen Zeigefinger ein Stückchen zu strecken. Ianus belächelte mein jämmerliches Aufbegehren. Er erhob sich und sah triumphierend auf mich herab.

»Auge um Auge – so heißt es doch in deiner kleinen Sekte, nicht wahr?«

Das waren seine letzten Worte, bevor seine Macht zum Abschied die Wände einriss und mich unter der herabstürzenden Decke begrub.

Mach keinen Circus

»Du willst mich doch nicht umbringen, oder?«, hauchte Mirabelle. Auch ihr gezwungenes Lächeln konnte das Entsetzen nicht aus ihrem Blick verdrängen.

»Behauptest du etwa, du hättest es nicht verdient?«, fragte Lucian leise. In der Hand hielt er eine seltsame Klinge, die von innen heraus zu glühen schien.

Mirabelle sah gehetzt zwischen ihm und der Waffe hin und her. Von mir nahm keiner der beiden Notiz.

Plötzlich gab es eine laute Explosion. Sie war so heftig, dass der Boden unter mir erzitterte. Über dem Palast stieg eine dicke Staubwolke auf. Wenn ich es richtig einschätzte, musste sie aus dem Gebäudeteil stammen, in dem Bels Gemächer lagen. Oh nein. Bel!

Lucian war einen Moment genauso abgelenkt wie ich. Das nutzte Mirabelle aus, um die Flucht zu ergreifen. Sie kam nicht weit. Schon nach wenigen Schritten hatte Lucian sie eingeholt und an der Kehle gepackt. Er sagte irgendetwas, das ich nicht verstand, weil auf einmal eine dunkle Gestalt heranschlitterte und direkt neben mir stoppte. Erschrocken wollte ich zurückweichen, aber schwere Hände griffen nach meinen Schultern.

»Hast du die Phiole?«, herrschte mich Thanatos ungeduldig an. Als ich den Gott des Todes erkannte, fiel mir ein ganzes Gebirge vom Herzen. Er wirkte zwar wütend und sehr viel einschüchternder als bei unserer ersten Begegnung, aber zumindest wollte er mich nicht umbringen.

»Bel holt sie gerade«, informierte ich ihn. »Ich musste ihn einweihen.«

Thanatos fletschte die Zähne und stieß ein ungehaltenes Knurren aus. Ich wusste nicht so recht, ob es mir galt, denn seine schwarzen Augen fixierten etwas anderes.

»Lucian!«, donnerte er. Da entdeckte ich, dass der gelockte Brachion seine glühende Klinge in Mirabelle versenkt hatte. Sie schrie. Sie brannte, aber ... von innen heraus.

»Gib sie frei! Wir haben kein Recht, hier einzugreifen. Oder willst du mir unbedingt beweisen, dass es zu früh war, dich zu einem Auftrag mitzunehmen?« Keinen Herzschlag später zerrte Thanatos seinen Freund von der brennenden Dämonin fort, die daraufhin die Flucht antrat. Doch Lucian war offensichtlich so in Rage, dass er nicht mehr zwischen Freund und Feind unterscheiden konnte. Er schmetterte Thanatos die Faust ins Gesicht und schon waren die beiden in einen erbitterten und brutalen Kampf verwickelt. Fassungslos sah ich dabei zu, wie meine letzte Hoffnung zunichtegemacht wurde. Ein paar Atemzüge lang erlaubte ich meiner Panik, die Oberhand zu gewinnen. Ich war auf mich allein gestellt. Um mich herum tobte eine übernatürliche Schlacht und ich war nur ein Mensch mit einem lächerlichen Gürtel als Waffe. Ich würde sterben. Hier und heute.

Dann übernahmen meine Instinkte. Aufgeben war keine Option. Ich mochte weder so stark noch so mächtig sein wie ein Dämon, doch Rom war meine Stadt. Jedes Haus, jede Straße, jeden Winkel kannte ich in- und auswendig. Wenn es mir gelingen würde, irgendwo unbemerkt unterzutauchen, hätten Ianus' Leute ihre liebe Not damit, mich zu finden.

Hastig schaute ich mich um. In Richtung Aventin gab es kein Entkommen. Dort kämpfte Hiro mit Apoll. Den Zugang zur Via Appia versperrten Dutzende Prätorianer, ebenso die Straße, die zum Tiber führte. Die einzige Möglichkeit, die mir blieb, war der Circus selbst. Die Gewölbe unter den Zuschauerrängen glichen einem Labyrinth. Sie würden mir Deckung geben und mich an der Schlacht vorbeiführen. Ich rannte los und fiel wie durch ein Wunder niemandem auf. Dank Mirabelles Angriff dachten offenbar alle, dass ich bereits tot wäre oder es bald sein würde. Sollten sie ruhig. Ich erreichte die Arkaden und rettete mich in die Schatten der Bogengänge. Geschafft. Jetzt musste ich nur noch durch einen der Läden in die niedrigeren Gewölbe dahinter gelangen. Ich lief weiter, vorbei an dem überteuerten Stoffgeschäft, das nachts immer verschlossen war. Dasselbe galt für den Töpfer und den Schmuckhändler. Aber danach kam meine Lieblingsbackstube, und deren Lagertür wurde nie abgesperrt. Deswegen war sie ja meine Lieblingsbackstube.

Ich schob den Riegel zur Seite, als eine klobige Hand gegen die Tür klatschte.

»Der kleine Vogel will wohl ausfliegen«, murmelte Tigellinus ungerührt. »Zeit, ihm die Flügel zu stutzen.«

Ich reagierte reflexartig und trat ihm mit aller Kraft zwischen die Beine. Der Präfekt stieß ein Zischen aus, griff sich an sein Gemächt und ging in die Knie. Sofort versetzte ich ihm einen zweiten Tritt, diesmal gegen die Brust. Er kippte hintenüber und gab mir damit den Weg frei. Mit klopfendem Herzen riss ich die Tür auf und hetzte in den finsteren Lagerraum. Über mir befanden sich die Sitzbänke der Arena. Durch die Fugen im Holz fielen blasse Lichtspeere herein. Vorsichtig tastete ich mich voran. Drei Regale, ein Tisch. Noch mal drei Regale. In der Wand dahinter gab es eine Luke. Jemand, der nicht wusste, wonach er suchen musste, hätte sie nie gefunden. Ich fühlte nach den Rändern der losen Platte, schob meine Finger darunter und stemmte sie aus der Vertäfelung. Dann machte ich mich so klein wie möglich und kroch hindurch. Tigellinus würde niemals durch die winzige Öffnung passen. Falls er mich verfolgen wollte, müsste er schon die ganze Wand einreißen.

Etwas schlang sich um mein Fußgelenk. Nein! Durch die Luke sah ich Fackellicht und den schwarzen Harnisch einer Prätorianerrüstung. Etwas Schweres fiel um, Tonkrüge gingen zu Bruch. Ich wurde Stück für Stück zurück in die Öffnung gezogen. Nein, nein, nein! Panisch klammerte ich mich an einem Stützbalken fest, aber meine Finger rutschten ab. Ich suchte Halt auf dem Sandboden, strampelte, traf irgendetwas und wurde mit einem derben Fluch belohnt. Einen groben Ruck später lag ich wieder im Lagerraum. Der Präfekt der Prätorianer stand breitbeinig über mir. Das Feuer seiner Fackel tanzte auf seinem ausdruckslosen Gesicht.

»Niemand entkommt mir«, ließ er mich wissen und zog seinen Gladius. »Ich bin vielleicht nur ein Mensch, aber ich habe andere Talente. Ich sehe Dinge, die anderen entgehen.«

»Ach ja?«, fauchte ich. »Das lässt sich ändern!«

Mit aller Kraft schleuderte ich ihm den Sand in die Augen, den ich in meiner Faust versteckt hatte. Ein Geschenk aus den Gewölben. Tigellinus japste, knurrte, torkelte. Ich rollte mich gegen sein Bein und brachte ihn endgültig zu Fall. Während sein massiger Körper mit einem dumpfen Geräusch auf dem Boden aufschlug, dachte ich bereits wieder an Flucht. Durch die Tür raus und ihn hier einsperren? Verlockend, aber wer wusste schon, was draußen auf mich wartete? Also zurück zur Luke und in die Gewölbe.

Dummerweise erholte sich Tigellinus sehr viel schneller, als es ein normaler Mensch gekonnt hätte. Er besaß sicher irgendwelche Siegel. Noch bevor ich die rettende Öffnung erreichen konnte, verkrallte er sich in meinen Haaren und zerrte mich daran hoch. Mein Verstand setzte aus. Wie ein in die Ecke getriebenes Tier schlug ich um mich. Ich sah seinen Gladius aufblitzen und ließ mich fallen. Das schmerzhafte Reißen an meiner Kopfhaut kümmerte mich nicht, solange ich Tigellinus nur aus dem Gleichgewicht bringen konnte. Tatsächlich stolperte er und gab mich frei. Sofort stürzte ich mich auf das Erstbeste, das sich zur Verteidigung eignete. Die Fackel auf dem Steinboden. Ich bekam sie gerade noch in die Finger, bevor Tigellinus erneut angriff. Wie mit einer Keule drosch ich auf seinen Schädel ein und landete einen harten Treffer. Blut spritzte mir ins Gesicht. Ich zog mich auf die Beine und rannte, doch ein schwerer Körper warf sich von hinten auf mich. Mein Kopf knallte auf den Boden. Alle Luft wich aus meinen Lungen. Ein scharfer Schmerz bohrte sich in mein Fleisch. Ich schrie. Der Schmerz grub sich tiefer. Metall schabte an meinen Rippen entlang, bis es auf Stein stieß. *Das Ende*, schoss es mir durch den Kopf. Doch dieser Gedanke entfesselte meine letzten Kraftreserven. So durfte es nicht enden! Nicht jetzt. Nicht hier. Nicht durch dieses gefühlskalte Scheusal.

Eine Tonscherbe lag direkt vor meiner Nase. Ich schob meine Hand darüber und wartete – wartete, bis Tigellinus sein Schwert aus mir herauszog, um zum letzten Streich auszuholen. Wenn ich hier sterben sollte, würde ich ihn mitnehmen. Als die Klinge meinen Körper verließ, spürte ich, wie sich mein warmes Leben über den Fußboden ergoss. Lieblos wurde ich herumgewälzt. Tigellinus kniete auf mir. Aus kalten Augen starrte er mich an. Kein Spott kam ihm über die Lippen. Obwohl er nur ein Mensch war, wirkte er in diesem Moment unmenschlicher als alle Dämonen. Trotzdem machte er den gleichen Fehler wie sie. Den gleichen Fehler wie alle. Er unterschätzte mich. Meine Finger schlossen sich fester um die Tonscherbe. Gleich. Tigellinus wechselte das Schwert in die andere Hand. Mein Blut glänzte daran. Für einen kurzen Moment war er abgelenkt. Ich nahm all meinen Stolz, meinen Trotz, meine Wut, meine Verzweiflung zusammen, alles, was mir auch nur einen Funken Kraft verlieh, und rammte ihm die Tonscherbe in den Hals. Er keuchte auf, aber ich stieß wieder und wieder und wieder zu, bis aus der Überraschung auf seinem Gesicht eine unumstößliche Erkenntnis wurde: Ein Mädchen, eine Sklavin, ein Niemand war das Letzte, was er sehen würde.

Erst als er leblos zur Seite kippte, ließ die Raserei von mir ab. Meine Kraft schwand und wurde von Schmerz abgelöst. Von Schmerz und lähmender Kälte. Meine Augenlider wurden schwer. Schlafen ... das wäre die Erlösung. Einfach einschlafen und ins ewige Reich der Träume sinken. Frieden finden.

Aber eine kleine penetrante Stimme verhinderte diesen Frieden: So wird es nicht enden! So wird es nicht enden! Du hast nicht überlebt, um jetzt aufzugeben! Ianus durfte nicht gewinnen. Noch war Daphne nicht gerächt. Grim und Hiro kämpfen für dich! Bel ist deinetwegen zurückgegangen. Du darfst jetzt nicht aufgeben!

Ich hasste diese Stimme, doch sie hatte recht. Mit unendlicher Mühe öffnete ich die Augen. Die Fackel war schon beinahe erloschen. Stattdessen erfüllte ein mattes grünes Glühen den Lagerraum. Ich stutzte. Tigellinus war kein Hexer. Woher kam dieses seltsame Licht? Halluzinierte ich?

Ich drehte den Kopf und fand in der Dunkelheit sofort den Ursprung des Glühens. Es kam aus Tigellinus' Ring. Der Ring, auf den Grim so unwirsch reagiert hatte. Etwas rüttelte an meinem Geist. Bruchstücke meiner Erinnerungen wollten sich zusammensetzen und mir etwas mitteilen.

Dann bist du also für die Siegel verantwortlich!

Die Siegel, die Bels Macht banden. Grim, die wie eine Furie hinter Tigellinus her war.

Solange wir nicht das Artefakt finden, in dem sie verankert sind, können wir nichts dagegen ausrichten.

Oh Mist!

Da lag sie also, die Lösung. Kaum eine Armlänge von mir entfernt. Und doch schien sie unerreichbar.

Ich ballte meine Hände zu Fäusten.

Das war nicht das Ende!

Hier und jetzt konnte ich wirklich etwas tun. Etwas von Bedeutung. Bel brauchte mich. Also biss ich die Zähne zusammen und befahl meinem Körper, aufzustehen.

In der Ruhe liegt die Kraft

Die bleischwere Dunkelheit war erfüllt von Schmerz. In Schüben rollte sie durch meine Hülle und machte es zeitweise unmöglich, einen klaren Gedanken zu fassen. Selbst in den kurzen Atempausen, die mir vergönnt waren, schaffte ich es nicht, mich von den Qualen abzuschotten. Dazu war meine Essenz zu eng mit meinem zerschmetterten Körper verbunden. Sie zu lösen – aussichtslos ohne Zugang zu meiner Macht. Es gab also kein Entkommen.

Doch der Schmerz war nicht das Schlimmste. Er war ein alter Bekannter, mit dem ich umgehen konnte. Nein, wirklich unerträglich war das Gefühl der Ohnmacht. Egal, wann und wie hart es mich in meinem sehr langen Leben schon erwischt hatte, ich war immer in der Lage gewesen, etwas dagegen zu unternehmen. Diesmal nicht. Diesmal konnte ich nichts tun. Gar nichts. Ianus war auf dem Weg zu Cassia und ich konnte ihn nicht aufhalten. Ich konnte sie nicht beschützen. Ich konnte sie nicht retten.

Ihre Worte fielen mir ein.

Du hast keine Ahnung, was es bedeutet, gezwungen zu werden. Hilflos zu sein. Ausgeliefert.

Ich hatte wirklich keine Ahnung gehabt. Nicht einmal ansatzweise. Jetzt verstand ich und schämte mich zutiefst dafür, ihr dieses Gefühl jemals vermittelt zu haben. Dieser Verlust von Kontrolle machte mir eine unaussprechliche Angst.

Sie wog schwerer als die Trümmer des Palastes, die mich zerquetschten. Was, wenn es schon zu spät war? Was, wenn Cassia bereits nicht mehr lebte? Vielleicht starb sie auch in genau diesem Moment? Vielleicht rief sie nach mir und tat ihren letzten Atemzug in dem Wissen, dass ich nicht gekommen war, um ihr zu helfen?

Die Vorstellung ließ mich wahnsinnig werden. Genau wie die Ungewissheit und meine Schwäche und diese verfluchten Siegel. Meine Macht lag zum Greifen nah und schien doch unendlich weit weg.

Und dann, als ich vor meiner Verzweiflung beinahe kapituliert hatte, lief ein leichtes Vibrieren durch die magischen Fesseln, die mich banden. Wie das Zupfen an einer Lyra-Seite. Die Schwingungen nahmen zu. Und plötzlich zerriss etwas. Ich spürte meine Macht wieder. Nur ganz schwach. Sie sickerte tröpfchenweise durch die entstandene Lücke, aber das war mir gleichgültig. Es bedeutete, dass die Bindung der Siegel durchbrochen wurde. Es bedeutete Hoffnung.

Bel?

Leise wehte eine unsichere Stimme durch meine Gedanken und erfüllte mich mit unendlicher Erleichterung, mit Freude, mit Glück. Cassia. Sie lebte.

Bel? Geht es dir gut?

Diesmal klang sie ängstlicher. Müde. Entmutigt. Wie gerne hätte ich ihr geantwortet, doch dazu war ich noch nicht stark genug.

Ich ... ich habe diesen Klunker zerbrochen ... aber ich weiß nicht, ob das reicht, murmelte sie, als würde sie mit sich selbst sprechen. Ihr war offensichtlich nicht bewusst, dass sie bereits eine gedankliche Verbindung zu mir aufgebaut hatte. *Vielleicht braucht es ja irgendein Ritual, oder so? Oder ich habe es nicht richtig gemacht? Ich bin nur ein Mensch. Vielleicht muss eine Hexe …*

Ihre geflüsterten Zweifel und ihre Besorgnis waren so herzzerreißend, dass sich alles in mir aufbäumte. Meine süße, tapfere Cassia! Sie hatte einen Weg gefunden, um mich zu befreien. Obwohl sie in so großer Gefahr schwebte, machte sie sich Sorgen um *mich*. Eine weitere Fessel zersprang. Unter größter Anstrengung kratzte ich alle verfügbare Macht zusammen und hoffte, dass meine Antwort Cassia erreichen würde.

Du hast alles richtig gemacht … Ich bin gleich bei dir.

Schweigen.

Hatte sie mich gehört?

Siegel um Siegel brach, wie in einer Kettenreaktion. Nicht mehr lange und ich –

Beeil dich lieber, bat Cassia. Die Furcht in ihrem Tonfall war alarmierend. Ich brüllte auf vor Verzweiflung und zerrte an den verbliebenen Fesseln. Inzwischen reichte meine Kraft, um die Trümmer ein kleines Stück anzuheben. Gerade genug, damit mein Körper den Raum bekam, den er für die Heilung brauchte. Noch ein Siegel zersprang. Ich begann, Organe, Muskeln, Sehnen und Knochen zusammenzusetzen. Eine mühsame Prozedur. Normalerweise hätte ich dafür kaum mehr als ein paar Wimpernschläge benötigt.

Wo bist du?, fragte ich. Der Kraftaufwand ließ meine Stimme zittern. Ich musste Cassia in meinen Gedanken spüren, musste wissen, ob es ihr gut ging.

Backstube …

Welche Backstube? Vermutlich die mit ihrem geliebten Rosinenkuchen. Das lag in der Nähe des Portals, zu dem Grim und Hiro sie bringen sollten. Hatte sie sich dort versteckt? Und warum klang sie so schwach?

Bist du verletzt?

Ähm … Sie zögerte. *Schätze schon.*

Ich erstarrte.

Wie schwer?

Cassia reagierte nicht.

WIE SCHWER?, wiederholte ich mit Nachdruck.

Ein unleidiges Stöhnen hallte durch meinen Geist, als würde ich sie vom Schlafen abhalten.

Ich werd's überleben, maulte sie matt. *Und da kann mich dieser Mistkerl noch so vorwurfsvoll anstarren.*

Sie war nicht allein?! Verdammt, was war dort los? *Welcher Mistkerl?*

Tigellinus … tot.

Fluchend stellte ich eine zweite Verbindung her und knurrte: *Grim! Lagebericht!*

Na endlich!, fuhr mich die Hexenmeisterin an. *Wo bleibst du? Die Lage ist mies. Wir sind – oh fliegenverseuchter Scheißdreck. Schwing deinen Arsch sofort her. Ianus ist gerade aufgetaucht.*

Außer mir vor Wut und Sorge spannte ich meine frisch verheilten Muskeln an und stemmte mich gegen die Trümmer. Vergeblich.

Haltet ihn vom Circus fern!, befahl ich Grim. *Ich hab hier noch ein kleines Problem zu lösen.*

Ein kleines Problem von den Ausmaßen eines ganzen Palastkomplexes. Meine Geduld kam an ihre Grenzen. Ach was, sie existierte überhaupt nicht mehr. Hätte ich es gekonnt, wäre ich in meinem Gefängnis auf und ab getigert. Doch nicht einmal das war mir vergönnt.

Bel?

Meinen Namen aus Cassias Mund zu hören, beruhigte den

Sturm in meinem Inneren. Es fühlte sich an wie die ersten Sonnenstrahlen nach einer langen Winternacht.

Ja?

Ich glaube, begann sie stockend, *wenn Ianus mich nicht verflucht hätte, hätte ich dir meine Seele versprochen …*

Ihr leises Geständnis erschütterte die Grundfesten all dessen, was mich ausmachte. Ich hatte handfeste Taten immer blumigen Reden vorgezogen und nie gedacht, dass mir schlichte Worte einmal so viel bedeuten würden. Aber bei Cassia war es so. Gleichzeitig versetzte mir ihre Offenheit einen Stich. Sie würde so etwas nicht sagen, wenn sie nicht das Gefühl hätte, es sagen zu müssen, bevor …

Vielleicht ist es ja noch nicht zu spät, fuhr sie fort. *Ianus meinte, er hätte irgendwelche Vorkehrungen getroffen, um sich vor dem Fluch zu schützen. Weißt du, wie er das gemacht hat? Dann könntest du es auch tun und dann … schenke ich dir meine Seele und du bekommst dein Zuhause wieder.*

Ein letztes Geschenk. Gerade als ich geglaubt hatte, die rasenden Schmerzen in meinem Inneren besiegt zu haben, kehrten sie mit voller Wucht zurück. Anders. Nicht körperlich. Cassias Angebot zerriss mich. Ich hätte es nie akzeptiert – nicht einmal, wenn es möglich gewesen wäre. War es aber nicht. Ihr ausgerechnet jetzt die Hoffnung nehmen zu müssen, tat weh. Trotzdem … ich würde sie nicht anlügen.

Ianus hat dich nur manipuliert. Vor dieser Art von Magie gibt es keinen Schutz. Sie macht keine Ausnahmen. Doch das ist völlig gleichgültig! Ich will, dass du deine Seele behältst – für ein sehr langes Leben. Und ich werde einen Weg finden, diesen Fluch zu brechen. Also wage es ja nicht aufzugeben!

Sagst du mir etwa schon wieder, was ich zu tun und zu lassen habe?, seufzte sie ohne jeden Vorwurf.

Trotz meiner Sorge musste ich lächeln.

Ja, genau das tue ich. Ich bin ein eingebildeter, herrischer, besitzergreifender Dämon, dem unbedingt der Kopf zurechtgerückt werden muss. Also halt durch und ich verspreche dir, du wirst deine Gelegenheit bekommen.

Ein schwaches heiseres Lachen strich durch meinen Geist.

Du forderst dein Schicksal heraus, Diabolus.

Ich grinste. *Das ist mir durchaus bewusst, namenloses Mädchen.*

Und dann, in diesem winzigen Moment der Zuversicht, geschah es. Die letzten Siegel brachen und die bedrückende Hilflosigkeit fiel von mir ab. Die Erde bebte. Die Luft brannte. Meine Augen füllten sich mit Schwärze. Ich hatte meine Essenz wieder unter Kontrolle. Einen flüchtigen Gedanken später stiegen die schweren Trümmer empor – getragen von meiner Macht. Marmor, Putz, Balken, ganze Stockwerke schwebten über meinem Kopf, als wögen sie nicht mehr als Federn. Ein wildes befriedigendes Gefühl von Stärke durchströmte mich. Ich zerrte mir das Stück Holz aus der Brust und heilte auch diese Wunde, bevor ich den Hexenharass fand und mit ihm losmarschierte. Hinter mir stürzte der Schutt polternd und donnernd von Neuem in sich zusammen. Es gab keinen Grund zur Zurückhaltung. Ianus hatte sicher schon mitbekommen, dass ich wieder der Alte war. Sollte er ruhig. Nervosität würde ihn anfälliger für Fehler machen und ich war es leid, ihm einen Schritt hinterherzuhinken. Deswegen hatte ich noch einen winzigen Zwischenstopp geplant – um ihm eine kleine Überraschung zu besorgen.

Während ich ein letztes Mal durch Ianus' protziges Heim jagte, hinterließ ich ihm zum Abschied eine Schneise der Zerstörung. Säule für Säule, Statue für Statue und Stein für Stein riss ich alles nieder, so wie er es mit meinen Gemächern gemacht hatte.

Erzähl mir etwas von dir!, forderte ich Cassia auf. Sie war der Schwachpunkt meines Plans. Sie musste bei Bewusstsein bleiben, bis ich gefunden hatte, wonach ich suchte.

Was willst du wissen?

Ihr ausbleibender Protest war ein weiteres Warnzeichen. Ich musste mich beeilen!

Erzähl mir von einer schönen Erinnerung.

Das würde ihr Kraft geben, noch ein paar Augenblicke länger durchzuhalten.

Schnee, sagte Cassia sofort.

Das war ganz und gar nicht das, was ich erwartet hatte, aber ich hörte ihrer Stimme an, dass sie lächelte.

In dem Winter, bevor meine Mammam gestorben ist, hat es geschneit. Sie hat ein kleines Feuer gemacht und dann haben wir uns unter eine Decke gekuschelt und den glitzernden Schneeflocken zugesehen. Es war das erste Mal, dass ich –

Ihre Erzählung brach mitten im Satz ab.

… dass du?, fragte ich besorgt.

Keine Antwort.

Sprich mit mir!

Diesmal kam eine Antwort. Ein einziges Wort.

Ianus.

Der Anfang eines schlechten Witzes

Rom erzitterte. Vielleicht bildete ich es mir aber auch nur ein, denn meine Sinne waren genauso taub wie der Rest meines Körpers. Ich spürte nur noch Kälte und Angst. Die Schmerzen schienen unendlich weit weg zu sein. So weit weg wie der silbrige Mond, der mich an Bels Augen erinnerte. Dunkle, vom Wind getriebene Wolkenfetzen verhüllten ihn und gaben ihn wieder frei, verhüllten ihn und gaben ihn wieder frei, verhüllten ihn und gaben ihn wieder frei ... Unaufhaltsam. Schatten der Zeit, die dem schwarzen Horizont entgegenflogen. Alles war bald vorüber.

Ianus schleifte mich immer weiter über die Pflastersteine der Straße. Ich hatte das Gefühl, mein Arm würde gleich von meiner Schulter abreißen. Der Anblick seines toten Präfekten hatte ihn vor Wut schäumen lassen. Möglich, dass es auch der zerstörte Ring war, der ihn so erzürnt hatte. Ein kleines Lächeln schlich sich auf mein Gesicht. Ianus würde nicht gewinnen. Er konnte mich umbringen, aber Bel würde den Hexenharass dennoch an Thanatos übergeben. Ich hatte etwas bewirkt. Ich hatte tatsächlich etwas bewirkt ...

Plötzlich wurde ich losgelassen. Ianus' zerfurchtes Gesicht tauchte über mir auf. Eine Böe durchwühlte seine Haare. Er hob eine Hand, um mir etwas zu zeigen. Bels Dolch glänzte im Mondlicht. Entsetzt riss ich die Augen auf. Wie war er da rangekommen?

»Wir warten nur noch auf deinen Liebsten. Ich finde, er sollte zusehen, wie ich dir deine Seele nehme.«

Nein! Ich fürchtete den Tod nicht, wohl aber eine Ewigkeit in Gefangenschaft. Er durfte mich nicht darin einsperren! Er durfte nicht –

»Du willst einen Menschen töten, vor den Augen desjenigen, der dich dafür richten wird?«

Die Stimme eines Gottes.

Ein Flüstern des Todes.

Die Nacht verstummte. Erst die angespannte Stille machte mir klar, dass der Kampf wohl noch immer um uns herum getobt hatte – bis jetzt.

Ianus stieß ein zorniges Geräusch aus. Er packte meine Kehle, stand auf und zog mich an seine Brust. Kraftlos krallte ich mich an seinem Arm fest – zu schwach, um mich zu befreien. Zu schwach, um zu verhindern, dass er seinen Kopf an meinen lehnte, als wären wir ein Liebespaar. Zu schwach, um ihm das Lächeln aus dem Gesicht zu kratzen, das ich an meiner Wange spürte.

»Was treibt dich in meine Stadt, Thanatos?«

Jetzt konnte ich ihn sehen, den dunklen Gott des Todes. Er war das Zentrum und der Grund der vor Schreck erstarrten Schlacht. Die leblosen Körper der Gefallenen umgaben ihn wie ein böses Omen. Jene, die noch lebten, wagten kaum zu atmen. Freund und Feind gleichermaßen. Ihre Blicke ruhten auf ihm – auf dem Dämon, der gerade eine goldglühende Klinge zog. Thanatos hatte das Machtgefüge verschoben. Niemand würde sich ihm entgegenstellen.

»Ich denke, das weißt du genau, Ianus.«

Eine kalte Feststellung – ohne Drohung, ohne Angst. Als hätte er nichts davon nötig.

Ianus versteifte sich. »Ich bin ein Mitglied des Hohen Rates und habe dir befohlen, dich aus meinen Angelegenheiten herauszuhalten«, zischte er. »Für deinen Ungehorsam werde ich dein Herz brennen lassen.«

Thanatos lächelte grausam. »Versuch es ruhig. Wenn du das Mädchen in meinem Beisein umbringst, wird dich nicht einmal das noch retten können.«

»Du willst dich mit mir anlegen?« Der Geruch von Rauch und Blut quoll aus Ianus heraus. »Ohne Beweise, die deine lächerlichen Wahnvorstellungen untermauern?«

Knisternd lud sich die Luft auf. Der *Schrecken von Rom* war mächtig. So mächtig, dass sogar der Gott des Todes zögerte.

In diesem Moment erschütterte eine lautlose Explosion die nächtliche Straße. Schwarzes Licht mischte sich mit den Schatten und ließ einen weiteren Dämon darin erscheinen – einen blonden Dämon, umwirbelt von sengender Mordlust und bittersüßer Sünde. Flammen züngelten an seinem Körper entlang, ohne an Haut oder Kleidung irgendeinen Schaden anzurichten. Noch nie hatte Bel einen boshafteren, unmenschlicheren Eindruck gemacht und noch nie hatte mich das weniger gekümmert. Sein Anblick drängte die Kälte in meinem Inneren ein klein wenig zurück.

Bels tiefschwarze Augen glitten ungerührt über die Szene, die sich ihm bot. Sie zeigten keinerlei Überraschung, nur unsterbliche Arroganz. Ein spöttisches Lächeln erschien auf seinem Gesicht.

»Treffen sich ein Mörder, der Gott des Todes und der Teufel auf der Straße – klingt nach dem Anfang eines schlechten Witzes, der mir gefallen könnte.« Ein samtweicher Tonfall und dennoch verströmte jede Silbe pure Gefahr. »Also?

Habt ihr mit eurem kleinen Götterkrieg schon angefangen oder darf ich noch mitspielen?«

Thanatos stieß ein leises Knurren aus. Ianus' Finger bohrten sich tiefer in meinen Hals. Nichts davon schien Bel zu interessieren, aber die sanfte Stimme, die in meinem Kopf auftauchte, strafte seine Gleichgültigkeit Lügen.

Tu nichts Unüberlegtes! Ich hole dich hier raus.

Ich sollte nichts Unüberlegtes tun? Momentan war ich nicht einmal dazu in der Lage, *irgendetwas* zu tun. Ohne Ianus' brutale Umklammerung hätten meine Beine höchstwahrscheinlich unter mir nachgegeben.

Ianus wandte sich an Thanatos. »Belial hat meinen Palast zerstört und wollte meine Sklavin entführen«, sagte er in gebieterischem Tonfall. »Also tu deine Pflicht, Brachion. Schaff dieses Subjekt aus meiner Stadt und klage ihn vor dem Hohen Rat an.«

Ich konnte Thanatos ansehen, wie sehr ihm dieser Befehl missfiel, aber offensichtlich vermochte er ihn nicht einfach zu ignorieren.

»Ist das wahr?«, presste er hervor und warf Bel einen grimmigen Blick zu.

Der hielt ihm stand, ohne auch nur im Mindesten beunruhigt zu wirken. »Ich seh keine Sklavin«, stellte er fest. »Siehst du hier eine Sklavin, Thanatos?«

Die Miene des Totengottes verdunkelte sich, als ihm klar wurde, dass Bel von unserer Zusammenarbeit wusste und ihn nun damit unter Druck setzte.

Es wirkte beinahe so, als würde Thanatos die beiden anderen Dämonen am liebsten gleich jetzt und hier abstechen wollen. Doch dann streckte er auffordernd seine Hand in meine Richtung aus.

»Übergib mir das Mädchen. Ich werde die Wahrheit in ihren Erinnerungen finden.«

Ein kluger Zug, aber Ianus lachte nur.

»Oh nein, Aurora gehört mir. Sie wird nirgendwo hingehen, bevor Bel nicht sein Knie vor mir gebeugt und mich offiziell als Ratsmitglied anerkannt hat.«

Und auch danach nicht. Dessen war ich mir sicher.

»Das wird nicht passieren«, meinte Bel belustigt. »Knien ist nichts für mich. Ich hab es ein wenig im Rücken, weißt du ...«

Ich spürte kaltes Metall an meinem Schlüsselbein. Ianus hatte keine Geduld für Bels Späße. »Dir mögen bis zum Morgengrauen noch ein paar Stunden bleiben, aber ich habe Aurora und deinen Dolch«, zischte er. »Du kannst deine Wette nicht mehr gewinnen. Also sei ein braver Verlierer und *knie nieder*!«

Die letzten Worte grollten wie Donner durch die Nacht.

Bels Dauerlächeln gefror.

»Einen Scheiß werde ich.« In seiner Hand erschien ein kupferner Gegenstand. Der Hexenharass. »Rate mal, wer gefunden hat, was dir gestohlen wurde!«

Die Stimmung schlug um und dann geschah plötzlich alles gleichzeitig. Ein wildes Grinsen breitete sich auf Thanatos' Gesicht aus. Endlich hatte er den Beweis, den er für Ianus' Verurteilung brauchte. Er setzte sich in Bewegung. Ianus' Macht stob auf. Der Boden bebte. Pflastersteine brachen und eine Wand aus reiner, silbern glühender Magie wuchs aus der Erde. Sie sperrte Thanatos aus. Sie sperrte die neugierigen Überlebenden der Schlacht aus. Und als sie sich hoch oben zu einem schimmernden Gewölbe verband, sperrte sie auch die Nacht aus. Es war wie bei Grims Schutzkuppel, nur größer, mächtiger und vollkommen blickdicht. Ianus schottete uns ab. Uns und Bel, der sich weder vom Fleck bewegt noch mit der Wimper gezuckt hatte. Ihm schien die magische Abriegelung nicht nur herzlich egal zu sein, vielmehr wirkte es so, als hätte er nichts anderes von Ianus erwartet.

»Ich dachte mir schon, dass du diese Angelegenheit lieber ohne unliebsame Zeugen besprechen möchtest«, kommentierte er trocken.

Ein ungutes Gefühl überkam mich. Es gab nichts zu besprechen. Bel sollte den Hexenharass an Thanatos übergeben. Nicht mehr und nicht weniger.

»Was willst du?«, erkundigte sich Ianus. Seine Stimme klang scharf wie ein Peitschenhieb, und dennoch schwang eine Spur von Besorgnis darin mit. Ich spürte seine Anspannung bis ins Mark.

Bel zuckte mit den Schultern. »Malta und das Mädchen.«

Ich schnappte nach Luft.

Seine Forderung entsetzte mich so sehr, dass plötzlich wieder Leben in meine Glieder zurückkehrte und mit ihnen die Schmerzen. Tränen schnürten mir den Hals zu, mehr als es Ianus' Hand gekonnt hätte.

Das darfst du nicht tun!, schrie ich den verfluchten Teufel an. *Ianus muss aufgehalten werden!*

Bels schwarze Augen durchbohrten mich. Er sah mich einen rasselnden Atemzug lang an, einen zweiten und einen dritten. Keine Antwort. Dann hob er den Blick und richtete seine Aufmerksamkeit wieder auf den Dämon, der mich in seiner Gewalt hatte.

»Woher weiß ich, dass darin das ist, was mir gestohlen wurde?«, fragte Ianus misstrauisch.

»Du hast mein Wort darauf.«

Du Scheißkerl! Du hast kein Recht dazu. Das Kästchen gehört mir. Ich muss Ianus aufhalten.

Ein gedämpftes Krachen ertönte. Die Kuppel schimmerte hell auf, als würde jemand versuchen, von außen einzudringen.

»Du solltest dich mit deiner Entscheidung beeilen, Ianus«, meinte Bel gehässig. Er schien seine Überlegenheit zu genießen. »Thanatos wird nicht lange brauchen, um deine Barriere zu überwinden.«

Thanatos! Ja! Er war meine letzte Hoffnung. Ich wand mich, schlug meine Fingernägel in Ianus' Arm und zerrte mit aller Kraft daran, die ich aufbringen konnte. Die Konsequenzen waren mir egal. Ich musste diesen Handel hinauszögern, bis Thanatos durchgebrochen war.

Hör auf damit, fegte Bels Stimme durch meinen Verstand. *Ich versuche gerade, dich zu retten.*

Ianus rief mich mit einem genervten Ruck zur Ordnung – wie einen Hund, an dessen Kette man zog. Schmerz raubte mir den Verstand und ließ eine unumstößliche Wahrheit zurück.

Ich sterbe sowieso!

Das lasse ich nicht zu, sagte Bel so endgültig, als wäre das eine unverrückbare Tatsache.

Direkt neben meinem Ohr schnalzte eine Zunge. Ianus strich mit der Spitze des Dolchs meinen Arm entlang.

»Und was wird aus unserer Wette?«, wollte er wissen.

»Hinfällig«, antwortete Bel. »Wir teilen der Liga mit, dass wir übereingekommen sind. Alles Weitere wird sie nicht interessieren.«

Wieder krachte etwas gegen die magische Kuppel. Diesmal war die Erschütterung so heftig, dass die Erde bebte. Trotzdem wusste ich in diesem Moment, dass Thanatos es niemals rechtzeitig schaffen würde.

Tu es nicht!, beschwor ich Bel. *Bitte!*

Keine Antwort.

Ianus schnaubte verächtlich. »Also gut. Und wie soll das hier ablaufen?«

Bitte tu es nicht, flehte ich immer wieder. Vergeblich. Auf Bels Gesicht spiegelte sich unverhohlene Zielstrebigkeit wider. Er würde sich holen, was er wollte, und dabei nicht aufhalten lassen. Nicht mal von mir.

»Gib sie frei und schwöre, dass du nie wieder Ansprüche auf sie oder Malta erheben wirst. Keiner von uns rührt sich, und wenn das Mädchen bei mir ist, werde ich den Hexenharass zerstören. Du hast mein Wort.«

Du darfst ihn nicht zerstören! Er ist alles –

»Fein«, zischte Ianus und stieß mich von sich. Meine Beine trugen mich nicht. Ich fiel so heftig auf die Knie, dass die Haut aufplatzte, doch der Schmerz der Schwertwunde überdeckte alles andere. Die Kälte kehrte zurück. Kälte, Enttäuschung, Verzweiflung. Ich hörte nur noch Rauschen und Ianus' undeutliche Stimme. Er schwor, was Bel von ihm verlangte. Er kaufte sich frei und würde mit seinen Verbrechen durchkommen. Mit seinen Morden. Und er würde weitermachen. Für alle Ewigkeit. Ich hatte versagt. Nein, ich hatte nicht nur versagt, ich war auch noch schuld daran, dass Thanatos so schnell keine zweite Chance bekommen würde.

Wieder eine Erschütterung. Die Kuppel flackerte.

Steh auf, befahl mir der Teufel. Sein Verrat wütete in mir wie eine wilde Bestie, zerfetzte alles, was ich jemals für Bel empfunden hatte.

Steh auf und komm zu mir! Ich bringe dich in Sicherheit.

Mir war klar, dass er versuchte, mich zu retten, aber ich wollte nicht gerettet werden. Was half es mir, ein paar Stunden länger zu leben, solange Ianus ungeschoren davonkam. Selbst wenn Bel mich hätte heilen können – was er nicht konnte – würde jeder einzelne meiner zukünftigen Atemzüge Menschenleben kosten. Das wollte ich nicht. So könnte ich niemals weiterleben und Bel wusste das. Aber es war ihm gleichgültig. Meine Entscheidungen, meine Meinung, meine Wünsche bedeuteten ihm nichts. Ihm ging es nur um sich selbst. Wie hatte ich jemals etwas anderes annehmen können?

Trotzig stemmte ich meine blutigen Hände gegen die Pflastersteine. Ich würde nicht in Bels Arme rennen. Darauf konnte er lange warten. Aber ich würde Ianus ebenso wenig die Genugtuung gönnen, mich vor seinen Füßen krepieren zu sehen. Eisern kämpfte ich mich auf die Knie. Weiter kam ich nicht.

Gut, dann musste das eben für einen aufrechten Tod genügen. Ich hob den Kopf und sah Bel in die Augen.

Ich habe dir vertraut, du Mistkerl.

Seine unterkühlte Fassade bekam Risse. Bestürzung glänzte in seinem Blick. Vielleicht war ihm endlich bewusst geworden, dass er eine Sterbende vor sich hatte?

Dann tu es auch weiterhin! Vertrau mir bitte!

Macht strömte auf mich zu und verdrängte Ianus' Geruch nach kaltem Rauch und getrocknetem Blut. Sie legte sich um meinen Körper, entlastete meine zitternden Muskeln und zog mich auf die Beine.

Bel streckte mir seine Hand entgegen. *Komm zu mir!*

Er zwang mich nicht vorwärts. Ganz so, als hätte ich eine Wahl und alle Zeit der Welt. Ich hatte nichts davon. Wieder erzitterte die Kuppel. Hinter mir fluchte Ianus. Eine andere

Macht drängte sich gegen meinen Rücken. Rauch und Blut schoben mich Schritt für Schritt in Bels Richtung. Hilflose Tränen strömten über meine Wangen. Es waren nicht meine Beine, die mich vorwärtstrugen. Es war nicht meine Entscheidung. Ich konnte mich nicht dagegen wehren.

Du darfst das Kästchen nicht zerstören. Bitte. Gib es Thanatos.

Bel hielt meinen Blick unbeirrbar fest.

Vertrau mir. Ianus wird seine Strafe erhalten.

Seine ausgestreckte Hand war schon fast in greifbarer Nähe. Sie versprach Rettung, Hoffnung. Schöne Lügen. Sobald ich meine hineinlegte, wäre das Schicksal so vieler Menschen besiegelt, die durch Ianus unendliches Leid erfahren würden.

Vor Verzweiflung schrie ich auf, aber aus meiner Kehle kam nur ein heiseres Krächzen. Wenn ich gekonnt hätte, hätte ich mir den Hexenharass geschnappt und wäre damit durch Ianus' Barriere gelaufen. In diesem Moment hätte ich alles dafür gegeben, nicht bloß ein machtloser Mensch in einem zerfallenden Körper zu sein. Ich hätte alles dafür gegeben, nicht sinnlos sterben zu müssen. Alles. Selbst meine Erinnerungen. Oder meine Seele.

Plötzlich legte sich das Chaos meiner Gedanken und hinterließ nichts außer kalter Ruhe.

Meine *verfluchte* Seele …

Ianus hatte gelogen. Er war vor dieser Art Magie nicht gefeit. Sie machte keine Ausnahmen. Das hatte Bel zumindest behauptet. Falls das der Wahrheit entsprach, gab es noch eine Chance, mein Versagen wiedergutzumachen.

Eine letzte Chance.

Wer andern eine Grube gräbt

Nur noch wenige Schritte. Der Drang, Cassia entgegenzugehen, war kaum zu beherrschen, aber ich durfte nicht. Ianus würde es als Verstoß gegen die Bedingungen auffassen und sofort angreifen.

Komm zu mir!

Die Sorge um sie brachte mich fast um. Ihre Wut und ihre Enttäuschung konnte ich ertragen, aber nicht ihren Tod. Sie war viel schwerer verletzt, als befürchtet. Die kleine Wunde unterhalb ihrer Rippen hatte mich erst in falsche Sicherheit gewiegt. Jetzt wusste ich, dass dieser stinkende Präfekt sie förmlich aufgespießt hatte. Von hinten. Wäre er nicht schon tot, hätte ich ihm dafür bei lebendigem Leib die Haut abgezogen.

Fast. Nur noch zwei Schritte.

Die Panik wich aus Cassias Augen. Jetzt funkelten sie in wilder Entschlossenheit. Oh nein. Ich kannte diesen Ausdruck.

Was auch immer du vorhast, tu es nicht!

Nur noch ein Schritt.

Cassia öffnete ihre Lippen. Ihre Worte waren nur ein Flüstern.

»Meine Seele sei dein ...«

Entsetzt stürzte ich vor.

» ... Ianus.«

Zu spät. Nur einen winzigen Moment zu spät schlossen sich meine Arme um Cassia. Ihr kleiner Körper wurde von der Energie der Seelenbindung beinahe zerrissen. Ihr Rücken bog sich durch. Unter Krämpfen und Tränen rang sie nach Luft. Ich wusste, wie schmerzhaft es war, wenn sich das Primus-Zeichen bei einem Menschen einbrannte. Aber durch Cassias Nacken floss nicht nur die Macht der Seelenbindung, sondern auch die Hexen-Magie des Blutfluchs. Zu viel für eine Sterbliche. Verzweifelt hielt ich sie an meine Brust gedrückt, schob meine Hand unter ihre Haare und versuchte, die schädliche Hitze zu mildern. Mehr konnte ich nicht tun. War der Prozess einmal im Gange, ließ er sich nicht aufhalten. Ein grauenvoller Schrei hallte durch das Innere der Schutzkuppel. Er stammte nicht von Cassia.

Ianus fiel auf die Knie. Auf seinem Gesicht stand Fassungslosigkeit. Seine Haut wurde fahl und so durchscheinend, dass sich die Adern darunter abzeichneten. Dunkel, bläulich, fast schwarz. Er zerrte am Stoff seiner Toga, als würde sie in Flammen stehen. Seine Signatur aus Blut und Rauch verblasste und wurde von einem anderen noch widerlicheren Geruch überlagert: beißende Säure und verwesendes Fleisch. Das Gift des Fluches. Durch die entstehende Verbindung zu Cassias Seele breitete es sich in seiner Essenz aus.

»Dieses kleine Miststück!«, röchelte er. Die Barriere, mit der uns Ianus abschirmte, begann zu flackern. »Dafür wird … sie bezahlen.«

Das hatte Cassia längst. Sie hatte ihre Seele geopfert, vielleicht sogar ihr Leben. Ein hoher Preis – selbst, um einen Gott zu Fall zu bringen. Deswegen konnte ich weder Triumph noch Schadenfreude empfinden, als sich Ianus wie ein pestkranker Wurm auf dem Boden wand. Auch seine Drohung ließ mich völlig kalt. In seinem Zustand stellte er keine Gefahr mehr dar und es würde Jahrhunderte dauern, bis der Fluch seine Wirkung verloren hätte.

»Warum nur?«, flüsterte ich Cassia ins Ohr, während ich ihrem krampfenden Körper den nötigen Widerstand bot, damit sie sich nicht noch mehr verletzte. »Warum hast du mir nicht vertrauen können?«

Ein letzter heftiger Energiestoß durchzuckte sie. Dann wich schlagartig alle Anspannung aus Cassias Gliedern. Die Seelenbindung war vollendet. Gleichzeitig flammte die Kuppel um uns herum auf, brach zusammen und warf uns zurück in die Dunkelheit des nächtlichen Roms. Ich fühlte fremde Blicke, vernahm entsetztes Gemurmel, doch es war mir gleichgültig.

»Unser Handel gilt!«, kreischte Ianus unter Schmerzen auf. »Halte dein Wort, Bel! Das Mädchen ist bei dir ... jetzt zerstöre das Kästchen!«

Richtig. Mein Schwur.

Der Hexenharass.

Als Cassia in meine Arme gefallen war, hatte sie instinktiv danach gegriffen. Auch jetzt noch umklammerte sie ihn wie einen Schatz, den sie mit ihrem Leben beschützen wollte. Mit finsterer Miene kniete ich mich auf den Boden und bettete Cassia an meine Brust. Dann entwand ich ihren kraftlosen Händen das Kästchen. Ich musste mein Wort halten. Ianus' Forderung war rechtens. Dummerweise hatte nicht nur ich sie gehört.

»Wage es ja nicht«, brüllte Thanatos und stürmte mit gezogener Klinge auf mich zu. Aus dem Nichts tauchten Hiro und Grim auf und stellten sich ihm in den Weg. Ihre unerschütterliche Treue rührte mich.

Ich rief meine Macht.

»Nicht …«, hauchte Cassia so schwach, dass es vielleicht auch nur meiner Einbildung entsprungen war.

Ich musste es tun.

Das Kupferkästchen begann zu glühen, zu pulsieren und sich unter dem Druck meiner Finger zu verformen. Die darin gebundene Hexenmagie war stark. Nicht mit all meiner Macht hätte ich es öffnen können. Aber das wollte ich auch gar nicht. Ich wollte es vernichten.

Ein Kampf brach aus. Thanatos hatte von irgendeinem gelockten Jungspund Hilfe bekommen. Vermutlich seinem Lehrling. Dennoch schlugen sich Hiro und Grim wacker. Sie mussten nicht gewinnen, sondern mir nur genügend Zeit verschaffen.

Ein hohes Summen setzte ein.

Ich verstärkte den Druck auf das Kästchen und versengte die Hexenmagie, bis nicht der kleinste Funken mehr übrig war. Die Inschrift verblasste. Dann gab es einen dumpfen Knall. Das Kästchen zerbarst in meiner Hand wie ein rohes Ei. Weißes Licht drang durch meine Finger. Flüssiges Kupfer tropfte herunter. Alles zerstört. Selbst die gefangene Seele verglomm unter dem Ansturm meiner Macht.

Befreit von meinem Schwur seufzte ich auf.

Zieht euch zurück!, befahl ich Hiro und Grim. Es gab keinen Grund, warum sie weiter ihr Leben riskieren sollten. Meine Anweisung war jedoch vollkommen überflüssig. Thanatos und sein Helfer hatten ihren Angriff bereits eingestellt. Sie starrten mich entgeistert an. Mich, die Überreste des Hexenharass und das blutende Mädchen in meinen Armen. Und als sie schließlich auch den zusammengekauerten Ianus bemerkten, wurde aus ihrer Bestürzung unverhohlenes Grauen.

Kein Wunder. Seit Jahrtausenden hatte kein Dämon mehr die schrecklichen Auswirkungen eines Blutfluchs zu sehen bekommen. Selbst für mich war das eine neue Erfahrung.

Einerlei. Cassia war alles, was zählte.

Zuerst musste ich irgendwie die Blutung stoppen. Ihr Herzschlag war kaum noch wahrnehmbar. Also erschuf ich ein feines Netz aus Magie und legte es wie einen Verband über ihre Verletzungen. Ihr Körper mochte immun gegen meine Heilung sein, aber solange ich meine Macht nur äußerlich anwandte, sollte es funktionieren.

Thanatos bewegte sich schnell. Nicht einmal ich sah ihn kommen. Einen Wimpernschlag später hatte er mich am Kragen gepackt, von Cassia weggezerrt und mit dem Rücken gegen eine Hauswand gedonnert. Die Spitze seines glühenden Aziams war auf mein Herz gerichtet. »Ich werde dich für deine Taten zur Rechenschaft ziehen!«

Nie war ich dem Tod näher gewesen, und doch scherte ich mich einen Dreck darum. Mit einer kleinen Handbewegung hielt ich Hiro und Grim davon ab, sich einzumischen. *Kümmert euch um Cassia!* Mit Thanatos würde ich schon selbst fertigwerden. Hätte er mich umbringen wollen, wäre ich längst eine Aschewolke im Wind. Nein, das hier war nur Wichtigtuerei. Säbelrasseln, weiter nichts. Einen Primus würde er niemals ohne offiziellen Auftrag umbringen – aber einen Menschen …

Gereizt funkelte ich ihn an. »Versuch ja nicht, mir die Schuld für dein Versagen in die Schuhe zu schieben, Gott des Todes.« Seinen geliebten Titel sprach ich mit so viel Hohn aus, wie ich aufbringen konnte. »Ich habe nur getan, was *du* hättest tun sollen: Ich habe das Mädchen beschützt, das für deinen beschissenen Plan ihr Leben riskiert hat!«

Ein beschämter Ausdruck huschte über sein Gesicht und bewies, dass Thanatos wohl doch noch so etwas wie ein Gewissen besaß. Trotzdem nahm er die tödliche Klinge nicht von meiner Brust.

Ich stieß ein ungehaltenes Knurren aus. Cassia lief die Zeit davon. »Bring mich um oder lass mich los, aber tu es *jetzt*!«

Thanatos rang mit sich. Seine Anspannung verriet, was für ein enormes Risiko er mit seiner Jagd auf Ianus eingegangen war. Hätte er Cassia nicht in diese Sache mit hineingezogen, hätte ich ihm dafür auf der Stelle einen Orden verliehen, aber so ...

Schließlich gab er mich mit einem Ruck frei.

»Wir werden uns schon bald wiedersehen«, sagte er zum Abschied und löste sich in einer Explosion aus schwarzem Licht auf. Ein Stück weiter hinten tat es ihm sein gelockter Lehrling gleich, woraufhin Hiro das Schwert sinken ließ, mit dem er ihn auf Abstand gehalten hatte.

»Oh ja, wir werden uns wiedersehen«, murmelte ich und stieß mich von der Wand ab. »Schneller, als dir lieb ist.«

Gerade wollte ich zu Cassia zurückkehren, als ich vor Schreck erstarrte. An der Stelle, an der sie gelegen hatte, glänzte nur noch feuchtes Blut im Mondlicht. Einen Moment lang befürchtete ich das Schlimmste, doch dann entdeckte ich ihren Umriss ein Stück die Straße hinunter. Sie hatte es irgendwie geschafft, sich auf die Beine zu hieven, und torkelte ziellos durch die Nacht.

Nein, nicht ziellos. Sie hielt auf Ianus zu.

Himmel!

Ich setzte mich in Bewegung.

Grim?

Wo, verdammt noch mal, war meine Gezeichnete? Wieso

hatte sie Cassia allein gelassen? Und was zum Henker dachte sich das Mädchen dabei, ihre Lebenskraft derart zu vergeuden?

Mein plötzliches Auftauchen ließ Cassia zusammenzucken. Sie verlor das Gleichgewicht. Ich wollte sie auffangen, doch sie wehrte sich unerwartet heftig und stürzte. Gerade so konnte ich verhindern, dass ihr Kopf auf den Pflastersteinen aufschlug.

»Fass mich nicht an!«, fauchte sie matt, als ich mich neben ihr niederließ und sie auf meinen Schoß zog. »Nie wieder.«

Doch ihre Gegenwehr verebbte schnell. Aus ihrem Mundwinkel floss Blut. Ich unterdrückte einen Fluch. Sie hätte sich nicht bewegen dürfen. Das magische Netz aus meiner Macht hatte zwar ihren Kreislauf stabilisiert und dafür gesorgt, dass es ihr etwas besser ging, aber dieses Gefühl war trügerisch.

»Setz es auf die Liste der Dinge, für die du mich ausgiebig bestrafen wirst, sobald du das hier überlebt hast«, murmelte ich und ließ meine Macht in sie hineinströmen, um das ganze Ausmaß des Schadens zu erkunden, den Tigellinus' Schwert angerichtet hatte.

Meine Hoffnung schwand.

Grim!, rief ich noch einmal mit Nachdruck, während ich wider besseres Wissen einen Versuch startete, die Wunden zu heilen. Vergeblich. Natürlich vergeblich. Cassias Körper sprach nicht auf meine Macht an.

»Ja, ja, heile sie«, japste eine verzerrte Stimme. Ianus kroch voller Panik auf uns zu. Er wusste, dass seine Qualen sich um ein Vielfaches steigern würden, wenn Cassia starb und ihre Seele erst komplett in ihn überging. »Sie muss leben!«

Sein Gesicht war nur noch eine entstellte Fratze mit schwarzen Adern auf pergamentartiger Haut. Selbst das Weiß seiner Augen hatte sich mit dunklem Blut gefüllt. Ich hätte Cassia diesen grauenvollen Anblick gerne erspart, doch als sie sah, was aus Ianus geworden war, legte sich ein Lächeln auf ihre Lippen. Sie krallte sich an meinem Arm fest und zog sich daran hoch, um ihn besser betrachten zu können.

»Bel kann mich ... nicht heilen, weil ich ... immun gegen euch bin, du Scheusal!«, spie sie ihm entgegen. Dabei war ihr völlig gleichgültig, wie viel Kraft sie jedes Wort kostete. Sie wollte um jeden Preis miterleben, wie die Wahrheit in Ianus' verkommenes Hirn sickerte.

»Ob ich sterbe ... oder nicht ...«, flüsterte sie und sackte an meine Brust. »So oder so ... ich gewinne.«

»Nein!«, kreischte Ianus. An der Art, wie ich verzweifelt meine Arme um Cassia schloss, erkannte er wohl, dass sie nicht log. Metall schabte über Stein. Etwas schlitterte gegen meinen Stiefel. Es war der Kupferdolch. »Töte sie damit! Sperr ihre Seele ein. Unterbrich die Bindung. Ich gebe dir alles, was du willst! Alles! Geld. Seelen. Gezeichnete. Rom. Meinen Sitz im Rat. Sie stirbt sowieso, also zieh deinen Nutzen daraus. Das ist es doch, was du immer wolltest ...«

Während Ianus unaufhaltsam um meine Gnade bettelte, spürte ich, dass Cassia starr vor Angst wurde. Schwach stemmte sie sich gegen meine Umarmung. Sie befürchtete offenbar, ich könnte Ianus' Vorschlag annehmen, und versuchte, mir zu entkommen. Dass sie mich für so niederträchtig hielt, traf mich härter, als es ein glühender Aziam gekonnt hätte.

Mit einer beiläufigen Geste schickte ich meine Macht zu Ianus und zerfetzte seine Stimmbänder. Das würde seine verdienten Qualen nicht beenden, aber ihn endlich zum Schweigen bringen. Dann legte ich zärtlich meine Hand an Cassias Wange und brachte sie dazu, mir in die Augen zu schauen.

»Ich würde nicht einen gemeinsamen Moment mit dir eintauschen wollen. Nicht für alle Macht der Welt.«

Sie hörte meine Worte, aber ich war mir nicht sicher, ob sie sie auch verstand. Unter Schmerzen versuchte sie, etwas zu sagen. Aus ihrem Mund drangen nur noch heisere Laute.

Nicht sprechen, bat ich sie in Gedanken. *Grim ist gleich da. Sie wird dich heilen.*

Ich klang überzeugend genug, um mir selbst zu glauben. Etwas anderes blieb mir nicht übrig, obwohl ich durchaus wusste, dass auch Grim keine Wunder vollbringen konnte. Ihre Magie brauchte vor allem eines: Zeit. Und das war etwas, von dem Cassia nicht mehr viel besaß.

Sie schloss die Augen und gab ihre Bemühungen auf, ihren Körper zum Reden zu zwingen. Stattdessen wehte ihre Stimme nun durch meinen Geist.

Warum ... hast du das Kästchen zerstört?

Eine traurige Frage voller Enttäuschung und Resignation. Mir war klar, dass es ihr nicht darum ging, warum ich meinen Schwur nicht hatte brechen können. Sie wollte wissen, warum ich sie erst um ihr Vertrauen gebeten und dieses verfluchte Ding dann gegen ihr Leben eingetauscht hatte.

Weil Ianus dich sonst getötet hätte, antwortete ich aufrichtig. *Es war der einzige Weg, dich nicht zu verlieren.*

Ihre Brauen schoben sich zusammen und ihre Augenlider hoben sich ein winziges Stück – grade genug, um mich anklagend anzugucken.

Du verlierst mich auch so.

In diesem Moment rollte eine eiskalte und brutale Erkenntnis über mich hinweg. Ich hatte es geleugnet, verdrängt und mich selbst getäuscht. Ich war in meiner Überheblichkeit über jeden Zweifel hinweggegangen und hatte schlicht nicht akzeptiert, dass die Möglichkeit bestand, Cassia nicht retten zu können. Doch nun krallte sich die Wahrheit mit messerscharfen Klauen in meinen Verstand und ließ ihn nicht mehr los. Cassia würde sterben, hier in meinen Armen. Und ich konnte nichts tun, um das zu verhindern.

Du hättest mir vertrauen sollen, sagte ich bedrückt.

Ich griff in die Falten meines Palliums und zog eine kleine Phiole hervor. Ein sanftes weißes Licht strahlte darin. Natürlich hatte ich sie mit einer Illusion geschützt, doch das war für Cassia kein Hindernis.

Ich werde sie dem Hohen Rat übergeben. Persönlich. Damit sich deiner Rache niemand mehr in den Weg stellen kann.

Als sie begriff, was ich ihr da zeigte, weiteten sich ihre wunderschönen Augen vor Bestürzung. Sie blinzelte zuerst die Seelenphiole an. Dann mich. Unendlicher Kummer legte sich auf ihre ebenmäßigen Züge. Ich schenkte ihr ein Lächeln. Ein gequältes Lächeln. Es war ein erbärmlicher Versuch, ihr Leid zu mildern. Ich wollte Cassias Opfer nicht schmälern oder ihr ihren Irrtum und die Sinnlosigkeit ihres Handelns aufzeigen, doch ich ertrug es auch nicht, sie in dem Glauben gehen zu lassen, ich hätte sie verraten. Letztlich war es mein Fehler gewesen. Sie hatte nicht wissen können, dass ich den halben Palast eingerissen hatte, um Ianus' geheime Kammer zu finden und die Schutzzauber zu umgehen. Ein weniger eleganter Einbruch als der von Cassia, aber mit demselben Ergebnis – und der einzige Weg, um Ianus zu täuschen. Ja, es war mein Fehler gewesen. Ich hätte mit ihrem Sturkopf und ihren Zweifeln rechnen und ihr meinen Plan anvertrauen müssen. Ihr ganzes Leben lang hatte sie sich nur auf sich selbst verlassen können. Für wen hielt ich mich also, blindes Vertrauen von ihr zu erwarten?

Darauf gab es nur eine Antwort. Eine dumme Antwort: für den Dämon, der sich Hals über Kopf in sie verliebt hatte. So schlicht. So grausam. Das Schicksal hatte mir ein unglaublich kostbares Geschenk gemacht, nur um es mir nach viel zu kurzer Zeit wieder zu entreißen.

Eine kleine Hand schob sich in meine und drückte sie sanft.

Ja, ich hätte dir vertrauen sollen, gab Cassia mir recht.

Ihr Blick hielt meinen fest. Wehmut schimmerte darin, als würde sie sehen, was hätte sein können. Eine Zukunft, die nie stattfinden würde.

Eine einzelne Träne rollte ihr über die Wange.

Aber es hätte trotzdem nichts geändert.

Ein letztes Mal

Der Wind fegte durch Bels Haare und zerrte an seiner Kleidung, doch sein Gesicht blieb so ernst, als wäre es aus Stein gemeißelt. Wie ein Fels in der Brandung.

Mein Fels in der Brandung.

Aus tiefstem Herzen wünschte ich mir, ich könnte mein Bedauern in Worte fassen, ohne Bel das Gefühl zu vermitteln, dass ich irgendetwas bereute. Ianus meine Seele zu versprechen, hatte das Unausweichliche nur ein wenig beschleunigt. In Wahrheit war ich schon in dem Lagerraum gestorben. Als Tigellinus mir sein Schwert in den Rücken gestoßen hatte.

Alles danach war nur geborgte Zeit gewesen.

Zeit, die das Schicksal sich genommen hatte, um die Dinge in Ordnung zu bringen.

Jetzt war alles genau so, wie es sein sollte. Ianus konnte niemandem mehr Schaden zufügen – zu Fall gebracht durch eine Waffe, die er selbst erschaffen hatte. Thanatos würde die Erlaubnis erhalten, ihn zu töten. Bel hatte sein Zuhause zurückbekommen. Und ich ...

Vielleicht würde ich Daphne wiedersehen ... und meine Mammam. Dann konnte ich ihnen erzählen, dass mein Leben und mein Sterben einen Sinn hatten, und dass ich friedlich eingeschlafen war, in Freiheit, unter dem Sternenhimmel meiner Heimatstadt, in den Armen eines Dämons, der ein größeres Herz besaß als viele Menschen, denen ich begegnet war. Ein bisschen schwärzer vielleicht. Und auch wenn es nicht schlug, wusste ich doch, dass ein winziges Stückchen davon mir gehörte.

Das Ende ließ die Dinge in einem anderen Licht erscheinen. Bis vor ein paar Augenblicken hatte ich noch gedacht, dass Ianus' Leid das Letzte war, was ich sehen wollte. Deswegen hatte ich mich überhaupt auf die Beine gekämpft und hergeschleppt. Aber nun wusste ich es besser. Meine letzten Atemzüge an Feindseligkeit und Hass zu vergeuden, war falsch. Davon hatte mir das Leben schon genug geboten. Nein, ich wollte ein kleines bisschen Wärme und Glück spüren und war Bel unendlich dankbar, dass er mich nicht allein ließ. Ich hatte keine Ahnung, was es war, das ich für ihn empfand, aber es spielte auch keine Rolle, wie ich es nannte, solange es sich gut und richtig anfühlte. Ein kleines bisschen perfekter hätte es nur sein können, wenn Bels Blick nicht von solch großen Sorgen zerfressen gewesen wäre. Ich sehnte mich nach dem verschmitzten Funkeln seiner Augen, bei dem man nie wusste, was er gleich sagen würde. Ich wollte ihn noch einmal lächeln sehen. Dieses atemberaubende Lächeln mit seinen süßen Grübchen.

Ich seufzte innerlich. Mir war klar, dass das zu viel verlangt war. Bel hatte seinen eigenen Kampf zu kämpfen. Vermutlich glaubte er, die Schuld für all das tragen zu müssen. Was auch sonst? Mit seiner Macht und Arroganz ließ es sich nicht so einfach akzeptieren, dass es Dinge gab, auf die er keinen Einfluss hatte.

Auch dafür hätte ich gerne die richtigen Worte gefunden ...

Ruckartig hob er den Kopf. »Wo warst du?«

Grims finstere Miene schob sich in mein Sichtfeld. Ihre Haare standen ihr in alle Richtungen ab. Einige Strähnen waren angesengt, und an ihrer Schläfe lief Blut herunter.

»Bewusstlos. Apoll. Lange Geschichte.«

Die Hexenringe um ihre Iriden flammten grün auf. Sofort spürte ich ein Prickeln. Tausend winzige Nadelstiche, die die Taubheit aus meinem Körper vertrieben und die Schmerzen zurückkehren ließen. Alles, von dem mein Verstand beschlossen hatte, dass es zu viel für ihn war, brach erneut über mir zusammen. Schrecklich. Unerbittlich. Ich stöhnte auf, wollte protestieren und konnte es nicht.

Atme!, befahl mir eine sanfte Stimme. *Atme für mich!*

Luft strömte in meine Lungen. Sie schmeckte nach Granatapfel und Bels Küssen. Und dann verschwand Grims Magie so plötzlich wie sie gekommen war. Die Schärfe des Schmerzes verblasste zu einem dumpfen Pochen. Kälte blühte in mir auf wie Eiskristalle auf einem Wintersee. Ich zitterte. Bel zog mich enger an sich, doch nicht einmal die Hitze seines Körpers konnte mich noch wärmen.

Er und Grim sahen sich an. Die Nacht voller Wolken und Sterne umrahmte ihre Gesichter. Sie sprachen wohl miteinander. Mental. Die Hexe schüttelte den Kopf. Bel nahm ausdruckslos zur Kenntnis, was auch immer sie ihm zu sagen hatte. Dann schimmerte unvermittelt Hoffnung in seinem Blick auf, danach Zorn, Verzweiflung, Unwillen, bevor er die Augen schloss und den Kopf in tiefer Bitterkeit senkte. Grim verschwand.

Sie konnte nichts mehr für mich tun. Das war es, was sie Bel gerade mitgeteilt hatte. Ich wusste es, ich fühlte es.

Sein Unglück bekümmerte mich. Langsam und mit unendlicher Mühe hob ich eine Hand. Meine Finger fanden Bels

Wange. Er schob die Brauen qualvoll zusammen, als ob meine Berührung unerträglich für ihn war. Seine Kiefermuskeln waren zum Zerreißen gespannt.

So ernst, flüsterte ich in Gedanken. Keine Frage, kein Vorwurf, nur eine Beschreibung seiner unmenschlich schönen Züge.

Da öffnete Bel die Augen. Er hielt sie stur geradeaus gerichtet.

Irgendetwas an ihm war anders. Er wirkte abweisend, distanziert. Entschlossen und unsicher zugleich.

Grim kann dich nicht heilen, offenbarte er mir knapp.

Ich übte ein klein wenig Druck auf seine Wange aus. Eine stumme Bitte, mich anzusehen. Er kam ihr nach.

Das weiß ich längst.

Ich bemühte mich, meine Stimme ruhig und gefasst klingen zu lassen, um ihm den Abschied leichter zu machen, doch Bel schien mir überhaupt nicht zuzuhören. Etwas anderes beschäftigte ihn.

Aber sie glaubt, dass deine Immunität an deine Seele gebunden ist. Würde ich sie entfernen, könnte ich dich vielleicht heilen und anschließend deine Seele zurück in deinen Körper –

NEIN! Mein Brustkorb wurde so eng, dass ich jeden einzelnen beschwerlichen Herzschlag spürte. *Das darfst du nicht tun! Ich will nicht in diesem Dolch eingesperrt sein!*

Scht … Er drückte seine Lippen auf meinen Scheitel und strich mir beruhigend über die Haare. *Ich weiß, wie erschreckend das für dich klingen muss. Aber es wäre eine Chance. Bitte erlaube mir, es zu versuchen.*

Nein, nein, nein, murmelte ich immer wieder. *Bitte, tu mir das nicht an. Sperr mich nicht ein. Nimm mir nicht meine Freiheit.*

Bilder von Ianus' Phiolen drängten sich in meine Gedanken. So viele Seelen, eingesperrt für alle Ewigkeit. Das konnte ich nicht. Niemals.

Bel versteifte sich. Seine kräftige Brust bebte, als würde er losbrüllen oder mich schütteln wollen, aber er tat nichts davon. Er hielt mich einfach nur fest, sorgsam darauf bedacht, mir nicht wehzutun.

Ich kann dich nicht sterben lassen, versteh das doch ... Ihm versagte beinahe die Stimme. *Du darfst das nicht von mir verlangen. Nicht, wenn es eine Möglichkeit gibt, dich zu retten.*

Seine Worte kamen aus tiefstem Herzen. Sie waren aufrichtig, unbeherrscht und von überwältigender Verzweiflung durchtränkt. Mir verschlug es die Sprache. Ich hatte gewusst, dass er mich mochte. Ich hatte auch gewusst, dass er besitzergreifend war und über einen ausgeprägten Beschützerinstinkt verfügte. Aber das hier schien mehr zu sein als Gewissensbisse, Besitzdenken oder Zuneigung. Konnte eine Sterbliche einem Dämon so viel bedeuten? Konnte ich Bel so viel bedeuten? Wenn das wirklich so war, musste er meinen letzten Wunsch akzeptieren.

Du musst mich gehen lassen ...

Bel löste sich ein Stück von mir, um mich anzusehen. In seinem Blick flackerte Schmerz. So schöne Augen. Wie tiefe geheimnisvolle Seen ungeweinter Tränen.

Wir hatten zu wenig Zeit, murmelte er.

Ich versuchte zu lächeln. *Das ›Wie lang‹ ist nicht wichtig. Es kommt nur auf das ›Wie‹ an.*

Mit einem schweren Seufzen schmiegte er sein Gesicht in meine Hand, legte seine darüber und lehnte seine Stirn an meine. Aber ich spürte noch immer, wie er sich gegen die Wahrheit sträubte. Also tat ich das Letzte, was ich tun konnte.

Ich öffnete meine Mauern für ihn. Er sollte fühlen, dass es in Ordnung war, mich loszulassen, dass ich ihm keine Schuld gab, dass ich ihn vermissen würde und unendlich dankbar war, in seinen Armen Geborgenheit und Frieden gefunden zu haben. Ich hatte keine Angst zu sterben. Ich war bereit zu gehen.

Seine Augen begannen, silbern zu strahlen. Sterne in der wachsenden Dunkelheit.

Bel sog mühsam Luft in seine Lungen, wie ein Ertrinkender. Resignation ließ seinen Körper erzittern. Ein verzweifeltes Lächeln erschien auf seinem Gesicht. Ein verzweifeltes, brüchiges, qualvolles, niedergeschlagenes, wunderschönes Lächeln samt Grübchen. Da wusste ich, dass er mich nicht hier festhalten würde.

Die Schatten riefen nach mir und endlich konnte ich ihrem leisen Wispern folgen.

Bels Geruch erfüllte meine verblassenden Sinne.

Bittersüß wie unser Ende.

Seine Lippen pressten sich auf meine.

Sie waren so warm und unendlich zärtlich.

Es erfüllte mich mit tiefer Demut, so sterben zu dürfen.

Ein letzter Kuss.

Ein letzter überwältigender Moment.

Ein letztes Geschenk.

Cassia, flüsterte ich. *Ich heiße Cassia. Damit du dich nicht an ein namenloses Mädchen erinnern musst …*

Ein gebrochener Laut drang aus Bels Kehle.

Ich war schon so weit weg.

Und die Stille führte mich noch weiter.

Nur Bels Kuss hielt mich hier fest.

Vergib mir, strich seine Stimme durch die Schatten.

Ihm vergeben …? Das hatte ich längst. Bel wusste das. Er kannte all meine Gefühle.

Vergib mir, Cassia.

Dann stieß er zu.

Ein Grab aus Asche

Als das harte Kupfer in Cassias Fleisch drang, empfand ich Abscheu vor mir selbst. Mein Verrat spiegelte sich in ihren aufgerissenen Augen wider. Ich fühlte ihn an ihren Lippen, hörte ihn in ihrem leisen Keuchen und schmeckte ihn in ihrer Angst.

Das würde sie mir nie verzeihen.

Aber wenn das der Preis war, um ihr Leben zu retten, würde ich ihn bezahlen. Damit konnte ich fertigwerden. Ich war kein zartbesaiteter Mensch, kein strahlender Held, kein guter Mann. Ich war ein Dämon. Ich war Belial. Ich war der Teufel. Ich fügte mich nicht dem Schicksal, ich gestaltete es neu. Ich tat nicht, was andere für richtig hielten, ich bestimmte, was richtig war. Das war meine Natur. Cassia zuliebe hatte ich das ignorieren wollen. Ich hatte versucht, ihren letzten Wunsch zu respektieren. Ich hatte es wirklich versucht, aber ich konnte es nicht. Nicht, solange es noch einen anderen Weg gab.

Hitze strömte in das Metall unter meinen Fingern. Die Klinge war exakt in dem Winkel eingedrungen, den ich vorgesehen hatte, um Cassia so wenig Schmerzen und Schaden wie möglich zuzufügen. Das änderte jedoch nichts daran, dass der Dolch sofort sein zerstörerisches Werk begann. Er zerriss all die eng verwobenen Fäden, die ihre Seele, ihren Geist und ihren Körper miteinander verbanden. Ein Mensch hätte nichts Außergewöhnliches wahrgenommen, doch in meinen Augen glich es einem Gemetzel. Ihr Innerstes, alles, was sie ausmachte, wurde zerfetzt und in die Klinge gesogen.

Es tut mir so leid, raunte ich, das zitternde Mädchen fest an meine Brust gedrückt. Der Rubin im Knauf begann zu glühen, immer heller. Im Gegenzug verebbten Cassias Gefühle allmählich. Da sie ihre Mauern für mich gesenkt hatte, erlebte ich dieses grausame Schauspiel hautnah mit. Ich spürte das Licht in ihr schwächer und schwächer werden, bis es schließlich, wie eine Kerzenflamme im Wind, erlosch. Der Rubin flackerte auf und verblasste. Zurück blieb ein sanftes Kribbeln unter meinen Fingern. Das Flüstern einer gefangenen Seele. Cassias leerer Körper hing leblos in meinen Armen. Noch atmete er, noch schlug das Herz darin, aber sie war fort.

Kamenæ gæ, verbrannte Erde – so hatte Sotírios den Dolch genannt. Einen treffenderen Namen hätte es nicht geben können.

Behutsam legte ich Cassia auf dem Boden ab. Die Klinge ließ ich stecken. So würde es vielleicht einfacher für sie sein, den Rückweg zu finden. Ich hatte schon viele Seelen genommen, aber noch nie eine freigegeben, und erst recht nicht versucht, eine wieder in ihren Körper einzusetzen, obwohl sie eigentlich an einen anderen Dämon gebunden war. Das war Neuland und ich beabsichtigte nicht, auch nur den kleinsten Vorteil zu verspielen.

Dann entfesselte ich meine Macht. Ich war kein besonders talentierter Heiler. In der Liga gab es weitaus bessere als mich, doch für diesen Zweck würden meine Fertigkeiten ausreichen. Es ging nur darum, Cassias Wunden so weit zu schließen, dass sie überleben konnte. Also ließ ich meine Essenz in sie hineinfließen und befahl dem beschädigten Gewebe, sich zusammenzusetzen.

Ich befahl ihm, sich zusammenzusetzen.

Nichts.

Ihr Körper reagierte nicht.

Ich versuchte es noch einmal.

Und noch einmal.

Das Ergebnis blieb dasselbe.

Die Gewissheit traf mich mit einer solchen Härte, dass mein Hochmut darunter wie Glas zersprang.

Grim hatte sich geirrt.

Ich hatte mich geirrt.

All meine Macht. Nutzlos.

Ich konnte mit einem einzigen Gedanken Stein zu Staub zermahlen, Feuer in Eis und Ozeane in Wüsten verwandeln. Ich vermochte Leben zu verlängern und den Tod zu bringen. Aber ich war nicht in der Lage, Cassia zu heilen.

Es schien fast, als würde zwischen uns eine unsichtbare Grenze verlaufen, hinter der ich nicht mehr ich selbst war.

Was machte sie nur mit mir?

Was hatte ich ihr angetan?

Alles zerstört, raunte eine giftige Stimme in meinem Inneren. Du hast dieses wundervolle zarte Wesen zerstört. Ihr Leben, ihre Hoffnung und sogar ihren Tod.

Angewidert von meiner Tat löste ich meine Hände von ihrem Körper. Hände voller Blut. Ihr Blut.

Sie hatte mich gebeten, sie gehen zu lassen.

Und ich ...

Ich ...

Die Realität brach über mich herein wie ein wütender

Sturm. Hilflos taumelte ich zurück, als hätte ich kein Recht mehr, Cassia zu berühren.

So hätte es nicht enden sollen.

Die Luft knisterte. Meine Macht wirbelte auf. Ich hatte sie nicht mehr unter Kontrolle. Ich hatte *mich* nicht mehr unter Kontrolle. Ein Schrei brach aus mir heraus und zum ersten Mal in meiner langen Existenz füllten sich meine Augen mit Tränen.

Ich konnte es nicht ungeschehen machen. Ich konnte ihr nicht das Ende schenken, das sie sich gewünscht und verdient hatte.

Aber eines konnte ich zumindest tun.

Ich konnte mein Wort halten.

Ich würde den Dolch zerstören und ihre Seele freilassen – ganz gleich, was es mich kosten würde.

Feuer erhob sich. In ihm loderte meine Verzweiflung, mein Zorn, mein Schmerz. Vielleicht würde Cassia darin Frieden finden ...

Meine gesamte Essenz entzündete sich. Nie zuvor hatte ich gewagt, all meiner Macht freien Lauf zu lassen. Jetzt war ich zu etwas anderem nicht mehr in der Lage. Ich entfachte ein Inferno, wie es die Welt noch nicht gesehen hatte. Flammen stiegen in den Nachthimmel empor. Der Wind nährte sie, mehrte sie und trug sie weiter. Gut. Rom sollte brennen. Diese verhasste Stadt. Sie sollte mit Cassia untergehen. Sie würde Cassias Grab werden. Ein Grab aus Asche und Leid. Ein Denkmal meiner Schuld.

»Hör auf, Bel!«, schrie eine vertraute Stimme über das Tosen meiner Macht hinweg. Hiro. Er wagte es, sich mir in den Weg zu stellen?! Auch andere Dämonen versuchten, mein Feuer einzudämmen. Ich zerfetzte ihren Ungehorsam und verbrannte ihre Hüllen. Niemand würde mich davon abhalten, Cassias Seele zu erlösen.

Cassia ...

Das Flammenmeer teilte sich vor mir, als ich zu ihr ging. Ich wollte bis zum Ende bei ihr sein.

Doch plötzlich versperrte mir ein grün leuchtendes Gespinst aus Hexenmagie den Weg.

Grim!

Außer mir vor Wut sprengte ich ihren Schutzkokon und zerrte die Hexenmeisterin von Cassias Körper weg. Wo meine Hände die Germanin berührten, versengte ich ihre Haut. Sie schrie, doch sie gab nicht auf und wob weiter ihre Magie.

»WAS TUST DU?« Keine Frage. Ein grollendes Versprechen von Tod und Vergeltung.

»Ich schütze dich vor deinem Wahnsinn!«, presste Grim panisch hervor. Ihr Gesicht war von Angst und Sorge zerfressen. Dennoch schaffte sie es weiterhin, mein Feuer zurückzudrängen.

»ICH HABE DICH GEFRAGT, WAS DU DA TUST«, donnerte ich noch einmal und packte ihre Kehle. Niemand durfte mir Cassia vorenthalten.

Ich habe ihren Körper der Zeit entzogen, ließ sie mich in Gedanken wissen. Sprechen konnte sie unter meinem Griff nicht mehr. *Noch ist nichts verloren. In zwei, drei Wochen kann ich ihren Körper vielleicht zusammenflicken. Dann kannst du ihr ihre Seele zurückgeben.*

Wie betäubt starrte ich meine Gezeichnete an.

Ich erinnerte mich ...

Hexen konnten derartige Zauber bei seelenlosen Objekten wirken. Cassias Körper war seelenlos.

Dennoch sträubte sich mein Verstand gegen diesen Hoffnungsschimmer. Was, wenn es nicht funktionierte? Würde ich das ertragen? Erneut? Durfte ich mein Wort so lange hinauszögern und Cassias Seele in dem Dolch eingesperrt lassen? Wahrscheinlich würde sie davon nichts mitbekommen. Seelen ohne Geist schufen keine Erinnerungen, nahmen nichts wahr.

Es war eine Chance ...

Ich ließ von Grim ab und blickte zu dem reglosen Mädchen, das ich in meiner Trauer beinahe verbrannt hätte.

Konnte ich Cassia vielleicht doch noch retten?

Da erstarrte ich.

»Wo ist der Dolch?«

Die Hexenmeisterin rieb sich keuchend den Hals. »Hast du ihn nicht?«

»WO IST ER?« Meine Macht eroberte Grims Geist, durchpflügte ihn, zerlegte ihn.

Gleichzeitig rief Grim schmerzverzerrt: »Ich habe ihn nicht! Ich schwöre es. Wir haben versucht, dich aufzuhalten, und als ich zu dem Mädchen gerannt bin, war er schon nicht mehr da.«

Sie sagte die Wahrheit.

Noch nie hatte Rom ein furchterregenderes Brüllen gehört.

Der Anfang der Ewigkeit

Blutrot.

Alles war blutrot.

Blutrotes Tosen. Blutrotes Feuer. Blutrote Schreie.

Sah so die Unterwelt aus?

Bewegung. Straßen. Türen. Zimmer. Ziegelsteine.

Nein ...

Das war nicht der Tod.

Ein Albtraum. Das musste ein Albtraum sein.

Blutrotes Gemurmel.

Dann blutrote Stille.

...

Was war geschehen? Die Schatten hatten mich gerufen. Das schützende Nichts war so nah gewesen.

Blutrote Stunden vergingen.

Stunden voller Furcht.

...

Irgendwann wurde ich hochgehoben.

Durch blutroten Nebel wurde eine riesenhafte Fratze sichtbar. Zerklüftet. Bösartig. Triumphierend.

»Hallo, Aurora.«

Schwarze Augen. Ianus.

...

Da wusste ich es wieder.

Bel hatte mich erstochen.

Er hatte mir meine Seele entrissen.
Er hatte sie eingesperrt, bevor sie in Ianus' Essenz aufgehen konnte.
Und damit ...
... hatte er offenbar auch den Fluch unterbrochen.
So musste es sein, sonst könnte Ianus jetzt nicht hier stehen.
»Ich weiß, dass du mich hören kannst«, trällerte der *Schrecken von Rom* gehässig. »Ich spüre nämlich deinen Geist ebenso wie deine Seele. Der Dolch hat es da wohl nicht so genau genommen.«
Ein Lachen brach aus seinen verzerrten Lippen hervor und ging in Husten über. Er wirkte schwach und ausgezehrt, aber gesund. Tatsächlich waren alle Anzeichen des Blutfluchs verschwunden.
»Besser hätte es nicht kommen können! Bel hat mich befreit und dich eingesperrt. Und jetzt ... kann ich dich für das bezahlen lassen, was du mir angetan hast.
Und glaub mir, mein Interesse daran, dass deine vergiftete Seele diesen Dolch *nie wieder* verlässt, ist sehr, sehr groß!«
Nein!
Das durfte nicht sein!
Alles umsonst.
Gefangen.
Für immer ...
Für immer ...
Ich ertrank in Angst.
Wieder dieses grauenvolle Lachen.
Dann tödlich blitzende schwarze Augen.
»Bel wird dich nicht finden. Niemals.«

Home Sweet Home

Die See war aufgewühlt und donnerte gegen die Felsen unterhalb meiner Villa.

Ich atmete tief ein und seufzte. Zuhause.

Noch vor ein paar Wochen hätte ich behauptet, Malta wäre der einzige Ort auf dieser Welt, an dem ich zur Ruhe kommen konnte. Doch heute, ohne Cassia an meiner Seite, stimmte das nicht mehr. Mein Heim hatte an Glanz eingebüßt. Die Sonne konnte mich nicht wärmen, die bekannten Gesichter nicht erheitern und mein Bett kam mir unerträglich leer vor – obwohl ich es noch nie zuvor mit einer anderen Person geteilt hatte.

Ich war rastlos.

Selbst das leuchtende Blau des Ozeans erinnerte mich an *ihre* Augen.

Hinter mir räusperte sich jemand. Hiro betrat die Terrasse. Mein Leibwächter hatte mit keinem Wort erwähnt, was ich ihm in jener Nacht angetan hatte. Ich ebenso wenig. Ich würde mich bestimmt nicht dafür entschuldigen, seinen Ungehorsam bestraft zu haben. Auch wenn ich im Irrtum gewesen war. Die neuen Hüllen, die ich ihm und den Hadir-Geschwistern geschenkt hatte, drückten mein Bedauern deutlich genug aus. Ein größeres Eingeständnis meiner Schuld konnte ich mir im Moment nicht erlauben. Nicht, wo sich die Hierarchie innerhalb der Liga schon wieder im Umbruch befand.

Hinter Hiro traten zwei Primus aus dem Haupthaus ins Freie. Kommandant Elias hatte zu meinem Leidwesen sein Kommen angekündigt, aber sein Begleiter überraschte mich.

»Was will der Brachion-Nachwuchs in meinem Haus?«, fragte ich statt einer Begrüßung. »Hat Thanatos sich etwa nicht getraut, mir unter die Augen zu treten?«

Seit ich dem Hohen Rat die Phiole mit der gestohlenen Seele übergeben hatte, war mir der gefürchtete Gott des Todes in weiser Voraussicht aus dem Weg gegangen.

»Unser Vater hat uns hergeschickt«, erwiderte Elias ebenfalls ohne Begrüßung. »Lucian ist mein Bruder.«

»Meine Güte«, murmelte ich und hob eine Braue. »Nemides reproduziert sich ja wie ein Karnickel.«

Und vermutlich würde er so weitermachen, bis alle wichtigen Positionen in der Liga mit seinen Söhnen besetzt waren.

»Wir sind nicht hier, um dir zum Spott zu dienen.«

Sieh einer an, der kleine Lucian konnte sprechen.

»Wirklich? Dabei ist das doch eine Grundvoraussetzung, um meine Insel betreten zu dürfen. Mach dich das nächste Mal lieber schlau, bei wem du uneingeladen als Gast aufkreuzt.« Da sich meine Geduld dem Ende neigte, richtete ich meinen Blick wieder auf Elias und verlieh meiner Stimme einen warnenden Unterton. Ich hatte keine Lust auf überflüssiges Geplänkel mit Nemides' Sprösslingen. »Was will euer werter Erzeuger von mir?«

»Ianus wurde gefangen genommen.«

Ich stieß mich vom Geländer ab. Jetzt hatte er meine volle Aufmerksamkeit.

»Ist er tot?«

»Nein«, antwortete Lucian für seinen Bruder. »Ich habe

ihn dem Hohen Rat übergeben. Der Tod erschien mir zu gnädig für ihn.«

Mit neuem Interesse musterte ich den gelockten Burschen. Er konnte höchstens ein paar Jahrhunderte alt sein. Bemerkenswert, dass *er* Ianus hatte fassen können – ganz gleich, wie geschwächt der noch vom Blutfluch gewesen war. Lucian also. Ich vermerkte den Namen unter Könnte-mir-irgendwann-mal-ernsthafte-Probleme-bereiten und widmete mich wieder den wirklich wichtigen Dingen.

»Ich will mit Ianus reden.«

Reden traf es nicht ganz. Er würde darum betteln, mir verraten zu dürfen, wo der Dolch ist.

»Ich glaube nicht, dass mein Vater –«

»Du missverstehst mich!«, fiel ich Elias frostig ins Wort. »Das war keine Bitte.«

Der Kommandant ließ sich jedoch nicht so einfach einschüchtern, wie ich es mir gewünscht hätte. Er griff meinen scharfen Tonfall auf und erwiderte: »Der Hohe Rat ist im Moment nicht gut auf dich zu sprechen. Du hast Rom niedergebrannt!«

Missmutig verdrehte ich die Augen. »Sollen sie doch einfach behaupten, der Zorn der Götter wäre über die Stadt hereingebrochen. Wäre ja nicht das erste Mal. Oder sie schieben es Nero in die Schuhe. Soviel ich weiß, wollten sie Ianus' Marionettenkaiser ohnehin loswerden.«

»Das ändert nichts daran, dass du –«

»ICH habe dem Hohen Rat die Beweise geliefert, die Ianus überführen konnten!« Der Boden begann zu beben. Die Insel war mit meiner Macht verwoben und reagierte äußerst empfindlich, sobald man mich reizte. »Wenn nicht die ganze Liga erfahren soll, dass die Ratsmitglieder einen verbrecherischen

Irren in ihren Reihen aufgenommen haben, dann sollten sie meinem Wunsch besser nachkommen.«

Sowohl Elias' als auch Lucians Augen waren schwarz geworden, als sie die Bedrohung gespürt hatten. Nicht einmal gemeinsam wären sie in der Lage, es mit mir aufzunehmen – schon gar nicht auf meiner Insel.

Der Kommandant schien der Umsichtigere der beiden zu sein, denn nach ein paar angespannten Augenblicken seufzte er. »Ich werde sehen, was sich machen lässt.«

Mehr konnte ich nicht erwarten. Letztlich war es nicht seine Entscheidung. Großmütig neigte ich mein Haupt und zog meine Macht zurück. Dann sah ich Lucian an. Der junge Brachion war in Angriffsposition gegangen. Seine Hand ruhte auf dem Griff seines Aziams.

»Lass die Klinge lieber stecken, Grünschnabel«, warnte ich ihn abfällig. »Am Ende tust du dir nur selbst weh.«

Damit wandte ich mich ab und überließ es Elias, seinen hitzköpfigen Bruder an die Leine zu legen. Ich nahm mir einen Apfel aus einer Obstschale und warf mich auf eine der Sonnenliegen. Meinen Gästen bot ich nichts an – weder einen Sitzplatz noch etwas zu essen. Ein unmissverständliches Signal: Ihre Gesellschaft war nicht mehr erwünscht.

Sie ignorierten es, einen halben Apfel lang. Ich bedachte sie mit einem verärgerten Blick.

»Sonst noch was?«

Sie störten.

»Dafür, dass du bekommen hast, was du wolltest, ist deine Laune recht bescheiden«, meinte Elias versöhnlich und bedachte die weitläufige Villa und die herrliche Aussicht mit einer eleganten Geste.

Ich biss erneut in den Apfel und starrte ihn finster kauend an. Seine Diplomatie konnte er sich sonst wo hinstecken. Wenn er etwas zu sagen hatte, dann würde er das tun müssen, ohne mich vorher mit blumigen Worten milde stimmen zu wollen.

Elias verstand und schürzte die Lippen.

»Durch die Geschehnisse ist ein Sitz im Rat frei geworden und mein Vater dachte –«

»Kein Interesse.«

Bedächtig nickte der Kommandant. Er war klug genug, es kein zweites Mal zu versuchen, und gab seinem Bruder zu verstehen, dass es Zeit war, sich zurückzuziehen.

Na also.

Doch an der Tür drehte sich Elias noch einmal um. »Was ist eigentlich aus der Sklavin geworden, die ihr zum Gegenstand eurer Wette gemacht habt?«

Ich zuckte ungerührt mit den Schultern und schaute aufs Meer hinaus. »Sie ist in den Flammen gestorben.«

Vielleicht war es mein Gesichtsausdruck, der die Brüder davon abhielt, weitere Fragen zu stellen. Vielleicht auch ihr schlechtes Gewissen. Es war mir gleichgültig, solange sie endlich verschwanden.

»Ich werde dich wissen lassen, wie mein Vater entschieden hat«, sagte Elias.

»Tu das.«

Dann war ich allein. Ich, das blaue Meer und der Geschmack des süßen Apfels auf meiner Zunge. Erinnerungen rüttelten an meiner Selbstbeherrschung. Strahlende Augen. Zarte Küsse. Sanfte Lippen. Das schönste Lächeln dieser Welt.

Gereizt warf ich den angebissenen Apfel zurück in die Schale und tat, was ich in den letzten Monaten immer getan hatte, wenn ich wieder drauf und dran war, irgendwas abzufackeln. Ich ging in den Keller.

Die uralten Gewölbe waren eigentlich für Ehrengäste reserviert, die eine etwas speziellere Behandlung verdient hatten. Hin und wieder ließ ich meinen Zorn und meinen Frust an ihnen aus. Mein aktueller Favorit hieß Sotírios. Ihm stattete ich des Öfteren einen Besuch ab und widmete ihm meine ganz besondere Fürsorge, zumal ich ihm versprochen hatte, ihn sein geliebtes Gold schlucken zu lassen – und ich hielt meine Versprechen. Doch heute war mir nicht danach. Ich durchquerte das Verlies, ohne auf die schreienden Insassen zu achten, und öffnete die bestgeschützte Tür der ganzen Insel.

Ein kleiner, aber heller Raum hieß mich willkommen. Magie simulierte Sonnenlicht. Es gab einen schlichten Tisch, eine Palme und ein Meer aus blau blühenden Pflanzen. Ich hatte sie aus meinen Gärten entfernen und in den Keller bringen lassen. Wenn sie mich schon an Cassias Geschichte von dem verwitweten Blumenhändler erinnern mussten, dann sollten sie es eben hier tun. Hier, wo ich zumindest das Gefühl haben konnte, *ihr* nah zu sein.

»Soll ich gehen?«, erkundigte sich Grim mit gedämpfter Stimme. Sie saß an dem Tisch und war in irgendwelche Pergamente vertieft.

»Nein.«

Je kontinuierlicher Grim ihren Zeit-Zauber speiste, desto geringer würde das Risiko sein, dass er irgendwann seine Wirkung verlor. Derartige Magie war kompliziert und nicht dafür gedacht, einen menschlichen Körper am Leben zu erhalten – schon gar nicht über einen längeren Zeitraum. Es war ohnehin eine beeindruckende Leistung meiner Hexenmeisterin, dass sie ihn bereits über zwei Monate aufrechterhielt.

Ich ging zu dem Steinsockel voller Kissen, auf dem Cassias Körper ruhte. Grün glühende Ranken umwoben ihre Haut und sorgten dafür, dass die Zeit ihre Macht verlor. Inzwischen waren ihre Wunden verheilt. Sie würde Narben behalten, aber das war gleichgültig, solange ihr Herz nur gesund und kräftig schlug.

Cassia sah aus, als würde sie schlafen. So schön. So schmerzlich schön. Wie immer überkam mich der Drang, sie zu berühren, aber das ließ der Zauber nicht zu. Also stand ich nur da und betrachtete sie.

Hätte ich eine Seele gehabt, ich hätte sie ihr geschenkt.

Hätte ich die Ewigkeit eintauschen können, um sie nur noch einmal lächeln zu sehen, wäre ich ohne zu zögern darauf eingegangen.

»Sie haben Ianus gefasst«, sagte ich leise. Meine Worte waren für Cassia bestimmt gewesen, doch es war Grim, die antwortete.

»Gut. Je schneller du den Dolch findest, desto besser.«

Finster entschlossen nickte ich. Das war mir bewusst. Jeder Tag, den Cassias Seele in dieser verfluchten Klinge eingesperrt war, machte es unwahrscheinlicher, dass sie den Weg in ihren Körper zurückfand.

»Es wird nicht mehr lange dauern«, versprach ich. Dann riss ich mich mit einem Seufzen von Cassias Anblick los und wanderte zu Grim. Sie hielt ihren Blick demonstrativ auf ihre Schriftrollen gesenkt, um mir wenigstens den Anschein von Privatsphäre zu ermöglichen. Ich war ihr unendlich dankbar. Sie hatte mir Hoffnung gegeben. Sie hatte Cassia gerettet. Und sie hatte sich quasi selbst hier unten eingekerkert, um das auch weiterhin tun zu können. Wenn sie die Kellergewölbe verließ, dann nur für ein paar Stunden Schlaf.

Ich griff mir eines der Pergamente.

»Was ist das?«, wollte ich wissen. Ein kleines Gespräch und etwas Gesellschaft würden Grim guttun.

Auf dem Schriftstück stand in säuberlicher Handschrift:

- Der Teufel soll mich holen
- Teufelszeug
- Teufelsbraten
- der Leibhaftige
- zum Teufel mit dir
- Scher dich zum Teufel
- Wenn man vom Teufel spricht

»Ach, nur ein paar Ideen, die ich sammle, um dich groß rauszubringen.«

Ich runzelte skeptisch die Stirn.

»*Vom Teufel geritten?* Ernsthaft?«

Grim zog eine schmollende Grimasse, riss mir das Pergament aus der Hand und legte es zurück auf den Stapel, von dem ich es geklaut hatte. Sofort fühlte ich mich schuldig. Ich war nicht hergekommen, um sie und ihre Bemühungen ins Lächerliche zu ziehen. Also rückte ich mir den zweiten Stuhl zurecht und setzte mich.

»Und woran schreibst du jetzt gerade?«

»Das willst du doch gar nicht wissen«, brummte sie. »Mir ist klar, was du vorhast, aber Dankbarkeit hin oder her, heuchle bitte kein Interesse an meinem schriftstellerischen Talent. Du hast mir oft genug erklärt, was du davon hältst.«

Sie bemühte sich, es nicht zu zeigen, aber ich erkannte dennoch, wie sehr sie mein hartes Urteil verletzt hatte. Ich seufzte tief. Vielleicht war es Cassias Einfluss, der mich weicher werden ließ, vielleicht verlor ich auch einfach nur meinen Verstand, aber ich stupste Grim sacht mit meiner Macht an.

»Das hier werde ich nur einmal sagen, und wenn du irgendjemandem davon erzählst, streite ich alles vehement ab und schiebe es auf deine Wahnvorstellungen! Also: Es liegt *vielleicht* im Bereich des Möglichen, dass mein Geschmack nicht das Maß aller Dinge ist.« Ich begegnete ihrer völligen Fassungslosigkeit mit einem amüsierten Blick. »Außerdem, Grimhild, interessiert es mich einfach, was dich beschäftigt. Du hast mein Wort, dass das die Wahrheit ist.«

Mein Schwur schien sie endgültig aus dem Konzept zu bringen. Sie blinzelte mich perplex an. Drei Atemzüge lang. Dann begann sie, übers ganze Gesicht zu strahlen.

»Wenn das so ist«, meinte sie. »Ich schreibe an einer Geschichte.«

»Worüber?«

Ein winziges Zögern. Für einen Moment glitten Grims Augen zu Cassia, bevor sie mich verlegen ansah.

»Über eine schlafende Schönheit«, offenbarte sie mir. »Eine schlafende Schönheit, die darauf wartet, von ihrem Retter wach geküsst zu werden – um ihm anschließend ordentlich in den Arsch zu treten.«

Ganz langsam breitete sich ein Lächeln auf meinem Gesicht aus. Zum ersten Mal seit jener Nacht. Das klang definitiv nach einer Geschichte, die mir gefallen würde.

Personenverzeichnis

Belial – Primus, bekannt als Teufel/Diabolus
Grimhild/Grim – germanische Hexenmeisterin, Bels Gezeichnete
Hiro – Primus, selbst ernannter Leibwächter von Bel

Cassia/Aurora – Dienerin im Venus-Tempel, immun gegen den Einfluss dämonischer Kräfte

Thanatos – Brachion, bekannt als Gott des Todes
Lucian – Brachion, Thanatos' Lehrling und Freund

Ianus – Primus, Ratsmitglied, bekannt als Gott des Anfangs und des Endes sowie als *Schrecken von Rom*
Apoll – Primus, engster Freund von Ianus, bekannt als Gott des Lichts, der Weissagung und der Künste
Diana – Prima, bekannt als Göttin der Jagd, Apolls Schwester
Mirabelle – Prima, Lucians ehemalige Geliebte
Pluto – Primus, Vater von Mirabelle, bekannt als Gott der Unterwelt
Dareius – Primus, späteres Ratsmitglied (Izara)
Elektra – Prima, späteres Ratsmitglied (Izara)
Tigellinus – Prätorianerpräfekt, Ianus' Gezeichneter
Perditus – Sklave von Ianus, Hexer
Marcella – Sklavin von Ianus, Hexe

Lucusta – Hohepriesterin im Venus-Tempel, Hexenmeisterin
Daphne – Priesterin im Venus-Tempel, getötet von Ianus, Hexe
Lorentin – Priester im Venus-Tempel, Hexer

Drusus Septimus – Sklavenhändler, Ianus' Gezeichneter
Nero – Kaiser von Rom
Sotírios – unabhängiger Hexenmeister

Nemides – Primus, Oberhaupt des Hohen Rats der Liga
Elias – Primus, Sohn des Nemides, Kommandant der Garde
Lexian – Primus, Sohn des Nemides
Hadir-Geschwister – Primus, Gefolgsleute von Bel

Glossar

Antiochia – Stadt in der heutigen Türkei
Aventin – südlichster der sieben Hügel Roms
Aziam – Klinge der Brachion
Brachion – Vollstrecker der Liga, können Primus töten
Circus Maximus – längliche Arena für Wagenrennen und Veranstaltungen
Forum Romanum – Mittelpunkt des politischen, wirtschaftlichen, kulturellen und religiösen Lebens in Rom
Gladius – römisches Kurzschwert
Hoher Rat – beherrscht die Liga
Insulae – (lat. für Inseln) Wohnblöcke mit mehreren Stockwerken und Parteien
Liga – Gemeinschaft der Primus
Lucarien – altrömische Feiertage (19. und 21. Juli)
Othoss-Trank – Droge, die Emotionen unkontrollierbar steigert
Palatin – einer der sieben Hügel Roms, trägt den Kaiserpalast
Pallium – Überwurf, wird über einer Schulter getragen, auch gegürtet
Pantheon – Gemeinschaft der zwölf wichtigsten römischen Gottheiten
Porta Collina – nordwestliches Stadttor der Servianischen Mauer
Prätorianer – Leibwache der römischen Kaiser
Primus – unsterbliche Dämonen, nähren sich von Emotionen
Stille Wasser – Gefängnis der Liga

Tabernae – (lat. für Marktbuden) Ladenzeilen, unter anderem auf dem Forum Romanum

Tiber – Fluss durch Rom

Via Appia – eine der wichtigsten Straßen des römischen Imperiums, beginnt in der Nähe des Circus Maximus

Zerberus – mehrköpfiger Hund, der den Eingang der Unterwelt bewacht

DANK

Bel hat von Anfang an zu meinen liebsten Figuren aus dem Izara-Universum gezählt. Deshalb möchte ich mich bei den vielen Leser*innen bedanken, die ihre Herzen an meinen Teufel verloren und seine eigene Geschichte gefordert haben. Euretwegen durfte ich dieses Buch schreiben und euretwegen hat Bel nun endlich bekommen, was ihm (auch in seinen Augen) zusteht: eine Hauptrolle.

Ich bin immer noch baff, wie viel Unterstützung ich aus meiner Fangemeinde erfahre – das gilt für alle Rezensent*innen, Blogger*innen, Bookstagramer*innen und Booktuber*innen ebenso wie für die Lesenden, die still meine Bücher kaufen und verschlingen. Eure Begeisterung ist mein Rückenwind. Danke von Herzen!

Eine Geschichte im Alten Rom verlangt viele Recherchen. Wo das und meine Lateinkenntnisse nicht ausgereicht haben, konnte ich mich vertrauensvoll an einen lieben Kollegen und Lateinlehrer wenden: Michael Morber. Vielen Dank für deine Übersetzung und den spannenden Austausch über Cicero, die Stoiker und die Epikureer.

Alles Dramaturgische war dagegen bei fünf großartigen Menschen in guten Händen. Dazu zählen:

Verena Schulze von Lieblingsleseplatz.de – Danke, dass du dir immer Zeit für meine Geschichte nimmst, wann immer ich sie dir stückchenweise rübergeschickt habe. Danke für deinen scharfen Verstand, dein gutes Auge, deine konstruktive Kritik, deine Geduld beim Doppeltlesen und deinen Humor. Bleib so toll, wie du bist! (Auch wenn ich keinen Zweifel daran habe, dass du genau das tust.)

Nane von theujulala.de – Danke, dass ich dich spontan und final als »Joker« ziehen durfte, um BELIAL am Stück mit unverbrauchtem Blick zu lesen. Dein Emoji-Liveticker war spannend, unterhaltsam und hat so manche Stelle in einem neuen Licht erscheinen lassen!

Melanie Renz, alias meine beste Freundin und seit der ersten Stunde die offizielle Bel-Beauftragte – Danke, dass du dir (trotz Corona-Stress) zwischen Familie, Projekten und verdientem Schlaf die Zeit genommen hast, Bel auf seine Teuflischkeit zu überprüfen. Liebe, liebe, liebe!

Florian Stierstorfer, alias mein Wunsch-Bruder – dieses Mal gab es keine Kaffee- oder Pizza-Dates und ich habe in meiner Lockdown-Schreibphase nichts mehr vermisst. Dafür hast du in stundenlangen Telefonaten dafür gesorgt, dass ich aus Motivationslöchern, Hirnknoten und Plotkomplikationen hinausfinde. Abgesehen davon hast du meinem Bel-Song deine unvergleichliche Stimme geliehen und ihn genial produziert. Einfach danke, dass es dich gibt!

Larissa Rupp, alias meine wundervolle Lektorin – Was soll ich sagen? Von Buch zu Buch wird unsere Zusammenarbeit intensiver und toller. Bei jemandem wie mir, für den Uhrzeiten und Wochentage keine tragende Rolle spielen, kostet das sicherlich nicht nur Geduld, sondern auch Nerven. Also Danke von Herzen für alles, was du für mich und meine Geschichten tust – auch wenn es um Über-Nacht-Feedback oder Explizit-nicht-Explizites geht. Du bist großartig!

Ein großes Dankeschön geht natürlich auch an den Thienemann-Esslinger Verlag für das Vertrauen und die Mühe, die das gesamte Team in mich steckt!

Und zu guter Letzt: Danke an Rob, meinen Lebens- und Weggefährten, dass uns Lockdown um Lockdown nicht auseinandergetrieben, sondern enger zusammengeschweißt hat – auch wenn in unseren vier Wänden vorübergehend ein Teufel namens Belial eingezogen ist.

Dippel, Julia
Belial – Götterkrieg
Aus den Izara-Chroniken
ISBN 978 3 522 50728 8

Umschlaggestaltung: Marie Graßhoff nach einer Idee von Julia Dippel unter Verwendung von Bildern von shutterstock.com (samfotograf, CURAphotography, Yuliya Yafimik, Budai Romi, Aperture75)
Vor- und Nachsatz sowie Kapitelvignetten: Julia Dippel
Innentypografie und Satz: Kadja Gericke
Reproduktion: DIGIZWO GbR, Stuttgart
Druck und Bindung: GGP Media GmbH, Pößneck

FSC www.fsc.org MIX Papier aus verantwortungsvollen Quellen FSC® C014496

Die Originalausgabe dieses Buches erschien 2021 erstmals als E-Book und Taschenbuch bei Loomlight.

2. Auflage 2021